DESERTION
by Abdulrazak Gurnah

세계문학전집
220

Abdulrazak Gurnah : Desertion

배반

압둘라자크 구르나 장편소설

황가한 옮김

문학동네

일러두기

1. 번역 대본으로는 *Desertion*(Abdulrazak Gurnah, Bloomsbury Publishing, 2005)을 사용했다.
2. 주석은 모두 옮긴이주다.
3. 원문에서 이탤릭으로 강조한 부분과 영어가 아닌 외국어는 중고딕으로 표시했다.

차례

1부

1
하사날리

그가 처음 목격됐을 때에 관한 이야기가 하나 있었다. 사실 처음에는 하나가 아니었지만 시간이 흐르고 여러 사람의 입을 거치면서 서로 다른 이야기의 요소들이 뒤섞여 하나로 합쳐졌다. 모든 이야기에서 그는 신화 속 인물처럼 새벽녘에 나타났다. 한 이야기에서는 우뚝 선 그림자였는데 너무나 천천히 움직인 나머지 마치 물속에 있는 듯 희부연 그 특이한 빛 속에서 그가 접근하는 것을 거의 감지할 수 없었다. 마치 운명처럼 야금야금 전진했다. 또다른 이야기에서는 아예 움직이지 않았다. 흔들리지도 떨지도 않고 그저 동네 어귀에 홀연히 나타나 회색 눈을 반짝이며 누군가가 나타나길, 그를 발견하는 피할 수 없는 운을 맞이할 누군가를 기다렸다. 그리고 그 누군가가 나타나자 그 사람에게 미끄러지듯 다가가 아무도 예상치 못했던 결과를 성취했다. 어떤 이는 그가 나타나기 전에 소리가 먼저 들렸다고 주장했다. 한밤중에 마치 전설 속 짐승의 소리 같은, 애원하고 염원하는 울부짖음을 들었다는 것이다. 논쟁의 여지가 없었던 점은—사실 하나같이 그의 모습이 얼마나 이상했는지에 관한 첨언이었기 때문에 이 이야기들 사이에 진정한 논쟁은 없었다—그를 발견한, 혹은 그에게 발견된 사람이 장사꾼 하사날리였다는 사실이었다.

이 첫 등장에서와 마찬가지로 모든 일은 운과 연관돼 있지만 운은 우연과는 달라서 가장 뜻밖의 사건도 어떤 의도를 충족한다. 즉 하사날리가 그 사내를 발견했다는 사실이 절대 우연이 아닌 것처럼 보이게 만드는 결과가 미래에 일어났다. 당시 하사날리는 그 동네에서 항상 아침에 제일 먼저 일어나 돌아다니는 사람이었다. 그는 동트기 전에 일어나서 모스크의 문과 창문을 열었다. 그리고 미너렛* 꼭대기에 서서 사람들에게 기도하라고 외치며 자기 앞에 있는 공터의 구석구석에 목소리를 던졌다. 살라트, 살라트.** 때로는 산들바람이 근처 모스크들로부터 비슷한 외침을, 다른 무에진들이 사람들에게 일어나라고 꾸짖는 소리를 실어오기도 했다. **아스살라투 카이라 미난나움.** 기도가 잠보다 낫다. 하사날리는 아마 죄인들이 숙면을 방해받아서 짜증스럽게 돌아눕는 것을 상상했을 것이고 아마 분개와 독선적인 만족감을 느꼈을 것이다. 그는 아잔을 끝내고 나서 깃털 같은 목마황 빗자루로 모스크 계단의 먼지와 모래를 쓸어냈다. 조용하면서도 효율적인 이 빗자루 덕분에 청소할 때마다 큰 기쁨을 느꼈다.

---

* 모스크의 첨탑.

** 이슬람교도의 의무 중 하나로, 하루에 다섯 번 기도하는 것.

모스크의 문을 열고 계단을 청소하고 기도시간을 알리는 일에 그는 나름의 이유로 자원했다. 누군가는 그 일을 해야 했고, 누군가는 가장 일찍 일어나서 모스크의 문을 열고 새벽기도자들을 위해 시보를 해야 했기에, 누군가가 항상 나름의 이유로 그 일을 해왔다. 그 사람이 아프거나 싫증이 나면 그 일을 이어받을 또다른 사람이 늘 존재했다. 하사날리의 전임자인 샤리프 음도고는 이 년 전 **카스카지**에 심한 열병을 앓은 뒤로 여전히 와병중이었다. 하지만 하사날리가 새벽시보를 맡겠다고 자원한 것은, 특히 스스로에게, 조금 놀라웠다. 그는 평소 모스크 일에 열성적이지 않았는데 매일 새벽 일찍 일어나 사람들을 일어나라고 괴롭히는 일에는 열의가 필요했기 때문이다. 샤리프 음도고는 그런 사내, 다른 사람의 평안에 난입해 난리법석을 피우기 좋아하는 부류였다. 게다가 하사날리는 천성적으로 걱정이 많았다. 아니, 어쩌면 살다보니 그렇게 불안하고 조심스러운 사람이 됐는지도 모른다. 이 반半야간작업은 그의 신경을 피곤하게 했고 그의 밤을 어지럽혔다. 게다가 그는 어둠과 그림자와 인적 없는 골목길을 종종대며 걷는 것을 두려워했다. 그러나 바로 그렇기 때문에 순종이자 고행으로서 자원한 것이기도 했다. 그가 이 임무를 맡아 시작한 것은 문제의 목격이 있었던 새벽으로부터 이 년 전, 아내 말리카가 처음 이 소도시에 도착했을 때였다. 그것은 결혼생활이 잘되게 해달라는 간청이자 누이의 슬픔이 끝나게 해달라는 기도이기도 했다.

모스크는 그의 가게에서 작은 공터를 가로지르기만 하면 되는 곳에 있었으나 그는 새벽기도 시보를 처음 시작할 때 전임자인 샤리프 음도고처럼 해야 한다고 생각했다. 그래서 가까운 골목길을 차례로 돌면서 침실 창문을 향해 소리치고, 잠자는 사람들에게 고함쳤다. 그 대신 가장 음침한 재앙이 숨어 있는 바위틈과 동굴을 피하는 코스를 만들었다. 그렇게까지 했는데도 그가 다가가면 귀신 같은 환영들이 거리의 가장 어두운 부분으로 서둘러 도망치는 것을, 자고 있는 신자들에게 그가 훈계할 때 내뱉는 성스러운 말과 기도로부터 달아나는 것을 자주 보았다. 이 환영들은 너무나 진짜 같아서—길모퉁이에서 언뜻 보이는 괴물의 발톱, 등뒤 어딘가에서 부드럽게 헐떡이는 불만스러운 정령, 빛나다가 그가 제대로 보기 전에 사라지는 역겨운 땅속 생물—쌀쌀한 새벽에도 그는 자주 땀을 흘리며 일하곤 했다. 어느 날 아침 또다시 땀에 흠뻑 젖은 채 불안하게 한 바퀴 도는 동안, 어두운 골목길이 마치 좁아지는 터널 벽처럼 사방에서 죄어들 때, 시야 한구석에서 어두운 날개의 그림자가 흘끗 보임과 동시에 팔에 바람이 훅 부는 것이 느껴졌다. 그는 냅다 뛰기 시작했고 곧 이 고통을 끝내기로 결심했다. 그는 작은 공터를 가로지르기만 하면 되는 모스크의 미너렛으로 돌아가 기도시간임을 외쳤다. 그리고 이맘*이 미너렛에서 외치기만 하면 된다고, 샤리프 음도고는 지나치게 열심이었다고 말했음에도, 아까 하다 만 일을 벌충하기 위해 추가로 계단을 쓸었다.

문제의 날 새벽에 공터를 가로지르던 하사날리는 맞은편에서 그림자 하나가 자신을 향해 움직이기 시작하는 것을 보았다. 그는 눈을 깜빡였고 두려움에 침을 삼켰다. 예상 밖의 일은 절대 아니었다. 세상은 죽은 자들로 가득했고 이 회색 시간은 그들의 것이었으니까. 그의 목소

* 이슬람 교단의 지도자. 기독교의 신부나 목사의 역할을 한다.

리는 갈라졌고, 성스러운 말은 바닥났으며, 몸은 말을 듣지 않았다. 그림자는 천천히 그에게 다가왔다. 그때, 새벽이 빠르게 다가오는 가운데, 하사날리는 그것의 차갑게 빛나는 눈을 봤다고 생각했다. 이 순간을 상상 속에서 이미 경험했기에 그는 자신이 등을 돌리자마자 굴*에게 집어삼켜질 것을 알았다. 그가 모스크 안에 있었다면, 그곳은 어떠한 악도 들어올 수 없는 성역이므로, 안전하다고 느꼈을 것이다. 하지만 그는 여전히 그곳으로부터 멀리 떨어져 있었고 문도 아직 열어놓지 않은 상태였다. 결국 완전히 겁에 질린 그는 눈을 감고 하느님에게 용서를 구하는 말을 횡설수설 늘어놓으며 무릎을 꿇었다. 다가올 무언가에 굴복하고 만 것이다.

그가 천천히 다시 눈을 뜨고 마치 악몽을 피해 침대보 속에 숨어 있다가 밖을 내다보듯 슬쩍 보니 몇 발짝 떨어진 곳에서 그림자가 한쪽 무릎을 구부리고 상체를 비튼 모습으로 고꾸라져 있었다. 이제 서서히 밝아오는 빛 속에서 보자 그것은 유령이나 그림자나 굴이 아니라 잿빛 낯을 한 사내였다. 그는 피곤이 가득 담긴 회색 눈을 뜬 채 겨우 몇 발짝 거리에 쓰러져 있었다. "수브하날라! 당신은 누구요? 사람이오, 귀신이오?" 하사날리가 신중을 기하기 위해 물었다. 사내는 한숨과 동시에 신음을 내뱉어 자신이 의심할 바 없이 사람임을 알렸다.

그가 도착했을 때의 상태는 그러했다. 길 잃어 지치고 녹초가 된 몸에, 얼굴과 팔은 긁히고 물린 상처투성이였다. 하사날리는 땅바닥에 무릎을 꿇고 사내의 코에 손을 갖다댔다. 그리고 손바닥에 따듯하고 강한

* 아랍 신화에 나오는, 시체를 먹는 악귀.

숨결이 느껴지자 자기가 뭔가 영특한 일이라도 해낸 양 뿌듯한 미소를 지었다. 사내는 눈을 뜨고 있었지만 하사날리가 그 앞에서 손을 흔들어도 깜빡이지 않았다. 깜빡였더라면 좋았으리라고 하사날리는 생각했다. 그는 자신이 이 극적인 사건의 일부가 됐음을 믿지 못한 채 조심스럽게 일어난 뒤 잠시 가만히 서서 발치에서 신음하는 뭉텅이를 내려다보다가 서둘러 도움을 청하러 갔다. 때는 이미 새벽이었다. 새벽기도에서 가장 큰 지복의 순간이 빠르게 지나가고 있는데—그 순간은 아주 짧았다—하사날리는 자신이 마땅히 해야 하는 의무를 행하지 않았다. 그는 규칙적인 새벽기도자들이 나중에 잠에서 깨면 자신들이 은총의 시간 내내 자고 있었음을 알고 그에게 화를 낼까봐 두려웠다. 이 기도자들은 대부분 연로한 이들이라 갑작스러운 하늘의 부름에 대비해 자신이 건전하게 생활하고 있음을 그때그때 보고해야 할 필요가 있었기 때문이다. 그러나 하사날리는 그들이 더이상 잠을 잘 이루지 못한다는 것을, 밤새도록 조바심친다는 것을, 새벽과 기도시보가 그들을 자유롭게 해줄 때까지 기다리지 못한다는 것 또한 기억했어야 했다. 그래서 하사날리가 무에진으로서 의무를 다하지 못했음을 걱정하며 도움을 청하러 출발했을 때에도 몇 명은 왜 그날 새벽시보가 없는 건지 알아내기 위해 자기 집에서 나오고 있었다. 어쩌면 그중 일부는 하사날리가 아픈 건 아닌지, 간밤에 그에게 무슨 일이 있었던 건 아닌지 걱정했는지도 모른다. 그리고 한쪽에는 사내의 첫 등장을 목격한 사람들이 있었다. 그들은 눈을 크게 뜬 사내 주위에 모여들어서 그 몸이 모스크 앞 공터에 그림자처럼 엎어져 있는 것을 보았다.

하사날리는 카페 문에 기대어 반쯤 졸며 옹송그리고 있던 젊은이 둘과 함께 돌아왔다. 그곳 직원인 그들은 카페 문이 열리길 기다리는 동안 그날의 왁자지껄이 시작되기 전 마지막 휴식의 순간을 붙들고 있던 중이었지만 하사날리가 흔들어 깨우자 냉큼 도우러 왔다. 이 시절만 해도 누구나 선뜻 남을 도왔다. 그들이 점점 더 거들먹거리며 걷는 하사날리 뒤에서 서둘러 현장에 도착해보니 세 장로인 함자, 알리 키파라, 주마네가 사내로부터 몇 발짝 떨어진 곳에 서서 대단히 흥미롭다는 눈빛으로 그를 지켜보고 있었다.* 이들은 충실한 새벽기도자였고, 기도 때 이맘 바로 뒤에 서는 사람이었으며, 매일 아침 커피장수의 첫 손님이었다. 그들은 전성기가 한참 지난 사람들, 평생의 업적이 온전히 평가받기를 바라는 현자들, 이제는 그들을 두고 흘러가버리는 세상을 향해 눈을 크게 뜨고 있는 이들이었다. 그들은 평소에 자기 자신이 아닌 남을 위해서는 꿈쩍도 하지 않았으며 자기 나이 정도 되면 그래도 된다고 생각했다. 따라서 그들은 누구나 그들을 알기 때문에 세 장로였던 것이 아니라 그들이 거쳐온 시간과 장소를 기준으로 봤을 때 연로한 것이었고, 병약함은 그들이 가진 품위의 일부였으며, 고집스러운 외양은 그들에게 요구되는 바를 충족하기 위한 시도였는지도 몰랐다. 어쨌거나 무슨 이유에선지는 몰라도 그들은 젊은이들과 하사날리가 부산을 떠는 동안 짐짓 관심 없는 척 한담을 나누며 거기 서 있었다. 하사날리가 모스크 문을 열자 젊은이들이 시신을 습할 때 쓰는 밧줄침대를 가져왔다. 하사날리는 움찔했으나 아무 말도 하지 않았다. 젊은이들은 신음하는 사내를 밧줄침대에 올려놓고 옮길 준비를 했다.

---

* 아기 예수에게 경배하는 동방박사에 대한 은유.

그때 갑자기 하사날리와 함자 사이에서 병자를 어디로 데려갈 것인가를 놓고 짧은 실랑이가 벌어졌다. 함자는 노년임에도 불구하고, 짧은 회색 수염으로 뒤덮인 쭈글쭈글하고 울퉁불퉁한 얼굴과 번뜩이는 눈이 인상적인 사람이었다. 그는 오래전 부유한 심심* 상인이었지만 지금은 단순한 부자였다. 그의 아들들이 그를 위해 몸바사에서 도축업으로 돈을 벌었다. 그는 자신을 향한 경외에 민감했고 아주 사소한 일에서도 남들이 자신의 말을 따르는 것을 좋아했다. 그는 이 동네의 비공식적인 자마다** 대우를 받고 싶어했다. 한창때 알리 키파라는 바구니 장인이었고 주마네는 칠장이였기 때문에 자마다와 자신들의 상하관계를 잘 알았고 그래서 지금도 요구를 받으면 그에 맞게 행동했다. 함자가 짜증스럽고 조급스레 출발하면서 젊은이들더러 자신을 따라오라고 했다. 그러나 탈진한 사내에 대한 도의적 책임은 그를 발견한 하사날리에게 있었으므로 사내를 돌보고 대접해야 할 의무 또한 그에게 있었다. 이 사실을 누구 못지않게 잘 아는 함자가 저런 행동을 한 이유는, 자신이 그런 자비를 베풀 의무가 있는 부자라는 사실을 모두에게 상기시키기 위해서였는지도 몰랐다.

어쨌든 모두가, 그의 동료 현자 두 명까지도, 함자의 말을 정중히 무시하고 밧줄침대에 누운 사내를 당연하게 하사날리의 가게로 옮겼다. 가게에 딸린 마당으로 통하는 문은 그의 집 대문이기도 했는데 사내를 눕힌 침대가 들어가기에는 폭이 너무 좁아서 두 젊은이가 사내만 들고 마당으로 들어가 집에 달린 이엉차양 밑의 깔개 위에 내려놓았다.

---

* 참깨.

** 영국 식민기 인도 군대의 최하위 장교.

세 노인 또한 사람들 틈을 비집고 마당에 들어와 재빨리 주위를 둘러봤다. 별로 볼 건 없었지만 셋 다 하사날리의 마당에 들어와본 적이 없었기에 이런 극적인 순간에조차 호기심을 억누르지 못한 것이다. 마당은 집과 폭이 같은 널찍한 공간이었다. 화분 몇 개, 집의 뒷면에는 커튼 친 창문 두 개가 뒷문 양쪽에 각각 하나씩, 빨래하기에 알맞게 돋운 콘크리트 대, 요리용 세레다니* 여러 개, 그리고 한끝에는 세면실과 변소가 있는 평범한 마당이었다. 그들은 최근 회칠을 새로 한 담장과 화분의 무성한 화초들, 그 가운데 있는 빨간 장미 한 송이와 활짝 핀 라벤더 한 포기, 빽빽한 알로에 한 그루 또한 알아챘을 수도 있었다.

여섯 명의 무리는 일이 이렇게 되어버린 데 놀란 양, 한동안 사내 주위에 말없이 서 있었다. 그러다 잠시 후에는 다음에 뭘 해야 할지에 관한 몇 가지 의견이 의무에 대한 서약처럼 차례로 나왔다. 치료사 마마케 자이투니를 불러야 해. 그리고 누가 가서 우두둑 씨도 데려와야 하고. 나는 누가 지금 당장 이맘께 말씀드려야 한다고 생각하네, 전염병이나 그보다 더 심각한 것 때문에 특별기도를 해야 할 경우에 대비해서. 마지막 말을 한 사람은 늘 과장하길 좋아하는 함자였다. 하사날리는 이 제안들에 이의 없이 고개를 끄덕인 뒤에 작은 무리를 마당에서 내보냈다. 그들은 가기 싫어 미적댔지만 선택의 여지는 없었다. 애초에 하사날리의 집이라는 사적 공간에 그들이 들어올 수 있었던 이유는 신음하는 사내가 있다는 특수한 상황뿐이었으므로 모두를 대문 쪽으로 돌아서게 하는 데는 하사날리가 두 팔을 벌리고 천천히 손짓하는 것만으

* 화로.

로 충분했다.

"고맙습니다, 여러분 모두 고맙습니다. 죄송하지만 마마케 자이투니를 불러주시겠어요?" 이렇게 부탁함으로써 그가 이웃들에게 진 빚이 하나 더 늘었다.

"물론이지." 상인 함자가 젠체하는 말투로 대답하고는 한 젊은이를 향해 지팡이를 흔들었다. "자, 자, 어서 가게, 여기 사람 목숨이 달렸어."

그리고 마지막 제안들이 뒤따랐다. 마마케 자이투니가 올 때까지 저 자에게 손대지 말게. 손대지 않겠습니다. 우두둑 씨가 도착할 때까지 저자를 옮기지 말게. 옮기지 않겠습니다. 혹시 도움이 필요하거든…… 연락하겠습니다. 하사날리는 대문을 닫기만 하고 빗장은 걸지 않은 채—너무 야박해 보이고 싶지 않았기 때문이다—돌아서서 차양 밑 깔개 위의 여행자에게 갔다. 문득 야생동물에게 너무 가까이 다가간 사람처럼 경계심이 들고 사내와 단둘이 있는 것이 불안해졌다. 이자는 대체 누구인가? 도대체 어떤 인간이 홀로 황야를 헤맨단 말인가? 아까 사내가 땅바닥에 쓰러졌을 때 자신이 그에게 했던 말이 떠올랐다. **당신은 누구요?** 아내와 누이는 그들이 들어오는 소리에 분명 잠에서 깼을 테고 이미 창문 커튼 뒤에 서서 도대체 무슨 일이 일어나고 있는 건지 나와서 봐도 될 순간을 기다리고 있을 터였다. 아픈 이방인을 집에 데려오다니 어리석은 짓을 했다는 생각에 갑자기 겁이 덜컥 났다. 불안함에 흉골이 서늘해졌다.

그는 신기해하는 미소를 띤 채 사내를 쳐다보았다. 황야에서 부상을 입은 이방인이 그의 마당 깔개 위에서 대체 뭘 하고 있는 걸까? 이 사내의 존재는 하늘을 나는 말이나 말하는 비둘기와도 같았다. 그들은 맞닥뜨릴 일이 없는 것이었다. 하사날리는 자신의 그림자를 처음 봤을 때 끔찍한 굴인 줄 알고 느꼈던 공포를 기억했다. 성인이 된 지금도 그는 많은 것을 두려워했다. 때로는 자신의 삶이 어마어마하게 크게 느껴져서 그 그림자를 사방에서 보기도 했다. 빛과 어둠, 이 세상과 저세상 사이의 그 불확실한 시간에 공터에서 본 그림자는 흉측하고 사악한 그 어떤 것일 수도 있었지만 그래도 그는 그렇게 땅바닥에 납작 엎드리지 말았어야 했는지도 모른다. 만약 그것이 유령이었다면 한번 씩 웃고 나서 그의 영혼을 산산조각냈을 것이다. 하사날리의 미소는 유약한 자신을 위한 것인 만큼이나 자신의 발치에 누운 사내를 위한 것이기도 했다. 이 사내는 유령도 아니거니와 딱히 남들보다 못생기지도 않았기 때문이다. 그의 얼굴은 완전히 지쳐 있었고 다듬지 않아 제멋대로 자란 희끗희끗한 수염에 덮여 있었다. 눈은 여전히 뜨고 있었지만 흐릿하고 초점이 없었다(그러나 계속 지켜보고 있던 하사날리는 그의 눈이 깜빡이는 걸 보았다고 생각했다). 약하게 헐떡이는 얕은 숨 사이로 들릴락 말락 한 신음소리가 났다. 팔은 가시에 긁히고 찔려 있었다. 바지와 샌들 위에 입은 하얀 면 덧옷은 낡고 더러워져 거무스름했다. 그것은 찢어진 데를 기운 자국과 얼룩으로 가득했는데 그 얼룩은 그가 출발한 곳이 어디건 그곳에서 묻었다기보다는 길을 잃고 헤매는 동안 묻었을 듯했다. 그런 누더기를 입은 채로 여행을 시작할 사람은 없을 것이기 때문이다. 또 샌들은 천을 찢어 만든 끈으로 여러 번 묶었는데 허리춤에 벨트처럼 맨 것이 바로 갈색 셔츠에서 그 끈들을 찢어내고 남은 부분이었다. 그리고 같은 천으로 만든 또하나의 끈이 머리띠처럼 이마에 묶여 있었다. 하사날리는 마치 사막에서 길 잃은 모험가나 전사의 옷 같은, 무대의상처럼 과장스러운 그의 차림새에 미소 지었다. 그리고 그런 생각 덕에 속이 좀 가벼워졌다. 그가 집에 데려온 사람은 도적, 그들 모두를 살해할 약탈자일까? 아니, 사내는 초주검이었으므로 오히려 그야말로 도적의 피해자일지 몰랐다.

"누구니?" 누나 레하나가 등뒤에서 물었다.

"다친 사람이야." 그가 뒤돌아보며 말했다. 그는 자신이 여전히 웃고 있음을, 약간 흥분했음을 깨달았다.

그녀는 문가에 서서 왼팔로 커튼을 밀어 잡고 있었다. 멍하고 무거운 눈, 깔깔한 목소리로 보아 방금 잠에서 깬 게 분명했다. 그녀가 세 걸음 앞으로 나와서 사내를 탐색하듯 빤히 쳐다봤다. 그의 뜬 눈은 소금물 혹은 황혼 속의 회색 조약돌처럼 빛났다. 이번에는 확실히 눈이 깜빡였다. 부르튼 입술 사이로 신음소리가 계속 새어나왔다. 레하나가 재빨리 뒷걸음쳤다. 그 짧은 시간 동안 어떤 터무니없는 희망이 그녀의 가슴을 채웠는지 하사날리는 그저 상상만 할 수 있을 따름이었다.

"존경하옵는 주인님, 대체 무엇을 가져오신 겝니까?" 그녀가 조롱할 때 특유의 목소리로 그의 등뒤에서 물었다. 하사날리는 자기도 모르게 움찔했다. 그 목소리로 시작한 날은 길고 치욕스러울 때가 많았기 때문이다. 그는 마음의 준비를 하기 위해 잠시 두 눈을 꼭 감았다.

"다친 사람이야." 그가 그녀를 돌아보며 다시 한번 말했다.

그녀는 입을 삐죽 내밀고 이를 악물고 있었다. 그는 불쾌감으로 몸이 뻣뻣해지는 것을 느꼈다. 그러다 그녀의 턱이 성나서 살짝 움직이는 것을 보고는 자신의 짜증이 겉으로 드러났음을 깨달았다. 하지만 화난 그녀의 눈에서 상처 또한 엿보였기 때문에 그는 얼굴을 풀고 표정을 지웠다. 어쩌면 그녀는 자다 깨서 화가 났는지도 몰랐다. 늦잠 자길 좋아했기 때문이다. 하지만 설사 그렇더라도, 죽어가는지도 모르는 사내가 발치에 축 늘어져 있는데 자기가 잠 못 잔 것만 생각하는 게 말이 되는가. 바로 그때 그의 아내 말리카가 레하나의 오른쪽 어깨 뒤에서 문틈을 비집고 나오더니 사내의 모습을 보고는 몹시 놀란 동시에 안쓰럽다는 듯 헉 소리를 내며 손으로 입을 가렸다. 그녀의 상냥함을 보자 그의 얼굴에 절로 미소가 떠올랐다.

"잠깐만!" 레하나가 앞으로 나아가려는 말리카를 막았다. "그렇게 서둘지 마. 이 남자는 누구니? 어디서 발견했어? 뭐가 문제인 거야?"

"나도 몰라." 하사날리가 레하나가 짜증낼 때면 늘 그러듯 부드럽게 달래는 투로 말했다. 때로는 그 말투가 그녀를 더 화나게 할 때도 있었지만 말이다. 그녀가 기분이 나쁠 때, 특히 그가 그녀의 질문에 대답하지 못해서 기분이 나쁠 때 그는 달리 어떻게 말해야 좋을지 몰랐다. 질문에 대한 답을 알 때에도 그녀가 경멸적인 태도를 보이면 그는 스스로 의구심을 품고 대답을 피했다. 지금 이 순간 또 망설임이 들자 그는 이번에도 자신이 너무 경계심이 없었다는 사실을 깨달았다. "저 밖에서 왔어. 부상을 입었고."

"바깥 어디? 어느 방향에서? 왜 다쳤는데? 무슨 병에 걸렸는데?" 레하나가 경멸적인 불신의 표정으로 물었다. 하사날리는 그 익숙한 눈빛을 보면서, 원래는 매력적이고 호감 가게 생긴 그녀의 얼굴이 그 눈빛 때문에 얼마나 추해지는지 본인에게 말할 수 있었으면 좋겠다고 생각했다. 하지만 그런 말을 하고도 상황을 악화시키지 않는 법은 배운 적이 없었다. "너와 네 경망한 행동이 우리집에 대체 뭘 가져온 거니? 어디서 왔는지도 모르고, 무슨 병에 걸렸는지도 모르는 병자가 나타났는데 우리 다 같이 저 사람이 걸린 병에 걸려 죽자고 곧장 집으로 데려온 거니? 너는 바깥일을 하는 사람이잖아. 분명 세상 물정도 잘 알 테고. 저 사람한테 닿은 적 있니?"

"아니." 하사날리는 그렇게 대답하면서 자신이 그에게 한 번도 손을 대지 않았다는 사실에 놀랐다. 아내 말리카를 흘끗 쳐다보자 그녀가 시선을 떨궜다. 그녀는 너무 사랑스럽고, 너무 순박하고, 너무 어려 보였다. 그는 그녀를 바라보면서 일종의 고통을, 그녀의 순애보에 대한 질투어린 불안과 그녀를 기쁘게 하고 싶은 갈망 사이의 무언가를 느꼈다. "젊은 친구들이 저 사람을 들어서 여기까지 옮겼어. 하지만 누나 말이 맞아. 병 생각은 안 했네. 다쳤다고만 생각했지. 마마케 자이투니가 올 때까지 손대지 않는 게 좋겠다. 사람은 보냈어. 말리카, 누나 말대로 떨어져 있어요."

"이제야 아주 현명한 사람이 됐구나." 레하나가 냉소적으로, 지친 듯이 말했다. 그리고 거기 누워 있는 사내를 쳐다보더니 무례를 저지르긴 싫다는 듯이 목소리를 낮추고는 거의 속삭임에 가까운 소리로 말했다. "식사하는 깔개에 눕혔잖아. 도대체 무슨 생각이었던 거니? 뭣 때문에 아픈지도 모르면서 저런 이방인을 집에 데려오다니. 저러다 죽을지도 모른다고." 그녀가 목소리를 한층 더 낮추면서 말했다. "그러면 저 사람 친척들이 따지러 올 거란 말이야."

"고통받는 사람에게 친절과 돌봄을 베풀 수 있는데도 내가 버려두고 올 거라고 생각하면 안 되지." 하사날리가 응수했다.

"아, 내가 깜빡했네. 너는 하느님의 사람이었지." 레하나가 가볍게, 심지어 살짝 웃으면서 말했다. "다음번에는 그러지 말고 모스크로 데려가. 하느님이 돌봐주실 테니까. 우리는 네가 냄새나는 야만인을 데려오지 않았다는 데 감지덕지해야 하는 거지? 마마케 자이투니를 부르러 사람은 보냈니?"

레하나는 수년 동안 그를 바보 취급했다. 처음부터 그랬던 건 아니었다. 마치 그가 이해가 느리고 세상 무능한 사람인 모양 말하기 시작한 것은 그녀가 성인이 되고 나서부터였다. 처음에는 그도 레하나가 (나이들고 과부가 되면서 성말라진) 어머니와 죽이 맞아서 어른 행세를 하는 게 재미있다고 생각했다. 그리고 그러는 동안 그들의 명예를 지키고 생계를 꾸리느라 밤낮으로 일했다. 그렇게 열심히 일한 데 대한 보답이 무능하다는 공공연한 비난이었다는 것, 그것이 그가 차마 말하지 못한 또 한 가지였다. 시간이 흐르자 레하나의 업신여기는 태도는 그대로 굳어졌고 하사날리는 어쩔 수 없이 그녀의 경멸을 받아들이게 되었다. 어차피 다른 도리도 없었다. 그녀의 경멸을 그토록 깊어지게 만든 것은 시간만이 아니었다. 그래, 그렇다. 거기에는 아자드와 하사날리의 탓도 있었다. 때로는 그녀의 목소리가 그의 온몸으로 울려퍼져서 하릴없이 눈물이 흐르기도 했다.

"그래, 불러올 사람을 보냈어." 그가 말했다. 말리카 쪽을 흘끗 보자 그녀는 잘했다는 눈빛을 재빨리 보낸 뒤에 얼른 시선을 돌렸다. "집에 커피가 있나?" 그가 그녀에게 말을 걸기 위해, 그리고 레하나에게서 벗어나기 위해 물었다.

말리카가 고개를 끄덕였다. "제가 끓일게요." 그녀는 신음하는 사내를 필요 이상으로 빙 둘러서 화로로 향했다.

가게에서 시간이 느리게 흐를 때, 시간을 보내기 위한 염주기도에도 질렸을 때, 그는 알 수 없는 곳에서 솟아오른 불안의 물결이 숨통을 죄어오는 것을 막을 수 없었다. 그것은 예측 불가능한, 대개 사소한 문제들과 관련이 있었다. 그럴 때면 너무 오랫동안 품어온 작은 문제는 점점 크고 고질적인 것으로 변하곤 했는데 그중 하나는 그를 향한 말리카의 존중심 또한 언젠가 경멸로 바뀌지 않을까 하는 두려움이었다.

레하나는 뒷문 옆 스툴에 앉더니 한숨을 쉬며 벽에 기대어 마마케자이투니를 기다리기 시작했다. 하사날리는 살짝 반대쪽으로 돌아앉아 죄책감을 억눌렀다. 그는 너무 쉽게 비난에 수긍했다. 이런 무언의 질책에 좀더 냉담해져야 했다. 그는 차양을 받치는 장대에 기대어 회색 덩어리를, 자신이 집에 데려온 사내를 바라봤다. 그를 자기 집 마당에 데려왔을 때의 기쁨이 떠올랐고 함자가 그를 낚아채려던 것을 생각하니 웃음이 나왔다. 함자는 그런 기회를 절대 그냥 넘기지 못했다. 매번 남과 경쟁하고, 매번 으스댔다. 하지만 레하나의 말처럼 냄새나는 야만인이었어도 함자가 그 이방인을 낚아채려 했을까? 아니었을 것이다. 함자는 젊은 시절 함께 여행하고 무역했던 야만인들에 대해 일장 연설을 늘어놓곤 했다. 언제 화를 낼지 예측할 수가 없다, 터무니없는 것을 욕심낸다, 식탐에 끝이 없다 등등. 짐승이라고도 했다. 그렇다면 하사날리 자신은 집에 데려왔을까? 그 생각을 하니 절로 미소가 지어졌다. 당연히 아니었기 때문이다. 그들은 다들 야만인을 두려워했다. 모두가 항상 야만인 이야기를 했다. 황야에서 살아남을 수 있는 것은 두려움이 없는 들짐승과 야만인, 그리고 끝없는 분쟁 속에서 오래전에 이성을 잃은, 정신 나간 소말리족과 아비시니아*의 후브시족과 그 친척들뿐이었다. 레하나를 흘끗 보니 그가 혼자 미소 짓는 모습을 빤히 쳐다보고 있었다. 그녀가 천천히 고개를 내저었다. 이제 완전히 잠이 깼는지 눈이 말똥말똥했다.

"마시키니." 그녀가 말했다. "으이구, 쯧쯧."

"함자 생각을 하고 있었어." 그가 말했다. "저 사람을 자기 집으로 데려가고 싶어했거든. 그 영감은 늘 선수를 치려 한다니까."

"그런데 네가 가로막았다는 거지?" 그녀가 냉소적인 감탄이 담긴 목소리로 물었다.

그 순간 담장 너머에서 부르는 소리가 들렸다. 마마케 자이투니가 도착한 것이다. 하사날리가 문을 열어보니 세 동방박사는 밧줄침대에 앉아 있고 두 젊은이는 마마케 자이투니를 위해로부터 보호하려는 듯 뒤에서 얼쩡대고 있었다. 작고 지칠 줄 모르는 치료사는 낮고 일정한 목소리로 기도를 외면서 이야기 타래를 풀어가며 하사날리를 바삐 지나쳤다. 밖에는 뜻밖에도 군중이 모여 있었다. 하사날리는 혹시라도 불쾌해하는 사람이 있을까봐 모호한 동작으로 가라는 손짓을 하고는 문을 닫고 빗장을 걸었다.

"거, 안에 별일 없는가?" 늘 그렇듯 누구보다도 목소리가 큰 함자였다. 하사날리는 다시 문을 열고 조용히 하라고 그들을 부드럽게 타일렀지만 세 장로가 서 있는 것을 보니 기뻤다. 두 젊은이는 밧줄침대를 단단히 붙잡고 떠나려는 참이었다. 그는 손을 흔들어 작별인사를 하고 얼

* 현재의 에티오피아.

른 문을 닫았다.

“하사날리, 가게는 언제 열 건가?” 주마네가 담장 너머에서 물었다. 그들은 그가 가능한 한 빨리 나오길 원했다. 그래야 안에서 무슨 일이 일어나고 있는지 물어볼 수 있었기 때문이다.

“곧 열 겁니다, 형제 여러분.” 그가 대답했다.

“우리는 기도하겠네.” 알리 키파라가 외쳤다. 하사날리를 밖으로 나오게 하려는 심산인지도 몰랐다.

마마케 자이투니는 레하나랑 말리카와 손 입맞춤을 나눴다. 하지만 실제로는 두 사람이 자기 손에 입맞추게 두지는 않고 자기만 그들 손에 입맞췄다. 상대방의 손에 먼저 입을 맞춘 뒤에 자기 손을 빼버리는 것은 겸손한 자의 비법이었다. 다른 사람이 절대 자기 손에 입맞추지 못하게 하는 것은 가장 미천한 자에게도 겸손을 보여주는 그녀의 방식이었다. 다들 그것을 가리켜 그녀의 성자 같은 면모라고, 하느님이 그녀의 아버지에게 그랬듯이 그녀에게도 치유 능력을 준 이유 중 하나라고 말했다. 그녀는 기도를 중얼거리며 자신의 부이부이*를 벗어서 조심스럽게 개었다. 마치 그것이 나무 연기와 비계 냄새가 나는 아주 얇은 면이 아니라 단향으로 만든 향 냄새가 풍기는 최고급 실크인 것처럼. 얼굴 주위에 단단히 묶여 있던 낡은 면 숄을 풀자 그것이 손목까지 내려와서 그녀의 두 손과 뾰족한 얼굴만 보이게 되었다. 그녀는 샌들을 벗고 깔개 위로 올라가서 비쩍 마른 늙은 맹금처럼 허리를 굽히고는 사내에게 닿지 않게끔 주위를 한 바퀴 돌았다. 그녀는 신에게 도움

* 동아프리카 모슬렘 여성들의 의상. 검은색 긴 원피스와 검은색 두건으로 이루어져 있다.

을 청하고 이 낯선 자로부터 자신을 보호해달라고 기도했다. 그다음에는 레하나와 말리카에게 집안으로 들어가라고 했다. 이방인의 수치심을 덜어주기 위해서라고 그녀는 말했다. 마마케 자이투니는 마치 그들이 뭔가 부적절한 기쁨을 얻으려고 주위를 얼쩡댄 양 날카롭고 짜증스럽게 말했다. 그녀는 항상 그렇게 딱딱하고 분명하게 말했고 절대 어쩔 줄 모르는 법이 없었다.

레하나는 불만스러운 소리를 냈지만 저항하진 않았다. 겸손함과 딱딱함이라는 조합 때문에 사람들은 마마케 자이투니의 말에 거역하지 못했다. 그녀에게는 항상 최선의 해결책이 무엇인지 알아내는 침착성이 있었다. 마마케 자이투니가 사내의 몸은 건드리지 않은 채 가느다란 칼로 그의 덧옷을 옷깃부터 발목까지 찢어서 열어젖혔다. 그는 피부가 하얀 유럽인이었다. 몸은 마르고 앙상했고 밝은 빛 아래에서 보니 연약하고 낯설어 보였다. 하사날리는 처음에 그가 북쪽에서 온 아랍인이라고 생각했다. 그들은 피부가 하얗고 눈은 회색이고 머리는 금발이라고 들었기 때문이다. 그러나 마마케 자이투니와 함께 사내의 샌들과 바지를 벗겨보니 할례를 받은 흔적이 없었다. 음중구네, 마마케 자이투니가 혼잣말했다. 유럽인이라는 뜻이었다. 여기저기가 멍들고 긁혔지만 몸통의 앞이나 옆에는 상처가 없었다. 배는 이상할 정도로 하얗고 부드러워서 차가운 시체처럼 보였다. 마마케 자이투니의 앙상한 손이 머뭇거리며 그 위를 맴도는 것을 보고 하사날리는 매혹과 두려움이 뒤섞였다고 생각했다. 그녀가 호기심에 당장이라도 그곳을 만질 것만 같았다. 그것은 마마케 자이투니가 매일 지치지도 않고 만들어 파는 빵의 반죽을 주무르는 손과 똑같은 손이었다. 반죽을 굴리고, 번철에 던지고, 뒤

집어서 꺼낼 때도 절대 데지 않는 손과 똑같은 손이었다. 병든 콩팥 위를 마사지하고, 피 흘리는 종아리에 붕대를 감고, 인간의 고통에 주저 없이 담그는 손과 똑같은 손이었다. 그 손이 지금은 사내의 창백한 배 위에서 머뭇거리고 있었다.

그들이 사내를 모로 뉘자 그가 신음하며 눈을 떴다. 하사날리는 그에게서 악취가 날 거라고 생각했지만 실제로는 건조육과 먼지 냄새, 햇볕에 너무 오래 놔둔 행주 냄새, 여행의 냄새가 났다. 굶주린 모습, 먼지와 햇볕 냄새로 보아 그는 며칠 동안 길을 잃었던 게 틀림없었다. 등에는 멍과 긁힌 자국이 더 있었고 오른쪽 어깨에 짙은 녹색 멍이 있었지만 베인 상처나 핏자국은 없었다. 그를 다시 반듯이 눕힌 다음, 마마케 자이투니가 찢어진 덧옷으로 그의 몸을 덮고 나서 여자들을 불렀다. 그녀가 사내의 얼굴을 쓰다듬자 그가 다시 신음하며 눈을 게슴츠레 떴다.

"따듯한 꿀물 좀 먹여." 그녀가 자신의 태도만큼이나 날 선 목소리로 말했다. "커피잔에 꿀이랑 물을 일 대 삼으로 섞어서 줘." 그녀는 레하나를 흘끗 봤다가 눈이 마주치기도 전에 다시 시선을 홱 돌렸다. 레하나는 그 눈빛에 코웃음으로 응수했다. 난 안 해요, 라는 뜻이라고 하사날리는 생각했다. "그리고 좀 재워. 아픈 데는 없고 지치고 탈수가 왔을 뿐이야. 그건 확실해. 어깨가 심하게 멍든 걸 보니 뼈가 부러지거나 빠진 것 같아. 그 부분은 우두둑 씨한테 맡겨. 나는 이만 빵 구우러 가야겠다. 기다리는 사람들이 있으니까. 나중에 수프를 좀 가져오마."

"병에 걸린 게 아니에요?" 레하나가 믿을 수 없다는 듯 물었다.

"그런 기색은 없구나." 마마케 자이투니가 말했다. "열이나 두드러기도 없고 냄새가 나거나 설사를 하지도 않아. 아마 햇볕을 너무 많이 쬐서 탈수랑 어지럼증이 왔을 거야. **리멤카우샤 나 쿰티아 키중구중구.** 꿀물을 먹이고 우두둑 씨가 다녀간 후에 다시 오마. 지금은 빵 구우러 가야겠다."

마마케 자이투니가 떠날 채비를 하는 동안 서로에게 지시사항을 줄줄 말하는 것으로 보아 여자들은 더이상 하사날리가 필요하지 않은 것 같았다. 하사날리는 사내가 말을 하거나 자기를, 또는 자기 쪽을 쳐다보기라도 하길 바라며 머뭇거리다가 자리를 떴다. 그를 발견한 사람은 자신인데 남들에게 맡기고 가는 것은 옳지 않은 듯했다. 하지만 사내는 말을 하지 못했다. 적어도 하사날리가 마침내 집안을 가로질러 가게를 열러 갈 때까지는.

"필요한 거 있으면 불러." 하사날리가 외쳤다. "그리고 말리카, 내 커피 잊지 말고요."

"네, 주인님." 말리카가 복종하는 연기를 하며 장난스럽게 대꾸했다.

그것이 영국인 피어스가 본인조차도 끝내 완전히 파악하지는 못한 화제와 여파를 일으키며 이곳에 도착한 경위였다.

하사날리는 작은 사내였다. 그는 자기가 뚱뚱하고 둥글둥글해서 남들 눈에 작고 조금 우스꽝스러워 보인다고 생각했다. 놀림이 시작되면 그 조롱과 농담의 흐름이 늘 불편해서, 말썽에 휘말리지 않으려고 가만있었다. 그렇게 혼자만의 세계에 몰두한 채 소극적으로 살았다. 조롱당할 것을 예상하고 어쩔 수 없이 그것을 견디면서. 평생 그를 알아온 사람들은 그가 불안을 감추지 못한다는 것을 알았기에 그걸 가지고 또 놀려댔다. 그것이 그의 **진시**, 즉 혈통 때문이라고 말했다. 인도인들은 겁쟁이야, 그들은 말했다. 겁먹은 나비처럼 파닥거리지. 하지만 그의 아버지는 쑥스러움이 없었다. 다혈질이었던 젊은 시절에는 노래하고 춤추고 거리에서 아무하고나 경주를 했다. 그런 아버지도 진시는 인도인이었다. 그를 이렇게 만든 것은 하느님이었다. 진시와는 아무런 관계도 없었다. 그가 뭐라고 왈가왈부하겠는가. **알함둘릴라**. 그는 두 눈을 똑바로 뜨고 말썽이 다가오지는 않나 망보면서 그것이 자신이 할 수 있는 최선이라고 생각했다. 오랜 세월에 걸쳐 그는 자신과 더불어 사는 사람들에 관한 일종의 지혜를 배웠다. 그렇다고 해서 매번 말썽을 피할 수 있는 것은 아니었지만 그들의 조롱을 담담히 받아들였으며 그 조롱 뒤에 어떠한 악의도 없고 오직 명랑과 거친 친근함만 있는 척했다. 또 오랜 세월에 걸쳐, 소극적인 태도를 취하면서도 미묘하게 고객들과 이웃들보다 우위를 차지하는 법을 배웠다. 그는 의심의 여지 없이 작은 남자였지만 작고 교활한 남자였다. 장사꾼이라는 직업에는 고객들보다 한 수 위에 있는 것, 그들이 지불하고 싶어하는 돈보다 많이 내게 하는 것, 그들이 갖고 싶어하는 양보다 적게 주는 것이 필요했다. 그리고 이것을 소소하게 해야지 절대 노골적이거나 공격적으로 해선 안 됐다. 그는 다른 상인들의 계략과 거래에 대해, 그렇게 해서 남긴 이문에 대해 들었을 때 그들이 무릅쓴 위험을 생각하고는 공포와 시기로 전율했다. 그러자 사람들은 그를 비웃었고 그래서 그는 약간이지만 그들에게 대가를 치르게 했다. 그 정도는 이 일에 따라오는 것이라고 생각했다.

때로는 그가 그들을 미미하게 등치면서 느끼는 기쁨이 빤히 보이기 때문에 비웃음을 사는 거라는 생각이 들기도 했다. 때로는 자신이 제

빵사나 목수 같은 뭔가 유용한 직업을 가졌더라면 좋았을 거라고 생각하기도 했다. 하지만 그는 그런 게 아닌, 다른 수많은 사람들 같은 장사꾼이었다. 그의 아버지도 장사꾼이었고 그의 아들도, 언젠가 낳는다면, 장사꾼이 될 것이었다. 그들은 작은 사람들이었다.

그날 아침 가게를 열 때는 손님 셋이 기다리고 있어서 허둥거리지 않을 수 없었다. 그중 한 명은 어린애였고 나머지 둘은 아까 다친 유럽인을 그의 집까지 날라다준 수고비를 받으려고 기다리는 젊은이들이었지만 말이다. 아까부터 계속 기다렸어요, 젊은이들이 말했다. 이제는 확실히 지각하겠네요. 평소에는 새벽기도에서 돌아왔을 때, 아무도 없을 때 가게를 열기 때문에 느긋하게 움직일 수 있었다. 그것은 정교한 작업이었다. 가게의 앞면은 두꺼운 널빤지로 막혀 있었는데 너비가 두 뼘인 널빤지가 모두 합해서 열여덟 장이었다. 그는 우선 두 장만 빼놓고 아이를 응대했다. 기* 한 국자, 그리고 댁에 안부 전해다오. 그런 다음 두 젊은이에게는 각각 10안나씩 주었다. 그들은 동전을 받았지만 헛웃음을 지은 채 꼼짝 않고 그 앞에 서 있었다. 그들, 살림과 바부는 착실한 청년이었다. 그들 또한, 방금 기를 사간 소년처럼, 어머니 심부름을 하러 그의 가게에 왔던 적이 있었고 아마 그가 죽을 때까지 손님으로 남을 가능성이 높았다. 그가 10안나씩 더 주고 한번 더 10안나씩 준 후에야 그들은 그에게서 돈을 뜯어낸 방식에 만족하며 물러갔다. 왜냐하면 다들 하사날리를 실제보다 부자라고, 그래서 그의 근검을 인색이라고 생각했기 때문이다. 구두쇠로 여겨지는 것, 넉넉한 자가 어려운

---

* 인도식 정제버터.

자에게 베풀라는 하느님의 명령을 거역한 죄인이 되는 것은 끔찍한 일이었다. 사람들은 그들이 원하는 물건 더미 위에 밤낮으로 엉덩이 붙이고 앉아 있는 장사꾼에게 몇 안나, 몇 루피를 늘 지불하고 있었으므로 그가 돈 쌓는 것 외에는 하는 일이 없다고 생각했다. 그들은 장사꾼이 상거지처럼 살면서 뒷마당 구덩이 속에 돈을 숨긴다고 말하곤 했다.

하사날리는 남은 널빤지 열여섯 장을 하나씩 빼서 가게 밖에 쌓았다. 그리고 경첩 달린 덮개들을 빼내서 널빤지 위에 놓고 상품을 제 위치에 정리했다. 그러고는 기름과 기와 향신료가 담긴 통들 사이에, 렌틸콩과 콩과 대추야자가 담긴 바구니들 사이에, 쌀과 설탕이 든 포대들 사이에 자리잡고 앉았다. 하나같이 시간이 걸리는 일들이었다. 마침내 일을 다 끝마치고 나자 그의 생각은 말리카가 가져다주기로 한 커피와 어쩌면 거기에 따라올지도 모를 빵 한 조각으로, 그다음에는 자신의 마당 차양 밑에 누워 있는 사내에게로 흘러갔다. 그는 그 부조리함에 움찔했다. 대체 어떤 인간이 수천 마일 떨어진 황야에서 헤매기 위해 집을 떠나온단 말인가? 그것은 용기인가, 일종의 광기인가? 그가 두고 온 것보다 우월한 것이 여기에 뭐가 있단 말인가? 하사날리 자신이 그런 방황을 하고 싶게 만들 만한 충동은 상상이 가지 않았다. 목소리도 이름도 없는 낯선 자를 누나와 아내가 있는 집에 두고 온 건 어리석은 짓이었나? 만약에 그가 폭력적으로 변하거나 상상할 수 없을 만큼 끔찍한 짓을 시도한다면 하사날리의 부주의는 용서받을 수 없을 터였다. 그는 가게에서 집안으로 넘어가는 문간에 서서 말리카를 불렀다. "빨리빨리, 이리로 와봐요."

"지금 가요, 당신 커피 가져가고 있잖아요." 그녀가 외쳤지만 그 목소리는 가게와 이어진 통로 양쪽에 늘어선 포대와 궤짝에 묻히고 말았다.

"빨리 와요." 그는 다급하게 부르면서도 그녀의 목소리가 겁먹은 것처럼 들리지 않아서 이미 안심하기 시작했다. 그래도 그녀에게 조심하라고 말할 수 있도록, 세상에 대해 경고할 수 있도록 그녀가 서둘러주길 바랐다. "거긴 좀 어때요?" 그녀가 커피가 담긴 주전자와 천으로 싼 수수빵을 가져오자 그가 물었다. "어떻게 돌아가고 있어요?"

"뭐, 알고 보니까 그 남자가 사람의 형상을 한 악령이더라고요." 말리카가 머리에 두건을 쓰지 않은 채 문간에 서서 겁에 질린 눈으로 하사날리를 쳐다보며 말했다. "형님이 꿀물 한 모금을 줬더니 로크*로 변해가지고 지금은 지붕 위에 올라앉았어요. 우리 중 한 명이 쓰러져 죽으면 영혼을 훔쳐가려고 기다리고 있죠."

"장난 그만 쳐요." 하사날리는 이렇게 말했지만 속으로는 말리카가 자신을 놀리는 것이 좋았다. "로크일 리 없어요. 내가 전에 말했잖아요. 로크는 이름은 있지만 몸이 없어서 지붕 위에 앉을 수 없다고." 게다가 로크는 산 자를 지켜보다가 그가 죽으면 떠나가는 파괴할 수 없는 정령이지 영혼의 도둑이 아니다. 그들의 음중구는 몸은 있고 이름은 없으므로 확실히 로크가 아니었다. 하지만 그녀는 아랑곳하지 않고 그저 그를 놀리기 위해 그가 한 말을 틀리게 옮겼다. 단둘이 있을 때 그녀는 그를 많이 놀렸다. 그들의 비밀스러운 장난 중 하나는 그가 사과할 테니까 포옹하자고 제안할 때 말리카가 그를 야단치는 것이었다. 그의 삶은 그녀가 온 뒤로 완전히 달라졌다.

* 『천일야화』에 나오는 거대한 가상의 새.

"그럼 지금 무슨 일이 일어나고 있을 것 같아요?" 그녀가 물었다. "음 중구는 누워서 끙끙대고 있어요. 형님이 꿀물을 주면 질질 흘리면서 한 모금 받아먹고는 아기처럼 트림을 하죠. 우두둑 씨가 조금 전에 와서 살펴보고 있으니까 괜히 불안해하지 마요."

"나는 괜히 불안해하는 게 아니에요." 그는 얼굴을 찌푸리면서, 자기 나이가 그녀의 두 배에 가까우니 그녀가 좀더 존경을 표해야 한다는 사실을 상기시키려 했다. 하지만 사실 그는 더 많은 존경을 바라는 것이 아니라 그저 그녀가 서둘러 가버리지 않길 원할 뿐이었다. "당신이 괜찮은지 궁금했어요. 커피를 하도 안 가져오길래. 우리는 그 남자가 누군지 모르잖아요. 나는 안에서 무슨 일이 일어나고 있는지 몰랐고."

"그 남자는 거의 살아 있다고 볼 수 없는 상태로 누워 있습니다요, 주인님."

하사날리가 고개를 끄덕였다. "우두둑 씨가 뭐래요?" 그가 물었다.

"아직 아무 말도 안 했는데, 말한다 해도 우리한테는 하지 않을 거예요." 그리고 말리카가 이렇게 속삭였다. "무서운 노인이잖아요."

"그럼 이만 가봐요." 하사날리가 손짓으로 그녀를 돌려보냈다. 손님이 다가오는 것이 보였기 때문이다. "우두둑 씨한테, 뭔가 하기 전에 나한테 먼저 이야기하라고 해요."

우두둑 씨는 접골사였다. 그가 그런 별명과 무서운 평판을 얻은 이유는 부러진 뼈를 잘못 맞출 때가 많기 때문이었다. 그래서 나중에 제대로 맞춘답시고 뼈를 다시 부러뜨리는 일이 잦았다. 때로는 다시 맞추기가 한 번 이상 반복되어 우두둑 씨의 치료를 받으려던 것이 작은 비극으로 변하고 마는 경우도 있었다. 부모들은 자식이 넘어지면 우두둑 씨의 손길이 필요하게 될까봐 두려움에 떨었다. 이 동네에는 뼈를 어떻게 맞춰야 하는지 아는 사람이 달리 없었기 때문이다. 하사날리는 불쌍한 음중구가 부러진 데가 없길 바랐다.

그는 자기 집에 음중구가 있다는 사실이 좋았다. 유럽인은 예전에 한 번, 이삼년 전 동네 바닷가에 갔을 때 본 적이 있었다. 물론 어렸을 때도 남들처럼 바닷가에 가본 적은 있었지만 그 시절에는 음중구가 하나도 없었다. 지금은 가게를 대신 봐줄 사람도 없고 공급자들과 장기계약을 해서 물건을 사들이기 때문에 사입하려고 누군가를 쫓아다닐 필요가 없었다. 그는 때때로 이웃이나 지역 유지가 죽었을 때 가게를 닫고 묘지까지 장례행렬을 따라가기도 했다. 그리고 라마단* 기간에는 낮에 아무도 외출하지 않으니 가게를 열어놓는 것이 무의미했다. 또 말리카가 온 뒤부터는 점심시간에 가게를 닫고 오후에 짧은 휴식을 취했다. 이런 경우 또는 이와 비슷한 한두 가지 경우 외에는 매일 새벽기도 후부터 일몰 한 시간 후까지 가게를 열었고 어떤 이유로든 돈통 위의 자기 자리를 떠나는 법이 거의 없었다. 하사날리는 심지어 자기 몸까지도 이 경직된 일과에 맞게 단련했다.

그가 바닷가에 갔을 때는 모든 가게가 낮에 잠깐이라도 문을 닫는 것이 관습인 이드알피트르**였다. 그는 연례행사인 보트경주를 보고 싶었기 때문에 다른 사람들과 함께 만으로 갔다. 그리고 그곳에서 천으로 덮인 연단 위의 아랍 귀족들 사이에 서 있는 음중구를 봤다. 그는 몸무

---

* 이슬람력의 9월. 이 한 달 동안 일출 때부터 일몰 때까지 식사, 흡연, 음주, 성행위를 금한다.

** 라마단이 끝난 다음날부터 삼 일간 계속되는 축제.

게가 많이 나가 보였고 키가 컸으며 녹색 재킷과 밝은색 바지를 입고, 하사날리가 들어본 적은 있으나 한 번도 본 적은 없었던 누비 모자를 쓰고 있었다. 하사날리는 그가 바로 잔지바르 술탄국*의 술탄이 플랜테이션 농장을 경영하라고 보낸 사람이자 예기치 않게 노예를 해방해서 지주들에게 손해를 끼친 사람임을 알았다. 그때 그 음중구는 하도 멀리 떨어져 있어서 녹색 재킷과 모자만 보였고 실존 인물이라기보다는 이야기 속 등장인물 같은 느낌이 더 강했다. 하지만 이 음중구는 그의 집 마당에서 식사 깔개 위에 누워 신음하고 있는, 그의 손님이었다.

하사날리는 손님이 오면 늘 흥분됐다. 특히 첫 며칠 동안은 더 그랬다. 모든 것이 혼란스럽지만 행복했고 모두가 한동안 좋은 시간을 보냈다. 하사날리는 그것을 정말 좋아했다. 하지만 이 손님은 다른 손님들과 완전히 달랐다. 유럽인, 음중구였으니까. 유럽인에게는 뭘 어떻게 해야 할까? 어디서 재워야 할까? 함자가 그를 데려가게 놔뒀어야 했다. 함자는 집에 빈방이 많았고 음중구를 편안하게 만들어줄 돈과 가구가 있었다. 그러나 이 집에는 방이 두 개밖에 없으므로 하사날리의 방을 유럽인과 같이 써야 할 터였다. 그가 들은 바에 따르면 유럽인은 방을, 심지어는 집 전체를 혼자 쓰겠다고 할 것이 분명했다. 식사는 또 뭘 줄 것인가? 대화는 어떻게 나눌 것인가? 그는 아마 영국인, 아니면 독일인, 어쩌면 이탈리아인일지도 몰랐다. 하사날리는 그 언어들을 단어 하나 알지 못했다. 알아야 할 이유가 없지 않은가? 그는 문명생활의 끄트머리에 위치한 다 쓰러져가는 소도시의 장사꾼일 뿐이었다. 어쩌면—

* 1부의 배경은 현재는 케냐 영토인 몸바사 근처의 소도시다. 1899년에 잔지바르 술탄국의 영토는 잔지바르군도뿐만 아니라 케냐까지 포함했다.

하사날리는 가게의 바구니와 포대를 정리하면서 생각했다—함자에게, 영국인이건 뭐가 됐건 간에 이 사내를 데려가라고 전갈을 보내야 할지도 몰랐다. 이런 생각에 사로잡히자 소심한 심장이 빠르게 뛰기 시작했다. 지금 당장 전갈을 보내야 했다. 제발 와서 영국인을 데려가세요, 제 초라한 집에는 그런 손님에게 내줄 방이 없습니다. 하지만 그러면 사람들이 얼마나 그를 놀리고 비웃겠는가. 그들은 그가 인색한 수전노라고, 부상당한 이방인에게 호의를 베푸는 것도 아까워한다고 말하면서 사실은 그가 집에 보물을 숨기고 있다는, 늘 하는 헛소리를 덧붙일 것이다. 하지만 그가 숨겨둔 것은 확실히 부라고 하기에는 지나치게 양이 적었다.

게다가 사내가 새벽어둠으로부터 나타나는 것을 본 사람, 그를 밝아오는 빛에 옴짝달싹 못하는 유령으로 착각했던 사람은 다름 아닌 하사날리였다. 사내의 빛나는 회색 눈이 찾아내서 좇아온 사람 또한 그였다. 일이 이렇게 된 것은 하느님이 준 기회였다. 하느님이 하는 일에 우연은 없었다. 이것은 아직까지는 그에게 뚜렷이 보이지 않는 지혜에 따라 아마도 그를 시험하거나 벌주거나 테스트하기 위해 부여된 과업인 듯했다. 다친 사람을 박대하거나 돕지 않는 것을 그가 어떻게 고려라도 할 수 있겠는가? 유럽인을 다른 곳으로 보내는 것은 하느님에 대한 모욕이라고 스스로를 납득시키고 나자 하사날리는 아까 자기 집에 있는 영국인을 생각했을 때 느꼈던 고요한 흥분이 온몸으로 퍼져나가는 것을 느꼈다. 마치 이국적인 애완동물을 남에게 줘버리려다 제때 정신을 차린 것과도 같았다.

아침 손님의 행렬이 부드럽게 이어지고 있을 때 우두둑 씨가 나타났다. 그는 가게의 저장고이기도 한, 집안과 가게를 연결하는 통로를 통해 안에서 나왔다. 하사날리는 그가 나오는 길에 뭔가 훔치지는 않았나, 짧지만 의심스러운 눈길을 보냈다. 그것은 자기도 모르게 나오는 습관적인 불신의 눈빛이었다. 모든 사람이 그의 물건을 훔쳤기 때문이다. 누가 우두둑 씨에게 그곳으로 나가도 된다고 했을까?

"야히아, 안녕하세요?" 하사날리가 말했다. 발이 아주 빠르거나 뼈가 부러지는 것이 두렵지 않다면 모를까, 그의 면전에 대고 우두둑 씨라고 부르는 사람은 아무도 없었다. "우리 손님은 어떻습니까?"

우두둑 씨는 칸주*가 불룩 튀어나올 만큼 배가 남산만하고 체구가 큰 노인이었다. 젊은 시절 장사 같았던 힘과 넘치는 색욕에 대한 일화는 그에 관한 전설의 일부에 불과했고 노인이 된 지금도 용사처럼 거들먹거리지 않고는 걷지를 못했다. 게다가 꽉 째는 두껍고 하얀 면모자 때문에 인상이 더 강해 보이고 머리는 대포알처럼 보였다. 그는 모든 사람을 노려봤고 거리를 활보할 때 어깨는 한껏 뒤로 젖히고 배는 앞으로 쑥 내밀고 군인처럼 두 팔을 흔들면서도 자신이 얼마나 우스꽝스러워 보이는지 알지 못했다. 사람들은 그의 비위를 맞추기 위해 앞에서는 대위님이라고 부르고 등뒤나 멀리 떨어진 곳에서는 비웃었다. 그는 위험하고 정신 나간 사람으로 유명했기 때문이다. 그가 혼자 사는 1층 셋방의 창문이 거리 쪽으로 나 있어서 밤에 요란하게 괴로워하는 그의 신음소리를 들은 행인과 이웃이 많았지만 노여움을 살까 두려워 아무도 감히 그를 깨우지 못했다.

---

* 동아프리카의 남성복. 발목까지 오는 흰색 또는 크림색 긴팔 원피스이며 블레이저와 함께 입으면 정장이 된다.

그는 잔지바르의 술탄이 새 플랜테이션 농장을 지키라고 보낸 최초의 발루치족 병사 중 한 명이었다. 알 부사이드 왕조의 술탄들은 어째선지 발루치족 용병을 유달리 좋아해서 해안지대*를 처음 정복했을 때부터 그들을 고용했다. 그래서 술탄 마지드** 또한 자신의 영토 안에 있는 이 외딴 소도시 너머의 땅을 되살리기로 마음먹었을 때 플랜테이션 농장에서 일할 노예 수천 명과 함께 발루치족 파견대를 보냈다. 우두둑 씨는 바로 이 플랜테이션 농장에서 접골사로서 명성을 얻었다. 하사날리는 우두둑 씨의 초기 환자들이었을 불쌍한 노예들 생각에 몸서리쳤다.

이제는 유럽인이 나타났다는 이야기를 들은 하사날리의 손님들까지 우두둑 씨의 진단을 기다렸다. 공터 건너편의 카페에서 이른아침 커피를 마시던 세 동방박사 함자, 알리 키파라, 주마네가 우두둑 씨의 모습을 보고 일어나는 것이 보였다. 그들도 음중구에게 우두둑 씨의 무서운 도움이 필요한지 알고 싶었던 것이다.

"대위님, 유럽인들의 뼈는 저절로 낫는다는 게 사실인가요?" 한 손님이 우두둑 씨에게 물었다. 그는 손님이 누구든 돈만 내면 마을 곳곳으로 물건을 날라다주는 깡마른 젊은이였다. 그는 매일 아침 하사날리가 공짜로 주는 씹는담배를 받기 위해 가게에 들렀다. 하사날리는 그에게 이상한 심부름을 시킬 일이 있을까봐 미리 환심을 사두려고, 또 그를 불쌍히 여겼기 때문에 담배를 줬다. 젊은이는 가족이 없었고 하사날리가 알기론 집도 없었다. 불안한 미소부터 신경질적인 웃음소리, 지저분

* 현재 케냐와 탄자니아의 해안지대.

** 잔지바르 술탄국의 초대 술탄.

한 농담까지 그의 모든 것은 정신없고 초조했다. 해시시를 너무 피워서 그래, 라고 다들 말했다. 하지만 사람들의 얼굴에는 미소가 준비되어 있었다. 질문하는 젊은이의 말투를 듣고 곧 뭔가 무례한 언동이 뒤따를 것을, 우두둑 씨가 폭발해서 소란을 피우거나 그보다 더 심한 짓을 저지르리란 것을 예상했기 때문이다.

"헛소리하지 마." 우두둑 씨가 부드럽게 타이름으로써 지금이 극적인 분노를 표출하기에는 지나치게 중요한 순간임을 알렸다. "이 유럽인은 춥고 습한 나라에서 왔기 때문에, 그리고 거기서는 돼지비계를 날로 먹기 때문에 뼈가 오히려 더 약해. 이건 누구나 알지."

"그럼 대위님이 그 사람을 치료하실 때 뼈를 부러뜨리고 또 부러뜨리기도 쉽겠네요." 젊은이가 우두둑 씨의 접골시술을 흉내내느라 팔짝팔짝 뛰고 낑낑대면서 말했다.

우두둑 씨는 흥미롭다는 표정으로 깡마른 젊은이를 잠시 무섭게 노려보다가 하사날리가 부르는 소리에 천천히, 내키지 않는 듯이 뒤돌아봤다.

"부러진 데는 없나요?" 하사날리가 물었다.

"아니, 부러진 데는 없네." 우두둑 씨가 슬픈 소식에 고개를 내저으며 애석히 말했다. "멍이 좀 심하게 들었어. 어깨에 찜질포를 붙여놨으니 나중에 한번 보러 오겠네. 이 동네 아랍인들에게 보내야 할지도 몰라. 그들이라면 배가 들어올 때까지 돌봐줄 테니까. 아니면 몸바사 같은 곳의 의사에게 데려가겠지."

"그래." 우두둑 씨의 마지막 발언에 딱 맞춰 도착한 함자가 말했다. "이 동네 거물들에게 보내게. 그자가 자네 집에 있는 동안 잘못되길 바라진 않을 것 아닌가."

"그런 일을 바라진 않고말고." 알리 키파라가 강조하기 위해 손가락을 흔들면서 말했다.

"일단 좀 쉬게 하고요." 아직 자신의 음중구와 헤어지고 싶지 않은 하사날리가 말했다.

하사날리가 쌀 1쿼트를 재서 천조각 위에 부은 다음 깔끔하게 묶어 건네자 우두둑 씨는 말없이 자신의 품삯을 받아 가게에서 성큼성큼 걸어나갔다. 지금부터 무슨 일이 일어나려고 하는지 깡마른 젊은이가 깨달았을 때쯤엔 우두둑 씨가 그의 멱살을 잡고 무자비하게 귀를 비틀고 있었다. "너는 예의라고는 모르는구나. 이 더럽고 병든 알랑쇠, 울부짖는 야만인의 아들, 젖이 네 개 달린 짐승의 손자야." 그는 으르렁대며 젊은이의 귀를 한층 더 비틀었다. "너는 원숭이, 뇌 없는 비비, 헛소리를 짖어대는 개다. 넌 대체 뭐하는 놈이냐?" 우두둑 씨가 젊은이의 귀를 마지막으로 힘껏 비틀면서 물었다. 그가 우는 건지 웃는 건지 알 수 없는 웃음소리와 노인들이 숨넘어가게 낄낄대는 소리를 뒤로하고 가두행진하는 군인처럼 양팔을 힘차게 흔들면서 멀어져가는 동안 깡마른 젊은이는 분노와 수치심에 울면서 아픈 귀를 움켜쥐고 욕을 퍼부어댔다.

하사날리는 손님을 상대했다. 손님들이 차차 빠지면서 이야기가 잦아들자 사람들은 일터로 가거나 아침식사를 하러 집으로 흩어졌다. 그는 오전중에 태양이 주변 집들 너머로 사라지고 나면 세 현자가 돌아와서 그가 그들을 위해 가게 밖에 놓은 벤치에 앉을 것임을 알았다. 그리고 낮에 태양이 다시 나타나면 그들은 어슬렁거리며 또다른 그늘이

나 카페로 갔다가 그다음에는 모스크로, 오후 늦게는 다시 가게로 돌아올 것이었다. 해가 넘어가 날이 선선해지면 가십은 부드러워지고 이야기는 길어지고 숙성될 것이다. 원래 그런 법이다. 그의 아버지 때부터 그랬다. 장로들 자신도 변덕에 따라 발을 질질 끌었다 안 끌었다 하면서 서서히 변해갔다. 하지만 벤치는 늘 거기에 있었고 자리가 남았던 적은 없었다.

바쁜 아침 시간이 지나고 조용해지자 하사날리에겐 자신의 손님에 대해 생각할 시간이 생겼다. 그는 사내가 의식을 되찾고 충분히 쉬고 나면, 아랍인들에게 가고 싶은지 정부 관리인 음중구에게 가고 싶은지 물어볼 작정이었다. 일단 지금은 쉬게 두자. 그들은 이 사람만큼 예상치 못한 낯선 손님을 치러본 적이 없었다. 이 년 전에 하사날리가 결혼한 뒤로는 장모가 몇 달에 한 번씩 와서 매번 너무 오래 머물다 갔다. 어머니의 언니인 마리암 이모도 몇 달에 한 번씩 왔는데 때로는 머무는 기간이 장모와 겹치기도 했다. 그러나 그들은 사실 오랜 친구로, 그 우정 덕에 마리암 이모가 말리카에게 하사날리의 중매도 넣을 수 있었다. 그는 마침내 이 중매를 승낙하기만 하면 됐고 때가 되자 아름다운 말리카가 나타났다. 결과가 안 좋을 수도 있었지만 다행히 아니었다. 그것은 기적이었다.

마리암 이모는 항상 육촌이나 조카 같은 사람을 달고 왔는데 하사날리는 그들이 기회가 될 때마다 저장고의 물건을 훔친다고 확신했다. 조카란 몸바사에 사는 하마디 삼촌의 아들들을 말했다. 하사날리가 태어나서 삼촌을 만난 횟수는 손에 꼽을 정도였다. 그중 한 번은 삼촌이 하사날리 아버지의 장례식이 몇 주 지난 후에 문상을 왔을 때였다. 하마디 삼촌은 과부가 된 누나가 힘들진 않은지 확인하러 왔다고 했지만 그들은 그가 무슨 떡고물이라도 주워먹을 거 없나 보러 왔다고 확신했다. 또 한번은 어머니가 세상을 떠난 지 얼마 안 됐을 때였다. 이번에는 조카들에게 도움이 필요하지는 않은지 보러 왔다고 삼촌은 말했다. 그러나 당시 열아홉 살 정도였던 레하나를 흘끔거리는 그의 시선을 눈치챈 하사날리는 삼촌이 레하나를 몇째인지 알 수도 없는 아내로 달라고 할까봐 걱정했다. 그때는 마리암 이모도 와 있었기 때문에 삼촌이 수치심에 차마 말을 못한 듯했다. 삼 남매 중 첫째인 마리암 이모는 개수작을 알아보는 날카로운 눈을 가지고 있었으므로 만약 삼촌이 레하나와 결혼하고 싶다고 했다면 비웃으면서 그를 집에서 쫓아냈을 것이다. 그 밖에 어렸을 때 삼촌이 집에 왔던 적이 있는지는 정말로 기억나지 않았다. 레하나에게 소름 끼치는 눈빛을 보냈을 때 이후로는 하마디 삼촌을 보지 못했는데 그게 벌써 십 년 전이었다.

반면에 마리암 이모는 언제든 환영이었다. 그녀는 하사날리의 집에 도착하자마자 외출복을 허드레옷으로 갈아입고는 새로운 소식과 가십을 들려주고, 웃고 웃고 또 웃었으며, 채소와 과일 같은 시골 선물을 건네줬다. 그러고는 또 금방 뭔가 할일을 찾아냈다. 쌀에서 돌을 골라내거나, 마당을 쓸거나, 침대보를 빠는 것 같은 꼭 필요한 일을 했다. 그녀에겐 그런 재능이 있었다. 그녀의 도움은 거슬리거나 모욕적인 것이 아니라 강압적이지 않고 다정했다. 그녀가 와 있으면 몇 달 동안 미뤄왔던 일들이 해결됐다. 그녀가 있을 때는 이야기와 웃음이 끊이지 않았고 평소 잘 오지 않던 동네 사람들도 찾아왔다. 이모는 자식이 없어서 오래전부터 혼자 살았으므로 조카들이 매년 몇 주씩 자신의 집에 와서 머무는 것을 좋아했다. 하사날리는 그렇게 이모네 집에 머물 때 봤던 이모부를 기억했다. 키가 작고 통통하고 상냥한 사람이었는데 어느 날 갑자기 원인을 알 수 없는 내출혈로 사망했다. 마리암 이모는 하사날리를 보면 남편이 생각난다고 말했다. 심지어 남편이 살아 있을 때도 가까운 시일 내에 남편을 버리고 하사날리랑 결혼할 거라고 으름장을 놓았다. 또 하사날리의 아버지가 살아 있을 때는 제부에게 추파를 던지고 자신이 둘째 부인이 되겠다며 며칠에 한 번씩 청혼하곤 했다. 어머니는 이모가 수치심도 없다고 했지만 마리암 이모는 남자들이 아내를 네 명까지 둘 수 있으니 자신도 잘생긴 남편 넷을 원한다고 말했다. 하나한테 질리면 곧바로 다음 남편으로 바꾸겠다고 말이다. 그러나 실제로는 남편이 죽은 후에 한 번도 재혼하지 않았다. 요즘은 하사날리가 한 번도 만나본 적 없는, 이모의 당질녀의 자식들이나 하마디 삼촌의 아들들이 찾아오면 그들을 데리고 하사날리네 집에 왔다. 아마 그 당질녀는 쉽게 이혼을 반복해서 자식이 많은데 아이들을 여러 친척 집에 뿔뿔이 흩어 보내서 키우게 한 모양이었다. 마리암 이모는 친척 모두가 서로 알고 지내길 바랐지만 그녀 외에는 모두가 그런 걸 성가셔했다. 매번 너무 오래 머물렀던 하사날리의 장모와 달리 마리암 이모는 이상하게 예의를 차렸고 정확히 언제 떠나야 할지를 알았다.

하사날리의 집에는 남는 방이 없었으므로 손님이 온다는 것은 잠자리와 식사, 특히 화장실 사용에 까다로운 준비가 필요함을 뜻했다. 식사는 평소보다 잘 차려졌고 대화는, 적어도 처음에는, 활기 넘치고 웃음으로 가득했다. 하사날리는 이렇게 계획을 짜고 수정하고 하는 동안 자신이 정신은 없어도 들뜬다는 것을 알았다. 장모가 오면 레하나와

방을 같이 썼는데 레하나가 거의 하루종일 마당에 나와 있어야 할 만큼 아프니 어쩌니 불평을 해댔다. 어떤 날은 눈이 부셨고, 어떤 날은 너무 더웠다. 어떤 아침에는 새벽 공기가 너무 차가웠고, 어떤 밤에는 왱왱 소리 때문에 잠을 잘 수 없었다. 이렇게 복잡하고 때로는 미묘한 불만 때문에 괴롭지 않을 때는 장모는 즐거운 대화 상대였고 놀라울 만큼 자세한 기억력으로 이야기를 들려줬다. 하사날리는 때때로 근처에 숨어 앉아 여자들이 깔개에 앉거나 누운 채 어둠 속에서 대화하는 소리를 엿들으면서 중간중간 끼어들어서 더 자세하게 얘기해달라고 말하고 싶은 충동을 억누르곤 했다. 그들은 그가 거기 있다는 것을 알았기 때문에 남자가 듣기에 민감한 부분에서는 목소리를 낮췄다. 그는 개의치 않았다. 어둠 속에서 그들이 미소 짓는 소리를 들을 수 있었기 때문이다.

마리암 이모가 조카들하고 올 때는 상황이 한층 더 복잡했다. 하사날리가 자리에 눕기 직전까지 자기가 어디서 자게 될지 모를 때도 있었다. 그는 이 모든 것을 음중구 손님에게 어떻게 설명해야 할지 알지 못했다. 차라리 그에게 방 하나를 통째로 내주는 것이 쉬울 것 같았다. 말리카는 레하나의 방을 같이 쓰고 자신은 복도에서 자면 되었다. 그리고 음중구가 의식을 되찾으면 그들이 뭘 해주길 원하는지 그에게 물어보면 될 터였다.

2
프레더릭

프레더릭 터너는 그 소식을 처음 들었을 때 농장에 가던 길이었다. 그는 일이 너무 바쁘지 않은 한, 화요일 아침마다 농장에 갔다. 그의 일이란 서신과 보고서 작성 및 읽기였는데 대부분 지루하고 평화로운 내용이었고 전부 미뤄도 되는 것이었으므로 이 소도시에 발령받은 이래 농장에 가는 것을 한 번도 빠뜨린 적이 없었다. 그는 아침에 출발해서 오후와 저녁을 그곳에 머물고 다음날 아침 일찍 돌아왔다. 덕분에 정보도 수집하고, 이곳저곳을 돌아다니면서 자기 눈으로 직접 지역 실상도 파악하고, 직속 부하도 아닌 농장 관리인 버턴을 긴장하게 만들 수 있었다. 사실 프레더릭이 발령받은 첫 주에 먼저 찾아온 쪽은 버턴이었다. 그는 우편물을 가지러 시내에 왔다가 언제든 농장에 오라고 프레더릭을 초대했다. 그곳에 영국인이라곤 그들뿐이었으므로 농장 방문에는 어찌 보면 승마의 즐거움 외에 의무감도 어느 정도 있었다. 버턴은 붙임성 있고 꽤 성실한 친구였다. 중간 키, 햇볕에 빨갛게 익은 크고 둥근 얼굴, 육중한 체격과 느릿느릿한 움직임이 햇볕에 탄, 전형적인 영국 농부의 모습이었다. 자기 분야에서는 굉장히 박식하고 창의적이라 관개연못과 수문과 묘목장에서 시도중인 실험적 프로젝트를 설명할 때는 조금 과학자 같기도 했지만 우유부단하고 지나치게 진지한 분위기와 해변에서 물건 줍는 사람beachcomber* 같은 성향이 있어서 너무 오래 혼자 두면 없는 문제도 만들어내지 않을까 하는 의심이 들었다. 가끔은 이상한, 정신 나간 생각에 잠긴 듯한 눈빛을 보이기도 했다. 프레더릭은 자신이 말동무와 술친구가 되어주니까 버턴이 자신의 방문을 기대한다고 생각했다. 버턴 자신을 제외하곤 그가 그 지역의 유일한 영국인이었을 뿐 아니라 유일하게 교우 가능한 상대이기도 했기 때문이다. 나머지는 인도 구자라트주州 출신인 보라**들과 아랍인들이었고 물론 똥개 같은 원주민들도 있었다. 그러니 프레더릭과 친하게 지내지 않는다면 어불성설이었을 것이다.

버턴이 하는 이야기는 죄 우간다 보호령, 내륙의 고지대, 대호수, 그리고 철도가 완성되면 그곳에 세워질 대농장에 관한 것뿐이었다. 그의 말에 따르면 그것이 보호령의 유일한 목적이었다. 정치인들과 신문들은 국제적 전략이라는 거창한 언어를 좋아했으므로 그들과 안락의자에 앉아서 세계를 다스리는 지도자들에게 우간다 보호령과 철도는 프

* 원래는 남태평양 섬에 표류하거나 상륙한 백인 선원을 뜻했다. 그들은 난파선에서 떠내려온 화물을 팔아 생계를 유지하거나 본토로 돌아갈 자금을 마련했다.

** 시아파의 분파인 이스마일파(일곱 이맘 파) 교도.

랑스의 농간에 대비해 나일강 상류를 보호하기 위한 것이었다. 그러나 버턴의 말에 따르면 그와 같은 현실주의자들에게는, 처음부터 유럽인에게 점령될 운명이었으나 지금은 구석기인이나 다름없는 부랑자들과 피에 굶주린 목축농들이 깔고 앉아 있는 고지대의 아름답고 높은 땅으로 가는 길을 열기 위한 것이었다. 버턴은 자신이 세상사에 감상적이지 않다는 걸 보여주고 싶을 때, 대개 한두 잔 걸친 후에, 사용하곤 하는 특유의 센 어조로 이 얘기를 했다. 프레더릭은 그냥 한번 구경이나 하려고 언젠가 고지대에 갈 작정이었지만 아직까지는 한 번도 가본 적이 없었다. 반면에 버턴의 경우에는 남아프리카의 이스턴케이프주州에서 본 것 같은, 마구잡이로 뻗어나가는 거대한 농장을 관리하는 것이 그가 정말로 하고 싶은 일이었다. 프레더릭은 버턴에게 그런 자질이 있는지 의심스러웠다. 냉철한 결단력은 말할 것도 없거니와 그런 유의 권위와 통솔력은 어마어마한 재능을 타고나지 않은 이상 한두 세대 만에 얻어지는 것이 아니었기 때문이다. 그런데 버턴은 이미 자신이 그런 특출난 사람이 아님을 증명하기에 충분한 시간을 일꾼들과 어울려 북을 치거나 춤을 추면서 보냈다.

농장까지 가는 길은 승마하기에 좋았다. 프레더릭은 거의 매일 오후 말을 탔는데 해변을 따라 북쪽으로 달리면 시원하게 뚫린 길이 강까지 몇 마일 이어졌고 남쪽으로 가면 만을 둘러서 곶에 이르렀다. 농장으로 가는 길은 좀 거친 지대를 지났기 때문에 프레더릭에게도, 수말 마지눈에게도 운동이 됐다. 그 성질 나쁜 녀석에게는 운동이 필요했다. 사육사 이드리스는 암말 샤리파를 타고 그와 함께 달렸다. 그래서 그의 아라비아말 두 마리가 적어도 일주일에 한 번은 제대로 뛰었다. 그런데 그는 자신이 인도에서 올 때 이 아라비아말 두 마리와 이드리스를 데려온 것을 단 하루도 후회하지 않은 날이 없었다. 말들이 그에게 골칫거리를 안겨주는 것도, 늘 침울한 분위기인 이드리스가 그에게 골칫거리를 안겨주는 것도 아니었다. 이 지역에 들끓는 끔찍한 파리떼 때문이었다. 놈들이 말을 덮치면 고열과 부종으로 시작해서 결국엔 마비와 죽음으로 끝났다. 이곳에서 살아남는 것은 당나귀뿐이었다.

자신의 아름다운 말들을 기다리는 침탈에 대해 알게 되었을 때 그는 슬픔에 잠겼지만 그때는 이미 녀석들을 데려온 후였다. 사전에 그 사실을 알아내지 못하다니 너무나 어리석고 이루 말할 수 없이 후회스러웠다. 아직 인도에 있을 때 알았더라면 당연히 적절한, 아마 그에게 이득이 되는 계획을 짰을 것이다. 그는 이 말들을 시세보다 약간 싸게 구입했다. 신드*의 한 지주가 영국 회사에 납품하기로 한 면포의 배송에 문제가 생겼을 때 그가 도와줬기 때문이다. 지주는 답례로 프레더릭이 수말을 구입할 때 조언을 해줬고 거의 공짜나 다름없는 값에 암말을 얹어줬다. 멤사브**가 영국에서 돌아오실 때를 위한 선물입니다, 그가 말했다. (크리스티는 결국 돌아오지 않았지만.) 이 일화는 자애롭고 지나치게 너그러운 처사로 보이겠지만 동양인들의 환대와 감사품은, 특히 그 대상이 정부 관리에게까지 확대되면, 오해를 살 수 있다. 물론 로버트 클라이브와 워런 헤이스팅스***, 윌리엄 메이크피스 새커

* 현재 파키스탄의 신드주(州).

** 인도인이 유럽인 기혼 여성 또는 상류층 여성을 가리킬 때 사용하는 존칭.

*** 각각 동인도회사 소속의 장군과 행정가로 인도 식민지화의 초석을 다졌으며 벵골 지사 및 총독으로 재임한 기간 동안 부정 축재를 한 혐의로 재판을 받았다.

리*의 소설에 등장하는 네이바브**들처럼 의심을 불러일으킨 악명 높은 사례들도 있지만 나라의 금고를 털고 곳간을 거덜낸 그 신사들과 달리 프레더릭은 단지 몇몇 절차를 빨리 처리해줬을 뿐이다. 이 지주의 관대함은 더 자애로운 삶의 방식과 관련이 있다고 그는 생각했다. 그것은 불평과 시기심 많은 지도자들로 인해 영국이 잃어버린, 의무에 대한 태도였다.

그리고 이드리스는 말에 딸려왔다. 혹은 말들과 너무 정이 들어서 떨어질 수 없었는지도 모른다. 그의 이름은 한결같고 진실하다는 뜻이라고, 쿠란 속 인물의 이름에서 따왔다고 지주가 말했다. 프레더릭은 지금껏 쿠란을 공부해본 적이 없었지만 그 이름이 그에게 어울린다고 단언할 수 있었다. 이드리스는 마른 근육질이었고 거의 웃지 않았지만 말에게는 마치 친자식을 대하듯 상냥했다. 프레더릭은 한동안 경주마의 명가를 만드는 꿈을 꾸었으나 마지눈이 최선을 다했음에도 샤리파가 교미를 거부했다. 하지만 모든 희망이 사라진 것은 아니었다. 프레더릭이 몸바사의 클럽에 기별을 보냈더니 카원 씨라는, 원래 스미스 요새에서 근무중인데 잠시 휴가차 해안지대에 와 있는 사람에게서 문의가 왔다. 프레더릭은 카원 씨가 직접 와서 말을 볼 수 있도록 그를 초대했다. 몸바사는 배로 겨우 이틀 거리였다.

이드리스는 개구리 소리가 시끄러워서 말들이 안 좋아한다며 매주 농장에 가는 것을 마뜩잖아했다. 관개연못 때문에 실제로 개구리가 많긴 했지만 농장을 싫어하는 것은 이드리스라고 프레더릭은 확신했다.

* 『허영의 시장』『신사 배리 린든의 회고록』 등을 집필한 19세기 영국의 소설가.

** 수상한 방법으로 부나 지위를 얻은 사람.

이드리스는 라지푸타나* 출신답게 자신이 어울릴 사람을 고르는 데 까다로웠다. 그는 농장 일꾼을 위한 기숙사에서 자는 것을 거부했는데 그 이유를 이해하려면 일꾼 대부분이 본디 노예였다는 사실을 짚고 넘어가야 한다. 그들은 몇 년 전 영국인들의 꾐에 넘어가 제 주인을 떠나 회사**에서 일자리를 얻었고 지금까지도 여전히 회사 땅에서 살고 있었다. 물론 동아프리카 보호령이 세워진 이후 노예제는 완전히 폐지되었다. 심지어 버턴은 일꾼들에게 크리켓을 가르치면서, 시내의 인도인만으로 팀이 만들어진다면 그들에게 도전장을 던지는 꿈을 꾸기도 했다. 어쨌든 이드리스는 남자 기숙사에서 자는 것을 거부했다. 그 대신, 말 돌보기가 끝나면 고용주가 보이는 베란다 계단에 앉아 램프를 켜놓고 쿠란을 읽거나 얼른 밤이 오길 기다리면서 꾸벅꾸벅 졸았다. 몇백 피트 떨어진 기숙사에서는 이야기 소리와 웃음소리가 들려왔는데 여자들이 빠진 남자들만의 대화인지라 곧잘 험악한 농담이 불쑥불쑥 튀어나오곤 했다. 여기저기 놓인 램프가 코코넛오일 특유의 부드러운 황금빛으로 타올랐다. 버턴은 때때로 일꾼들과 합석하라고 이드리스를 꼬드기거나 장난으로 술을 권하곤 했는데 두 경우 모두 이드리스는 웃음기 없이 정중하게 거절했다. 프레더릭은 이드리스를 동정했고 버턴의 독한 농담을 불쾌하다고 생각했다. 이드리스는 잘 준비가 되면 마구간으로 사라졌다. 프레더릭이 자기가 방문했을 때를 위해 따로 짓게 한 그 마구간 안에는 특별히 만든 평평한 단이 있었고 이드리스는 그 위에 이부자리를 폈다.

* 오늘날 인도의 라자스탄, 마디아프라데시, 구자라트, 파키스탄의 신드에 걸친 지역.

** 대영제국 동아프리카회사.

그날 아침 길을 나선 지 얼마 안 됐을 때 프레더릭을 부리나케 쫓아와서 다친 사내에 관해 말해준 사람은 이드리스였다. 시장 주위를 둘러싼 구불구불하고 냄새나는 골목길과 복닥거리고 지저분한 구멍가게들을 피하기 위해, 시장에 다다르기 전에 북쪽으로 방향을 꺾으며 보라 와킬*인 시디크의 컴컴한 사무실 앞을 지날 때의 일이었다. 프레더릭은 거기 서 있는 사람이 와킬임을, 정보 수집이 그의 일임을 잘 알고 있었다. 시디크는 이 소도시에 두 명뿐인 와킬 중 한 명이었다. 그러나 프레더릭은 와킬들이 신용할 수 없고 탐욕스럽다는 것, 무지하고 무력한 자들의 가죽에 딱딱한 진드기처럼 들러붙어서 피를 빨아먹고 사는 저열한 인간들이라는 것 또한 알고 있었다. 그는 인도에서 그들이 일하는 모습을 봤다. 그들은 이름만 다를 뿐 사실상 사기꾼이자 돈세탁업자였다. 그는 말만 번지르르한 이 인간과 공식적으로 거래할 준비가 되어 있었지만 그렇다고 해서 승마하러 나왔을 때까지 알은척을 해야 할 필요는 없었다. 그들이 지나가는 것을 본 와킬이 밖으로 나와서 뭐라고 외쳤으나 프레더릭은 무시했다. 그러자 그가 다시 한번 소리쳤고 이번에는 이드리스가 뭐라고 대꾸하더니 그의 대답을 듣기 위해 멈춰 섰다. 프레더릭은 그들이 쿠치어**로 대화하고 있음을 알았고 앙그레즈***라는 단어를 들었으므로 그들이 자신에 대해 이야기하고 있다고, 유치한 농담 같은 것을 하고 있으리라고 추측했다. 그런데 다음 순간 이드리스

* 인도의 무역상 대신 현지에 남아 물품을 사입하거나 인도산 수입품의 판매를 중개하는 대리인.

** 인도 구자라트주의 쿠치 지역에 사는 쿠치족이 사용하는 언어.

*** 영국인.

가 속도를 높여서 그의 옆으로 다가오더니 서툰 영어로 어떤 앙그레즈가 심하게 다쳤다고 말했다.

안내에 나선 것은 시디크 본인이었다. 그는 우선 커다랗고 쇠장식이 많은 사무실 문을 걸어잠근 뒤에 금실로 수놓은 모자를 고쳐 쓰고는 그들에게 따라오라는 과장된 몸짓을 해 보였다. 프레더릭은 이 키 작은 곱사등이 사내를 비웃었다. 그리고 시디크가 시장으로 가는, 토끼굴 같은 골목길로 향하자 그에게 기다리라고 외쳤다. 그렇게 바큇자국과 사람이 많은 길로 갔다간 마지눈이 경기를 일으킬 게 뻔했다. 그는 말에서 내려 이드리스에게 고삐를 넘기면서 사육사를 흘끗 쳐다봤다. 자신이 잘 알지도 못하는 인도인을 유일한 안내자 삼아 혼자서 원주민 구역으로 떠나는 것을 걱정하거나 불안해하는 표정을 기대했다. 그러나 이드리스는 아무렇지 않아 보였다. 그는 자기도 말에서 내려 고삐를 건네받더니 곧바로 나무 그늘을 향해 걸어가기 시작했다. 프레더릭은 이드리스가 좀더 걱정하는 기색이 아닌 데 약간 실망해서 혼자 씁쓸한 미소를 지으며 와킬을 따라갔다. 이드리스는 터프한 사내였고 프레더릭도 그래서 그를 고용한 거지만 한편으로는 그에게 인간적인 호감과 정을 느꼈다. 그는 이드리스가 자신에게 급료를 받고 말 사육사로서 따라오는 데 동의했을 때 자신과 일종의 동맹조약을 맺었다고 생각할 거라 믿었다. 이드리스는 구식 규율을 중시하는 사람이라 절대 하인처럼 지저분한 행색을 하지 않았다. 프레더릭은 때때로 이드리스가 감정적인, 심지어 헌신적이고 한결같기까지 한, 남자들 간의 끈끈한 우정이라고밖에 부를 수 없는 눈빛으로 자신을 바라보는 것을 알아차리곤 했다. 그는 버턴도 그 눈빛을 봤다고 생각했다. 그래서 버턴이 일전에, 저자는 당신을 위해 목숨도 내놓을 겁니다, 라고 말했을 때 전율을 느꼈다. 그는 자신이 말을 팔고 나면 이드리스가 어떡할지 궁금했다. 그리고 이드리스에게 가족 안부를 물어봐야 한다는 것을, 그들에게 전할 선물을 줘야 한다는 것을 상기했다.

그의 앞에서 길을 안내하고 있는 와킬은 마르고 주름이 많고 피부가 하얀 남자였다. 굽은 등뼈는 평생 부도덕한 사무원으로 일해온 결과일 거라고 프레더릭은 추측했다. (**교활한 원숭이 같은 쭈글쭈글한 영감탱이.** 프레더릭은 이 문구를 종이에 적을 수 있을 때까지 마음에 새기기 위해 두세 번 속으로 되뇌었다.) 와킬은 목까지 단추를 채운 하얀 면 재킷, 몸에 딱 맞는 바지, 황갈색 가죽슬리퍼와 금실로 수놓은 녹색 모자 차림이었다. 그의 동작은 크고 다양했다. 프레더릭의 기준에는 현란한 손짓과 허리 숙이기와 이가 드러나는 미소가 너무 많았다. 어째선지 프레더릭은 그를 보면서 겉만 번지르르한, 찰스 디킨스의 비교적 순한 악당 중 한 명을 떠올렸다. 어느새 그들은 머리 위에서 지붕과 지붕이 거의 맞닿다시피 하는, 다 무너져가는 원주민 동네의 좁고 구불구불한 골목길에 들어서 있었다. 프레더릭이 이곳에 발령받은 지는 사 개월 가까이 됐지만 이 악취 풍기는 거리에 과감히 발을 들인 것은 이번이 겨우 세번째였다. 노면이 빗물과 끈적끈적한 하수에 침식되고 쓰레기로 뒤덮여서 내딛는 걸음걸음 조심해야 했다. 어둠 속에 들어서자마자 그는 왕왕거리는 소리, 말소리가 아닌 소음에 둘러싸였다. 마치 많은 사람들이 낮은 소리로 중얼거리는 밀폐된 공간에 들어선 것만 같았다. 그곳은 그야말로 쓰레기와 오수의 냄새를 풍기는 더미였다. 그곳 전체를 철거하고 쓸어버려야 했지만 그에게는 그런 작업을 할 예산이 없었다.

그는 억지로 숨을 얕게 쉬었다. 본능적으로는 이 인파와 골목길에서 느껴지는 질식할 것 같은 감각을 해소하기 위해 허파 가득 큰 숨을 들이마시고 싶었지만 말이다. 사람들이 그를 쳐다보고 또 쳐다봤고 앞에서 누군가가 **음중구**라고 외치는 소리가 들렸다. 집밖에 앉아 있던 사람들이 놀라서, 혹은 불안해서 벌떡 일어났다. 한 노인은 앞으로 나와서 그의 손에 입을 맞췄다. 프레더릭은 그런 숭배의 행위가 낯설지 않았다. 나이 많은 원주민 중에는 그를 몇 년 전에 노예를 해방한 사내로 착각해서 손에 입을 맞추는 사람이 종종 있었다. 프레더릭은 그런 경의의 표시를 마다하지 않았다. 해가 되지도 않을뿐더러 오히려 일 처리가 용이해지는 경우도 있었기 때문이다. 그를 둘러싼 사람들이 모두 미소 짓고 있는 것을 보니 그들이 상냥한 건지 아닌지, 노인의 행동을 재밌어하는 건지 그를 비웃는 건지 확신할 수가 없었다. 구멍가게의 점주들이 그를 소리쳐 부르며 더러운 물건 중 하나를 팔려고 유혹했다. 그런 걸 팔아서 생계유지가 된다는 것이 믿기지 않는 물건들이었다. 작은 숯더미, 오렌지 두어 개, 달걀 한 움큼. 그중에서도 가장 끌리지 않는 것은 그 모든 물건들 위로 몸을 웅크리고 있는, 누더기를 걸친 더러운 상인이었다.

아이들은 미친듯이 손을 흔들면서 그의 앞으로 끼어들려 했고 **음중구 음중구** 하고 불러댔다. 그러지 않으면 그가 자기들을 못 보고 지나치기라도 할 것처럼. 다른 말도 들렸지만 제대로 알아들은 건 없었다. 그는 알아듣지 않으려고 최선을 다했다. 저들 맘대로 더러운 말을 외치라지. 안 될 거 뭐 있나? 저 좋자고 하는 일인데. 그들의 목소리는 벌레의 윙윙거림이나 짐승 울음소리처럼, 런던 선창 주변 골목에 있는 늙은 창녀의 징징거림처럼 그를 짜증나게 했다. 앞서가는 와킬은 흥분해서 군중을 향해 양팔을 마구 흔들었고, 자기가 지금 급하고 조바심난다는 티를 한껏 내면서 짜증스럽게 소리쳤다. 프레더릭은 그의 들뜬 엉덩이를 말채찍으로 쿡 찌르고 싶었다. 그리고 당신 때문에 나까지 얼간이처럼 보이기 전에 좀더 품위 있게 행동하라고, 어금니를 악문 채 말하고 싶었다. 그는 보폭을 최대한 넓혀서 자신과 와킬 사이가 두 발짝 이상 떨어지지 않도록 성큼성큼 걸었다. 길을 트면서 전진하는 와킬의 저항할 수 없는 추진력을 믿었다. 프레더릭은 덩치가 크지는 않았지만 건강하고 힘이 셌으므로 군중과 그들이 내는 소음은 그다지 개의치 않았다. 오히려 끈적끈적한 배수로에 발이 빠지거나 광신도한테 얻어맞아서 창피와 조롱을 당하지는 않을까가 더 신경쓰였다. 이 지역에서는 영국군이 얼마나 끈질긴지를 누구에게도 상기시킬 필요가 없었다. 혹 상기시킬 필요가 있을 때는 이곳까지 소문이 파다하게 퍼진, 작년에 수단 옴두르만에서 있었던 멋진 사건들*을 언급한다면 사람들이 보는 눈이 달라질 터였다. 그러나 원주민 군중은 때때로 끔찍하고 무모하리만치 흥분할 수 있었기 때문에 그는 그들에 대한 불쾌하고 안 좋은 생각을 함으로써 자신의 불편함을 억누르는 것이 이롭다는 사실을 깨달았다.

그는 다친 사람이 누구일까 생각했다. 가장 가능성이 높은 것은 북쪽 삼각주에 머물던 루터교회 선교회의 누군가였다. 그들은 1886년에 영국과 독일의 분할협정이 조인되어 독일 세력이 떠난 뒤에도 계속 머물렀다. 그가 이곳에 오기 몇 년 전 일이라 버턴으로부터 들은 바에 따

---

* 1885년 마디파(派)에게 전멸당하는 수모를 겪은 영국군은 십삼 년간 설욕을 벼르다가 1898년 9월 2일 옴두르만전투에서 거의 두 배에 달하는 적군을 상대로 대승을 거두었다.

르면 그 근처에서 마사이족에 의한 학살이 있었는데 그때 감리교 선교사와 아내, 신도 이십여 명이 살해당했다. 사람들 말에 따르면 선교사는 겁 없는 남자였다. 펼친 우산 외에는 어떤 무기도 지니지 않은 채 아무데나 가고, 악어나 독화살에 대해서는 한 번도 들어보지 못한 사람처럼 배를 타고 강을 오르내렸다고 한다. 그는 그렇게 해서 지역 원주민들의 존경을 얻었음에 틀림없었다. 그들이 선교활동을 방해하지 않았을 뿐 아니라 일부는 개종까지 했기 때문이다. 선교회가 실제로 영혼을 구원하는 성과를 거둔 적은, 적어도 프레더릭이 경험한 바로는, 대부분의 사람들이 생각하는 것보다 드물었다.

그래도 마사이족이 해안지대에서 그렇게 가까운 곳을 습격한 것, 가난한 하느님의 목자와 그 양들을 희생자로 고른 것은 충격적이었다. 그들은 원래 내륙이 유혈 스포츠를 위한 천연의 운동장인 양 거대한 띠 모양으로 휩쓸고 다녔다. P. B. 셸리의 시 「몽블랑」에 나오는 그 구절이 뭐였던가? 산 여기저기에 흩어져 있는 커다란 바위들을 보고는 그 황량한 풍경이 태초에 지진의 신과 폭풍의 신의 운동장이었던 것 같다고 한. 마사이족은 내륙지역의 쭈글쭈글한 자연에서 멋대로 날뛰는 망나니 신이었다. 일반적으로 마사이족은, 사자가 먹이를 구하기 위해서만 다른 동물을 공격하듯, 오직 소를 뺏기 위해서만 습격한다고 알려져 있으나 프레더릭은 그 둘 다 피와 잔혹을 좋아한다고 생각했다. 그리고 부디 자신의 이론이 증명될 기회가 생기지 않길 기도했다. 루터교회 선교회가 마사이족에게 습격당했을 수도 있었고, 마사이족이 아니었다면 갈라족이나 소말리족처럼 약탈을 일삼는 또다른 부족이나 게으른 부랑자들의 무리에게 습격당했을 수도 있었다. 강은 깔때기처럼 그들을 끌어당겼다. 그것이 태초부터 줄곧 야만족을 끌어당겨왔던 것처럼.

몸바사에서 들려온 소문에 따르면 감리교도들이 또 선교를 계획하고 있다고 했다. 이번에는 더 안전하게 낚시할 수 있도록 이 소도시에서 더 가까운 곳에 자리잡을 것이고 때가 되면 홀리데이 목사라는 사람도 올 거라고 했다. 하지만 그 훌륭한 목사는 채비를 마치면 육로로 오는 것이 아니라 몸바사에서 배를 타고 올 것이 확실했다. 반면에 지금 다쳤다는 이자는 내륙에서부터 길을 잃고 흘러왔을 가능성이 높았다.

아니, 그들이 썩어가는 문이 달린 무너져가는 집과 쓰레깃더미를 지나 조심조심 나아갈 때 프레더릭은 머릿속으로, 훌륭한 목사를 안전한 곳까지 나르기 위해 자신들이 직접 만든 투박한 들것 옆에 선 추레한 원주민 무리를 그리고 있었다. 그러고 나서는 헌신적인 잔지바르인 두 명을 떠올렸다. 그들은 몇 년 전 성자나 다름없는 리빙스턴 박사의 시신을 방부 처리하여 대호수 지역에서부터 해안도시 바가모요까지 수천 마일에 이르는 거리를 날랐다. 그들은 우선 심장을 꺼내어 그가 죽은 곳에 묻고 나서 시신을 방부 처리했다. 어떻게 그럴 생각을 했을까? 원주민 짐꾼 둘이 그렇게 거창하고 상징적인 행위를 할 생각을 어쩌다 하게 됐을까? 영국의 농장 일꾼이나 인부가 그런 생각을 했다고 상상해보라. 어쩌면 훌륭한 박사가 생전에 지시를 남겼는지도 모르지만 그렇다 하더라도 그들은 왜 시신을 가장 가까운 습지에 버리고 집에 가지 않았을까? 자기 사람들에게 그런 충성심을 불러일으키다니 그는 대체 얼마나 대단한 성자였던 것인가. 프레더릭 뒤에도 추레한 부랑아들과 놈팡이들의 무리가 따라오고 있었다. 비록 그들의 마음을 가득 채운 것은 충성심이 아니라 그들의 게으르고 공허한 마음을 괴롭히는, 고통과 자극을 향한 병적인 호기심에 더 가까웠지만 말이다.

갑자기 길이 끝나더니 모래 깔린 환한 공터가 그의 앞에 펼쳐졌다. 그는 공터의 상쾌함에 놀라 제자리에 멈춰 섰다. 그때 누가 뒤에서 들이받길래 보지도 않고 말채찍으로 후려쳤더니 살과 뼈에 맞는 게 느껴졌다. 히익 소리, 아이 같은 꺅 소리 뒤에 웃음소리가 이어지자 프레더릭도 참지 못하고 피식 웃었다. 공터 저쪽 구석에는 회칠한 작은 모스크가 있고 그 옆으로 도로가 나 있었다. 꼭 닫힌 창문 두 개와 반쯤 열린 문은 티치아노 그림에 나오는 성모마리아의 드레스와 같은 예쁜 지중해 파란색이었다. 그의 오른편에, 그들에게서 가장 가까운 모퉁이에 있는 더러운 노천카페에는 상판이 대리석인 탁자와 벤치 몇 개가 놓여 있었다. 이런 장소에 대리석 상판 탁자가 웬 말인가? 카페 뒤에는 석조 주택들이 있었는데 일부는 다층이고 나머지는 단층으로, 소박하지만 깨끗하고 잘 관리되어 있었다. 그리고 공터와 연결된 또다른 골목길이 있어서 자세히 보니 그런 골목길이 여러 개임을 알 수 있었다. 그의 왼편에도 집들이 있어 현관에 달린 커튼이 산들바람에 부드럽게 부풀어 올랐다. 그 바람은 모스크 옆으로 난 또다른 도로에서 불어오는 듯했는데 그 도로는 점점 넓어지면서 저 너머의 탁 트인 농지를 향해 뻗어 있었다. 프레더릭이 서 있는 곳에서도 바람이 느껴졌다. 그는 지금 자기가 있는 곳이 어디인지, 왜 아무도 이 낙후된 소도시에 이렇게 상쾌한 장소가 있다는 얘기를 안 해줬는지 궁리했다. 자기 사무실에 있는 지도를 머릿속에 떠올리면서 이곳의 위치를 찾아내려 했다. 그때 프레더릭과 마찬가지로 걸음을 멈추고 그를 향해 반쯤 돌아서 있던 와킬이 만면에 미소를 띠고 자축하듯 고개를 주억거리면서 프레더릭의 왼편에 있는 집들 너머를 가리켰다.

"군수님." 와킬이 급하다고 생색내듯 고개를 흔들며 프레더릭에게 따라오라는 손짓을 했다. 그러자 아까부터 뒤따라오던 인파가 그들을 밀치고 공터로 뛰어나가더니 와킬이 가리킨 방향으로 몰려가기 시작했다. 와킬을 따라가던 프레더릭의 눈에 작은 가게가 들어왔다. 두카라 불리는 이 가게는 최근 인도의 여러 도시에서 급증하고 있는, 복닥거리는 잡화점을 말했는데 인도인 상인들이 이 지역에도 들여왔다. 전부 인도인 소유는 아니었고, 하드라마우트*에서 온 상인들도 이런 유의 장사에 강했지만 최초의 발상은 인도인의 것이었다. 프레더릭은 이 공터가 깔끔한 이유가 그것 때문인가, 이곳이 인도인 밀집 지역인가 생각했다. 이 지역에서는 인도인들이 어디를 가건 부富가 따라왔다. 물론 어느 계급이냐에 따라 다르긴 했지만. 잔지바르 술탄국에는 인도 도시의 거리에 바글거리는 다양한 인간 군상이 모두 있었다. 비참한 가난 속에 사는 자들, 거리에서 구걸하는 자들, 귀에 거슬리는 소리로 징징대고 꽥꽥대는 자들. 그리고 구멍가게 상인은 대부분 인도인이었다. 그러나 일반적인 통념은 사실이었다. 어떤 구역에 제대로 된 바니안**을 데려다 놓으면 반드시 부가 따라온다는 것이었다.

가게 밖에는 손님 두어 명이 서 있었고 가게 옆 벤치에는 노인 몇 명이 앉아 있었다. 프레더릭은 와킬이 왜 가게로 가는 걸까 생각했다. 어쩌면 길을 물어보기 위해서인지도 몰랐다. 그를 따라오던 충성스러운 운구자들로 이루어진 추레한 무리의 모습은 아직 보이지 않았다. 그는

---

* 현재 예멘의 도시.

** 인도인 상인.

보폭을 넓혀서 가게에 다다르기 전에 날쌘 와킬을 따라잡았다. 노인들이 자리에서 일어나자 물건들을 굽어보는 자리에 앉아 있던 두카왈라가 허둥지둥 바닥으로 내려왔다. 원주민들은 유럽인이 다가올 때마다 불안해하며 공손한 태도로 으레 그랬는데 프레더릭은 그 이유를 아주 잘 알았다. 그 순간 갑자기 모두가 동시에 이야기하면서 경계하는 눈빛으로 그를 쳐다보는 것 같았다. 그는 와킬이 두카왈라에게 근엄한 명령조와 다 이해한다는 듯 내젓는 고갯짓을 번갈아 사용하는 것을 보았다. 이 극적이고 긴장되는 대화가 몇 번 오가고 나자, 프레더릭이 여전히 뭐가 어떻게 돌아가는 건지 갈피를 못 잡는 동안, 두카왈라가 다시 가게 안으로 들어가서 자기 집 대문을 열러 갔다. 와킬이 문으로 들어서더니 자기를 따라오라고 프레더릭에게 손짓했다. 노인 한 명이 지팡이로 사람들이 못 들어가게 막았지만 그들은 문 앞에 바글바글 모여들었고 일부는 담장을 기어오르기도 했다.

모든 것이 예상 밖이었다. 프레더릭은 대문을 통과하기 직전에, 다친 사내가 그 안에 있으리라는 것을 알았지만 정확히 그 순간에 깨닫기만 했을 뿐 머릿속을 정리할 시간은 없었다. 그는 머리가 길고 수염이 덥수룩한 남자가 이엉차양 밑의 깔개에 누워 있는 것을 보았다. 사내는 어깨부터 발끝까지, 빨간색과 흰색으로 테두리를 두른 크림색 시트로 덮여 있었다. 그 색깔은 뭔가 고전적이면서 고대적이었다. 로마시대 토가*의 색이었기 때문이다. 한쪽으로 돌아간 사내의 머리, 살짝 벌어진 입, 지치고 고통스러워 보이는 모습은 너무 낯익어서 신성모독으로 여

* 고대 로마의 시민 남성이 입던 의복.

겨질 지경이었다.* 사내 옆 바닥에는 한 여자가 앉아 있었는데 굽힌 두 다리는 빛바랜 녹색 드레스에 완전히 가려 보이지 않았다. 그녀는 자리에서 일어나려다 마음을 못 정한 것처럼, 놀라서 굳어버린 것처럼 보였다. 그들이 들어가자 고개를 돌리고 숄로 하관을 가렸지만 프레더릭은 이미 얼굴을 본 후라 그녀가 빼어난 미모의 대략 삼십대 여성임을 알았다. 아마도 혼혈인 듯했고 반들반들하고 어두운 갈색 피부로 보아 바주니족이나 소말리족 혈통일 것 같았다. 그는 그녀가 두카왈라의 아내일 거라 추측하고는 두카왈라가 운좋은 사내라고 생각했다. 그리고 한 순간, 채 한순간도 안 되는, 찰나에 가까운 시간 동안 영국에 있는 크리스티를 떠올리고는 그리움을 느꼈다. 그것은 거의 그리움이라고 볼 수도 없었다. 그보다는 맥박이 한 번 조금 세게 뛰었다가 다시 가라앉은 것에 가까웠다. 그는 나중에 그녀에 대한 생각에 제대로 잠기기로 마음먹었다.

프레더릭은 부상자 옆에 한쪽 무릎을 꿇고 그의 목 옆에 손을 갖다 댔다. 몸은 따듯했고 맥박은 힘차게 뛰었으며 열은 없었다. 사내가 눈을 뜨더니 낮고 긴 신음소리를 냈다. 마치 소리 죽인 염소 울음이나 죽어가는 짐승이 애처롭게 꺽꺽대는 소리 같았다. 여자가 뭐라고 말을 하길래 올려다봤더니 그녀가 안심시키려는 듯 고개를 끄덕였다. 그는 출혈이나 상처가 있나 시트를 걷어보았지만 몸에는 아무런 흔적도 없었다. 그저 여위고 지저분할 뿐이었다. 일어나서 주위를 둘러본 그는 불현듯 이 모든 것의 낯섦에 충격을 받았다. 이곳, 이 사람들의 집 마당

* 예수를 연상시킨다는 뜻.

에서, 밀랍으로 광낸 승마부츠를 신고 서서, 말채찍으로 초조하게 자기 종아리를 찰싹찰싹 치면서, 이 시커멓고 낯선 사람들에게 둘러싸여 있는 자신. 그는 설명할 수 없는 이유로 이 사람들을 향한, 발치에 누운 남자를 향한 분노를 느꼈다. 그것은 낯익은 낯섦이었다. 마치 자신의 일부가 몸밖에서 자신을 구경하고 있는 것만 같았다. 하지만 지금은 그것을 무시해야 할 필요가 있었으므로 그는 그 감정을 떨쳐냈다. 그 감정이 불러일으키는 인간적인 충동에도 불구하고 그것을 우유부단과 유약함이라 생각하고는 두 팔로 들것 모양을 만들어 보였다. "이 사람을 여기서 데리고 나가야 하네." 그는 와킬에게 이렇게 말하고 나서 통통한 울상의 두카왈라를 쳐다봤다. "지금 당장 이 사람을 여기서 데리고 나가야 해. 잘디, 잘디. 빨리, 빨리." 그는 사내를 들어올려 마당 밖으로 나가는 시늉을 하면서 한번 더 말했다.

여차저차해서 와킬이 주도권을 잡고 지시를 내리기 시작했다. 아까의 바보 같은 행동 뒤에 나온 그런 차분하고 권위적인 모습을 보고 프레더릭은 깜짝 놀랐다. 프레더릭은 와킬이 하는 말을 한마디도 알아들을 수 없었지만 신기하게 모든 말이 계산적이고 부정직하게 들린다고 생각했다. 일상적인 혼돈과 소음이 있고 사람들이 우왕좌왕한 끝에 결국 세 남자가 불쌍한 사내와 깔개 등을 들고 떠날 준비를 했다. "이 친구 물건은 어디 있나?" 프레더릭이 물었다. "소지품 말이야. 이 친구 소지품 어디 있나? 갖고 있던 물건 말일세." 와킬은 최선을 다했지만 두카왈라와 아내에게서 아무것도 알아내지 못했다. 와킬은 그들에게 소리를 지르기도 하고 손가락을 과장스럽게 흔들어대기도 했는데 프레더릭은 그가 두 사람을 도둑질했다고 비난하거나, 더 가능성이 높은 것은, 자기 몫을 따로 챙겨놓으라고 말하고 있으리라 추측했다. 프레더릭도 자기 나름대로 날카로운 몇 마디를 보태고 두카왈라를 노려봤으나 아무런 소득도 얻지 못했다. 군중 가운데 몇 명이 끼어들어서 헛소리를 외치기 시작하자 프레더릭은 이 사람들이 다 같이 히스테리를 일으키기 전에 사내를 안전한 곳으로 옮기는 것이 최선이라고 생각했다. 이 친구가 자기가 뭘 잃어버렸는지 말할 수 있는 상태가 되면 소지품을 가지러 돌아오겠네, 라고 그는 와킬에게 말했다.

행렬이 꼬불꼬불한 골목길을 마침내 빠져나왔을 때 프레더릭은 광장의 커다란 망고나무 밑에 앉아 있는 이드리스와 말없이 말들을 쳐다보고 있는 아이들을 보았다. 이드리스는 떠들썩한 군중을 보자 곧바로 자리에서 일어났으나 다가오지는 않고 프레더릭의 지시를 기다렸다. 프레더릭은 그렇게 규율이 몸에 밴 모습이 마음에 들었다. 그가 말채찍으로 집 쪽을 가리키자 이드리스는 샤리파에 올라타고 출발했다. 프레더릭이 행렬의 일원이라는 사실이 이 사건에 극적 요소를 배가해서 그의 집에 도착했을 무렵에는 흡사 중세의 가장행렬 같은 것이 되어 있었다. 그들은 사람들, 특히 와킬을 쫓아내느라 애먹었다. 그러나 이드리스와 하인 하미스는 그들 모두를 어찌어찌 아래층 복도에 가두는 데 성공했고 차례차례 한 명씩 내보냈다. 병자를 나른 남자들에게는 동전을 나눠줬다. 이제 손님방에 누인 환자는 서서히 의식이 돌아오고 있었다. 남자들은 사내를, 안토니우스의 침실에 숨어들 때의 클레오파트라처럼, 낡은 돗자리에 싼 채로 침대에 놓고 갔다. 프레더릭이 돗자리를 걷어내자 사내는 여전히 빨간 테두리를 두른 크림색 시트에 덮여 있었는데 지금 찬찬히 살펴보니 그 시트는 두꺼운 수직手織이고 아마도 새

것 같았다. 그가 사내의 체온을 확인하려고 이마에 손을 얹자 사내가 눈을 뜨고 프레더릭을 똑바로 쳐다봤다.

“기분이 어떤가?” 프레더릭이 따듯하게 물었다.

“세이셸에 가본 적 있으세요?” 그가 물었다. 프레더릭은 뜻밖의 질문에, 그리고 절대 착각할 수 없는 그의 영국식 악센트에 미소 지었다.

“안타깝게도 못 가봤네.” 프레더릭이 그가 루터교회의 광신자가 아니라는 사실에 안도하며 대답했다.

“이 지역에서는 항상 위험을 경계해야 해. 물론 자네도 잘 알겠지만 말이야.” 프레더릭은 이렇게 말하고는 시가를 길고 맛있게 빨아들였다. 그리고 마치 간헐천처럼 굵고 세찬 연기를 뿜어내고는 그 광경에 의기양양해하며 만족스러움을 느꼈다. “친애하는 피어스, 자네가 산 자들의 땅으로 돌아와서 정말 다행이네. 발견됐을 때를 생각하면 지금 그렇게 차분하게 앉아 있는 것은 기적에 가깝지. 이제 됐다 싶을 때는 그렇게 말해야 하네. 나한테 진력날 때까지 기다리지 말고. 물론 나는 자네의 모험 이야기를 듣고 싶어서 안달나 있지만 시간은 충분하지 않나. 이렇게 빨리 회복한 건 정말 대단하지만 무리하지는 말게. 자네는 적어도 병에 걸리지는 않은 듯하네. 하지만 수일 동안 끔찍한 햇볕을 쬔 게 분명하니 두통이 심할지도 몰라. 어쨌든 다친 데는 없네. 사실 다치지 않은 것은 정말 천운이야. 내륙지역에는 사악한 도적들이 있거든. 자네 혼자 여행할 때 무슨 이유에선지 누구의 눈에도 띄지 않았다고 추측만 할 수 있을 따름이지. 그렇지 않았다면 자네는 지금 이 자리에 없었을 걸세. 자네 소식을 처음 들었을 때는 자네가 강 상류의 선교회, 그러니까 루터교회 신자 중 한 사람일 거라고 생각했다네. 몇 년 전에 그곳이 습격을 당했었고 아비시니아 병사들이 강도질과 노예사냥을 밥먹듯 한다는 소문도 늘 있었거든. 그들과 우연히 마주치지 않은 건 정말 운이 좋았던 걸세. 물론 그들에게 붙잡혀도 유럽인은 다른 인종보다는 안전하겠지만 말이야. 다른 인종은 아마 곧바로 하라르*의 노예시장으로 보내지겠지만 우리가 그런 걸 좋아하지 않는다는 건 그들도 알거든."

프레더릭은 다시 한번 시가를 빨아들이고 나서 무심하게 담뱃재를 베란다 바닥에 떨었다. 해가 지자 바람이 잦아들었지만 제 역할은 다하고 가서 공기가 따듯하고 습했다. 그들 발밑의 바다에서는 긴 아치형 너울이 만을 향해 달려오고 있었다.

"세이셸에 가본 적 있으세요?" 프레더릭이 쿡쿡 웃었다. "재미있는 첫마디였네. 자네가 정신을 차렸을 때 그렇게 말했지, 기억나나?"

"네." 피어스가 미소 지으며 힘없이 말했다. "그리고 당신은, 안타깝게도 못 가봤네, 라고 말했죠."

"그래, 못 가봤지. 저기 바다에 너울 보이나? 이 만에는 암초가 없어. 이 지역에서는 아주 드문 일인데 여기에서 북쪽으로 몇 마일 떨어진 곳에 하구가 있기 때문이지. 여기서부터 정동으로 세이셸까지는 아무것도 없다네. 거기가 너울이 시작되는 곳이야. 세이셸은 아주 아름답고 더럽혀지지 않은 곳이라고 들었네. 프랑스놈들과 선교사들이 다녀갔는데도 말이지. 남양**의 천국이라고 하더군. 자네는 가봤나?"

"아뇨." 피어스가 말했다.

---

* 오늘날 에티오피아의 성곽도시.

** 인도양과 태평양의 적도 부근에 있는 섬들.

"세이셸야자." 프레더릭이 생각에 잠긴 듯 말했다. "꽤 역겹다고 생각하지 않나? 여성의 성기를 닮은 열매라니 말이야. 식물군마저도 외설적인 섬을 발견하는 데는 프랑스인이 제격이지. 뭐, 세이셸을 발견한 건 프랑스놈들이 아니라 우리인 것 같긴 하지만* 그 섬에서 어떤 열매가 나는지 안 순간 놈들은 자기들이 그곳에 눌러앉아야 한다는 걸 알았을 걸세."

프레더릭은 자기 술잔을 다시 채우고는 예의상 피어스를 흘끗 쳐다봤다. 설사 피어스가 달라고 했다 한들 환자에게 술을 주지는 않았을 것이기 때문이다. 피어스는 긴 안락의자에 누워 있었는데 램프 불빛이 어두워서 잠들었는지 깨어 있는지 알 수가 없었다.

"아름답네요." 피어스가 나직이 말했다. "바다가요."

"그래, 맞아. 자네가 좋아하는 세이셸까지 거리가 천 마일인데 그 사이에 아무것도 없다네. 그런데 바다도 아주 잔잔하지. 인도양은 그래, 적어도 이 지역은. 끔찍한 대서양과 비교하면 연못에 가깝지. 하지만 북동풍이 안정적으로 불기 직전인 11월쯤에는 꽤 거칠어져서 그때는 항구도 문을 닫는다고 들었네. 나는 북동풍이 끝난 직후에 이곳에 왔는데 지금도 가끔은 바람이 세게 불지. 내가 이곳에 부임한 지는 넉 달밖에 안 됐지만, 그래, 바다, 그게 여기서 가장 좋은 것일세. 그 외에는 쓸모 있는 게 거의 없다네. 땅은 나쁘지 않지만 모래가 많고 흙의 두께가 얇고, 강수량은 적당하지만 일꾼을 제대로 부릴 수가 없지. 뭔가를 열심히 하게 만들 수가 없다네. 그게 다 노예제 때문이야. 노예제와 기력

* 1609년 영국 동인도회사 소속 군인들이 최초로 상륙했으나 1756년 프랑스가 식민지로 삼았고 1794년 영국이 전쟁에서 승리하면서 1814년 공식적으로 식민지화했다.

을 뺏는 질병들, 하지만 그중에서도 노예제 탓이 제일 크지. 그들은 노예제에서 게으름과 회피를 배웠고 이제는 급료를 받을 때조차도 열심히 책임감 있게 일해야 한다는 생각 자체를 품지 못하게 됐네. 이곳에서 일이라 불리는 건 남자들이 나무 밑에 앉아서 망고가 익기를 기다리는 것이지. 회사 소유지에서 이루어낸 것을 보게. 훌륭한 결과 아닌가. 새로운 작물, 관개시설, 윤작. 그러나 그걸 이루기 위해 사람들의 사고방식을 완전히 바꿔야 했어. 여기에도 영국 농장이 좀 필요한데 내 생각에는 머지않아 생길 걸세. 아랍인 지주들은 곧 땅을 팔 수밖에 없을 거야."

"그렇군요." 피어스가 말했다.

프레더릭은 술을 홀짝이더니 말없이 시가를 빨아들였고 피어스가 부드럽게 흠 하는 소리를 내자 이야기를 계속하라는 뜻으로 받아들였다. "이 소도시는 포르투갈인들이 몸바사에 예수 요새를 짓고 모든 것을 옮겨버린 후로 한 세기 남짓 버려져 있다시피 했네. 생각해보면 완전히 배은망덕한 짓이었지. 그리고 지금으로부터 사십 년쯤 전에 술탄 마지드가 이 소도시를 플랜테이션 농장으로 부흥한다는 기막힌 생각을 해낸 거야. 물론 그는 명목상 이 해안지대 전체의 통치자였지. 그래서 그는 아랍인들과 발루치족 용병 부대와 노예 수천 명을 보냈다네. 첫 십여 년 동안 엄청난 수확을 거두자 더 많은 노예를 보냈고 원주민들은 이웃 부족을 약탈하기 시작했어. 소도시는 다시 풍요로워졌고 엄청난 부가 쌓였지. 그다음엔 보라들이 장사를 하러 들어오기 시작했다네. 내가 늘 말하지만, 인도인 상인이 사업을 시작하는 곳에는 한두 푼 벌 기회가 확실히 있어. 인도인들이 이곳에 산 지는 아주 오래되었는데 적어도 포르투갈인들이 십자가를 세우러 오기 전부터 있었던 건 확실하네. 심지어 인도 캘리컷으로 가는 마지막 항해 때 여기서 배에 올라탔던 바스쿠 다가마가 인도인 선원이라는 설도 있지. 나는 그 얘기가 믿을 만하다고 생각하네. 더 그럴듯한 건 그가 인도인 노예였다는 설이지. 모든 일은 노예가 했고 노예에게도 노예가 있었으니까.

회사가 조차지를 넘겨받고 일을 시작한 것도 그 무렵이었다네. 지금 와서 그때 회사에 가망이 없었다는 말은 누구나 할 수 있지만 당시 윌리엄 매키넌*과 동조자들에게는 그렇게 명백하지 않았나보더군. 술탄은 확실히 그렇게 생각하지 않았고. 당시 술탄이 마지드였던 것 같지는 않아. 사실, 아니었다고 확신하네. 아마 바르가시나 그 뒤를 이은 미친 술탄, 마무드인가 뭐 그런 이름이었을 걸세. 누군진 모르겠지만 아무튼 그 술탄은 영국의 방법론과 과학에서 득을 볼 수 있을 거라 기대해서 직접—혹은 누군가가 대신—회사에 이곳의 플랜테이션 농장을 운영할 관리인을 보내달라고 부탁했지. 그건 엄청난 실수였다네. 회사는 팅클스미스인지 뭐 그런 이름의 영국인 젠트리를 보냈는데 그는 즉시 농장의 모든 노예를 해방한 다음, 일하길 원하는 사람은 모두 임금노동자로 다시 고용했어. 그는 노예해방값을 정해놓고 차후에 농장에서 일하기로 약속한 모든 노예에게 그 돈을 빌려줬다네. 그 결과 다른 농장의 노예들도 해방되었는데 대부분이 아예 일하고 싶어하지 않았기 때문에 도망쳤지. 그들은 모두 회사가 제공하는 일자리를 택하는 대신 내륙으로 달아났다네. 이때쯤에는 노예들도 영국과 독일의 분할협정 이

---

* 대영제국 동아프리카회사의 설립자. 유럽과 우편망을 연결하고 조차지를 빌리거나 노예무역의 종식을 위해 노력하는 등 잔지바르 식민지 개발에 다방면으로 관여했다.

후로는 술탄의 명목상 영토가 해안으로부터 10마일까지밖에 해당하지 않는다는 걸 알고 있었어. 그러니까 내륙으로 10마일만 달아나면 안전했다네. 그 결과…… 아랍인들이 가난해졌지. 그게 겨우 팔구 년 전 일인데 지금 주위를 둘러봐도 버려진 농장을 쉽게 볼 수 있어. 하지만 이제 도망자들이 조금씩 돌아오고 있어서 이 소도시에서 약간 남쪽에 있는, 아랍인들의 버려진 땅에 정착시키고 있다네. 문제가 없는 건 아니지만 이제 와서 아랍인들이 할 수 있는 건 투덜거리면서 몸바사로 떠나는 것 외엔 별로 없지. 뭐, 어차피 이 상태는 1895년에 동아프리카 보호령이 세워지는 즉시 끝날 예정이었으니까. 오 이런, 졸고 있군." 프레더릭은 피어스가 조용히 코고는 소리를 듣고는 이야기를 마쳤다. 그리고 술을 한 잔 더 따른 다음, 시가에 다시 불을 붙였다.

그는 몇 분 이따 피어스를 깨울 작정이었다. 베란다에서 자게 내버려두면 모기들이 물어뜯을 게 분명했으니까. 하지만 피어스는 어쩌면 모기나 딱정벌레나 뱀에 익숙할지도 몰랐다. 그는 피어스에게 뭔가 수치스러운 사연이 있으리라 추측했다. 여행중인 무리에서 특사로 파견되지 않은 이상 그런 식으로 혼자 다니는 사람은 없었기 때문이다. 그리고 설사 그런 경우라 하더라도 짐꾼 한두 명은 대동하기 마련이었다. 어쩌면 그는 강도를 당하거나 안내인에게 버림받았는지도 몰랐다. 그래도 어느 경우든 간에 지금쯤 무슨 말이든 했어야, 뭔가 털어놓았어야 마땅했다. 프레더릭은 하인 하미스를 통역으로 데리고 두카왈라네 집에 다시 가서 그 사내를 거의 완력행사 직전까지 몰아붙였지만 뚱뚱한 두카왈라는 단호하게, 마지막엔 눈물까지 글썽이면서, 피어스가 빈손으로 나타났다는 주장을 고수했다. 이에 대한 납득 가능한 설명이 분명 있을 텐데 피어스가 지쳤다는 핑계 뒤에 숨고 있다고 프레더릭은 의심했다. 그가 지치지 않았다는 게 아니다. 그 점은 명백하고 오해의 여지도 없다. 그는 첫날 하루종일 자더니 지금 또 자고 있었고 먹을 수 있었던 음식은 요리사가 준비한 맑은 수프 몇 숟갈뿐이었다. 어쩌면 그의 곁에서 코골고 있는 지금도 사실은 피어스가 자고 있지 않은지도 모른다고 프레더릭은 생각했다. 어쩌면 어떤 야비한 일을 위한 여행을 떠나달라는 부탁을 받았기 때문에 이야기하길 주저하는지도 몰랐다. 그는 램프 불빛이 어두워서 흐릿하게 보이는, 뒤로 기대 누워 있는 피어스를 흘끗 보았다. 최근의 궁핍 때문만은 아닌 듯한 금욕적인 얼굴, 일종의 거만함, 노동 및 원칙과 관련된 뭔가가 있어 보였다. 프레더릭은 마지막으로 한 잔을 더 따르고는 의심을 너무 발전시키지 말라고 스스로에게 경고했다. "적당히 해, 이 친구야." 그는 자기 자신에게 속삭이며 미소 지었다. "설레발치지 마. 이 사람은 극한의 경험을 하거나 숭고한 존재와 조우하고 돌아와서 아직 그걸 겉으로 표현할 방법을 찾지 못한 건지도 몰라."

다음날 오전 중반에 책상에서 일하던 프레더릭은 서재 옆 응접실에서 나는 피어스의 기척을 들었다. 아침에는 환기도 하고 집을 시원하게 하기 위해 그의 명령에 따라 모든 방문이 열려 있었다. 반면에 오후에는 앞면의 비늘 창을 닫고 베란다의 블라인드도 내려서 햇볕이 들지 않게 했다. 프레더릭은 자기 살림의 세세한 부분까지 꼼꼼하게 챙겼다. 그렇게 하는 것을 좋아해서 자조하듯 된소리를 강조하며 혼자 발음해보기도 했다. 꼼꼼하게. 그는 저장하기 위해 구입한 물건은 무엇인지, 소비한 물건은 무엇인지, 하인들이 빼돌리는 것을 감안해 들여놓은 여분은 얼마만큼인지를 잘 알았다. 일주일에 한 번은 모든 시계의 태엽을 직접 감으면서 모두가 똑같은 시간을 가리키도록 했다. 그리고 인도 캄베이 주州 출신의 우유장수가 물을 너무 많이 타지는 않는지 확인하기 위해 가끔가다 한 번씩 우유의 비중을 확인했다. 그는 자신이 각 하인의 할 일을 정확히 알고 있고, 그들의 수작질을 지켜보고 있으며, 그들이 자신의 취향을 배려하길 기대한다는 것을 하인들이 알길 바랐다. 그래서 그는 하미스에게, 버턴이 찾아올 경우에 대비해 저녁식사를 일인분 더 준비하라 일렀고 하미스가 자신이 지시한 대로 아침 여덟시에 홍차를 들고 피어스의 방으로 들어가는 소리를 들었다.

응접실에 있는 피어스의 소리를 들었을 때 그는 작성중이던 금년 관세보고서를 치워놓고 피어스에게 인사하러 갔다. 그는 베란다에서 피어스를 발견했다. 피어스는 늦은 아침의 햇빛 속에서 모퉁이 기둥에 기대서 있었다. 그가 입은 프레더릭의 셔츠와 바지는 사이즈가 맞지 않았다. 셔츠는 너무 컸고 바지는 3~4인치 짧았다. 거기다 맨발에 덥수룩한 수염까지 더하니 배운 한량 내지는 해변에서 물건 줍는 사람, 로버트 루이스 스티븐슨의 『보물섬』에 나오는 인물처럼 보였다. 그런 생각을 하자 얼굴에 미소가 떠올랐다. 옷 때문이 아니라 피어스의 태도에 뭔가 느슨하고 차분한 면이 있어서 잘 어울렸기 때문이다.

"그렇게 햇볕 속에 서 있으면 안 돼." 프레더릭이 말했다. "일사병인지 뭔지를 앓은 후에는 말이야."

"죄송합니다." 피어스가 순순히 뒤로 물러났다. "제가 방해했나요? 저 때문에 일을 중단하진 마세요."

"아니, 오히려 반가웠네." 프레더릭이 피어스에게 시원한 실내로 들어가라는 손짓을 했다. "지금 작년 수치랑 비교하면서 올해 관세에 대한 보고서를 쓰는 중인데 대영제국에는 대단히 중요한 통계지만 따분한 일이거든. 보통 이 시간에 한숨 돌리곤 한다네. 커피 한잔이나 과일 좀 같이 들겠나? 여기 커피는 맛있어. 게다가 하미스가 매일 열심히 볶고 갈지. 섬세한 품종은 아니지만 향이 풍부하다네."

"네, 그럼 감사히 먹겠습니다. 사실 커피 냄새를 맡고 나온 거거든요." 피어스가 말했다.

"그거 잘됐군. 하미스가 곧 올 걸세. 몸은 좀 어떤가? 수프를 좀더 먹어야 할 것 같지만 어제보다는 안색이 훨씬 좋아 보이는군."

"많이 좋아졌습니다." 피어스가 수염을 쓰다듬었다.

"하미스에게 이발사를 불러오라고 할까?" 프레더릭이 웃으며 말했다. "아니면 수염을 일부러 기르고 있나?"

"아니, 아닙니다. 여행을 떠날 때 매일 면도하는 게 귀찮아서 기르기 시작한 거예요. 네, 이발사가 오면 좋겠군요."

프레더릭은 기다렸다. 지금이 피어스가 자기 이야기를 시작하기에 딱 맞는 순간이었지만 그가 아무 말도 하지 않자 프레더릭은 속으로 미소 지었다. 내가 미끼를 던져야겠군, 그는 결심했다. 그는 전말을 다 들을 준비가 되어 있었다. "유감이지만 자네 소지품은 찾지 못했다네." 프레더릭이 말했다. "그 두카왈라네에 다시 가서 아주 강경하게 추궁했는데 그 친구가 완고하더군. 뭐가 있었는지 기억나나? 조금 더 추궁하면 사실대로 말할지도 모르네."

피어스가 힘없이 고개를 내저었다. "원래부터 아무것도 없었어요. 안내인들이 다 가져가버렸으니까요. 그렇게 할지 말지 자기들끼리 싸우더군요, 제 추측이지만. 저는 불안해서 계속 잠을 못 잔 탓에 지쳐 있었어요. 그러다가 마지막날 밤에 제가 깊이 잠든 사이 그들이 제 총을 훔쳤죠. 다투는 소리를 듣고 잠에서 깼는데 한 명이 옆에 앉아서 제 머리에 총을 겨누고 있더라고요. 그들은 저를 땅바닥에 엎드리게 하고 신발과 벨트를 빼앗았지만 물이 담긴 가죽부대와 건과 한 봉지를 주고 갔어요. 아, 그리고 덧옷이랑 샌들도요. 저는 그들이 떠나가며 계속 싸우는 소리를 들었어요. 저를 죽일지, 그냥 버리고 갈지 합의를 못했더라고요. 한 명이 후환이 없게 저를 죽이고 싶어했는데 나머지가 그를 설득했어요. 어쩌면 지금도 저를 죽이지 않은 게 잘한 일인지를 놓고 싸우고 있을지도 모르죠."

"망할 도적놈들." 프레더릭이 말했다. "정말이지, 자네는 이 일에 상당히 초연해 보이는군. 나라면 화가 머리끝까지 났을 걸세. 이게 정확히 어디서 있었던 일인가? 어디로 가던 중이었나?"

피어스가 어깨를 으쓱했다. "여기요. 여기로 오던 중이었죠. 그들이 떠난 후에는 정남으로 걸었어요. 저는 남서쪽, 그러니까 우간다를 향해 가던 무리를 떠났고 안내인 세 명이 저를 동해안까지 데려다주기로 되어 있었습니다. 하지만 그들은 무슨 이유에선지 여기에 오기 싫었거나 다른 곳으로 가고 싶었던 모양이에요. 저는 도륙을 더이상 참을 수 없었어요."

"도륙!" 프레더릭이 새된 소리로 외쳤다.

"사냥관광 무리였거든요." 피어스가 말했다. "꽤 규모가 컸죠. 영국인 젠트리 세 명에, 그중 한 명이 데려온 영국인 하인에다가 전반적인 진행을 맡은 백인 사냥꾼이 한 명 있었습니다. 백인 사냥꾼은 낙타와 안내인과 물자를 관리했는데 거의 항상 화난 병참장교 같았죠."

피어스는 잠시 말을 멈추고 심호흡을 하며 기력을 모았다. "톰린슨 씨였어요. 그는 저녁에 자기 텐트에 혼자 앉아서 화난 사람처럼 뭔가를 갈겨썼는데 나중에 회고록을 쓰기 위해 일기를 쓰는 게 틀림없었어요. 젠트리들이 그걸 가지고 끈질기게 놀린데다 낭비와 불평이 심해서 그는 돌아버릴 지경이었죠. 저는 아덴*에서 그 젠트리 중 한 명을 만났어요. 웨더릴이라는 사람인데 아시는 분인지 모르겠지만 인도에 있었다고 하더군요. 꽤 부자였어요."

피어스는 숨이 차서 다시 한번 말을 멈췄다. 다시 입을 뗐을 때는 속도를 조절해가며 아까보다 천천히 말했다. "제가 넉 달 동안 아비시니아를 여행했다는 얘기를 했더니 웨더릴은 큰 관심을 보였어요. 메넬리크 2세**가 이탈리아군을 쫓아냈으니 이제 영국이 들어가게 되는 거냐고 물었죠. 사냥 스타일과 승마 스타일에서 보이는 모습과 달리 그는 호기심이 많았어요. 지적 에너지가 넘치는 사람이었죠. 그는 랭보에 대해 이야기하고 싶어했고 아비시니아에서 랭보 이야기를 하는 사람이 있었는지 궁금해했어요. 그러고는 소말리아 여행에 저를 초대했는데 거절할 수가 없었어요. 아비시니아 여행을 끝낸 직후라 기분이 들떠 있었고 어쩌면 살짝 무모해졌었는지도 모르죠. 웨더릴이 저를 손님으로 초대했으니 비용을 지불할 필요도 없었고요. 석 달 남짓의 시간만 투자하면 됐죠. 급히 돌아가야 할 이유도 없었고 소말리아는 거의 여행해본 적이 없었거든요. 정말 거부할 수 없었어요."

---

* 현재 예멘의 도시.

** 아비시니아의 황제.

"랭보를 읽은 사람이 있긴 한가? 요즘 랭보를 읽는 사람도 있나? 지금은 시인보다 무기 밀매업자로 더 많이 알려졌을 것 같군." 프레더릭이 말했다. 그는 피어스의 설명이 자세해서 안심했고 전날 저녁에 품었던 의심이 사라지는 것을 느꼈다. 그때 하미스가 쌀빵과 과일과 커피를 가져와서 그들 앞에 있는 작은 탁자 두 개에 늘어놓았다. 그가 일을 끝마치길 기다리는 동안 프레더릭이 시를 낭송하기 시작했다.

나 한번은 환영 속에서
덜시머를 지닌 처녀를 보았네.
그는 아비시니아 아가씨였고
덜시머를 연주했지,*

"그러게 내가 어제 아비시니아 병사에 대해 경고하지 않았나. 자네는 그들을 의형제로 생각할지도 모르지만 말일세. 아비시니아에서는 뭘 했는지 물어봐도 되겠나?" 하미스가 가고 나서 프레더릭이 물었다.

피어스는 쌀빵에 관심을 보이며 상체를 앞으로 내밀어 자세히 들여다보더니 어깨를 으쓱했다. "여행도 하고 책도 썼어요. 저는 역사학자 비슷한 거거든요. 사실은 제대로 된 아마추어죠. 약간은 언어학자이기도 하고요. 배우는 중인 언어학자예요. 일 년 동안 이집트에 살면서 교육 쪽 일을 할 때 나중에 새로운 일을 시작하기 직전에 아비시니아를 여행하겠다고 스스로에게 약속했어요. 아주 어렸을 때부터 줄곧 아비

* 새뮤얼 테일러 콜리지의 시 「쿠블라 칸」의 일부.

시니아에 관심이 있었거든요. 아비시니아의 풍경을 보고 언어를 들어 보고 싶었죠."

"동양학자로군." 프레더릭이 말했다.

피어스가 미소 지었다. "좀더 공부하면 그렇게 될지도 모르죠." 그가 말했다.

"계속하게." 프레더릭은 피어스가 아비시니아 이야기를 자세히 하지 않는다는 사실에 흥미가 동했다. 어쩌면 그는 고위급 첩보원이라서 외무부 관료를 위해 아비시니아에 대한 보고서를 작성중인지도 몰랐다. 어쩌면 영국이 아비시니아를 점령할 거라는 웨더릴의 의심이 맞을지도 몰랐다. 프레더릭은 아비시니아를 좋아하지 않았다.

"먹어도 될까요?" 피어스가 이렇게 묻더니 쌀빵 하나를 집어들었다. 그는 천천히 여유롭게 씹더니 맛을 음미하며 고개를 끄덕거렸다. "맛있어요, 아주 오묘하네요. 카더몬과 효모 맛이 느껴져요. 지난 몇 주 동안 먹던 것에 비하면 지금 이게 얼마나 우아한 식사인지 이해 못하실 거예요."

프레더릭은 커피를 따라주고 피어스가 몇 모금 홀짝일 때까지 기다렸다. "계속하게." 그는 한번 더 말하고는 과장스럽게 어서 듣고 싶다는 태를 내며 뒤로 기대앉았다.

"우리는 12월에 다우선船*을 타고 아덴에서 소말리아 바라와로 갔습니다. 며칠간 평화로운 항해가 이어졌죠. 이번 여행에서 가장 행복했던 날들이었어요. 북동쪽에서 불어오는 계절풍도 안정적이었고 그다음에

* 홍해와 아라비아해 주변 지역에서 사용하는, 큰 삼각돛이 달린 범선.

아프리카의 뿔*을 우회할 때는 소말리해류를 탔죠. 그러고는 며칠 동안 바라와에 머물렀다가 디프**를 향해 출발했어요. 우리는 마치 정복전쟁에 나선 것처럼 중무장을 한, 동물과 사람으로 이루어진 작은 군대였어요. 짐승들을 도륙하면서 남소말리아를 가로지르는 데는 사 주가 걸렸어요. 참을 수 없는 파괴행위였죠. 우리는 매일 죽였어요. 때로는 하루에 사자 네다섯 마리를 죽이기도 했고 표범과 코뿔소와 영양도 죽였죠. 모두에게서 피와 내장, 도살한 고기와 건조중인 가죽의 악취가 진동했어요. 파리는 썩어가는 고기에 앉듯 우리 몸에 앉았고요. 그슬린 고기를 너무 많이 먹어서 우리 입냄새와 똥냄새 때문에 구역질이 났어요. 디프에 도착하자 저는 웨더릴에게 더이상 같이 못 가겠다고 말했습니다. 그는 불같이 화를 냈고 그의 친구들도 마찬가지였어요. 세 사람은 기병대에서 같이 복무해서 그런지 반감을 갖는 제가 남자답지 못하다고 생각한 것 같아요. 웨더릴은 제가 돌아가는 것에 반대했어요. 너무 위험해요, 그가 말했습니다. 그리고 저에게 나눠줄 일꾼도 없다고 했죠. 이때쯤 계획이 바뀌어 웨더릴과 친구들은 코끼리 사냥을 위해 우간다로 가기로 했습니다. 저는 매일 웨더릴에게 항의했어요. 그도 그때 몸이 좋지 않았지만 자신보다 제가 훨씬 약하다고 생각하더군요. 하지만 그도 결국은 항복했습니다. 우리는 사냥하고 도륙하면서 남서쪽으로 전진하다가 타나강江에 도달했습니다. 웨더릴은 이쯤에서라면 제가 돌아가거나 동해안으로 가도 안전할 거라고 생각했죠. 그는 일꾼들의

* 동아프리카의 삼각형 반도. 에티오피아, 에리트레아, 소말리아, 지부티, 소말릴란드공화국이 포함된다.

** 소말리아와 케냐의 국경에 있는 마을.

우두머리에게 저와 함께 갈 세 사람을 고르라고 했습니다. 그들의 계산에 따르면 우리가 해안지대에 도착할 때로부터 두 달 후에는 계절풍이 남서풍으로 바뀔 것이기 때문에 일꾼들은 바라와로 돌아갈 수 있었고 저는 왔던 곳으로 꺼져버릴 수 있었죠."

"그래, 자네 말이 맞네." 프레더릭이 말했다. "곧 풍향이 바뀔 걸세."

피어스가 고개를 끄덕였다. "저를 안내한 자들은 자신들의 임무를 좋아하지 않았습니다. 정확한 이유는 모르겠어요. 소말리어는 조금 알아듣거든요, 아주아주 조금요. 여행하는 동안 매일 한두 시간씩 상대해주던 일꾼과 시간을 보내면서 배우고 있었죠. 그런데 제 안내인들은 제 말을 들으려 하지 않았기 때문에 일찌감치 위험을 눈치챘습니다. 하지만 진심으로 그들이 저를 버리거나 죽일 거라고 생각하진 않았어요. 그럴 가능성은 아주 낮아요, 라고 웨더릴이 말했거든요. 그 일꾼들과 전부터 아는 사이인데다 그가 직접 고용한 사람들이었으니까요. 도의심 때문에라도 저를 배신하진 않을 거라고 했죠. 하지만 이쪽에 뭔가가, 그들이 두려워하는 위험이 있었던 게 분명해요. 도의심보다 해안지대에 가기 싫은 마음이 더 컸잖아요. 제가 이 멋진 동네에 도착하기 나흘 전에 정말로 저를 버렸으니까요."

"소말리족은 가장 구제불능인 도적들이라네." 프레더릭이 말했다. "친애하는 피어스, 그자들은 자네를 버리기만 한 게 아닐세. 도적질을 하고 사막에 버리고 갔잖나. 자네가 살아 있는 건 천운이라고 생각해야 하네."

"그건 잘 모르겠어요." 피어스가 미소 지었다. "구제불능인 도적이라는 거요. 소말리족은 충성스럽다고 장담하는 사람들도 있으니까요. 웨더릴도 거의 그랬어요. 자기 명예를 걸고 맹세했나 뭐 그랬거든요. 그런데 그 불쌍한 젊은이들이 그를 실망시킨 거죠. 어쩌면 그들은 저를 버린 일로 소말리족 내에서 악명을 얻을지도 몰라요. 그리고 실제로는 사막도 아니었고요."

"피어스, 이 친구야, 자네 괜찮나?" 프레더릭이 반쯤 자리에서 일어나며 물었다. 피어스의 눈에서 눈물이 흘러내리는 것을 보았기 때문이다.

"저는 그들이 저를 죽일 거라고 생각했어요. 처음에 든 생각은 그거였죠." 피어스가 말했다. "그들이 저를 버리고 간 후에는 도중에 누군가에게 살해당할 거라고, 아니면 들짐승의 습격을 받을 거라고, 아니면 갈증과 갈망 때문에 죽을 거라고 생각했어요. 어떤 일도 일어날 수 있었죠. 그게 다예요. 그리고 저는 너무나 살고 싶었어요. 네, 저는 괜찮아요. 네, 제가 운이 좋았다고 생각해요. 지금 제 얼굴에서 보이는 건 기쁨이에요."

"더이상 자신을 괴롭히지 말게, 피어스." 프레더릭이 그에게 커피 한 잔을 더 따라주었다. "그야말로 녹초가 됐을 것 아닌가."

"맞아요. 제 이름은 마틴입니다. 마틴이라고 불러주세요. 저를 발견한 사람들, 그 사람들한테 가서 감사인사를 해야겠어요." 그가 말했다.

"이름이 마틴이었군." 프레더릭이 건배하듯 커피잔을 들어올리며 말했다. "하지만 첫번째는 이발사, 그다음이 점심식사, 그리고 휴식일세. 서두를 것 없어."

3
레하나

레하나는 지금 만드는 중인 드레스의 단추에 매듭을 단단히 짓고 이로 실을 끊었다. 그리고 자기 옆 바닥에 놓인 금속골무 속에서 새로운 단추를 꺼내, 다음 단춧구멍 옆에 나란히 놓고 작업에 온 신경을 기울였다. 두꺼운 천을 관통할 만큼 깊숙이 바늘을 밀어넣어서는 단추의 구멍으로 바늘귀까지 통과시켰다. 벌써 여섯 개를 마치고 이것이 일곱 개째, 그다음에 두 개를 더 달아야 했다. 말리카는 차양 밑 깔개 위에 두 다리를 쭉 뻗고 함께 앉아 시금치 다발에서 시들거나 마른 잎을 골라내며 콧노래를 부르고 있었는데 레하나에게는 그것이 자장가처럼 들렸다. 아이를 갖고 싶다는 심정의 표현일 수도 있지만 애초에 그녀가 다양한 노래를 아는 것 같지는 않았다. 적어도 레하나는 말리카가 자장가와 마울리드* 때 부르는, 누구나 다 아는 카시다** 몇 개 이외의 노래를 부르는 걸 들은 적이 없었다.

레하나 본인은 멜로디를 기억하는 재주가 없었다. 여자들끼리 결혼식 피로연에서 미친듯이 놀 때는 다른 사람들만큼이나 고래고래 악쓰며 노래하긴 했지만 말이다. 그럴 때 중요한 것은 가사와 멜로디가 아니라 시끄러운 소리와 웃음과 춤이었다. 남성은 출입 금지였지만 항상 젊은이 몇 명은 담장 너머나 창문에 달린 나무 문짝의 쪼개진 틈으로 엿보곤 했다. 춤이 시작되면 여자들은 일부러 도발적이고 과장스럽게 엉덩이를 흔들고 가슴을 한껏 내밀어서 관습이 여자들에게 억누르라고 요구하는 욕정을 조롱했다. 하지만 몸이 적당히 방종하게 움직이게끔 내버려두는 것은 즐거웠다. 시종일관 미소와 웃음이 함께했기 때문에 레하나는 그 기억을 떠올리기만 해도 미소가 지어졌다. 어쩌면 어떤 여자들은 다른 여자들보다 엉덩이 흔들기를 더 즐겼는지도 몰랐다. 그녀는 그후로 가끔씩 그들 모두가 고삐 풀린 아이들 같았다는 생각을 했다. 막되게 굴어도 용서되고 남자들의 시야 밖에서 심한 장난을 치는 것도 허락받았기 때문이다.

"그 사람들이 깔개도 도로 가져오지 않았죠? 천은 물론이고요." 말리카가 문득 콧노래를 멈추고는 레하나와 자신의 울분을 자극하고 그들이 호되게 이용당했다는 감각에 다시 불을 지폈다. 그녀의 아랫입술은 못생기게 삐죽 나와 있었지만 눈은 그런 삐진 모습이 일종의 연기인 양 반짝였다. "그건 식사할 때도 쓰는 깔개였는데 무작정 들어와서 가

* 무함마드 탄신일. 시아파에서는 이슬람력 3월 17일에 기념한다.

** 아랍 시의 형식 중 하나.

져가버렸잖아요. 게다가 **슈카***까지 가져가고! 형님이 안에 들어가서 그의 몸을 덮어 수치를 가려줄 새 천을 가지고 나온 건데…… 그런데 그 자들이 어떻게 했나요? 인사도 뭣도 없이, 예의 차리는 말 한마디 없이 우리집에 들이닥쳤죠. 심지어 **살람 알라이쿰**이나 **호디**라는 말도 없이. 들이닥쳐서 자기네 사람을 데려가버렸죠. 깔개니 뭐니 다 챙겨서, 주위에는 눈길 한 번 안 준 채. 간단한 예의바른 말 한마디조차 없었죠. 게다가 그 끔찍한 인도인, 그 **바니아니**가 주인 앞의 미친개처럼 짖어대는 모습이란…… 그리고 거기 서 있던 사내는 잘 익은 종기처럼 통통 부어서는 시뻘건 얼굴에서 땀을 줄줄 흘리면서 더러운 부츠로 깔개를 밟고 서 있었죠. 그 부츠 보셨어요? 그 부츠로 발차기를 당하면 뼈에 금이 갈 거예요. 특히 당나귀 뒷다리 같은 그 허벅지로 찬다면…… 밑창은 금속으로 만들었을 거고 독을 발라놨겠죠. 살인자예요, 그 나라 사람들은. 잔인하게 생기지 않았던가요? ……나중에 그자가 하사날리를 위협하러 돌아와서 온갖 험한 말을 늘어놨을 때 말이에요. 손에 쥐고 있던 채찍하며, 빨갛고 성난 얼굴하며, 통통 부은 목덜미하며. **왈라히**, 그렇게 생각하시지 않아요?"

레하나는, 우리 아버지도 바니아니였는데, 라고 생각했지만 아무 말도 하지 않았다. 그 대신 동의한다는 뜻의 낮은 소리를 내면서, 말리카는 어차피 어떤 역할을 연기하는 거라고, 여자들이 어떤 종류건 학대를 당했을 때 내지 않고는 못 배기는 분개의 목소리를 흉내내는 거라고 생각했다. 하지만 유럽인 관리가 다시 와서 하사날리 앞에서 초조한 듯

* 마사이족의 전통의상. 전신을 가릴 정도로 큰 담요의 형태다.

채찍을 휘두르고 으르렁거리며 그들 모두를 범죄자 취급했을 때 그들이 겁에 질렸던 건 사실이었다. 그가 다시 왔다는 건 중요하지 않았다. 그가 처음 왔을 때, 나쁜 짓 하는 현장을 덮치듯 그들을 급습했을 때 그녀가 이미 겁먹었기 때문이다. 허겁지겁 대문을 열러 온 하사날리는 겁에 질린 채 음중구 와 세리칼리 아메피카, 유럽인 관리가 왔다고만 겨우 말했다. 레하나는 어찌할 바 모를 정도로 당황해서 자리에서 일어나면서도 저항심이 샘솟는 것을 느꼈다. 겁낼 것이 뭐가 있단 말인가? 그들은 자기들의 시체를 도로 가져가면 된다. 그녀는 그전까지 한 번도 유럽인을 본 적이 없었다. 적어도 그들을 덮친 자와 같은, 시뻘건 얼굴로 화를 버럭버럭 내는 그런 유는. 문제의 병자는 그녀에게 음중구가 아니라 복잡함과 혼돈으로, 하사날리의 무능함의 상징으로 다가왔다. 부츠와 채찍을 지닌 자는 옛날이야기에 나오는 으르렁거리는 인물, 나라의 파괴자였다. 보라놈이 그들에게 소리치면서 아픈 음중구의 물건을 훔쳤다고 비난했을 때는 모두가 실제로 있었던 일을 동시에 외쳤다. 하사날리가 치료사 마마케 자이투니와 우두둑 씨 야히아를 부른 것과 두 사람 다 그에게서 아무런 이상도 발견하지 못했다는 이야기를. 그저 불쌍한 아담의 자손을 도우려 한 선한 이에게 소리지르지 마시오, 그들은 외쳤다. 이유 없이 그를 괴롭히지 말라고요. 당신네 음중구를 데리고 여기서 나가요, 피둘리 웨.

두번째로 그들이 왔을 때는 오후 중반이라 하사날리가 아직 짧은 낮잠을 자고 있었다. 이번에는 유럽인이 하인을 데려왔고 그 하인이 문을 두들기면서 마치 술탄이라도 납셨다고 고하듯 명령을 외쳤다. 너덜너덜하게 생긴 산송장의 물건을 그들이 훔쳤다고 따지러 온 것이었다. 그에게서 뺏을 수 있었던 것이라곤 영혼뿐이었는데 음중구의 영혼을 원하는 사람이 누가 있단 말인가. 그러나 정부 관리는 아침에 왔을 때보다 더 화가 나 있었다. 어찌나 화가 났는지 그녀는 그가 하사날리를 때릴 줄 알았다. 한번은 어린아이를 위협하듯 채찍을 머리 위로 쳐들기까지 했다. 하인이 하사날리에게 애원했다. **음페, 음페 초초테. 훔주이 맘보야케 음중구 후유.** 그에게, 그에게 뭐든 주세요. 당신은 이 유럽인이 어떤 사람인지 모르잖아요. 하사날리는 하인이 뇌물을 요구한다고 생각하고 얼마를 원하느냐고 물었다. 우리는 돈이 별로 없어요. 하인이 말했다. 아니 아니, 뭐가 됐든 그분의 소지품을 돌려주세요. 그래서 레하나는 내일 빨 빨래를 놓아둔 세탁장으로 걸어가 그의 누더기를 가져와서는 빨간 얼굴의 사내에게 내밀었다. 하인이 그녀를 가로막으며 꾸러미를 받아들었다. 그게 전부예요, 그녀가 말했다. 그러고는 화난 듯이 문 쪽으로 손짓했다. 가요, 우리집에서 나가요.

"불쌍한 하사날리." 하지만 말과는 달리 말리카는 절로 피어오르는 미소를 참지 못했다. "저는 그이가 다리가 풀려서 주저앉을 줄 알았어요. 이가 딱딱딱딱 부딪치는 소리가 집안까지 들렸거든요. 그 끔찍한 사내가 감옥에 보내겠다며 하사날리를 위협하기 시작했을 때는 울음을 터뜨릴 뻔했죠. 하지만 하사날리는 몸이 덜덜 떨리고 이가 딱딱 부딪치는데도 제자리에 서서 조금 전 했던 말을 반복했어요. 영국인도 그가 사실을 말하고 있다는 걸 알았을 거예요. 그리고 형님이 나가서 그들에게 가라고 했을 때는……" 말리카는 손으로 입을 틀어막은 채 기쁨의 함성을 지르고는 열광적으로 박수를 쳤다. "그자 형제의 물건을 우리가 왜 훔치고 싶겠어요? 우리가 갖고 싶어할 만한 물건이 뭔데요?

우리가 그렇게 가난해 보이나요? 그 남자는 여기 왔을 때 누더기 차림이었어요. 우리가 아는 한에는 죽어가고 있었는데 우리가 선의로 그를 거뒀죠. 그런데 정부 관리가 와서는 우리가 물건을 훔쳤다고 하다니요. 훔칠 게 뭐가 있단 말인가요?"

사실은 덧옷 주머니에 들어갈 만큼 작은 수첩 하나가 있었다. 반은 글이 적혀 있고 나머지 반은 백지였다. 레하나는 그의 옆에 앉아서 꿀물을 먹일 때 옷 속에서 그것을 발견했다. 그리고 수첩을 자기 드레스 주머니에 집어넣었는데 그를 데려가려는 사람들이 소란을 피우는 바람에 돌려줄 기회를 찾지 못했다. 사람들이 왔다갔다하는 동안 그것의 무게를 계속 느끼긴 했지만. 그날 오후 늦게 그녀는 충격과 분노의 아침을 보낸 후에 휴식을 취하러 가는 사람처럼 자기 방에 들어가서 문을 닫고 수첩을 꺼냈다. 아침내 움직일 때마다 허벅지에 부딪혔지만 그때는 절대로 주머니에서 꺼내지 않았었다. 왜 비밀로 하는지는 자신도 알지 못했다. 누가 빼앗아가기 전에 제대로 보고 싶었기 때문인지도 모른다. 아니면 수치스러워서, 죽어가는 사내에게서 아무 가치도 없는 수첩을 훔칠 만큼 하찮은 도둑으로 보이기가 두려웠는지도 모른다. 그 수첩의 부드러운 가죽표지는 땀으로 얼룩지고 함부로 다룬 탓에 많이 상해 있었다. 조심스럽게 수첩을 펼치자 사용한 페이지는 거의 글로 빼곡했다. 빽빽하게 유럽어가 적혀 있는 가운데 일부는 줄을 그어 지운 곳도 있었다. 가끔은 네모칸 안에 그림이 그려져 있었는데 추측건대 집과 나무였다. 그녀는 문맹이 아니었는데도 그 글을 읽을 수 없었다. 하지만 그것이 기도문을 필사한 것이라기보다는 사내가 직접 쓴 글이라고 확신했다. 몇 달에 걸친 작업이라고, 여행과 고난중에 쓴 것이라고 생각했다. 책장에 코를 갖다대자 가죽과 먼지 냄새, 사내에게서 나던 햇볕에 구워진 냄새가 났다.

"그리고 나중에도 그들은 깔개를 가져오지 않았죠." 말리카가 또다시 과장된 울분을 표현하느라 입을 삐죽 내밀었다. "그리고 슈카도요. 그 유럽인은 자기 집 바닥에 향수 뿌린 양탄자를 깔아놨으면서 우리 깔개는 왜 필요하대요? 그자는 도둑일 뿐이에요."

레하나가 그녀의 연기에 씨익 웃자 말리카도 미소 지었다. 그녀는 그들이 말리카를 만난 것이 얼마나 행운인가 자주 생각했다. 하사날리에게는 당연히 행운이었지만 레하나에게도 행운이었다. 그녀는 죽을 때까지 남동생이랑 올케와 함께 살아야 할 운명이었기 때문이다. 그녀가 확실히 알게 될 때까지는. 재혼하고 싶어지지 않는 이상. 그녀는 말리카보다 훨씬 나쁜 올케를 얻을 수도 있었다. 가족 모두 그랬다. 말리카는 어리고 다정하고 흥이 많은 여자였고 집에만 매인 삶에 불만을 보이지도 않았다. 아직까지는. 그녀는 집안일을 느긋하게 했으며 레하나의 눈에는 항상 모든 것을 놀이로 바꾸려고 벼르는 것처럼 보였다. 그 유치함이 짜증날 때도 있었지만 얼마 안 가 레하나도 웃으면서 함께하곤 했다.

"그자는 도둑이 아니야." 레하나가 말했다. "정복자지."

"그건 좋은 깔개였단 말이에요." 말리카가 말했다. "우리 식사용 깔개요."

"하, 말리카. 깔개 얘기 좀 그만해." 레하나가 또 실을 끊느라 이를 잔뜩 드러내고는 으르렁대면서 날카롭게 말했다. "다른 얘기 좀 해봐, 젊은 사람이. 어쨌든 새 깔개가 더 좋은 거잖아, 색깔도 예쁘고. 게다가 음중구 관리가 부츠 신은 채로 깔개를 밟았고 그걸로 병자를 싸서 가져갔으니 어차피 바꿔야 했어."

"그 사람은 병자가 아니었어요. 그냥 지친 거였다고요. 그건 지금도 우리 깔개예요." 말리카가 시금치가 담긴 바구니를 들고 일어서며 고집스럽게 말했다. "그들은 깔개를 도로 갖다줬어야 했어요. 형님의 새 슈카도 돌려줬어야 했고요."

"음중구에게서 도로 받아오라고 하사날리한테 시킬까?" 레하나가 물었다.

"거기서 그이 보여요?" 말리카는 명랑하게 웃으며 다리를 달달 떨어서, 겁먹은 하사날리를 흉내냈다. 나중에 시금치를 씻으러 물독을 향해 갈 때도 여전히 쿡쿡 웃고 있었다. 그녀는 걸을 때 나른하게 엉덩이를 씰룩거렸는데 자기 모습이 어떤지를 모르거나 아예 관심이 없는 게 틀림없었다. 레하나는 그걸 보면서 속으로 웃었다. "그래, 흔들 수 있을 때 실컷 흔들어." 레하나가 나직이 말했다.

그녀에게 처음 들었던 생각은 그가 자신의 남편이라는 것, 남편이 힘들게 돌아왔고 하사날리가 그를 발견해서 집에 데려왔다는 것이었다. 어디 닮은 점이 있거나 했던 건 아니었다. 그런 걸 제대로 보기도 전에 그 생각이 먼저 떠올랐다. 하사날리가 지친 여행자를 데려왔을 때 그녀에게 처음 든 생각이 그가 자기 남편이라는 것이었을 뿐이다. 그녀는 공포와 분노, 그리고 희열의 시작을 모두 한순간에 느꼈다. 이제 와 돌이켜보니 그 순간 그에 대해 생각했다는 사실이, 그의 외모, 미소, 체모의 감촉에 대한 기억이 한꺼번에 밀려들었다는 사실이 떠올랐다. 그러고 나서 그가 남편이 아님을 깨달았을 때 그녀는 안도감과 혐오감에 뒷걸음쳤다. 혐오감은 자기 자신을 향한 것이었다. 그를 떠올릴 때 격분과 굴욕 이외의 감정도 느낀다는 사실에, 그를 향한 성욕을 억누를 수 없다는 사실에, 그가 돌아와서 자신이 안도했다는 사실에 대한 혐오였다. 그리고 그녀는 자기 앞에 선 하사날리를 보았다. 늘 그렇듯 자기가 저지른 일에, 자기가 집에 가져온 것에 어쩔 줄 모르는 하사날리를 보자 치솟는 짜증을 억누를 수가 없었다. 그것은 그의 잘못이 아니었지만 그의 잘못이기도 했다. 그를, 아자드를 집에 데려왔던 사람도 하사날리였기 때문이다. 레하나는 마지막 단추를 달기 시작했고 그를 떠올리자 솟아오르기 시작하는 후회에 아무런 저항도 하지 않았다.

아자드는 하사날리에게 자기가 그의 아버지와 같은 소도시 출신이라고, 아버지네 집안을 안다고 말했다. 그날 저녁 가게문을 닫고 들어온 하사날리가 그녀에게 그렇게 전했다. 심지어 인도에 있을 때 아버지에 대한 이야기를 들은 것 같다고, 검은 해안으로 가서 다시는 돌아오지 않은 젊은이라 들었다고 말했다. 많은 남자들이 그렇게 떠났지만 대부분은 신붓감을 구하기 위해 결국 돌아왔기 때문이다. 그의 이름은 아자드였다. 그는 지난번 **무심***에 캘리컷발 무역선을 타고 몸바사에 왔다. 선장은 대부분 인도에서 주문과 대금 지불까지 끝난 상품들을 싣고 와서 이문을 남겼지만 무심 무역은 처음이라 첫 항해에 신중했다. 옷감과 재거리**와 싸구려 장신구도 가져와서 지역 상인들에게 팔았는데—그들은 그것을 내륙에 가서 팔 생각이었다—돌아가는 배에 실을 화물을 충분히 확보하는 데는 어려움을 겪었다. 위험을 무릅쓸 만큼 마

---

* 계절풍 또는 계절풍이 부는 시기.

** 인도산 비정제 설탕. 사탕수수, 대추야자 또는 야자 수액으로 만든다.

진이 여유롭지는 않았기 때문이다. 다른 선장들은 이미 공급자들과 사전계약을 맺은데다 그 계약이 파기되지 않을 정도의 평판과 인맥이 있었다. 그래서 선장은 아자드에게 대리인으로 이곳에 남아서 다음해에 자신이 돌아올 때까지 상품을 준비해놓는 임무를 맡겼다. 선장과는 혈연관계라고 그가 말했지만 정확히 무슨 사이인지는 하사날리가 조리 있게 전달하지 못했는데 어쩌면 처음부터 제대로 듣지 않았는지도 몰랐다. 어쨌든 그것이 아자드가 하고 있는 일이었다. 선장과 친척들을 위해 상인들과 계약을 맺어서 상품을 준비해놓는 것. 여기서 친척 부분이 중요했다. 그것은 그가 믿을 만한 거래 상대여야 할 뿐 아니라 그의 말이 형제인 선장의 말과 다름없다는 의미였기 때문이다. 그가 사업에 대해 잘 아는 건 아니었지만 선장은 그를 믿었고 그는 최선을 다하고 있었다. 그가 그렇게 말했다고, 하사날리는 그에 대해 좋게 말할 수 있음에 기뻐하며 웃으면서 말했다.

아자드는 심심을 몇 톤, 몇 톤씩 구입하는 계약을 하려고 이 소도시에 와 있었다. 누구나 알다시피 이곳은 심심 특산지 중 하나였기 때문이다. 새로 생긴, 유럽인들 소유의 플랜테이션 농장에서 생산되는 고무는 그들 같은 현지 상인들은 당연히 구입할 수 없었다. 유럽인들이 직접 사용할 거라서 곧장 정부 선박에 실려 **울라야***로 갔기 때문이다. 하지만 심심은, 그리고 약간의 담배, 가죽, 향신료는 그곳에 있었고 모두 좋은 물건이었다. 그는 이 소도시에서 하사날리의 아버지 이야기를 들었다. 아니, 솔직히 말하면 몸바사에 있을 때 이미 들었다. 하사날리의

* 유럽.

아버지가 예전에 거기서 살았던 터라 그때 거래했던, 구자라트 출신의 몇몇 상인이 아버지 얘기를 했기 때문이다. 그래서 그는 이곳에 오기 전부터 그들의 아버지에 대해 알고 있었고 누가 하사날리를 언급하자 한번 찾아가서 인사나 해야겠다고 생각했던 것이다.

하사날리가 이 모든 것을 흥분해서 전하는 모습에 레하나는 깜짝 놀랐다. 왜냐하면 하사날리가 인도를 그다지 소중하게 여기지 않는다고 생각했었기 때문이다. 적어도 그 정도였다는 데 놀라긴 했다. 그들의 아버지 자카리야는 늘 자신은 이슬람교도들 사이에서 사는 이슬람교도라며, 그거면 충분하다고 말했었다. 그가 태어난 곳 혹은 떠나온 곳은 여기도 아니고 저기도 아니었다. 그들 모두가 하느님의 집, **다르 알 이슬람**에서 살았기 때문이다. 하느님의 집은 산과 숲과 사막과 바다를 아울렀고 모두가 똑같이 하느님께 복종하는 곳이었다. 그는, 그들의 아버지는 언어에 재능이 있어서 키스와힐리, 아랍어, 구자라트어를 유창하게 구사했다. 그의 키스와힐리는 꽤 완벽했다. 언어 자체를 잘 구사했을 뿐만 아니라 말의 느낌을 이해했고 마치 걷는 법을 처음 배울 때와 같은 본능적인 여유와 자신감으로 아예 자기 걸로 만들어버렸다. 그 기술은 너무나 뛰어나서 타고난 것처럼 보였다. 그는 처음에 몸바사에서 살 때부터, 즉 부두 창고에서 일할 때부터—그도 다른 인도인들처럼 무심을 타고 이곳에 왔다—동네 젊은이들과 친구가 돼서는, 마치 태어나서 몸바사 밖으로는 한 번도 나가본 적 없는 사람처럼 쏘다녔다. 사람들은 말했다, 그가 말할 때 눈을 감고 들으면 토박이 **음비타**, 즉 몸바사 사람이 아니라고는 생각할 수 없다고. 심지어 해안지대의 아주 작은 소읍과 마을 하나하나까지도 다 차지하고 싶어하는 것처럼 보이는 잔지바르 술탄들의 위협에 관한 몸바사의 저항시도 암송할 줄 알았다. 모두가 그의 그런 점, 자신과 더불어 사는 사람들을 그토록 능숙하고 즐겁게 포용하는 점을 좋아했다. 그는 동네 젊은이들과 으스대며 거리를 활보했고, 그들과 함께 결혼식과 장례식에 참석했으며, 어르신들 심부름을 했고, 원래부터 이곳 사람인 것처럼 참견꾼들의 핀잔에 수긍했다. 구자라트 출신 상인 일부는 그를 변절자로 생각했을지도 모르나 그들은 본래 교활을 높이 샀고 그중 일부는 그가 뭔가 체계적으로 현지인화하고 있다고, 숨겨진 꿍꿍이가 있다고 의심했다. 한편 그를 사랑하는 사람들은 그가 영원히 이곳을 떠나기 싫어지도록 신붓감을 찾아주겠다고 매일같이 협박했다. 하지만 그럴 필요는 없었다. 그가 직접 그들의 어머니인 주베이다를 찾아냈기 때문이다.

레하나는 부모님의 연애 이야기를 잘 알았다. 아주 어렸을 때부터 부모님이 그 시절 이야기를 들려줬기 때문이다. 그들은 자신들의 만남과 결혼을 일종의 신화로 만들었는데 아무도 감히 반박하지도, 반박하고 싶어하지도 않았다. 평소에는 어떤 종류의 헛소리도 주저 없이 깔아뭉개는 마리암 이모까지도 말이다. 그리고 나중에, 바가 그렇게 갑자기 세상을 떠나고 레하나가 마지막 삼 년 동안 어머니와 많은 시간을 함께 보냈을 때, 그녀는 그들이 처음 만나 서로를 사랑하게 됐을 때의 이야기를 더 자세히 들었다. 아버지가 길에서 어머니를 보고 첫눈에 반했다는 것. 하지만 젊은 여자가 길을 지나가다가 남자를 똑바로 쳐다보면 안 좋은 소문이 나기 때문에 어머니는 아버지를 보지 못했다. 그리고 우연히 어머니를 볼 수 있지 않을까 해서 근처를 어슬렁거리기 시작한 아버지가 어느 날 저녁 어머니네 집 앞을 지나다가 안에서 어머니가 노래 부르는 소리를 들었는데(어머니는 몰랐지만), 그 목소리를 듣고 가슴속에서 감정이 북받쳐오르는 것을 느끼고는 자기가 사랑에 빠졌음을 알았다는 것. 아버지가 그 비밀 사랑에 너무 집착한 나머지 결국엔 온 동네 사람이 다 알게 됐기 때문에 아버지가 하루에 열번째로 어머니의 집 앞을 지날 때면 모두가 히죽히죽 웃었다는 것. 그때 어머니는 위험을 무릅쓰고 아버지를 제대로 봤고 그의 외모가 마음에 들었으므로 자기가 보고 있다는 사실을 아버지가 알게끔 했다. 어느 날 어머니가 거리에서 아버지에게 미소를 지어 보였더니 며칠 후 아버지가 시모니모스크의 이맘을 통해 어머니와 결혼하고 싶다는 전갈을 보냈다는 것. 외할머니는 아버지가 부두 노동자에 불과하고 어떤 집안 출신인지 전혀 모른다며 걱정했지만 외할아버지는 아버지가 인도인임에도 다들 예의바른 젊은이라고 칭찬하더라고 말했다는 것. 외할아버지는 예의는 축복이며 예의를 유지하는 것은 미덕이라고 생각했다. 그때 어머니가 자신은 아버지의 외모가 마음에 드니 그를 남편으로 삼겠다고 말했고 그걸로 끝이었다. 처음에는 아버지가 무척이나 수줍어했다는 것, 어머니의 귀에 노래를 속삭였다는 것, 어머니를 웃게 만들었다는 것.

뭐, 부모님 생전에 두 사람의 모습이 레하나에게 항상 그렇게 보였던 건 아니었지만 그것이 어머니가 아버지를 기억하고 싶어한 방식이었다. 말년에 그는 걸핏하면 화를 냈고, 매사에 자기 말에 복종하길 요구했으며, 모두가 그의 앞에서 불안해하고 위축되게 만들었다. 청력이 떨어지기 시작하면서 때로는 귓속이 아프기까지 해서 늘 짜증을 부렸다. 하지만 어머니는 아버지를 사랑했다. 그들 모두가 아버지를 사랑했다. 아버지가 웃으면서 뭔가 농을 던지기만 하면 그들은 그 앞에서 녹아내렸다. 아버지가 특정한 목소리를 내기 시작하면 그들은 곧 노래나 농담이 나오리라는 것을 알았다. 그랬던 그가 그렇게 갑자기, 어느 날 밤 조용히 세상을 떠난 것은 대재앙과도 같았다. 집이 전과는 다르게, 더 크고 텅 빈 것처럼 느껴졌다. 공기에서도 뭔가가 빠져나간 것만 같았다. 레하나는 아버지가 내던 소음, 아버지의 목소리, 아버지의 덩치, 아버지의 존재감이 그리웠지만 시간이 지나자 자신이 아버지의 이야기를 훨씬 더 그리워한다는 걸 깨달았다. 아버지가 들려주던 이야기 중 일부는 익숙했다. 다른 사람들도 아는 이야기, 말하는 동물과 아름다운 여자 마법사가 나오는 이야기였는데 단지 그가 극적인 순간을 연기할 때는 벌떡 일어난다든가 익살스러운 몸짓을 한다든가 하면서 내용을 마음대로 변주하고 추가했을 뿐이다. 하포 자마니 자 칼레. 옛날 옛적에. 그녀는 아버지가 이 말을 하는 것을, 아버지가 『마법의 말』 이야기를 들려주는 방식을 좋아했다. 특히 왕자와 공주가 검정말을 타고 도시 위로 날아올라 사나*에 있는 왕자의 나라로 향하는 순간을. 어떤 이야기들은 아버지가 지어낸 거라고 레하나는 확신했지만 아버지는 그것들이 전부 같은 이야기보따리에서 나온 것처럼 보이게 했다. 레하나가 어렸을 때 아버지는 하룬 알라시드**의 아내인 주베이다 이야기를 들려줬다. 그녀는 노래를 잘했고 관대함으로 유명했다. 모스크와 도로를 짓고 수조를 만들어서 메마른 땅의 은인으로 불렸다. "그래서 내가 엄마와 결혼한 거란다." 아버지는 어린 레하나에게 그렇게 말했고 그녀는

---

* 현재 예멘의 수도.

** 아바스왕조의 5대 칼리프. 『천일야화』의 등장인물.

어렸기에 아버지의 말을 믿었다. “엄마 이름이 주베이다란 걸, 엄마가 굉장한 미인이라는 걸 알고 있었기 때문에 엄마의 노랫소리를 들었을 때 전설 속 여인이 살아 돌아왔다고 생각했지.” 그리고 어느 날 밤 매장꾼이 조용히 아버지를 데려가고 나자 그들은 낯선 정적 속에서 상실감과 암담함에 빠졌다.

아니, 아버지가 스스로 인도인이라는 사실을 불편해하거나 신경쓰는 것처럼 보였던 적은 단 한 번도 없었다. 가족, 이웃, 사업과 관련된 일상적이고 사소한 부분까지도 완전히 이곳에 동화되어 있었기 때문이다. 레하나가, 그리고 나중에 하사날리가 태어났을 때 그들은 이미 몸바사를 떠나 북쪽의 이 소도시로 이주한 뒤였는데 레하나가 기억하는 가장 먼 과거에도 이 가게와 동네는 아버지의 목숨과 같았고 그는 다시는 다른 곳으로 가기 위해 이곳을 떠나지 않았다. 나는 이제 여행은 됐어, 아버지는 말하곤 했다. 악의나 탐욕에 이끌린 게 아니라면 누구도 일생 동안 몇백 마일 이상 여행해야만 해선 안 돼. 그리고 나는 내 몫의 여행을 다 했어. 자식들이 어렸을 때 아버지는 그들을 가게나 그의 시야 안 어딘가에서 놀게 하는 것을 좋아했다. 그리고 가능할 때는 언제나, 집에 와 있는 여자 손님도 없고 가게 밖에서 기다리는 사람들도 없을 때는 집에서 주베이다랑 아이들과 함께 식사하는 것을 좋아했다. 레하나는 나중에야 이것이, 아버지가 다른 남자들과 그늘에 앉아서 수다떠는 것보다 자기 아내와 아이들과 함께 있고 싶어하는 것이 얼마나 드문 일인지 알게 되었다. 물론 그는 수다도 충분히 떨었다. 그가 가게 앞에 놓은 벤치에는 하루종일 어른들이 앉아서 자신들의 삶을 수다와 논쟁과 끝없는 이야기로 채우고 아이들처럼 웃고 서로를 약올렸다.

아버지는 사람들의 수다와 고성과 날카로운 풍자를 좋아했다. 그들은, 남자들은 다 그랬다. 그들의 조롱과 경멸, 놀림에 담긴 장난스러운 폭력성에서 그 사실을 느낄 수 있었다. 그러나 레하나가 볼 때 남자들은 위협적이면서 공격적이었고 어머니 또한 대문을 나설 때면 항상 벤치 쪽으로는 눈길조차 주지 않은 채 왼쪽으로 확 꺾는다는 것을 알아차렸다.

아주 오래전 어렸을 때 레하나는 어머니랑 하사날리와 함께 몸바사에 간 적이 두 번 있었다. 아버지는 가게 일과 매일 찾아오는 남자들 때문에 바빠서 집에 남았다. 그들은 조부모님과 마리암 이모, 하마디 삼촌을 만나러 간 것이었는데 그렇게 오래된 일임에도 그 여행의 기억은 그날 아침의 태양처럼 강렬하고 선명했다. 그녀는 다우선으로 지나갔던 항로, 출렁이던 바다, 긴장해서 말없이 앉은 어머니 옆에서 뱃전에 매달려 있을 때 얼굴에 튀었던 바닷물의 상쾌한 차가움을 기억했다. 바가니 항구에서 외갓집까지 걸어갔던 것도 기억했다. 그들은 음식과 땀과 향수 냄새가 나고 사람들 목소리와 웃음소리와 일상의 소음이 왕왕 울리는 좁고 어두운 길을 지나갔다. 그곳은 큰길과 가게들로부터 떨어져 있는 뒷길로, 여자들이 지나다니는 길이었다. 그 길로 난 뒷문들은 열려 있었고 그들이 만난 모든 사람이 어머니를 알아보고 인사했다. 그때, 그리고 아마 다른 날 그 길을 지나갈 때에도, 고향에 돌아와 들뜬 어머니가 계속 이야기를 들려준 덕에 레하나는 녹색과 파란색 더께가 앉은, 반쯤 찬 배수로나 무너져가는 집들을 보지 않을 수 있었다. 어머니는 그들이 지금 지나가고 있는 집이 누구 때문에 폐가가 됐는지, 어쩌다 원주인에게서 새 주인에게 넘어갔는지, 또 누구 아들이 이 지붕 밑에서 자랐는지 말해줬다. 또 자기 소꿉친구 누구누구가 이 집 혹은 저 집에서 자랐는데 지금은 결혼해서 라무섬 또는 웅구자섬, 심지어 응가지자*로 이사갔다는 이야기도 했다.

하지만 아버지는 그때도 함께 가지 않았을 뿐 아니라 단 한 번도 몸바사에 돌아가지 않아서 세상을 떠나기 직전까지도 기억 속의 많은 장면들을 기쁨과 행복에 잠겨 추억하곤 했다. 몸바사는 나에게 고향 같은 곳이야, 라고 아버지는 자주 말했다. 훗날 레하나는 아버지가 몸바사에 돌아가는 것을 주저하게 만든 어떤 일, 언쟁이나 추문이 있었던 건 아닐까 생각했다. 아니면 몸바사의 인도인 유지들이 아버지가 음스와힐리와 결혼한 것을 인정하지 않아서 환멸을 느꼈던 건 아닐까. 그 생각을 한 것은 그녀가 어느 정도 나이를 먹어서 불용不容이란 게 뭔지 대강 알게 된 후의 일이었다. 그녀가 어렸을 때 이 소도시에는 인도인이 거의 없었고 대부분의 인도인은 플랜테이션 농장의 노예를 지키라고 보내진 발루치족의 잔당이었다. 미친 술탄인 잔지바르의 칼리파로부터 농장을 경영하라는 지시를 받고 파견된 영국인이 모든 노예를 해방하기 전까지는 그랬었다. 그리고 보라 상인 몇 명이 있었는데 그녀가 알기로 그들 중 일부는 인도와 잔지바르섬에 있는 상인의 대리인으로 일했다. 아자드가 한다던 일이 바로 그거였다. 그녀는 어렸을 때 이 인도인들이 때때로 가게 앞을 지나가면서 아버지를 업신여겼던 것을 기억했다. 그 이유가 그들이 어머니를 두고 한 말에 아버지가 항의했기 때문이라는 것도 알았다. 그런 말을 직접 들은 적은 한 번도 없었지만 그 말들이 어

* 그랑드코모르섬.

머니가 인도인이 아니라는 사실과 관련 있음은 추측할 수 있었고 인도인들이 그들 남매를 초타라라고 불렀다며 아버지가 고함치는 것을 들은 적도 있었다. 그 단어가 뭘 의미하는지는 몰랐지만 뭔가 나쁜 뜻이라는 것은 알았다. 인도 남자들이 어린 자신을 쳐다보는 시선, 그 경멸하는 시선에서 알 수 있었다. 훗날 그녀는 그 단어가 후레자식, 인도 남자와 아프리카 여자 사이에서 태어난 부적절한 아이라는 뜻임을 알게 되었다.

"나는 이 고압적이고 빈정대는, 빈랑자 씨나 씹는 놈들, 시큼한 우유나 마시는 놈들과는 조금도 얽히고 싶지 않아." 아버지는 말했다. "그놈들 입을 봐. 못된 생각으로 일그러진 시뻘건 입, 항상 빈정대고 빈정대는 입 좀 보라고. 나는 인도에서 그런 놈들을 질리도록 봤어. 항상 제가 남보다 잘난 줄 알고, 순수한 줄 알고, 옳은 줄 아는 놈들. 봐봐, 놈들은 창고 뒤의 작은 방에서 혼자 살아. 극빈자처럼 살지. 그런데 그놈들이 거리를 걸어가는 모습은 당신도 봤지? 있는 대로 거들먹거리면서 말이야. 놈들은 자기 가족을 여기에 데려오지 않아. 여기 사람들이 잡아먹을까봐. 자기들이 뭘 하고 있는 건지 그놈들이 알기나 할까? 그놈들은 나약한 개자식들일 뿐이야. 그깟 놈들한테 누가 관심이나 있대? 애들 앞에서 그런 말 쓰지 말라니 무슨 소리야? 애들도 알아야 돼, 그놈들이 쓸모없는 개자식들이라는 걸."

아니, 아버지는 한 번도 자신이 인도인이라는 사실을 불편해하는 것 같지 않았다. 그리고 말년에는, 그래야만 할 때는, 구자라트어로 말했다. 과장된 목소리로. 놀리는 목소리, 장난치는 목소리로. 그래서 하사 날리가 아자드에게서 인도와의 연결고리를 발견하고 그렇게 흥분한 것은 레하나에게 충격이었다. 어쩌면 아버지가 하사날리와 단둘이 있을 때는 다른 종류의 대화를 나눴을지도, 고향의 상실을 괴로워했을지도 모른다. 어쩌면 지금까지 줄곧 하사날리는 아버지가 그들에게 허락하지 않았던, 인도를 향한 갈망을 느껴왔는지도 모르지만 그래도 여전히 그것은 놀랍고 바보 같았다. 그녀의 남동생은 아주 엉뚱한 것에 불안해하는 경향이 있었고 때로는 굉장히 순진했다. 아버지가 세상을 떠났을 때 그녀는 열여섯 살이었고 하사날리는 열다섯 살이었는데 장례식 바로 다음날 그는 가게를 열고 장사를 했다. 가족 모두를 위해 용감하고 책임감 있게. 그는 어렸을 때부터 개수를 세고 무게를 달고 물건을 들고 바닥을 닦고 가게 안을 어슬렁거리면서 바깥 벤치에 항상 앉아 있는 노인들의 무의미한 이야기를 즐겨 들었다. 가게가 한가해서 아버지가 밖에 나가 노인들과 함께 앉아 있을 때면 하사날리는 의기양양하게 돈통 위에 앉아 있곤 했다. 마치 그게 자신이 원하는 전부인 것처럼. 그러고 나서 나중에 집에 들어오면 병든 어머니의 투덜거림을 말없이 들어주거나 마치 자기가 고민의 당사자인 양 멍하니 앉아서 여자들의 대화를 엿듣곤 했다. 왜 그는 밖에 나가서 다른 남자애들과 시끄럽게 떠들거나 돌아다니지 않았을까? 그와 눈이 마주친 레하나의 눈이 참을 수 없는 짜증으로 점점 달아오르기 시작하면 그는 죄책감어린, 부드러운 미소를 띤 채 시선을 돌렸다.

장례식 다음날, 바로 다음날에 그는 가게를 열었고 아무도 자기를 돕지 못하게 했다. 왜냐하면 아버지가 어머니나 레하나는 가게에서 일하지 못하게 했었기 때문이다. 이 사람들은 너를 존중하지 않을 거야, 라고 아버지는 말하곤 했다. 그리고 하사날리 역시 그들의 도움을 고집스럽게 거절했다. 난 괜찮아, 그가 말했다. 쉬지 않아도 돼. "네가 하루 종일 거기 앉아 있을 필요는 없어." 레하나는 그의 말에 반박했다. "일이 이렇게 된 건 네 탓이 아니야. 하느님의 뜻이라고, 알함둘릴라. 오후에는 가게를 닫아. 그 시간엔 어차피 손님도 별로 없으니까. 쉬어. 가서 친구 좀 만나. 너까지 아버지처럼 살 필요는 없어. 아버지도 놀 땐 노셨고." 하지만 하사날리는 재고를 채워넣어야 할 때와 금요일 예배*에 참석할 때만 가게를 닫았고 누나나 어머니가 설교를 늘어놓을 때만 죄책감어린 미소를 지었다. 그 외에는 낮에는 가게에 있었고 저녁에는 저장고에 있었다. 물건을 정리하고 무게를 달고 포장을 하면서, 비극적인 불안감이 담긴 눈을 번뜩이며. 그래서 시간이 흐를수록 레하나는 그에 대한 짜증을 억누르기가 점점 힘들어졌다. 하사날리가 그런 대우를 받아 마땅한 사람이 아님은 알고 있었지만 말이다. 그는 바보 같았고, 그녀가 절대 이해할 수 없는 것들을 무서워했다. 인도에 사는 그들의 친척을 안다는 아자드라는 사람을 향한 하사날리의 열광 또한 레하나는 그 비슷한 걸로 받아들였다. 또하나의 바보스러움, 그가 가질 필요 없는 의무감이라고. 왜 인도에 신경을 쓰는가? 가족 중 유일한 인도인이었던 아버지가 얽히고 싶어하지 않았고 그들이 아는 모든 인도인은 그들을 멸시하는데?

아자드는 다음날 또 왔다. 그가 만면에 미소를 띠고 와서 자기가 어제 하사날리를 만나 얼마나 기뻤는지, 실종됐다고 생각했던 사람의 아들을 만나서 얼마나 감동받았는지 말했다고 하사날리는 전했다. 그래

* 주마. 기독교의 일요일 예배에 해당한다.

서 하사날리는 금요일 예배 후 점심식사에 그를 초대했다. 아자드를 집에 데려온 것이다. 매주 금요일이면 하사날리는 정오에 가게를 닫고 주마모스크에 갔다. 그리고 예배가 끝나면 곧바로 집에 와서 식사를 한 뒤에 오후 네시까지 가게를 열지 않았다. 일주일 중 유일하게 그가 반일 쉬는 날이었다. 그래서 레하나는 항상 그들이 같이 먹는 금요일 점심을 뭔가 특별하게 만들려 했다. 그들 가족은 원래 손님이 있을 때도 매끼 식사를 다 같이 하긴 했지만. 금요일에는, 매주 금요일에 레하나는 카더몬과 생강으로 양념을 하고 위에 건포도를 뿌린 치킨 필래프를 만들었다. 그리고 노랑촉수나 **창구**[*] 튀김에 무 샐러드, 양파 **카춤바리**, 방금 만든 칠리소스, 피클 한두 개를 곁들인 것 한 접시, 식사 전이나 도중이나 후에 먹으라고 집에 있는 과일을 아무거나 담은 것 한 접시를 같이 냈다. 문제의 금요일에 그녀는 마당을 쓸고, 화분에 물을 주고, 오전 중반부터 재료를 썰고 요리하기 시작했다. 그녀는 남자들끼리만 식사하게 할 작정이었다. 그들은 남자에게 식사를 대접해본 적이 한 번도 없었다. 돌아가신 어머니의 친척이나 친구가 아닌 사람을 초대한 적도 없었다. 그리고 그녀는 자기가 생판 모르는 남자와 같이 앉아서 식사하겠다고 하면 하사날리가 당황할 거라고 확신했다.

그들이 왔을 때 레하나는 제일 좋은 숄로 머리와 목을 가린 채 손님에게 인사하려고 대문 옆에 서 있었다. 아자드는 씩 웃으며 그녀의 손을 살짝 잡았다 놓고는 기쁨을 표현하기 위해 고개를 좌우로 까딱거렸다. 그녀는 그들에게 음식을 가져다준 뒤에 집안으로 물러가서 미소 띤

---

* 도미.

얼굴로 아자드의 활기찬 목소리에 귀기울였다. 하사날리의 말에 따르면 아자드는 그다음주에 매일 가게를 찾아왔고 금요일이 되자 또 점심 식사를 하러 왔다. 다만 이번에는 그가, 원래는 가족이 다 같이 식사한다고 들었다며 레하나도 같이 먹자고 고집을 부렸다. 그의 얼굴은 갸름하고 아름다웠다. 키는 작진 않고 체격이 좋았고, 왜소한 그녀보다 반 뼘 컸다. 수염은 깔끔하게 다듬었고 전체적인 외모가 잘생기고 단정했다. 레하나는 그가 스스로 매력적이라는 사실을 안다고 생각했다. 대놓고 허영심을 드러내진 않았지만 자기 외모가 먹힌다고 생각할 때 그의 얼굴에 천천히 퍼지는 만족스러운 미소를 봤다. 그녀도 그가 마음에 들었는데 그 사실을 그가 눈치채지 못했을 리 없었다. 그가 이야기할 때 그녀는 때때로 자기가 겉으로는 웃는 얼굴로 가만히 그의 말을 경청하는 것처럼 보이지만 실제로는 그의 얼굴이 움직이는 것을 지켜보고 있음을 깨닫곤 했다.

그는 그들에게 말할 때 엉터리 키스와힐리를 썼다. 처음에는 웃음을 터뜨리지 않으려고 애써야 할 정도였지만 아자드가 손짓 발짓을 곁들이고 그들이 지나치게 열성적으로 정정하고 유도한 결과 나중에는 잔잔한 코미디 정도가 되었다. 레하나는 때때로 가게에서 마당으로 흘러드는 목소리 가운데서 다른 사람으로 착각할 수 없는 그의 가는 목소리를 알아차리곤 했다. 그는 굉장히 자주 오는 듯했는데 하사날리는 매일 그의 이야기를 했고 가끔씩 능글맞은 눈빛으로 그녀를 쳐다봤다. 금요일마다, 매주 금요일은 아니었지만 자주, 몇 주에 걸쳐 그는 그들의 집에 식사하러 와서 식사를 마치고 나면 가게를 열 시간이 될 때까지 하사날리와 함께 마당의 그늘진 곳에 앉아 있었다. 하사날리는 그렇게 몇 시간이건 같이 앉아서 쉿소리가 날 때까지 웃을 수 있는 친구를 가져본 적이 없었다. 그리고 레하나는 그에 대한 생각을 멈출 수가 없었고 그의 목소리만 듣고 얼굴을 보지 못했을 때는 가슴에서 갈망이라고밖에 생각할 수 없는 고통을 느꼈다.

그러던 어느 금요일, 그가 이 집에 찾아오기 시작한 지 석 달쯤 되었을 때, 식사 후에, 레하나가 다 먹은 접시를 치우고 남자들끼리 얘기하라고 안으로 들어간 후에, 그리고 남자들이 이야기를 다 끝내고 아자드가 떠난 후에, 레하나가 자기 방에 누워 있는데 하사날리가 방문 앞에서서 좀 나와보라고 불렀다. 아자드가 누나랑 결혼하고 싶대, 그가 말했다. 자꾸만 새어나오는 웃음을 참지 못하면서, 자신의 기쁨을 숨기지 못하고 그녀의 기쁨을 기대하면서. 그녀는 피가 얼굴로 쏠리는 것을 느꼈고 이 모든 게 말도 안 된다는 생각이 가장 먼저 들었다. 어떻게 그렇게 바라던 일이 그녀에게 생길 수 있단 말인가? 정말 잘됐잖아. 하사날리가 웃으면서, 팔을 벌리고 그녀에게 다가오며 말했다. 하지만 그것이 너무나 바라던 일이었기에 그녀는 자기도 모르게 뒷걸음쳐서 하사날리의 품에서 몸을 빼내며 말했다. 잠깐, 잠깐, 생각 좀 해보자.

그녀는 하사날리가 조바심치는 것을 보았다. 겉으로는 부드럽고 온화하고 여전히 웃고 있었지만 그의 미소에 희미한 실망이 비쳤다. 그녀가 전에도 여러 번 혼담을 거절했기 때문이다. "그래, 물론 누나가 생각해봐야지." 그가 말했다. "하지만…… 나는 그 친구가…… 아자드가 마음에 안 들어?"

그녀는 소심하게 고개를 젓고는 자기 마음을 인정했다는 사실에 부끄러움을 느꼈다. "마음에 들어." 또다시 얼굴이 뜨거워졌다. "나한테 청혼했다니 기뻐……"

그러자 하사날리가 씩 웃으며 다시 그녀를 향해 팔을 뻗었다. "잠깐, 잠깐." 그녀가 몸을 뒤로 빼며 자기 방 문 앞까지 뒷걸음쳤다. "내가 망설이는 이유는 자만심 때문도…… 허영심 때문도 아니야. 아자드가 청혼해준 건 기뻐. 좋은 사람이고, 유쾌하고 예의바르고…… 내 마음에도 드니까. 하지만 그 사람이나 가족에 대해 잘 모르잖아. 아는 게 없다고……"

"아자드가 벌써 내 형제처럼 느껴진다는 건 알아." 하사날리가 고집스럽게 말했다. 그의 얼굴에서 미소가 사라져갔다. "나를 찾아온 첫날부터 쾌활하고 친절한 친구였다는 건 알아. 그가 정직하고…… 진실한 사람이라는 걸 알 만큼은 내가 세상 물정을 안다고 생각해. 그런 우정을 보여준 사람을 의심하다니 내가 다 부끄럽네. 아자드가 어떤 식으로든 누나한테 무례했던 적 있어? 아니, 그는 모든 면에서 정중하고 고결했지. 그 친구가 누나를 얼마나 사모하는지는 누구나 알 수 있을 정도였지만 말이야."

"맞아." 레하나는 웃음을 억누를 수가 없었다.

"그리고 반半장님도 누나가 아자드의 외모를 좋아하는 걸 모르진 않았을 거야." 하사날리가 이제는 의기양양해하며 말했다. 그의 주장은 본인이 아자드에게 느끼는 감정의 강도와 레하나의 얼굴을 잠시 스친 미소에 의해 타당함이 입증되었다.

"그래, 하지만 우리는 아무것도 모르잖아. 그의…… 의무에 대해서." 레하나가 말했다.

"무슨 의무? 먼저 수락한 다음에 누나가 궁금한 건 뭐든 물어보면 되지 않아? 아자드의 기분을 상하게 하기는 싫어. 나는 그가 좋은 사람이라고 생각해. 누나가 더 나은 사람을 찾을 수 있을 거라고 생각하지 않아."

"그의 가족." 점점 더 초조해지기 시작한 레하나가 말했다. "예를 들면…… 처자식이 있는지? 이미 결혼을 했는지? 인도로 돌아가야 하는지, 아니면 여기서 살 건지? 결혼은 간단한 문제가 아니잖아."

"유부남 아니냐. 그건 생각 못했네." 하사날리가 마침내 이해했다. 레하나가 청혼을 거절한 세 사람은 모두 유부남이었다. 두 명은 그녀를 둘째 부인으로 원했고, 한 명은 셋째 부인으로 원했다. 그들은 하나같이 나이가 많고 이미 부인과의 사이에 자식도 있지만 젊은 새 아내를 들여서 결혼의 기쁨을 새로이 느끼고 싶은 남자들이었다. 아자드는 그들 남매보다 나이가 그렇게 많지 않은데다 너무 태평하고 유쾌해서 유부남이라고 생각하기 어려웠다.

"네가 이런 거 묻기 싫으면 마리암 이모한테 연락하면 돼. 아자드와의 우정에 금이 갈까봐 걱정되면 이런 건 남을 시켜서 물어보면 된다고."

"아니야." 하사날리가 재빨리 대답했다. "이모는 질문 공세를 퍼부어서 아자드를 쫓아버리고 말 거야. 그리고 이모한테 연락하는 데도 며칠 걸리고 이모가 여기 오는 데도 며칠 걸리니까 아자드를 그렇게 오래 기다리게 할 수는 없지. 아니, 내가 물어볼게. 내가 얘기할게. 하지만 누나가 청혼을 받아서 기쁘다고, 나만큼이나 기쁘다는 말은 해도 될까?"

"내가 청혼받아서 기쁘다고 말해, 그래." 그녀가 조심스럽게 말했다. 하사날리가 과연 얼마나 제대로 아자드를 압박해서 대답을 받아낼 수 있을지 벌써부터 확신이 안 섰다.

그는 가게를 열러 갔다. 그녀는 자기 방으로 가서 문을 닫고 침대에 누웠다. 자기도 모르게 한숨이 나왔다. 알 수 없는 결과를 가져올 뭔가에 동의해달라는 요구라도 받은 양 일종의 공포를 느꼈다. 하지만 아자드 생각을 하자 미소가 떠올랐고 그를, 그의 팔 또는 어깨를 만지는 것을 상상하니 몸이 살짝 떨려왔다. 눈을 감자 그의 숨결이 몸에 닿는 것이 느껴졌다. 한참 그렇게 눈을 감고 있었더니 그의 포옹에 몸이 녹아내렸다.

그녀는 하사날리가 왜 그렇게 불안해하는지, 왜 그렇게 그녀가 청혼을 수락하길 바라는지 알고 있었다. 그녀가 미혼치고는 나이가 많은 스물두 살이었기 때문이다. 만일 남편이 없다는 이유로 부적절한 행위의 표적이 될 경우 그녀와 그의 명예가 땅에 떨어질 것을 걱정하는 거라고 그녀는 확신했다. 그가 보기에, 그리고 다른 모든 사람이 생각하기에도, 만약 그녀가 뭔가 부적절한 것에 굴복한다면 그는 그녀를 보호할 수 없었으므로 남매의 명예가 모두 더럽혀질 게 분명했다. 유혹을 일종의 업으로 삼는 남자들이 있는데 그들의 피해자는 대개 가족이 감시를 게을리하는 과부나 노처녀였다. 뭐, 레하나의 경우는 아직 그 정도로 절박하진 않았지만 그래도 하사날리가 걱정한다고 그녀는 생각했다. 두번째 청혼을 거절했을 때 그 비슷한 말을 그녀에게 했기 때문이다. 첫번째 청혼을 거절했을 때는 그가 깔깔 웃었다. 누나와 결혼하겠다는 압달라 마고티의 발상이 터무니없었고, 무엇보다 그녀가 결혼하는 것 자체를 상상할 수 없었기 때문이라고 그녀는 생각했다. 게다가 압달라 마고티 본인에게도 웃긴 점이 있었다. 그의 성은 무릎이라는 뜻이었는데 그가 안짱다리인데다 무릎이 커서 특유의 우스꽝스러운 걸음걸이로 걸었기 때문이다. 그는 이미 아내와 세 자녀가 있었는데 골목길을 따라 쭉 가면 나오는 컴컴한 카페 뒷방에서 가족 모두가 한방에 살았다. 압달라 마고티는 당시 어머니가 세상을 떠난 지 얼마 안 돼서 마음이 약해진 레하나가 자신이 제안하는 보호를 받아들일 거라고 생각한 모양이었다. 하사날리는 그 제안을 전하면서 킥킥 웃었고 그녀가 거절하자 이해한다는 미소를 지어 보였다.

그런데 두번째 때는 그렇게 즐거워하지 않았다. 레하나는 그의 그런 같잖은 태도를 비웃고 싶었다. 그 일은 마리암 이모가 여느 때처럼 그들의 집에 오래 머무는 동안 일어났다. 이모는 이곳에 올 때마다 자기가 아는 수많은 사람을 모두 방문했고, 결혼식에 초대받았으며, 초상집 경야에 참석했고, 레하나가 일 년 동안 받는 것보다 더 많은 손님의 방문을 단 며칠 동안 받았다. 물론 레하나는 이모와 동행할 수밖에 없었다. 그러지 않는 것은 이상하고 비사교적인 행동이었을 뿐 아니라 애초에 마리암 이모가 허락하지도 않았을 것이기 때문이다. 어느 날 그들은 여기는 물론이고 타카웅구에도 땅을 가지고 있는 오만 출신 유지의 집을 방문했다. 마리암 이모는 그런 거물 인맥에 약했고 그 집에 있을 때는 소박하고 어두운 (하지만 이모가 키우는 장미 덤불과 재스민이 무성한, 담장으로 둘러싸인 널찍한 마당이 있는) 집이 아니라 그런 장소에 익숙한 것처럼 행동했다. 이모는 성인이 된 이래 줄곧, 결혼생활 동안에도 과부가 된 이후에도, 그리고 바쁘게 이모 노릇을 하는 동안에도 쭉 그 집에서만 살아왔는데 말이다. 레하나는 그렇게 큰 집을 방문할 때마다 한집에 그렇게나 많은 사람이 산다는 사실에 항상 놀라곤 했다.

아내들, 친척들, 하인들, 그리고 일부는 노예 혹은 노예의 자식들이었는데 지금은 그들도 스스로를 그 집 식구로 간주했다.

그들은 오만 유지의 아내 중 한 명과 그녀의 하인들 및 친척들과 함께 베란다가 딸린 2층 방에 앉아 있었다. 오후 중반이라 바깥은 절절 끓는데 만으로부터 시원한 산들바람이 불어와서 방안은 저물녘 나무 그늘처럼 선선했다. 그때 방밖에서 남자 목소리가 자신의 존재를 알렸다. 한 여자가 손님이 있다고 외쳤지만 너무 늦게 대답하는 바람에 남자가 방에 들어오고 말았다. 여자들은 서둘러 숄로 얼굴을 가렸다. 레하나만 동작이 충분히 빠르지 못했다. 어쨌거나 남형제 앞에서도 얼굴을 가리는, 아니, 가린다고 들은 이바디파* 여자들만큼 철저하지는 못했다. 방에 들어온 남자는 체격이 다부지고 피부색이 짙고 나이는 삼십대 후반이었다. 그는 당황해서 문간에 꼼짝 않고 서서 잠시 레하나를 쳐다보다가 사과와 함께 물러갔다. 며칠 뒤 유지의 아내가 답방을 왔다. 그다음에는 다시 그들을 자기 집에 초대했다. 그러고 나서 또다시 답방을 와서는 그제야 하려던 말을 마침내 꺼냈다. 이름이 다우드 술레이만인 그 남자가 그때 딱 한 번 레하나를 보고는 청혼했다는 것이었다. 그 제안을 전달한 사람은 마리암 이모였다. 그녀는 필요한 모든 질문을 한 다음에 그 이야기를 처음부터 끝까지 레하나와 하사날리에게 들려줬다. 그는 그들이 방문했던 유지의 아내와 먼 친척 사이였다. 마리암 이모가 두 사람의 관계를 자세히 이야기하는데 너무나 복잡해서 레하나는 중간에 귀를 닫고 말았다. 그녀는 자기가 이미 대답을 안다고

* 이슬람교의 종파 중 하나로, 이바디파가 다수 거주하는 국가는 오만이 유일하다.

생각했다. 청혼이 들어왔음을 알게 됐을 때 지난번에 그의 속물적이면서도 평가하는 듯한 시선에 혐오감이 들었다는 사실이 떠올랐다. 혐오감은 너무 심한가? 어쨌든 그녀는 그때 움찔하며 몸을 돌렸다. 당시에는 왜 그런 반응을 보였는지 깊게 생각하지 않았지만 지금 돌이켜보니 자신이 그의 시선의 의미를 이해하고 위협을 느꼈음을 깨달았다. 그는 맘브루이 근처에 있는, 그 오만 유지의 농장 하나를 관리하고 있었고 물론 결혼해서 어린 자녀가 넷이나 있었지만 농가가 넓어서 공간은 모두에게 충분할 터였다. 그리고 신선한 과일과 채소와 달걀 같은, 시골 생활의 기쁨이 있을 것이고 유지가 후원해준다고 하니 절대 배곯을 일은 없을 것이었다.

레하나가 거절하겠다고 하자 마리암 이모는 말없이 고개를 끄덕이더니 유지의 아내에게 대답을 전해야 하니까 이유를 설명하라고 했다. "꼭 이유를 대야 해요? 그냥 싫다고 하면 안 돼요?" 그의 겉모습에서 그가 자신을 구속하고 복종시킬 거라는 두려움을 느꼈다고 말할 수는 없었다. 그는 자신감 있고 존경할 만한 사람으로 보였고 그에게 암묵적으로 요구되는 의무들을 이해하고 세심하게 지키지만 그녀에게도 똑같이 지키라고 요구할 것 같았다. 물론 실제로 어떨지는 몰랐다. 잠깐 봐서 그런 걸 알 수는 없었다. 하지만 그녀는 그가 지시하고 명령하고 싶어하리란 것을 느꼈다. 아버지가 그랬고 하사날리가 스스로 그래야 한다고 생각하듯이. 그녀는 누구의 둘째 부인도 되고 싶지 않았다. 아버지가 둘째 부인 들이는 이야기를 하는 건 한 번도 들어본 적이 없었다. 도대체 어느 누가, 왜 둘째 부인을 원한단 말인가? "난 시골에서 살기 싫어요." 그녀는 결국 그렇게 말했다. 그보다 나은 핑계를 생각해낼 수 없었기 때문이다.

"누나는 자기가 뭔 줄 아는 거야? 공주님?" 하사날리는 그녀가 경솔해서 그런 선택을 내렸다고 생각하고는 분노를 억누르지 못해 그답지 않게 으르렁댔다. 그러고는 벌떡 일어나 대문을 향해 돌진했다. 그는 몇 발자국 가다가 걸음을 멈추고 뒤돌아봤다. "여기서 이렇게 사는 게 뭐가 그리 좋아? 누나를 보고 마음에 들어하고 누나를 먹여살릴 수 있는 이 사람을 거절하면 아무도 다시는 누나한테 청혼하지 않을 거야. 다들 누나가 거만하다고 할 거라고."

"얘, 너 목소리 낮춰라." 마리암 이모가 날카롭게 말했다.

"애초에 네가 왜 소리를 지르는 건데? 내 인생이야." 레하나가 말했다.

"그래, 누나 인생이지. 영원히 누나 인생일 거야. 하지만 계속 이런 식이면 좋게 끝나진 않을 거야." 하사날리가 낮고 성난 목소리로 속삭였다. "아무도 누나에게 청혼하지 않을걸. 사람들이 누나가 잘난 척할 만한 이유도 없으면서 잘난 척한다고 말할 테니까. 그러면 사악한 남자가 누나를 굴복시킬 거고 누나는 우리 모두에게 수치를 가져오겠지." 그는 그렇게 말하고는 레하나가 쏘아보고 마리암 이모가 낮은 목소리로 하사날리의 사악한 생각을 용서해달라고 기도하는 동안 밖으로 뛰쳐나갔다.

몇 달 후 일어난 일은 하사날리의 못된 예언이 옳았음을 확인시켜주었다. 모두가 모종의 이유에서 음수와키*라고 부르는 상인 알리 압달라

* 칫솔.

가 레하나에게 혼담을 보내온 것이다. 그녀는 하사날리가 이 이야기를 전할 때 역시 자기가 옳았다고 생각하는 동시에 슬퍼하는 것을 보았다. 어쩌면 그녀로 인해 수치심마저 느꼈는지도 몰랐다. 그들의 눈에 알리 압달라는 노인이었다. 나이는 예순 살에, 수염이 하얗고, 아무거나 닥치는 대로 거래하는 상인이며, 아내가 둘 있고, 장성한 자식들이 아랍 어딘가에 살았다. 그의 이름에는 약간의 추문도 따라붙었지만 레하나는 자세히 알지도 못했고 알고 싶지도 않았다. 어차피 그녀와는 상관없는 일이었다. 사람들은 늘 아무것도 아닌 일에서 추문을 만들어냈다. 그는 어쩌면 섹스할 여자를 원해서 청혼했는지도 몰랐다. 거리의 여자를 돈 주고 사는 치욕스러운 짓을 하기에는 그의 나이가 너무 많았기 때문이다. 그녀는 이해했다. 나이 지긋한 아랍 남자들은 그런 결혼으로 자신의 독실함을 과시했다. 싼값에 해결할 때는 과부나 이혼 여성을 데려왔고 때로는 막대한 빚이 있는 가족으로부터 육감적인 젊은 여자를 데려오기도 했다. 이런 결혼에서 지참금은 대개 얼마 안 됐다. 여자 쪽 가족이 여자를 얼른 떠넘기는 동시에 그녀에게 사회적 지위를 주고 싶어 안달했기 때문이다. 그리고 이 모든 것이 육욕과 탐욕이 아니라 독실함과 인망이라는 명목으로 행해졌다. 그것이 하사날리가 스스로, 그리고 어쩌면 그녀에게도 수치심을 느낀 이유였다. 마치 그녀가 망가졌거나 불운을 몰고 다니기라도 하는 양, 그런 제안을 받다니.

"거절해야겠지? 고맙지만 거절한다고." 하사날리가 커피잔을 내려다보며 말했다. 그들은 점심때 먹다 남은 차가운 음식으로 저녁을 때우고 조명이 어두운 마당의 깔개에 앉아 있었다. 레하나는 의기소침하면서 불만스러웠고 하사날리도 자기와 같을 거라고 생각했다. 왜 자신이 쓸모없고 외롭다고, 뭔가 잘못한 것만 같다고 느껴지는지, 왜 하사날리가 그렇게 낙담한 것처럼 보여야 하는지 이해할 수 없었다. 마치 둘 다 무언가에, 인생에 실패한 것처럼 말이다. 콩이나 시금치라도 요리했어야 했다. 그녀는 앞으로 다시는 저녁에 차가운 음식을 차리지 않겠노라고, 절대로 딱딱해진 밥과 채소의 무게가 부족함의 상징처럼 그들의 목구멍을 타고 내려가도록 두지 않겠다고 결심했다.

그래서 그해 중반에 아자드가 그들의 인생에 나타났을 때 그것은 기대하지 않았던 선물 혹은 축복 같았다. 하사날리는 그와 친구만 되어도 행운이라 여겼을 것이므로 그가 레하나를 사모하자 자부심을 느꼈고, 그녀와 결혼하고 싶다고 하자 믿을 수가 없었다. 아자드의 청혼에 너무 흥분한 나머지 당장 그를 얼싸안고 가족으로 삼고 싶은 마음을 억누르느라 힘들었다. 아자드는 젊고, 친근하고, 솔직하고, 대담했다. 배를 타고 수백 마일 떨어진 미지의 땅에 온 것, 그것은 대담한 행동이었다. 단어 몇 개밖에 모르는 상태에서 대리인으로 그곳에 남은 것, 그것은 더욱 대담한 행동이었다. 그러나 그는 밝고 느긋했고 그들에게 마음에서 우러난 애정을 주었으며 아무런 요구도 하지 않았다. 하사날리는 반신반의하면서도 은밀한 기대를 품고 그와 레하나를 지켜보다가 그들이 서로에게 관심이 있음을 알아차리고는 경계하면서도 희망을 품었다. 그것은 정말로, 하사날리가 감히 바랄 수 있는 것 이상이었다. 그래서 레하나가 기다려야 한다고, 생각해봐야 한다고, 마리암 이모에게 대신 질문해달라고 부탁해야 한다고 말했을 때 그는 그녀에게 그렇게 말했다. 이보다 나은 사람은 절대 못 찾을 거야, 라고도 말했다. 그녀도 그의 말이 옳음을 알았다. 하사날리가 그녀가 궁금해하는 것들을 아자드에게 물어봤더니 자기는 결혼하지 않았고 그녀와 행복하게 사는 것 외에는 바라는 게 없다더라고 전하자 그녀는 미소로 승낙을 표한 다음 이모에게 소식을 전했다. 그들은 이모가 도착한 다음날 결혼했다.

어쩌면 그것은 분에 넘치는 결혼이었는지도 모른다. 마치 그가 그녀를 홀리고 변화시킨 것처럼 그녀는 몇 달 동안 그에게 푹 빠져 있었다. 스스로 아름답고 충만하다고 느꼈고, 그를 생각하면서 혼자 웃었으며, 예전에는 짜증나고 시시해 보였던 많은 것들에 관대해졌다. 매일매일 그가 곁에 있다는 기적에, 그의 포옹과 웃음에 기뻐했다. 그가 출장을 가기도 했지만 처음에는 못 참을 정도는 아니었고 돌아올 때마다 한층 더 그에게 빠진 것 같다고 느꼈다. 마치 그가 그녀 몸의 일부인 것만 같은, 그런 친밀함과 친근감은 너무 예상 밖이었다. 그리고 마침내 무심이 오고 선장이 돌아오자 아자드는 출장을 다니거나 자기가 계약한 물건의 취합을 감독하느라 굉장히 바빠졌다. 마지막 몇 주 동안은 얼굴 보기도 힘들었다.

그는 물건을 팔 때 자기 몫을 제대로 받으려면 선장과 함께 돌아가야 한다고 말했다. 일은 일이야. 자기 앞가림은 자기가 하지 않으면 사기당하게 되어 있어. 물론 선장이 친척이니 그의 몫은 확실히 남겨주겠지만 부富라는 것은 가장 순수한 영혼도 더럽히는지라 단연코 가장 순수한 영혼을 가진 선장도 유혹에 빠질 수 있었다. 볼일을 다 보고 나면 최대한 빨리 돌아올 것이었으므로 그때쯤에는 레하나가 첫아이를 임신해서 배가 불러 있길 그는 바랐다. 그녀는 내키지 않아 애원했지만 그는 그녀를 위로했다. 이게 우리 같은 사람들이 먹고사는 방식이야. 여행하고 장사해서 출세하는 것. 나는 갔다가 다시 돌아올 건데 운이 좋다면 하느님의 하사품을 가지고 돌아올게. 하사날리는 그녀에게 바보처럼 굴지 말라고, 아자드를 그만 괴롭히라고 말했다. 이 지역의 아주 많은 사람들이 그렇게 산다는 것을 그녀도 알고 있었다. 그래서 그해 무심이 바뀌자 그는 배를 타러 몸바사에 갔고 그후로 오 년 동안 소식 한 자 없었다. 어쩌면 영원히 안 올지도 몰랐다.

그들은 그가 할 수만 있다면 연락할 거라고 생각했으므로 아무 연락도 없자 배가 재난을 당했다고 생각했다. 그들의 아버지 자카리야가 자신의 아버지가 그렇게 세상을 떠났다고, 무심 여행에서 돌아오다가 아라비아해에서 폭풍을 만나 배가 가라앉는 바람에 익사했다고 말하곤 했었기 때문이다. 그의 어머니는 몇 주가 지나서야 그 사실을 알았는데 상인들이 배가 침몰한 게 분명하다고 결론짓자 그녀도 남편의 죽음을 인정할 수밖에 없었다. 그의 이름도 하사날리였다. 세월이 흘러 나이를 충분히 먹자 자카리야는 직접 무심 여행을 떠났다. 아버지를 찾기 위해서였는지도 모르겠다. 그런데 다행히 이곳에서 꼬마 하사날리를 만나는 바람에 그는 굳이 돌아가지 않았고 그래서 익사하지 않았다. 그래서 레하나에게 가장 먼저 떠오른 끔찍한 생각은 배가 인도로 돌아가는 길에 난파했다는 것이었다. 하사날리가 어떡해야 소식을 알 수 있느냐고 수소문하자 몇몇 사람이 무역상들과 상인들에게 물어봐주었다. 그런데 아니, 그 배는 재난을 만나지 않았으므로 다음 무심에 젊은이가 돌아오길 기대해도 된다고 했다. 하지만 아자드는 오지 않았다. 시간이 흐르자 하사날리는 수치스러워서 더이상 주위에 물어볼 수 없었다. 아자드는 그들을 버리고, 그녀를 버리고, 인도에서의 삶으로 돌아갔던 것이다. 그녀의 사랑과 갈망을 비웃으면서, 그들의 순진함에 미소를 지으면서. 하지만 그녀는 여전히, 그가 불운을 만나지 않았다고 확신할 수가 없었다. 그가 어느 날 갑자기 나타나 이러이러한 고난을 당해서 돌아올 수 없었노라 얘기할 리 없다고 확신할 수 없었다. 몇 달 안 됐을 때부터 마음속 어딘가에서는 그가 돌아오지 않으리라는 것을 알았음에도 실상은 그랬다. 그렇게 수년째 그의 떠남을 곱씹어온 그녀에게 남은 것은 씁쓸함뿐이었다. 그녀는 결혼 후 처음 몇 달간의 행복에 대해 생각하는 것을 자신에게 거의 허락하지 않았다. 그 생각을 하고 나면 바보가 된 기분이 들었기 때문이다. 아자드에 대한 기억이 씁쓸함으로 변해감에 따라 그녀는 자신이 신중히 진행하려 했을 때 못하게 설득했던 하사날리를 비난할 필요를 느꼈다. 물론 이 마음을 입 밖에 낸 적은 한 번도 없었고 실제로는 자제력을 잃었던 자신에게 분개할 뿐이었지만 말이다. 그녀의 삶은 이렇게 엉망진창이 되었다. 늘 화에 차 있고, 우울하고, 밤잠 못 이루고, 그를 그리워했다. 그에 관한 모든 것, 즉 그의 존재, 그의 이름, 그의 목소리마저 싫을 때에도 그에 대한 그리움을 멈출 수는 없었다. 지금껏 해왔던 것처럼 집안일을 했지만 더 시큰둥하게, 짜증을 내면서 했다. 그녀의 일부가 무겁고 심술궂은 무언가로 굳어졌다.

마리암 이모는 아자드가 나타나기 전에 그랬던 것처럼 몇 달에 한 번씩 그들의 집을 방문하기 시작했다. 레하나가 결혼하고 첫 일곱 달가량은 오지 않았었다. 그녀에게 행복할 시간과 공간을 주기 위해서였다고 이모는 말했다. 그러나 그가 무심을 타고 떠난 뒤에는 레하나의 말벗이 되어주기 위해 다시 오기 시작했다. 그녀가 임신했을 경우 도와주기 위해서이기도 할 거라고 레하나는 의심했다. 그러나 임신은 아니었고, 아자드의 부재가 길어지자 이모는 캐묻기를 그만두고 레하나가 탄식하면 안심시키는 소리를 냈다. 결국 주도권을 잡은 사람은 마리암 이모였다. 아자드가 사라지고 거의 이 년이 지난 후에도, 그동안 마리암 이모가 몇 달에 한 번씩 계속 왔다갔다했지만, 레하나와 하사날리는 여전히 고통에 사로잡혀 있었다. 그래서 그녀는 머물렀다. 계속 머물렀다. 음풍고 모시*부터 음풍고 모시까지, 일 년 내내 머물렀다. 무하람**, 마울리드, 미라지***, 라마단, 시쿠 쿠 은도고****와 시쿠 쿠 쿠브와*****를 그들과 함께 보냈다. 심지어 억지로 끌어낼 때까지 머물고 또 머문 손님에 대한 풍자적 노래를 부르면서 그녀의 존재가 민폐가 아니라고 말해보라고 그들을 부추겼다.

마리암 이모가 머물 때는 항상 그랬듯이, 세월이 흘러도 그녀는 변하지 않았으므로, 이모는 쉬지 않고 부산을 떨었다. 당연하게 손님들이 찾아왔고 남의 집에 답방도 가야 했다. 그들은 매트리스를 싼 시트를 벗기고 냄새와 벌레를 없애기 위해 솜을 햇볕에 바짝 말린 다음 하얀 새 마레카니 면으로 다시 쌌다. 그녀는 마당 쪽으로 난 창문을 수리하고 담장에 회칠을 하게 했다. 하사날리는 돈이 든다며 툴툴댔지만 얼굴은 웃고 있었다. 덕분에 마당이 깨끗하고 깔끔해졌고 담장 앞의 화초

---

* 스와힐리족의 1월. 이슬람력의 10월에 해당한다.

** 무함마드의 손자 후사인 이븐 알리의 순교일을 기념하는 추모제. 이슬람력 1월 1~10일.

*** 무함마드의 이스라(야간여행)와 미라지(승천)를 기념하는 축제. 이슬람력 7월 27일.

**** 이드알피트르. 이슬람력 10월 1일. 이드알아드하와 함께 이슬람교 2대 축제다.

***** 이드알아드하. 이슬람력 12월 10일. 메카 연례 성지순례를 마친 후에 제물을 바친다.

들도 무성하고 멋져 보이게 됐다. 마리암 이모는 사모사와 바지아를 튀기는 사업을 시작했다. 행사용 주문도 받고 일부는 하사날리가 가게에서 팔았다. 어부들이 끈에 꿴 생선을 팔려고 대문 앞에 나타나면 이모는 밥이나 카사바, 바나나랑 같이 먹을 생선 한줌을 사려는 게 아니라 잔치라도 벌일 것처럼 그들과 흥정을 하고 실랑이를 벌였다. 하지만 어부들은 다음날도 또 와서 문 앞에서 이모와 소란을 피웠고 어떤 때는 단지 마리암 이모랑 흥정하는 게 재밌다는 이유로 달라고 하지도 않은 생선을 주고 가기도 했다.

이 모든 일이 일어나는 동안 레하나는 침대에 누워 있을 수 없었고 그러고 싶지도 않았다. 마리암 이모가 레하나의 방에 들어앉고 나서는 자기가 일어날 때 레하나를 두들겨 깨웠고 마법이라도 건 것처럼 그녀를 움직이게 했다. 이모는 레하나에게 매일 쿠란을 몇 쪽씩 읽어달라고 했다. 눈도 점점 잘 안 보였고, 중요한 수라*는 한 번도 혼자서 읽어본 적이 없었던데다, 레하나가 쿠란을 아주 잘 읽었기 때문이다. 레하나는 이미 열 살 때부터 쿠란을 처음부터 끝까지 읽을 수 있었고 일부는 암송할 수도 있었다. (비록 얼마 뒤에 생리가 시작되면서 몸가짐을 조심해야 했기 때문에 더이상 학교에 갈 수 없게 됐지만.) 마리암 이모는 예전에 자기가 스스로 옷을 만들어 입었던 것처럼 레하나에게 자신의 드레스를 만들어달라고 했다. 그러고 나서 이모가 그 결과물을 엄청나게 칭찬하자 다른 사람들도 옷을 만들어달라고 하기 시작했다. 마지막으로 이모는 이제 아내를 들일 때가 됐다고 하사날리를 설득했다. 그녀

* 쿠란의 한 장(章) 또는 절.

가 다음과 같은 말을 하지는 않았고, 어쩌면 생각조차 안 했을 수도 있으나, 하사날리가 아내를 얻으면 레하나의 말동무도 되고 그들을 진창에서 꺼내줄 것이었기 때문이다. 그가 마음의 준비만 된다면 자신이 딱 맞는 애를 안다고 이모는 하사날리에게 말했다. 하지만 결정하는 데 너무 오래 걸리지는 않는 게 좋겠다고 했다. "나한테 청혼한 부자 독신남이 그렇게 많지만 않았어도 내가 너랑 결혼할 텐데 말이다." 그녀가 하사날리에게 말했다.

그렇게 해서 말리카가 왔다. 그녀는 하사날리에게 행복을 가져다줬고 그들의 삶을 바꿔놓았다. 레하나는 아자드를 자신이 저지른 실수로 생각하게 되었다. 그 실수에 대해 그녀가 할 수 있는 일은 아무것도 없었다. 결혼을 끝낼 수 있을지는 모르지만 그게 무슨 의미가 있겠는가? 그녀에겐 시간이 없었다. 어머니가 세상을 떠난 지도 벌써 십 년이 지나서 그녀는 지금 스물아홉 살이었다. 늙었다는 뜻이다. 그리고 거기 말리카가, 시금치를 다 씻고 이제 자장가인지 뭔지를 흥얼거리며 생선을 손질하기 시작한 그녀가 있었다. 말리카는 아마 하사날리가 이때 휴식을 취하러 집에 오면 서로에게 뭘 할지 생각하고 있을 것이었다. 말리카가 온 뒤로 하사날리는 점심식사 후에 두어 시간 가게를 닫고 쉬기 시작했다. 그것을 보고 레하나는 혼자 미소 짓기도 했지만 한편으로는 그들에게 질투도 느꼈다. 그녀는 자리에서 일어나, 완성한 옷을 잡은 두 팔을 쭉 펴고는 이리저리 돌려보면서 잘못된 데가 없나 살폈다. 이 옷을 만들어달라고 부탁한 여자가 오후에 가지러 올 것을 생각하니 마음이 뿌듯했다. 틀림없이 만족할 거라고 생각했다. 드레스를 개어서 다시 바닥에 앉을 때 그녀는 부상당한 남자에게서 훔친 수첩이 허벅지에 부딪히는 것을 느꼈다. 자신이 그를 아자드라고 생각했다니 믿어지지 않았다. 그녀에게 갈망과 혐오를 똑같이 가르쳐준 남자, 그보다 그녀 자신을 더 미워하게 만든 남자. 하느님께 감사하게도 그는 돌아올 리 없었다. 설혹 나타난다 해도 그녀가 뭘 어쩌겠는가? 그런데 음중구의 수첩은 어떡해야 할까? 거기에 적힌 말을 읽을 수도 없었다. 그의 언어로 쓰여 있는 게 확실했다. 게다가 그것을 버릴 수도 없었다. 쓰레기를 수거하는 사람이 혹시 팔 만한 게 있나 보려고 항상 뒤지기 때문이었다. 만약 그가 수첩을 발견한다면 보상이나 포상금을 받을 수 있을까 싶어서 유럽인 관리에게 가져다주고 그들을 도둑으로 신고할 게 분명했다. 땅에 묻을 수는 있었다. 그게 발각된다면 흑마술이나 사악한 환상에 빠진 정신 나간 여자의 짓처럼 보이겠지만. 그렇다면 역시 그녀가 짐처럼 지니고 다닐 수밖에 없었다. 그것이 발견되거나 그녀가 죽을 때까지. 사람들이 안다면 노처녀의 하찮은 좀도둑질이라며 놀릴 게 틀림없었다.

4
피어스

그들은 염소 스튜와 밥으로 저녁식사를 마친 뒤 베란다에 앉았다. 본데니에 있는 농장 관리인 버턴이 병자를 만나 안면을 트기 위해 와 있었다. 그는 떡 벌어진 체격에, 검은 머리는 헝클어지고 콧수염은 단정하게 다듬은 모습이었다. 콧수염을 다듬은 모양 때문에 성격이 까탈스러워 보인다고 마틴은 생각했다. 펑퍼짐한 옷을 입고 있는 지금은 땅딸막하고 심지어 아파 보이기까지 했는데 카키 바지를 입고 이곳에 도착했을 때의 몰골은 더 심각했었다. 그들은 일몰 때부터 지금까지 계속 술을 마시고 있었다. 버턴은 진 라임, 프레더릭과 마틴은 물 탄 스카치위스키였다. 마틴은 나머지 두 사람처럼 목이 마른 것도 즐거운 것도 아니라 한동안은 그들에게 속도를 맞추다가 나중에는 뚱하거나 피곤해 보이지 않을 정도로만 마셨다. 그들이 대영제국의 미래에 대한 토론을 시작하면서 흥분해서 언성이 높아지자 프레더릭은 마틴의 잔을 채워주는 데 흥미를 잃고 그가 좋을 대로 하게 내버려두었다. 가끔씩 이런저런 주제에서 그를 편들어줄 때만 가까이 왔다.

버턴은 지원군을 원하지 않았다. 그는 미래에 영국의 아프리카 식민지에서는 아프리카인이 점차 감소해서 사라지고 유럽인 정착민으로 대체되리라고 확신했다. 그의 확고한 의견에 따르면 그 일은 불가피하게, 필연적으로 일어날 것이었다. 별다른 조치를 취하지 않고 내버려둔다면, 참견쟁이 관료들이 간섭하지 않는다면, 최소한 원주민의 안녕에 대한 책임 운운하는 유의 방해만 없다면.

마틴은 이 대화에, 식민지의 영국인들이 공적인 사안을 두고 심각하게 이야기하는 것에 뭔가 연극적인 부분이 있다고 생각했다. 심지어 버턴의 목소리는 아까보다 딱딱해지고 톤이 높아졌으며 권위 있는 사람처럼 발음이 또렷해졌다. 그것은 버턴 자신을 위해서였을 수도 있지만 그들 모두를 위해서였을 수도 있었다. 그들 자신이 세상에서 중요하고 존재감 있다고 느끼기 위해서였으니까. 외로움, 하인들, 질병, 지금 있는 곳에 있는 것, 지금 하는 일을 하는 것에 대한 사라지지 않는 불안감은 신경쓸 필요 없었다. 지금 그들은 세계를 걱정해야 했기 때문이다. 거창한 문제를 화제로 삼음으로써 일상적이고 사소한 불편을 억누르는 것은 남자들이 한두 잔 걸쳤을 때 이야기하는 방식이었다.

"이 대륙은 제2의 아메리카가 될 잠재력이 있어요." 버턴이 회의적인 반응을 기대하는 것처럼 딱딱하게 강조했다. "하지만 아프리카인들이 있는 한은 안 됩니다. 이 지역을 보세요. 이곳 깜둥이들은 아랍인들에게 나쁜 물이 들었어요. 그들의 종교와…… 향기로운 걸치레에 말이에요. 아랍인들은 별거 아닙니다. 대개 엄포만 놓지, 자기 목숨이 달렸거나 전리품이나 노획물이 있지 않은 이상 하루치 일도 못하죠. 우리가 오기 전까지 이곳은 해적국가였어요. 알맞은 바람이 불면 아랍인들이 해안을 따라 내려가며 습격해서 마음대로 납치하고 약탈한 다음에 노예로 삼았죠. 그러다 바람 방향이 바뀌면 재빨리 자기 소굴로 돌아가서 흥청망청했고요. 그자들이 빨리 망해서 쫓겨날수록 좋아요."

"그럴지도 모르지." 프레더릭이 아랍인들에 대한 의견에는 동의하면서도 뭔가 꼬투리 잡을 게 없나 찾으며 말했다. 마틴이 이미 버턴이 불쾌한 이야기를 하고 있음을 알아차린 가운데 프레더릭은 버턴이 지나친 말을 하게끔 일부러 부추기기 시작했다. "하지만 자네도 그들이 이 지역에 어느 정도 질서를 가져왔다는 건 인정해야 할 거야. 그건 인정해야 할 걸세."

버턴은 잠시 숨을 고르며 흐뭇하게 진을 유리잔에 콸콸 부었다. 그러고 나서 입을 뗀 그의 목소리는 부드러웠다. 프레더릭의 도발에 넘어가지 않았던 것이다. "잔지바르의 술탄이 상징하는 허울뿐인 질서가 있긴 해도 우리가 없으면 이곳은 한철 만에 해적국가로 돌아갈 거예요. 내륙의 야만인*은, 그건 또 완전히 다른 짐승이죠. 그자는 파멸할 겁니다, 지금 남아 있는 것마저도요. 문명과 맞닥뜨리면 쇠약해져서 굶주리다 죽을 거예요. 저한테 도덕이나 책임에 대해 푸념할 필요는 없습니다. 이건 불가피하고 과학적인 거니까. 이 결과는 잔인한 게 아니에요. 모든 곳에서 몇 번이고 반복해서 정확히 같은 방식으로 일어난 일이니

---

* 음왕가 2세. 부간다왕국에서 기독교 세력을 몰아내기 위해 성공회 주교인 제임스 해닝턴을 암살하고 기독교도 수십 명을 처형했다. 일부는 산 채로 불태워 죽였다.

까요."

"나는 자네가 대영제국의 종복으로서 의무에 태만하다는 생각이 들려 하네." 프레더릭이 이 비난이 진지하지 않다는 태를 내기 위해 일부러 빼기는 목소리로 말했다. "솔직히 말하면 자네가 인류애에 태만하다는 생각이 들고 있어. 나에게는 원주민들에 대한 책임이 있네. 그들을 감시하고 그들이 서서히 복종과 체계적 노동을 받아들이도록 인도해야 할 책임이 있지."

"그게 바로 제가 말한 방해입니다. 우리가 그들에게 더 많은 것을 해줄수록……" 버턴이 다시 목청을 높였다. "그들은 더 많은 걸 요구할 겁니다. 아무런 노력도 하지 않으면서요. 시간이 흐르면 자기들은 계속 야만적으로 살면서 우리가 먹여살려주길 기대할 겁니다. 우리를 미워하면서도 자신들의 안녕을 책임지는 게 우리의 의무라고 생각하겠죠. 당연한 권리라고 생각할 거예요. 그들이 체계적 노동을 하게 만들 수는 없을 겁니다. 마음대로 하게 내버려둔다면요."

"그래서 내가 그들을 인도하는 것 아닌가." 프레더릭이 말했다. "그게 우리 책임이라고."

"인도가 아니라 강요겠죠." 버턴이 말했다. "강제하거나 조종하지 않고 노동과 성취에 도덕적 가치가 있다는 걸 이해시켜서 우리를 위해 일하게 만드는 건 불가능해요. 이해 못할 테니까요. 그래서 아직도 가죽을 뒤집어쓰고 나뭇잎과 똥으로 만든 오두막에서 사는 겁니다. 그들은 거기에 꽤 만족하고 그런 삶의 방식을 지키기 위해 살인도 할 거예요. 책임에 대해 마음껏 떠들어보세요. 하지만 아프리카에서 번영과 질서를 원한다면 유럽인 정착민이 필요해요. 그런 다음에야 이곳을 제2의 아메리카로 만들 수 있다고요."

"그러기 위해서는 살인을 해야 해." 프레더릭이 눈을 번뜩이더니 스카치위스키를 크게 한 모금 들이켰다. "말하는 걸로 보아 자네는 그게 그리 끔찍한 일이라고 생각하지 않나보네만."

"네, 맞아요. 그리고 당신의 의견에는 지적인 남자다움이 결여돼 있네요." 버턴이 정감 있게 대답했다. 마틴은 버턴이 프레더릭의 도발에서 빠져나가 이제는 반대로 프레더릭을 도발하고 있음을 알았다. "우리는 이미 그들을 살해하고 있어요. 우리에게 복종하게 만들기 위해 살해하죠. 하지만 사실은 간섭하지 않고 마음대로 하도록 내버려두면 알아서 죽을 겁니다."

마틴은 유럽인과 깜둥이의 차이에 대한 이야기가 지치지도 않고 반복되는 것을 말없이 듣고 있었다. 이제 깜둥이란 단어는 그들이 굴복시켜 지배하게 된 누구나를 의미하게 되었다. 영국인만 그런 것이 아니었다. 그는 다른 유럽인들 사이에서도 비슷한 이야기가 오가는 것을 들은 적이 있었다. 프랑스인과 네덜란드인, 심지어는 지배하거나 즉각적인 멸망을 선언할 식민지가 없는 폴란드인이나 스웨덴인도 마찬가지였다. 이런 유의 이야기를 들으면 그는 속이 좋지 않았다. 남들이 그 대화를 들을까봐 불안했다. 그는 버턴이 자신의 불쾌함을 느낀 건지, 그래서 일부러 짜증나게 만들려고 과장하는 것인지, 아니면 그냥 술에 취한 건지 궁금했다.

"이봐, 이봐, 피어스, 아니, 마틴, 이 친구야." 프레더릭은 살짝 취하고 살짝 심통나 있었다. 피어스가 버턴이 품은 저속한 환상에 반대하는 자기 편을 들지 않기 때문인지도 몰랐다. "자네는 어떻게 생각하나?

1899년의 지금 이 시점에서 볼 때 다음 세기에는 어떻게 될 것 같나? 단호했던 전임자들보다 우리가 잘될 것 같은가? 이곳은 원주민이 사라지고 아메리카처럼 변할까, 아니면 이 멍청이들이 문명화되어서 열심히 일하는 식민지인이 될까? 자, 자네 의견 좀 들어보세."

"제 생각에는 시간이 지나면 우리가 이런 곳에서 하는 일을 덜 자랑스러워하게 될 겁니다." 마틴이 말했다. "스스로를 덜 매력적이라고 생각하게 되겠죠. 시간이 지나면 우리가 한 어떤 일에 대해서는 수치스러워하게 될 겁니다."

"반反제국 왈라구먼." 프레더릭이 기뻐하며 말했다. "자, 버턴, 여기에 대해 자네가 어떻게 생각하나 들어보세."

"이 짐승들에 대해 말하자면 우리는 그들을 교화하기 위해 너무 정도正道를 벗어났습니다." 마틴은 말을 계속하면서 아예 시작하지 말 걸 그랬다고 생각했다. "그들의 삶의 방식을 침범했기 때문에 우리에겐 그들을 돌봐야 할 책임이 있어요."

버턴이 혐오감이 담긴 코웃음을 치며 등을 돌렸다. "우리가 그들에게 빚진 것은 인내뿐이오." 그가 말했다. "죽을 때가 오기까지 기다려주지 못했으니까. 죽어가는 짐승한테 하듯 인내를 보여줬어야 했는데. 그들이 짐승처럼 살다 죽은 건 우리 탓이 아니오. 우리가 그들에게 빚진 건 그들이 스스로 불행을 끝낼 수 있게 내버려두는 인내뿐이지."

"버턴, 자네는 가끔 꼭 짐승처럼 말한다니까." 프레더릭이 불쾌한 표정을 하며 말했다. "분명 자네 말이 맞을 걸세, 마틴. 버턴이 그렇게 좋아하는 흉흉한 예언들을 돌이켜보면 더욱 그렇지. 나는 우리가 느릿느릿 빠져나가고 있는 이 세기보다 다음 세기가 나을 거라고 기대하지 않네. 그런 식으로 오스카 와일드* 같은 지성을 파괴하면서 제 이야기를 마무리짓는 세기에 변변한 것을 기대할 수는 없는 법이지."

"오스카 와일드!" 피어스가 웃음을 터뜨렸다. "아, 그 정도는 약과죠."

"정말이지, 내가 만약 버턴의 예언이 실현될 거라고 생각한다면……" 프레더릭이 살짝 말을 버벅거렸다. "대영제국은 될 대로 되라 하고 내일 당장 짐을 싸서 영국으로 돌아갈 걸세. 하지만 그건 버턴이 남아프리카에서 너무 많은 시간을 같이 보낸 미치광이들의 환상이야. 탐욕스러운 영국인, 네덜란드인 미치광이들이 인종 멸종에 대한 예언으로 버턴의 날카롭고 과학적인 정신을 혼란스럽게 만든 걸세. 그건 대영제국의 목적이 아니야. 인도에서는 한 번도 그런 이야기를 들은 적이 없다네."

"아프리카는 인도가 아니니까요." 버턴이 말했다. "그리고 거기에서도 대영제국은 인도의 방식이 낡았다는 걸 보여줬어요. 그러니까 더이상 의미가 없는 거죠. 그들이 할 수 있는 최선은 자신들이 우리로 대체되게 내버려두고 최선을 다해 우리를 흉내내는 거예요. 하지만 그것조차도 여기 상황보다는 낫죠. 인도는 옛 문명이 있었는데 그 효용을 다 해버린 것이고 여기에는 짐승과 야만밖에 없으니까요."

"자네는 대단한 폭언가로군." 프레더릭이 술잔을 채웠다. "그들이 그 정도로 짐승이라고 생각한다면 왜 크리켓을 가르치는 건가?"

"희극을 위해서죠. 그중에 란짓신지**가 있다고 생각하기 때문은 절대

* 1895년부터 이 년간 동성애죄로 옥살이 후 프랑스로 이주하여 가난 속에 살다가 1900년 병사했다.

** 인도의 토후국 나와나가르의 군주이자 잉글랜드 크리켓 대표팀 선수.

아닙니다." 버턴이 그 이름을 발음하기 힘들어하는 것을 스스로도 멋쩍어하며 말했다.

다음날 아침 마틴은 숙취 때문에 기운이 없어서 늦게 일어났다. 침대 옆에는 차갑게 식은 홍차가 놓여 있었고 하미스가 그를 깨우지 않은 채 모기장도 걷어두고 간 뒤였다. 프레더릭은 책상에 앉아 있었다. 하얀 셔츠와 헐렁한 카키 반바지, 무릎까지 오는 양말과 광낸 갈색 구두 차림으로 여전히 작년 관세와 소득신고에 대한 보고서를 작성중이었다. 버턴은 이미 새벽에 농장으로 떠나고 없었다. "당나귀를 타고 갔지." 프레더릭이 상체를 뒤로 젖히며 씨익 웃었다. "식민지에서는 별별 사람을 다 만나지, 그렇지 않나? 버턴은 오늘 오전에 자기 농장에 도착하면 이곳저곳을 활보하며 자기도 같은 일원인 양 일할 걸세. 배수로의 진흙에 허벅지까지 빠지면서 말이야. 그리고 저녁에 기분이 내키면 일꾼들과 함께 앉아서 노래를 부르거나 내일 오후에 그들을 데리고 나가서 크리켓시합을 할 걸세. 그러고는 며칠 뒤에 다시 우리집 베란다에 앉아서 그들이 문명을 접한 뒤에 죽어가고 있다, 우리는 그들이 죽어가는 짐승처럼 소멸하기만 기다리면 된다고 떠들어대겠지. 그는 센 척하는 걸 좋아한다네. 효율에만 관심 있는, 감상적이지 않고 실용적인 기술자 행세하는 걸 좋아하지. 하지만 실제로는 일종의 사색가이고 자기 일에 굉장히 진지하다네. 자네는 좀 어떤가? 내가 보기엔 약간…… 안 좋아 보이는군. 아직 피로가 덜 풀린 게 분명해. 오늘 아침은 정말 무지하게 덥구먼."

"적어도 술과 관련해서는 저는 두 분처럼 강인한 재질로 만들어지지 않았나봐요. 당신은 그렇게 깨끗이 면도하고 생기 넘치는 얼굴로 싱글

싱글 웃으면서 성실하게 대영제국의 바퀴를 돌리고 있는데 저는 방금 짐승 뱃속에서 튀어나온 사람 같네요. 하미스가 홍차를 가져다주고 모기장도 걷어줬는데 저는 세상모르고 잤어요." 마틴이 말했다.

프레더릭이 웃었다. "아, 분명 자네가 아직도 피곤하기 때문일 거야. 하루빨리 자네의 기운을 되찾아주도록 하지. 사실은 나야말로 예전처럼 잘 견딜 수 있을지 모르겠네. 더위는 사람을 지치게 하거든. 맞아, 하미스는 소리 없이 자기 일을 할 수 있지. 흑인이 그런 본능을 타고난다는 말에 일리가 있다고 생각하나? 남을 시중드는 일이 흑인에게 적합하다고 말한 사람이 누구더라? 새뮤얼 존슨이었나? 아니, 허먼 멜빌이었지. 노예 반란에 관한 이야기*에서 말일세. 그 작품의 문체는 거친 조각彫刻 같다고 생각하지만 그런 주제에는 외려 적합했을지도 모르겠군. 하, 마사이족 전사에게 내 시중을 들게 한다고 가정해보게나. 그 얘기에 개연성이 있으려면 곧바로 중요한 물건 한두 개가 없어져야 할 걸세. 오늘 아침에 나는 황야를 힘들게 가로지른 자네의 여정과 자네가 겪어야 했던 끔찍한 시련에 대해 생각하고 있었네. 아니 아니, 친애하는 피어스, 별일 아니라고 하지 말게. 물론 내게 그런 시련을 이겨낼 기개와 용기가 있었다면 나 역시 자네와 똑같이 했겠지만 말일세. 나는 자네의 안내인이자 보호자였던 극악무도한 악당들과 수치스럽기 짝이 없는 그들의 배신에 대해 생각하고 있었네. 누가 이자들의 속내를 알 수 있겠는가? 나는 자네가 홀로 공포스러운 풍경 속을 힘겹게 나아가는 것에 대해 이야기했던 것을 기억하네. 그때 나는 로버트 브라우닝의

* 「베니토 세레노」.

「롤런드 공자, 암흑의 탑에 이르다」를 떠올렸지. 탑까지 이르는 그 끔찍한 여정 말일세. 나는 브라우닝을 좋아하지 않네만 자네는 어떤가? 나는 브라우닝과는 도통 안 맞아. 그 지긋지긋한 구 걸치기*만 보면 목구멍에 뭐가 걸린 것 같거든. 그런데 오늘 아침에는, 아니, 브라우닝은 절대 아니야, 라는 생각이 들었네. 「롤런드 공자」가 아니라 앨저넌 스윈번이야. 스윈번이고말고. 자네 시 좋아하나, 마틴? 어젯밤에 자네가 다음 세기에 관해서 뭔가를 말했는데 오늘 아침에 스윈번을 훑어보다가 이 구절을 찾았지. 터무니없다고, 자네가 한 말과 전혀 상관없다고 생각할지도 모르겠네만 나는 거기서 비슷한 울림을 들었거든. 괜찮다면 자네한테 읽어주려고 표시해놨다네.

> 오직 이곳의 바람만이 맴돌고 흥겹노라
> 생명이 죽음만큼 메마른 원 안에서.**

이 시는 풍경과는 아무런 관련도 없지, 나도 아네. 사랑의 죽음이 어쩌고저쩌고할 뿐이니까, 우리의 스윈번은. 하지만 내가 주목한 건 버려진 장소의 이미지였다네. 한때는 분명 그렇지 않았을, 지금은 바싹 마르고 무참한 황무지. 나는 자네 말이 옳은지 아닌지 생각해봤네. 우리의 모든 노력에도 불구하고, 지금 이 대륙의 중심을 좀먹고 있는 것이 나머지까지 먹어치울 것인가, 그래서 우리가 떠난 뒤에는 아무것도 남지 않을 것인가."

---

* 시에서 한 구절의 중간에 행이 바뀌는 것.

** 「버려진 정원」의 한 구절.

프레더릭이 동그랗고 축축한 눈으로 한참 동안 마틴을 쳐다봤다. 마틴은 말없이 마주 쳐다보기만 했다. 아무런 할말도 떠오르지 않았다. 프레더릭이 본인의 말, 본인의 생각에 감동받았음을 알 수 있었고 무슨 말이라도 해야 한다고 생각했지만 우리가 떠난 뒤에는 아무것도 남지 않는다는 프레더릭의 표현에 담긴 자기중심성에 충격받아 할말을 잃었다. 프레더릭이 미소 지었다. "자네가 옳아. 우리가 할 수 있는 일은 아무것도 없어. 그러니 최선을 다하고 최대한 활용하는 게 낫겠지. 커피 냄새가 나는 것 같군. 그래, 마틴, 오늘은 뭘 할 계획인가? 스윈번을 읽겠는가? 자네는 스윈번이 위대한 시인이라고 생각하나? 그는 구제불능일 정도로 우울하고 진짜 불평꾼이지만 정말로 훌륭한 문장가라네. 혹시 편안히 누워서 약간의 후회와 회한에 잠기고 싶은가?"

"오늘은 바다까지 내려가서 해변을 따라 산책할 생각이었어요." 마틴이 어깨 너머로 베란다 쪽을 흘끗 보며 말했다. 프레더릭이 책상에서 일어나자 두 사람은 방을 가로질러 만을 보러 나갔다.

"산책하기엔 햇볕이 너무 강한 것 같네." 프레더릭이 말했다. "게다가 저 아래도 너무 복잡하고 말이야. 바닷가에서 자는 사람이 많거든. 저기 좀 보게, 저 쓰레기 좀 봐. 저 사람들이 가고 나면 공고를 써붙여야겠네. '쓰레기 버리지 마시오.' 아니면 '출입 금지'라고 말일세. 이번에는 너무 늦었군. 지금 계절풍의 방향이 바뀌기 시작해서 몸바사나 더 먼 지역에서 온 저 배들이 짐을 싣고 있는 걸세. 저 위를 보면 저쪽은 만이 아름답지 않나? 하지만 항구로서는 쓸모가 없어. 계절풍이 시작되면 더 그렇지. 너울 때문에 배가 순식간에 좌초되기도 하거든. 북동풍이 불 때는 더 심하다고 하더군. 나는 북동풍이 막 끝났을 때 처음 이곳에 왔지. 그때 해변의 쓰레기는 직접 보지 않으면 믿지 못할 거야. 쓰레기는 곧장 만으로 날아오고, 바닷물은 도로로 넘어오는데다, 만에 갇힌 배는 땅 위로 밀려올라오거나 더 심한 일을 당하기도 하네. 바주니족의 다우선이나 이 지역에서 만들어진 배들만이 여기서 살아나갈 수 있지. 나머지는 곶 위의 도로에 정박해야 한다네. 지금 시작되고 있는 바람은 남서풍인데 곶이 너울을 일부 차단해주지. 그래서 다우선이 안전하게 만의 곡선을 따라 파고들 수 있어. 저기 보이나? 저기서 실은 모든 화물을 몸바사와 라무섬으로 가져가서 거기서 바람을 기다린다네. 올해는 장사가 잘됐다고 들었는데 저게 다 우리의 관세수입인 셈이지. 밤에 밀수하는 비열한 놈들만 빼면 말이야. 한심한 불만분자들이지. 저기 밑에 헛간 안이 보이나? 저기서 배에 싣는 모든 화물의 무게를 단다네. 우리가 저들 사이에 평화를 가져다주는 대가로 영국 여왕님의 몫을 확실히 챙기고 있지. 오후에는 좀 조용하니까 그때 산책 가면 돼. 날씨도 그리 후덥지근하지 않을 테고."

"감사합니다, 오후에 가면 완벽하겠네요." 마틴이 말했다. 왜냐하면 프레더릭이 그가 인파 속을 걸어다니는 것은 바라지 않지만 그냥 하지 말라고 명령하는 것은 무례하다고 생각해서 그렇게 말했을 거라고 추측했기 때문이다. 일개 군수가 그가 산책 가는 것을 금지할 수 있을까? 구시대적이고 무해한 의미에서 독재자인 프레더릭은 자신의 변덕을 절제와 자기비하로 감추고 있지만 누구보다 판단력이 뛰어나고 남들이 자신에게 복종하길 기대한다. 뭐, 안 그래도 고국으로부터 이렇게 멀리 떨어진 곳에서 집주인이 허락하지 않는 것은 일종의 금지에 가까웠다. 특히 손님이 심각한 곤경에 처한 사람일 경우에는 말이다. 그의 말을 따르지 않는 것은 배은망덕한 짓일 터였다. 하지만 프레더릭이 부산한 인파 속에서 마틴에게 무슨 일이 일어날 거라고 생각하는지는 알 수 없었다. 어쩌면 프레더릭은 마틴이 이곳저곳에 떨어진 쓰레기와 요리용 화덕에서 날아온 재 사이를 걸어갈 때 불쾌해할까봐 걱정했는지도 몰랐다. 혹은 같이 가고 싶어서, 자신의 지배력을 보여주고 싶어서 그랬는지도 몰랐다.

"아, 커피가 왔군. 그러면 자네가 스윈번으로 치료받는 동안 나는 이 빌어먹을 보고서를 완성할 테니 그후에 점심식사를 하세." 프레더릭이 말했다. "나는 점심 먹는 것을 좋아한다네."

그들은 오후 늦게 산책에 나섰다. 금발에 다부진 체격의 프레더릭은 헐렁한 반바지 차림이었는데 맨다리가 드러난 곳은 굵은 금색 털로 뒤덮여서 마치 털가죽 같았고 이로 꽉 문 파이프가 풍성한 구릿빛 수염 사이로 삐져나와 있었다. 마틴은 이것이 산책하는 식민지 관리의 공적인 모습, 여유로운 권위일 거라 추측했다. 마틴 자신은 깨끗하게 면도하고 머리도 잘랐지만 여전히 빌린 긴바지를 입은 터라 그에게 너무 짧았다. 아침과 이른 오후의 정신없는 활동이 잦아든 뒤여서 그들은 집 밖에 앉아 있거나 걸어가고 있거나 나무 밑에 앉은 사람들과 해변에서 뛰거나 수영하는 소년들을 지나쳤다. "이곳은 그저 쇠락한 소도시라네." 프레더릭이 얼굴을 찌푸리며 말했다. 그는 나무 그늘에 앉은 젊은이 무리가 그들을 향해 외치는 말은 무시했지만 노인들이 건네는 인사말에는 자기만의 간단한 손인사로 답했다. "이곳의 역사와 관련해서는 여러 가지 설이 있는데 일부는 꽤나 공상적이라고 할 수밖에 없네. 고대 이집트인들과 그리스인들이 상아를 찾으러 배를 타고 이곳에 왔다,

뭐 그런 얘기지. 끈질기게 반복되는 건 도망친 페르시아 왕자 이야긴데 그가 이곳에 왕국을 세웠고 그 왕국이 개똥 같은 스와힐리 **문명**을 세웠다는 얘기일세." 프레더릭은 '문명'을 발음할 때 이를 드러냈는데 웃은 건지 으르렁거린 건지는 확실치 않았다. 어쩌면 이 문맥에 그 단어가 부적절하다는 걸 드러내려고 움찔했을 뿐인지도 몰랐다. "페르시아 왕자는 마법 양탄자를 타고 이곳에 왔다네. 아, 그렇고말고. 그 얘기의 일부는 분명 사실이겠지만 놈팡이들을 현혹하려고 이국적인 헛소리를 덧씌웠다는 게 문제지. 이 오래된 소도시들을 세운 건 어젯밤에 버턴이 해적이라고 부른 사람들일 걸세, 어느 나라에서 도망친 왕자들이 아니라. 우리가 확실히 아는 건 포르투갈인들이 도착했을 때 이곳은 이미 몸바사와 겨룰 정도로 부유했다는 거지. 중국과도 무역을 했다고 하던데 그 점은 의심이 가네. 중국인들이 15세기에 여기까지 왔다면 왜 되돌아갔단 말인가? 중국까지는 멀지 않나, 왜 여기 눌러앉아서 지배하지 않았단 말인가?"

"자기 나라에 있는 것보다 나은 게 없다고 판단했는지도 모르죠." 마틴이 말했다.

프레더릭이 그를 쳐다보며 씩 웃더니 고개를 끄덕였다. "바로 그걸세, 이 친구야. 어쨌든 포르투갈인들이 이곳을 떠날 때쯤에는 쇠락해가는 해안 정착지에 불과했지. 자네도 그들이 어땠는지 알잖나, 약탈과 노획과 광신. 그후에 이 소도시는 갈라족과 내륙에서 온 무슨 부족에게 공격받아 거의 소멸되다시피 했지. 그들이 수세기 동안 여기를 왔다갔다하면서 폐허로 만들어놨는데 어느 날 잔지바르의 술탄이 이곳을 되살리기로 결심한 걸세. 땅은 척박하지만 생산성은 충분해서 우리가 계속 새로운 작물을 도입하고 있지. 나는 여기에 미래가 있다고 보네."

그때 해안가 모스크를 지나가던 마틴이 머뭇거렸다. 바깥의 바라자*에는 노인 무리가 앉아 있었다. 모두 수염을 길렀는데 수염이 새하얀 사람도 있고 터번을 쓴 사람도 있었다. 모스크의 중정으로 들어가는, 녹색 페인트를 칠한 문은 열려 있었고 마틴이 건물 모퉁이를 따라 돌자 옆벽에 문 두 개가 나란히 있는 것이 보였다. 한 걸음 뒤로 물러나서 세번째 문까지 발견하자 그는 미소 지었다. 이렇게 소박한 모스크에서, 그 원형으로부터 이렇게 먼 곳에서 전통 건축양식을 발견한 게 기뻤기 때문이다. 그때 한 노인이 무슨 말을 하자 마틴이 더 활짝 웃으면서 대꾸했다. 그러자 노인들이 흥미가 동해 발을 달싹거렸다. 그들은 얼굴에 웃음을 머금고 놀란 시선을 서로 교환하며 계속 말을 건넸다. 마틴은 그들에게 손을 흔들어 보이고는 다시 걷기 시작했다.

"친애하는 피어스, 나는 깊은 감명을 받았네." 프레더릭이 말했다. "그들이 뭐라고 하던가?"

"아, 첫번째 남자가 산책하기 좋은 시간이라고 하길래 제가 같이 하겠느냐고 물었어요. 그랬더니 자기는 이미 운동을 했다고 하더라고요. 그냥 한담이에요. 다음번에는 모스크 내부도 보고 싶네요." 마틴이 프레더릭의 반바지를 흘끗 쳐다보며 말했다.

"어떻게 그들의 말을 할 줄 아는 건가? 자네 혹시…… 무슨 정부의…… 대표 같은 건 아니지?"

마틴이 웃었다. "스파이냐는 말인가요? 그 사람은 아랍어로 말했는

* 주택 외벽이나 공공장소의 길가에 사람이 앉을 수 있게 돈워놓은 콘크리트 단.

데 제가 작년에 일 년 좀 넘게 이집트에서 교육부서 자문을 했거든요. 참견했다고 하는 게 더 맞겠죠. 그리고 그쪽에서 허락할 때마다 유물부서에도 참견해서 건물이나 해도를 봤어요. 제 자문을 들어야 했던 불쌍한 사람들보다 제가 더 많이 배웠을 겁니다."

"역시 그랬군, 내가 바보 같은 소리를 했네." 프레더릭이 상체를 뒤로 젖혀서 마틴에게 진심으로 감탄하는 시선을 보냈다. "나도 힌두스타니어는 조금 할 줄 아네만 특히 상대방이 무슨 말을 하는지 알아들을 필요가 없을 때 주로 쓰곤 하지. 뭐, 어쨌든 감탄스럽군. 내가 자네를 징발해서 여기 둬야겠어. 버턴은 스와힐리어를 조금 할 줄 알지만 영국의 아프리카 식민지의 운명 같은 얘기는 할 수 없을 걸세. 그보다는, 저걸 가져가, 이걸 가져와, 다시는 하지 마, 그 정도지. 그 친구가 쉬지 않고 말할 때는 제대로 된 스와힐리어처럼 들리지도 않는다네. 그러면서 농장은 어떻게 그렇게 훌륭하게 운영하는지 수수께끼야. 버턴 얘기가 나와서 말인데 자네 컨디션이 좋아지는 대로 꼭 농장에 오라고 하더군."

"네." 마틴이 부드럽게 말했다.

"아, 나쁜 친구는 아니야. 술 한잔하면 울분을 터뜨리고 백인의 운명에 대해 헛소리를 늘어놓긴 하지만 나쁜 친구는 아닐세. 남을 도발하려고 거칠게 말할 뿐이지. 내 생각에 그 친구는 좀, 해변에서 물건 줍는 사람 같아. 자네도 알지? 하 하 하."

"무슨 말씀인지 모르겠는데요." 마틴이 말했다.

"그러니까, 음, 해변에서 물건 줍는 사람 말일세. 로버트 루이스 스티븐슨의 책에 나오는 자들이 원주민 여자들과 시시덕거리겠다고 배를 버리지 않나. 아니면 내가 또 허먼 멜빌과 헛갈리는 건가?* 하지만 스티븐슨의 작품에도 해변에서 물건 줍는 사람이 많이 나오는데. 내 생각에 버턴은 농장에서 약간 그런 짓을 하고 다니는 것 같네. 오 이런, 내가 그 불쌍한 친구를 중상모략하면 안 되지. 내 말은 무시하게. 그냥 지어낸 얘기니까."

그들은 소도시의 경계선을 왼편에 둔 채, 만의 곡선을 따라 걸었다. 잠시 후 웬 굵고 울퉁불퉁한 식물들이 앞을 막아서 내륙으로 몇 야드 들어갔다가 다시 돌아나오자 그들과 바다 사이에 석조건물의 폐허가 보였다. "다 왔네." 프레더릭이 말했다. "셰리프**의 무덤과 모스크라네. 내가 말해줄 건 별로 없어. 자네가 전문가 아닌가. 아마 포르투갈인들이 이곳을 떠난 뒤인 16세기 유적일 걸세."

모스크에는 옆벽을 따라 세 개의 아치가 있었다. 마틴은 다시 미소를 지으면서 마법 양탄자를 탄 페르시아인에 대해 프레더릭에게 뭔가를 말하려다 그만두었다. 회반죽은 일부가 부서져 떨어졌고 지붕은 하나도 남아 있지 않았으며 뒷벽도 무너졌지만 미흐라브***가 있는 벽은 여전히 서 있었고 미흐라브 자체도 완벽하게 보존되어 있었다. 미흐라브를 둘러싼 네모난 아치 안에 키블라****를 가리키는 뾰족한 아치가 있었다. 그리고 미흐라브 위의 다른 돌, 아마 대리석인 듯한 평판에는 글귀가 적혀 있었다. 늦은 오후의 햇빛이 산호석회암 재질의 맨바

---

* 멜빌의 『오무』에 해변에서 물건 줍는 사람이 등장한다.

** 이슬람교의 정치적 또는 종교적 지도자.

*** 모스크에서 키블라를 나타내는 아치형 벽감.

**** 메카의 카바신전이 있는 방향으로, 이슬람교도는 이곳을 향해 예배한다.

닥에 반사되어 키블라를 가리키는 곳에서 황금색으로 빛났다. 반대쪽 옆벽에 하나밖에 없는 아치를 통과하자 무덤들과 무너진 벽들이 보였고 그 너머에, 커다란 자귀나무의 그늘에 일부가 가려진, 기둥 있는 셰리프의 무덤이 있었다. 별관의 무덤이나 벽과 비교하면 이 무덤은 관리되고 있음이 명백했다. 회칠도 새로 되어 있고 흠 하나 없는 기둥은 높이가 몇 미터에 달해 자귀나무의 낮은 가지들보다 높았다. 기둥은 무덤 머리에 위치해 있었는데 무덤은 직사각형이고 상판이 없었다. 네 귀퉁이에는 작은 돔이 있고 그 꼭대기에는 황동 혹은 청동으로 만든 꼭지가 있었다. 무덤 자체는 기둥만큼 잘 관리되어 있지 않았다. 회칠도 새로 하지 않았고 줄눈에는 검은 이끼가 끼어 있었다. 기둥 밑의 측벽에는 도자기판이 붙어 있었는데 거기에 적힌 아랍어의 서체가 너무 장식적이라 잠깐 봐서는 해독할 수 없었다. 마틴은 또다시 자기 수첩을 떠올리고는 지금 그게 있었으면 폐허와 무덤을 그릴 수 있었을 텐데, 라고 생각했다. 아비시니아와 소말리아에서도, 심지어 안내인들이 그를 버리고 간 후에도 계속 갖고 있었으나 안전한 곳까지 구사일생으로 오는 동안 잃어버린 것이 분명했다.

"셰리프 히미디의 무덤이야." 프레더릭이 무덤을 향해 파이프를 흔들며 선언했다. "사람들이 여기에 공물을 바치러 온다네. 무덤 안을 들여다보게."

프레더릭은 미소를 지으며 고개를 끄덕였다. 마틴이 이 제안에 기뻐할 거라 확신하며 부추겼다. 그러나 무덤의 측벽은 마틴이 넘겨다보기에는 너무 높았으므로 프레더릭이 두 손으로 받침을 만들어주자 마틴이 그걸 밟고 올라가서 측벽 위에 앉았다. 무덤 안은 잡초가 무성했고 그 위에 천으로 싼 꾸러미 몇 개가 놓여 있었다. 파란색, 진홍색, 크림색, 오래된 것, 색이 바랜 것, 삭은 것. 노끈으로 묶은 것도 있었다. 거기에는 3~4인치 길이의 모형 배가 있었는데 작은 돛대와 아우트리거*도 달렸고 배 안에는 말린 바나나잎 조각으로 싼 둥근 주머니도 있었다. 기둥뿌리가 있는 무덤 머리 쪽 공간에는 원래 시신이 있었을 자리와 나란하게 어두운색 나무를 깎아 만든 조각이 놓여 있었다. 마틴은 측벽 위에서 자세를 바꿔 앉은 다음 더 자세히 들여다보기 위해 몸을 앞으로 숙였다. 그런데 그때 왼쪽 엉덩이 옆을 날카로운 것이 찌르는 느낌이 나서 부서진 돌조각 위에 앉았나보다 생각했다. 문제의 목조각품에는 초승달이나 선 같은 표시들이 있었지만 그가 알아볼 수 있는 형태는 없었다.

측벽 위에서 뛰어내린 마틴은 땅에 착지했을 때 무릎이 풀려 주저앉고 말았다. 아직도 기운이 없었던 것이다. 프레더릭은 헛웃음을 지으며 그를 쳐다봤다. 그의 놀라움에 관한 보고를 기대하고 있었다. "자네 거기에 뭔가 징그러운 살덩어리가 있을 거라고 생각하지 않았나? 내장을 파낸 쥐나 십자가에 매단 까마귀 같은 것 말일세. 하지만 사실 그런 건 없지. 사람들은 여기 와서 병이 낫게 해달라고, 아들을 낳게 해달라고, 바다에서 무사히 돌아오게 해달라고 빈다네. 나는 지금도 꾸러미 하나를 훔치고 싶네. 물론 학문적 호기심 때문이지. 안에 뭐가 있나 보려는 걸세. 그런데 지난번에 사육사 이드리스와 함께 왔을 때 이 얘기를 했더니 내가 무슨 인류의 운명을 바꾸겠다고 말하기라도 한 양 흥분해서

* 보트 양옆의 바깥에 달린 노 받침대.

날뛰더군. 그 안에 뭐가 있을 것 같나?"

마틴이 어깨를 으쓱했다. "기도를 적은 양피지, 석영 조각, 묵주 같은 거겠죠."

"멈보 점보, 물신이군." 프레더릭이 말했다. "가치 있는 게 하나도 없는 건 확실해. 해로운 것도 아니고 말일세. 원래 멈보 점보는 나뭇가지에 묶은 천조각을 가리켰다는 거 아나? 멍고 파크가 서아프리카를 탐험하고 돌아왔을 때 이 표현도 같이 가져왔지. 멍고 파크. 무슨 이름이 그 모양인가? 멍고는 꼭 우리 원주민 친구 이름 같지 않은가? 멍고 점보. 그는 참 거침없는 스코틀랜드인이었을 것 같아."

마틴은 문득 프레더릭이 자기 자신을 뭐라고 묘사할까 궁금했다. 이 상주의적 식민주의자, 아마추어 시학자, 한량 같은 사람, 어쩌면 재치와 잔잔한 유머의 소유자라고 할지도 몰랐다. "저는 배 모형 안에서 담배 주머니를 본 것 같아요." 마틴이 돌아서서 걷기 시작했다. 그는 나중에 다시 이곳에 와서 도자기판에 적힌 글을 해독해봐야겠다고 생각했다.

"셰리프가 코담배를 좋아했는지도 모르지." 프레더릭이 씩 웃으며 말했다. "셰리프가 코담배를 피워도 되나? 그는 확실히 시에 조예가 깊었던 것 같네, 우리의 셰리프는. 나는 그게 아주 좋은 일이라고 생각해. 물론 전부 종교적인 시가겠지만 한번 조사해보게, 피어스."

"네." 마틴이 말했다.

"놀랍지 않나? 이 사람들이 수세기 동안 아무것도 글로 적지 않은 채 살아왔다는 게 말이야." 프레더릭이 허리를 숙여 양말에 붙은 씨앗을 떨어내며 말했다. "모든 게 구술로 전승됐고 1870년대에 잔지바르에 에드워드 스티어 주교가 나타난 뒤에야 비로소 누군가가 문법이라는 걸 만들 생각을 한 걸세. 나는 아프리카 전역에서 그랬다고 생각하는데 내 말이 맞지 않나? 선교사들이 도착하기 전까지 어떤 아프리카 언어도 문자화된 적이 없다는 것은 충격적인 발상이지. 그리고 나는 몇몇 언어에 존재하는 유일한 성문은 신약성경 번역이라고 생각한다네. 놀라운 가설 아닌가? 그들은 아직 바퀴조차 발명하지 못했네. 갈 길이 얼마나 먼지 알 수 있지."

집에 도착할 무렵 마틴의 허리와 엉덩이 통증은 참을 수 없는 지경이 되었다. 얼굴은 땀범벅이었고 왼다리를 약간 끌었다. 프레더릭은 얼마 후에야 마틴의 커져가는 고통을 알아차렸는데 그때 그들은 집까지 아주 짧은 거리만을 남겨놓고 있었다. 프레더릭은 마틴을 부축해서 그가 절뚝거리며 마지막 몇 걸음을 걷도록 도왔다. 그들은 마틴이 무언가에 엉덩이를 물렸다는 것을 알게 되었다. 하미스는 그것이 켕게*라고 말했는데 그가 엄지와 검지로 그 짐승의 입 모양을 흉내내는 것을 보고 그들은 전갈이라고 추측했다. 물린 곳 주위의 색깔이 검게 변하면서 부어오르기 시작했다. 마틴이 오른쪽으로 누워 있는 동안 하미스는 느긋하게 천을 찬물에 적셔서 상처 부위를 닦기만 할 뿐 프레더릭의 재촉과 질문은 개의치 않는 듯했다. 해독제가 있나? 얼마나 위험한가? 피어스, 이 친구야, 자네 정말 전투라도 치른 것 같군, 연달아서 이게 무슨 일인가. 그때 요리사가 하미스가 상처를 닦는 동안 준비한 녹색 죽 같은 것을 들고 와서 상처에 습포제로 붙였다. 강한 박하향이 났다. 요리사가 마틴이 뒤척이지 않도록 여러 개의 쿠션으로 몸을 받쳤고 그다

* 왕도마뱀.

음에 하미스가 깨끗한 천을 찢어서 땀에 젖은 마틴의 이마를 닦았다. 마틴은 그들의 처치에 안도의 한숨을 내쉬고는 눈을 감았다.

놀랍게도 마틴은 저녁때가 되자 혼자 힘으로 걸을 수 있었다. 하루 이틀 만에 일사병에서 회복하더니 이번에는 몇 시간 만에 전갈 독을 떨치고 일어났다며 프레더릭은 또 한번의 기적이라고 했다. "아마 전갈한테 물린 게 아니었을 거예요." 그들이 저녁식사 후에 베란다에 앉아 있을 때 마틴이 말했다. "원래 전갈 독이 통념만큼 치명적이지 않기도 하고 요리사의 차가운 압박붕대가 완벽한 해독제였어요. 아마 지네였던 것 같아요. 어쨌든 하인들에게 보답할 방법을 찾아야겠는데……"

"그럴 필요 없네. 내가 자네 이름으로 몇 푼씩 쥐여줬으니까." 프레더릭이 반론은 허용치 않는다는 뜻으로 양 손바닥을 그에게 들어 보였다. "게다가 지금 자네가 줄 수 있는 것도 없지 않은가. 소지품도 다 빼앗긴 마당에. 하미스에게 자네가 물렸을 때 우리가 어디에 있었는지, 더 정확히는 자네가 어디에 앉아 있었는지 말했더니 충격을 받더군. 보아하니 셰리프의 무덤 위에 앉으면 안 되는 모양이야. 그리고 친애하는 마틴, 더 안 좋은 소식은 그렇게 앉아 있을 때 벌레에게 물리면 영원히 이곳을 떠날 수 없다고 하네. 부디, 자네를 위해서, 그 예언이 하미스의 시시한 장난이길 바라네만. 그건 그렇고 여기서 남쪽으로 몇 마일 떨어진 곳에, 자네가 나으면 함께 방문해야 할 폐허가 있다네. 그걸 보면 자네도 문명에 대해 이런 생각을 할 걸세. 이런 걸 만든 사람들이 어떻게 지금과 같은 상태가 되었을까? 인도에서 그런 생각을 많이 했는데 자네도 이집트를 비롯한 여러 나라를 여행할 때 같은 생각을 했겠지. 어떻게 이렇게 위대한 유적을 지은 사람들로부터 이토록 무질서하고 어린애 같은 자손들이 나왔을까? 예술적 영감이란 한번 떠나면 영영 돌아오지 않는구나, 라는 생각이 들지."

"그 말은 마음속에만 간직하는 게 좋겠어요." 프레더릭의 선언과 요약에 마틴이 한패로 엮이길 꺼리며 부드럽게 말했다.

"오지만디아스.*" 프레더릭이 고개를 끄덕였다. "제국의 자만, 그걸 말하는 거지? 오늘날 거대하고 강력해 보이는 것도 내일이면 먼지와 폐허가 될 것이다. 하지만 오지만디아스는 동양의 폭군이었네, 친애하는 마틴. 우리의 선량하고 이성적인 자아와는 아주 다르지. 그것이 셸리가 의미한 바였다고 생각지 않나? 위대함이 절정에 달한 순간에 자유라는 전통에 충실해야 하며 전제적인 오만에 빠지면 안 된다고. 비록 그 시를 썼을 때는 미래에 얼마나 더 큰 위대함이 기다리고 있는지 알지 못했겠지만 말일세."

몇 분의 침묵 뒤에 프레더릭은 시원한 밤바람을 맞으며 시 전문을 암송했다. 몇 분간의 침묵은 기억을 되살리기 위한 것이었다. 마지막 행을 낭송할 때는 마치 예언을 하듯 강조했다.

부패한
저 거대한 잔해 주위로, 아무것도 없는
쓸쓸하고 평평한 모래가 끝없이 펼쳐지노라.

그리고 그는 한숨을 쉬었다. "자네도 알겠지만 나는 이렇게 생각하

---

* 람세스 2세. 여기서는 P. B. 셸리가 쓴 동명의 시를 뜻한다.

지 않네. 우리의 작은 시스템을 무너뜨리려는 시도는 별로 안 보이거든. 지금 이 체제가 앞으로도 오랫동안 유지될 거라고 생각하네. 그러니까 우리에게 비관론을 주입하지 말아주시오, 셸리여."

마틴이 미소 지었다. "그러고 보니 생각났는데……" 이제 피곤해진 그가 복잡하지 않은 이야기로 화제를 바꿨다. "내일 저를 발견한 상점 주인을 만나러 가려고 해요. 그와 가족에게 친절을 베풀어줘서 고맙다고 하려고요."

프레더릭은 미심쩍은 표정을 지었으나 그럼에도 고개를 끄덕였다. "친절이라고 봐야 할지는 잘 모르겠네. 아마 보상을 바라고 그랬을 테니까."

"할 수 있으면 보상도 할 겁니다. 그래도 친절이었다고 생각하고 싶지만요." 마틴이 말했다.

"친절에 대해서라면 내가 또 할 이야기가 많지." 프레더릭이 정감 있게 말했다. 그는 술잔을 내려놓고는 어딘가에 정신이 팔린 얼굴로 손목의 벌레 물린 데를 긁었다. "자네가 그렇게 너그러운 건 좋네. 물론 원한다면 가서 만나야겠지. 보상을 하고 싶다면 내가 돈을 빌려줄 수도 있네, 나는 불필요한 일이라고 생각하네만. 왜냐하면 그들이 자네를 발견한 지 얼마 안 됐을 때 우리가 그곳에 도착했거든. 사실은 그들의 주술 치료사가 자네한테 뭔가를 시작하기 직전이었다네. 여기서 뭐가 의술로 통하는지 아나? 알 수 없는 고약과 살 지지기라네. 고약을 철썩 붙이거나 부지깽이로 살을 지지는 거지."

"저 혼자 가도 괜찮아요." 마틴이 짜증스럽게 말했다. "오늘 아침에 하미스에게 길을 물어봤는데 복잡하지 않은 것 같더라고요." 프레더릭의 하인인 하미스는 원래 말이 없는 편이라 마틴에게도 단 몇 마디로 길을 가르쳐줬다. 셰리프의 무덤 근처에 있는 커다란 나무 맞은편의 골목길로 들어가서 똑바로 쭉 가다보면 공터가 나오는데 거기에서 왼쪽에는 가게가 있고 오른쪽에는 카페가, 맞은편에는 모스크가 있다. 간단하게 들렸지만 프레더릭이었다면 무슨 소린지 하나도 알아듣지 못했을 것이다. "친애하는 마틴, 이 친구야, 자네는 이미 한 번 죽을 뻔했고 사고에 잘 휘말리는 체질인 것 같네. 한동안, 적어도 자네 몸이 회복될 때까지는 더 조심하는 게 좋겠어. 그 더러운 미로에 혼자 가는 건 절대 안 될 말이네. 내일 아침에 같이 가세나."

하지만 마틴은 사실 혼자 가고 싶었다. 가게랑 카페랑 모스크가 있는 광장이 나올 때까지 골목길을 따라 느긋하게 산책하고 싶었다. "요란을 떨고 싶진 않아요." 언쟁하기도 지친 그가 나지막이 말했다.

"그야 물론이지." 프레더릭이 쾌활하게 말했다. "그냥 고맙다, 수고해라, 이 정도 말만 하면 되네. 그리고 돌아와서 점심식사를 하는 거지." 그는 너그러운 미소를 띤 채 마틴에게 술을 한 잔 더 권했다가 그가 거절하자 자기 잔을 채웠다. "그리고 자네와 관련된 전반적인 일에 관해서 말인데…… 이런 말 해도 될지 모르겠지만. 몸바사에서 오는 우편선이 곧 도착할 때가 됐거든. 혹시 부치고 싶은 거라든가 처리해야 할 일 있나? 자네는 얼마든지 여기 머물러도 된다네. 원하는 만큼 푹 쉬고 스윈번이나 대영제국 이야기나 하면서 말이야. 나는 자네와 말벗하는 게 즐겁고 새로운 친구를 사귀게 되어 기쁘다네. 내가 너무 앞서나가는 건진 모르겠지만." 그가 약간 알딸딸한 상태에서 건배하듯 잔을 들어올렸다.

"고맙습니다." 마틴이 말했다. 조금 전 자신의 성마른 배은망덕에 눈이 따끔거렸다. "저한테 정말 잘해주셔서. 아덴의 영사에게 편지를 쓸 거예요. 제가 짐과 소지품을 어떻게 해놓고 왔는지 그가 알고 있거든요. 그리고 몸바사로 돈을 보내줄 수도 있을 겁니다. 그때까지 신세를 져도 괜찮다면……"

"신경쓸 것 없네. 나는 말벗이 있어서 고마우니까. 이제 보니 자네는 잠자리에 들 때가 된 것 같군." 프레더릭은 이렇게 말하고 나서 짜증스럽게 자기 왼쪽 귀를 찰싹 때리다가 술을 좀 흘렸다. "망할. 오늘밤은 빌어먹을 모기들이 바쁘군. 분명 해변에서 자는 부랑아들 때문이야. 그 놈들이 모기를 달고 온 게 틀림없어. 그 녀석들 목소리 때문에 어찌나 짜증이 나는지. 듣기 싫은 소리로 울부짖고 소리지르고, 정말 소음이 따로 없어." 그는 파라핀 램프 옆에 두었던 지저깨비로 파이프에 다시 불을 붙이고는 한숨을 쉬며 뒤로 기댔다.

알고 보니 바로 다음날 아침이 몸바사에서 우편선이 도착하는 때였다. 집배원은 단정하고 예의바른 몸바사 사람으로, 흰 셔츠에 카키 바지 차림이었는데 점원 시절의 습관인지, 프레더릭이 자기가 해야 할 일 때문에 얼굴을 찌푸리고 있는 동안, 뒷짐을 지고 서 있었다. 그런데 집배원이 바람이 바뀔지도 몰라서 가능한 한 빨리 돌아가고 싶다고 하자 그가 다음날 일찍 출발할 수 있도록 프레더릭이 서류작업을 끝마쳐야 해서 결국 마틴과 동행할 수 없게 되었다. 집배원은 숙식 제안을 웃으면서 거절한 뒤에 감사인사를 남기고 떠났다. 아침식사 전에 아덴의 영사에게 보내는 편지를 다 쓴 마틴은 이제 스윈번 읽기 외에는 해야 할 일이 없었지만 그의 바람과 달리 마음대로 할 자유는 주어지지 않았다. 프레더릭이 자신을 처음 가게에 데려갔던 와킬을 불렀기 때문이다.

"이 인사와는 그후에도 몇 번 왕래할 일이 있었는데……" 프레더릭이 사악한 미소를 지으며 말했다. "어쩌면 잘 써먹을 수 있을지도 모르겠다는 생각이 들기 시작했네. 그는 지금껏 매일 아래층 사무실에 들러서 자네의 안부를 묻고 자기가 도울 일이 없냐고 물었다네. 겉으로는 긴장한 듯 두 손을 맞비비고 제자리를 빙글빙글 돌지만 공손한 태도 뒤에는 날카롭게 번득이는 교활함이 있지. 나는 우리가 자네를 데리러 갔을 때 군중에게 간단명료하게 지시하는 그의 태도가 마음에 들었다네. 그 인간에겐 아무런 권위도 없으니 나에게 보여주기 위한 허세인 건 당연히 알았지만 그 허세를 정부의 목적을 위해 이용할 수 있다고 생각하기 시작했지. 게다가 그는 일종의 영어를 구사하고 그런대로 교육을 받아서 절차의 본질을 이해한다네. 스스로 교활하다고 생각하지만 그보다는 내가 더 교활할 걸세. 이런 말을 한다고 해서 내가 잘난 척한다고 생각지는 말게. 원주민의 교활에는 한계가 있다는 걸 경험으로 알 뿐이니까. 그러니까 말만 번지르르한 그 신사가 때로는 유용한 도구가 될 거라고 생각하네."

그래서 프레더릭은 와킬을 불러서 정부의 부탁이니 며칠 전 피어스 씨를 발견한 두카왈라에게 그를 데려가달라고 부탁했다. 그들은 늦은 오전이 되어서야 출발했다. 와킬은 지금껏 마틴과 거래를 한 적도 없었고, 그의 안부를 묻기 위해 여러 번 방문했던 티도 내지 않은데다, 그가 지금 하사날리를 방문하는 목적도 알지 못했기 때문에 말없이 미소만 지으며 출발했다. 마틴은 와킬이 자신의 요구에 무조건 맞추겠다고 생각하고 있음을 알 수 있었다. 덥고 화창한 아침이다보니 와킬이 자신이 가져온 양산을 펼쳐서 마치 캐노피처럼 마틴의 머리 위로 들었다.

"라 라, 마에시." 마틴이 한 걸음 옆으로 피하며 말했다.

와킬은 깜짝 놀라 마틴을 슬쩍 한 번 쳐다보고는 당연히 전략을 약간 수정했다. 그가 아랍어로 대답하자 이번에는 마틴이 놀랄 차례였다. 그렇다, 그는 서툰 아랍어 약간, 형편없는 영어 아주 조금, 그리고 스와힐리어를 어느 정도 할 줄 알았다. 여기서는 아랍어를 못하면 사업을 할 수가 없어요. 그런데 당신은 어떻게 아랍어를 할 줄 아는 겁니까? 와킬이 물었다. 마틴은 자기가 이집트에 살았었다고 설명했다. 아, 와킬이 말했다. 대영제국은 세계 어디에나 있군요.

와킬이 옳았다. 아주 덥고 바람 한 점 없는 아침이었다. 그러나 마틴이 자기 머리 위에 양산 씌우는 것을 거부했기 때문에 와킬도 예의를 지키느라 양산을 쓰지 않았다. 골목길로 접어들자 더위가 좀 덜해졌고 마틴은 상대적인 어둠에 익숙해지기 위해 잠시 걸음을 멈췄다. 그는 와킬 뒤를 따라 천천히 걸었다. 와킬은 성큼성큼 몇 걸음을 앞서가다가 마틴이 서두르고 있지 않음을 깨닫고는 속도를 늦췄다. 골목에서는 특이하면서도 익숙한 냄새, 세월과 하찮은 인간의 냄새가 났다. 개방형 배수로, 시커먼 오수, 수십 년 동안 농축된 땀과 인간 숨결이 스며든, 서로 포개지게 무너진 집들의 냄새. 그것은 나아가는 상처, 말라가는 진흙 같은 뭔가의 냄새이자 질병과 부패로 바뀌기 직전의 냄새, 결국 죽은 가스로 가득찬 방울이 되어 날아오를 냄새였다. 그것은 말라리아에 걸린 공기였다. 사람들은 그 가운데 앉아서 살고 사고팔고 아기에게 젖을 먹이고 자장가를 불러 재웠다. 그래서 마틴은 깊은숨을 들이쉬며 익숙해지려고 애썼다. 아이들은 부끄러운 듯 그에게 미소 지으며 음중구라고 불렀다. 그도 마주 웃어주었다. 노인들은 아무 말 없이 그를 위아래로 훑어보고는 그의 샌들, 헐렁한 옷, 짧게 깎은 머리를 보고 웃음을 참지 못했다. **음중구 하피푸**, 그중 한 명이 외쳤다. 약해빠진 백인. 다들 웃었고 마틴도 웃었다. 그러자 그들이 더 크게 웃었다. 그들이 자기를 비웃고 있음을 마틴이 모른다고 생각했기 때문이다. 다른 욕들이 그뒤를 잇자 모두가 깔깔대고 캑캑댔다. **켈브**, **셰이탄**, **마지눈**, **푼다**. 개, 악마, 미친놈, 당나귀. 대부분 아랍어에서 가져온 단어였다.

"**아나파하무.**" 와킬이 외치며 가장 가까운 불량배들에게 양산을 휘둘렀다. 이 사람도 알아들어. 또 웃음이 터졌다. 집안에 있던 사람들이 그들의 말을 알아듣는 음중구를 보기 위해 현관으로 나왔다. 외침과 웃음이 더 이어졌지만 음담패설은 이제 그들이 알아들을 수 있는 수준을 넘어섰나보다고 마틴은 추측했다. 때로는 한 단어밖에 못 알아듣는 경우도 분명 있었지만 그들의 흥겨움이 여전히 선의에서 기인한 것처럼 들렸기 때문에 그는 어리둥절함을 표현하려고 어깨를 으쓱하고는 손을 흔들었다. 동네 바보가 가해자들의 마음을 누그러뜨리기 위해 상처받지 않은 척하듯이. 한두 명이 그에게 마주 손을 흔들었다. 그리고 그때부터 아이들은 갑자기 목표물을 와킬로 바꿨다. **쿰바로**, 그들이 외쳤다. 마틴은 그 단어를 몰랐지만 와킬이 양산을 단단히 잡고 아이들을 노려보는 것을 보았다. **쿰바로, 쿰바로, 아나쿰바 우하로.** 그들은 연호하며 와킬의 양산이 닿지 않는 곳에서 춤췄다. 그때 현관문에서 나온 한 여자가 아이 하나를 잡더니 철썩하고 따귀를 때렸다. 버르장머리 없는 녀석, 하면서 같은 뺨을 또 한번 철썩 때렸다. 소년은 큰 소리로 울부짖으며, 눈물이 앞을 가린 채 바큇자국에 발이 걸리고 미끄러지면서 반대 방향으로 달아났다. 여자가 정신 나간 사람처럼 소년의 이름을 부르며 그 뒤를 쫓아갔다.

마침내 그들은 광장에 들어섰다. 마틴은 와킬도 자신처럼 안도감을 느끼나 확인하려고 그를 흘끗 봤다. 마치 커다란 집 안을 지나오면서 그 가족의 사생활을 엿본 것만 같았다. 그래서 그는 광장이 탁 트여 있고 깔끔하게 정돈되어 있음을 잠시 깨닫지 못했다. 한구석에 위치한 적절하고 알맞은 크기의 모스크, 오전 중반인 지금 열려 있는 모스크의 파란 문들, 그 너머의 들판, 대리석 상판 탁자가 있는 카페, 깔끔한 집들과 현관에 드리운 부풀어오른 커튼들. 이 모든 것이 마침내 눈에 들어왔을 때 그는 작은 기쁨의 소리, 음 하는 콧소리를 냈다. 그것은 인식인 동시에 인정이었다. 아름답다는 건 이런 걸 말하는 거지, 그는 생각했다. 이런 평온, 이런 균형. 그리고 그는 그의 앞에 놓인 그 무엇도 영국과 비슷하지 않음에도 불구하고 두 눈이 향수로 욱신거리는 것을 느꼈다.

와킬이 바쁜 양산으로 왼쪽을 가리키고는 천천히 고개를 저으며 미소 지었다. 그런데 그들이 미처 가게에 다다르기도 전에 마틴은 사람들의 얼굴에 불안이 퍼져나가는 것을 보았다. 벤치에 앉아 있던 노인 중 한 명이 일어나 가게 쪽을 보며 소리질러 경고했고 골목에서부터 뒤따라온 아이 몇 명은 곧 벌어질 소란을 구경하기 좋은 곳을 차지하려고 그들을 앞질러 달려갔다. 그들이 가게에 다다르자 벤치의 나머지 노인들도 일어섰다. 그들은 와킬과 악수하고 나서 마틴과도 악수를 했다. 마틴은 결혼식의 귀빈이라도 된 양, 인사와 악수의 아수라장에 몸을 맡길 수밖에 없었다. 그는 가게 쪽으로 몸을 돌렸다. 그곳에는 쌀과 콩과 생강과 소금덩어리와 타마린드 열매가 담긴 바구니와 나무상자가 층층이 계단식으로 쌓여 진열되어 있었다. 눈이 어둠에 익숙해지자 마치 싸울 준비를 하듯 어깨에 잔뜩 힘을 주고 웅크리고 있는 점주가 보였다. 마틴이 손인사를 하자 그도 마주 인사했다. 와킬이 양산으로 최선을 다해 막았음에도 이제 군중은 활 모양으로 마틴을 바짝 에워쌌다. 마틴이 상품 너머로 팔을 뻗어 손을 내밀자 점주의 얼굴에 미소가 번지더니 손을 뻗어 마틴의 손을 맞잡았다. 그리고 높은 단에서 내려와 가게 옆문을 열고 밖으로 나왔다. 그러자 빽빽했던 군중 사이의 틈이 느슨해지면서 조금 넓어졌다. 긴장감이 누그러지기 시작했다. 마틴은 자신이 거만을 떨고 요구를 늘어놓으리라고, 아마 프레더릭의 지난번 방문이 반복될 거라고 그들 모두가 생각하고 있었음을 깨달았다. 점주는 안도한 듯 다시 마틴과 악수하며 일견 겸손해 보이는 미소를 지었다. 그러나 마틴은 그가 미소 지으며 악수를 하면서도 눈은 다른 곳을 향해 있음을, 군중이 무방비상태인 그의 상품과 너무 가까워서 불안해하고 있음을 알아차렸다. 그래서 그는 군중을 향해 돌아서서 가라는 손짓을 하면서 제발 가달라고 말했다. 아나파하무, 라고 외치며 와킬이 군중을 모두 쓸어버릴 마법의 빗자루라도 되는 것처럼 양산을 휘둘렀다. 그런 공격이 몇 번 이어지자 군중은 머뭇거리며 물러섰지만 해산은 거부했다. 세 노인이 벤치로 돌아가자 점주는 이제야 덜 걱정스러운 미소와 함께 마틴을 향해 돌아설 수 있었다.

"저는 당신의 친절에 감사하기 위해 왔어요." 마틴이 말했다. "제 이름은 마틴이에요."

점주가 알아들었음을 나타내기 위해 고개를 끄덕이고는 자기 이름이 하사날리라고 말하자 이번에는 마틴이 고개를 끄덕였다. 와킬도 맞는다는 뜻으로 고개를 끄덕였다. 그것은 와킬이 기대한 바는 아니었을지 모르지만 마틴이 생각하는 것만큼 와킬이 속물적인 사람이라면 모든 것에는 항상 방도가 있고 어떤 것에도 이득의 가능성이 있다고 생각할 것이 분명했다. 마샬라, 마샬라, 노인들이 마틴의 아랍어에 놀라며 말했다. 마틴은 유창한 정도까지는 아닌, 자신의 외국어 실력이 여러 나라를 여행할 때, 그리고 지금 여기에서도 늘 친구를 사귀게 해주는 것이 좋았다. 그리고 그 이유를 알기란 어렵지 않았다. 화기애애한 대화가 몇 분간 오간 뒤에 마틴은 노인들과 함께 벤치에 앉았다. 평소에는 아마 훨씬 널널하게 앉았을 그들이 그를 위해 자리를 만들어줬기 때문이다. 그리고 그는 취조를 당했다. 벤치는 그늘에 있었고 모스크 쪽에서 산들바람이 불어왔는데도 마틴은 땀이 비 오듯 했다. 와킬은 계속 군중을 향해 분노의 양산을 휘둘렀는데 한 번 휘두를 때마다 군중이 조금씩 흩어졌다. 마틴은 하사날리가 주저하며 그들을 뒤로하고 가게로 돌아가 손님을 응대하는 것을 보았다. 그리고 와킬이 마틴에 대한 책임을 놓지 못하고 근처에 남아 벤치 앞에 양산을 짚고 서서 주위를 경계하는 것을 보았다. 한편 이쪽에서는 자신감 넘치고 우락부락하게 생긴, 짧고 억센 흰 수염을 기른 노인이 상황을 주도했다. 그는 마틴의 허벅지를 살짝 치면서 자신의 이름은 함자 빈 마수드이고, 이 사람은 알리 키파라, 저 사람은 주마네라고 말했다.

"그래." 함자가 모두가 알아들을 수 있도록 아랍어로 천천히 말했다. "마샬라, 자네는 우리를 놀라게 했네, 오 시크 음중구. 나는 린디에서 키스마유까지, 심지어 아덴에도 가봤는데 아랍어나 키스와힐리를 할 줄 아는 음중구는 한 번도 만나본 적이 없다네. 며칠 전 우리가 시체 몰골이던 자네를 발견했을 때 자네가 말을 했다면, 아랍어로 우리에게 말했다면, 그래서 그 위험한 시간에 말을 하게 되었다면, 우리는 자네를 지옥에서 보낸 하인이라고 생각했을 걸세. 말해보게, 야 마틴, 어쩌다 이런 일이 일어났으며 무엇이 그렇게 초주검이 된 누더기 차림의 자네를 이리로 데려왔는지. 말해보게."

그것은 자칫 잘못했다간 『천일야화』의 새로운 일화의 첫머리, 이야기를 시작하라는 권유가 될 수도 있었다. 그래서 그는, 이 청중은 시간이 남아돌고 더 자세히 듣길 원한다는 것을 알 수 있었지만, 모든 것을 간략하게 이야기했다. 저는 사냥단과 함께 내륙을 여행하고 있었는데 그들이 더 서쪽으로 가길 원해서 해안지대로 나오기로 결심했습니다.

혼자서 말인가?

아뇨 아뇨, 하지만 오는 길에 안내인들과 헤어져서 혼자 여기까지 올 수밖에 없었어요.

안내인들이 누구였나? 그들이 짐을 빼앗고는 자네를 버리고 갔구먼. 야만인들이었나?

소말리족이었어요.

음소말리는 절대 길을 잃는 법이 없지. 강도를 당했구먼. 우리를 만나다니 자네는 정말 운이 좋네, 야 마틴. 하느님이 자네를 돌봐주신 거야. 알함둘릴라라고 말하게, 하느님께 감사하다고 해. 자네 건강은? 회복됐나? 자네의 형제들과 자식들이 들으면 안심하겠군.

마틴이 감사하러 온 사람은 상점 주인이었는데 정작 그는 지금 자기

가게로 돌아가서 뭔가 불안해하며 그들의 비밀회의를 훔쳐보고 있었다. 그러다 하사날리가 안쪽을 향해 누군가를 부르자 가게 뒤편의 문간에 드리운 어둠 속에서 여자 그림자가 나타났다. 마틴은 저 사람이 프레더릭이 말한 여자, 그들이 그를 구하러 왔을 때 마틴에게 똥 같은 것을 먹이고 있었다던 여자일까 생각했다. 잠시 후 마틴이 길을 잃었던 다른 방랑자들과 그들이 어떻게 집으로 돌아오는 길을 찾았는지에 관한 이야기를 정중하게 듣고 있을 때 문간의 어둠 속에서 또다시 여자가 나타났고 하사날리가 자리에서 일어나 그녀에게서 하얀 도자기 항아리를 건네받는 것이 보였다. 하사날리는 그것을 와킬에게 건넸고 와킬은 그것을 마틴에게 건넸다. 그것은 라임주스였다. 냄새를 맡아보니 신선했다. 항아리가 한 개뿐이라 마틴은 주저했으나 와킬이 거들먹거리며 손짓했다. 마셔요, 마셔요. 마틴은 항아리를 벤치에 앉은 노인들에게 내밀었지만 모두가 고맙다는 뜻의 우아한 손짓과 함께 말없이 거절했다. 그래서 마틴은 게걸스럽게 라임주스를 마시고는 만족해하며 감사했다. 그 순간 무에진이 정오기도 시간임을 외치기 시작하자 노인들과 남아 있던 군중 대부분은 모스크나 집을 향해 출발했다. 그때 하사날리가 위에서 내려오더니 마틴을 점심식사에 초대했다. 특별한 건 없고 평소 먹는 중식인데 와킬도 원한다면 같이 먹어도 된다고 했다. 그러자 마틴이 자신은 하사날리와 가족에게 큰 폐를 끼쳤고, 그들의 친절에 감사하기 위해 온 것이지 그들을 더 이용하기 위해 온 것이 아니며, 이미 너무 많은 빚을 졌다고 항변했다. 점심 필요 없다, 와킬이 영어로 말했다. 이 사람 묻는다 좋은 예의. 나리, 아니다, 점심 군수님과 먹다.

마틴은 점주에게 초대를 취소할 기회를 주려고 예의상 거절하는 과장된 동작을 해 보였지만 사실은 여기 남고 싶었다. 그런데 음식이 충분할까? 그는 지시가 한참 전에, 여자가 처음 문에 나타났을 때 전달됐을 거라고 추측했다. 그가 여기 남고 싶었던 이유는 프레더릭이 그들 손에서 그를 구출했을 때의 일을 이야기한 방식, 훔칠 만한 소지품이 없었는데도 프레더릭이 그들을 의심했던 것, 그가 업신여기는 태도로 그들을 대했을 거라는 짐작 때문이었다. 프레더릭이 이곳에 또 와서 호통치고 추궁했다는 이야기를 들었을 때 그는 너무 민망해서 고통스러울 지경이었다. 프레더릭은 승마용 채찍으로 점주를 위협하며 이렇게 말했다고 했다. 네가 나한테 거짓말하는 거면, 이 검둥개야, 네 등가죽이 벗겨질 때까지 채찍으로 때려주마. 이 이야기를 한 사람은 프레더릭 본인이었다. 재연을 하려고 베란다에서 일어나서, 고함치는 흉내와 끔찍한 표정 연기를 하면서, 시가를 쥔 오른손은 쳐들고, 왼손에는 술잔을 든 채로. 베란다에서의 어릿광대짓은 과장이었을지 모르지만 추악한 협박은 그렇지 않았으리라고 마틴은 확신했다. 그래서 그는 이곳에 남아서 불편한 행위를, 그들의 소박한 집에 그들과 함께 앉아서 그들의 소박한 음식을 먹고 그들과 힘들게 대화를 이어가려고 애쓰는 일을 하고 싶었다. 악수나 하고 동전 몇 개 던져주고는 말로만 고맙다고 하고 가는 게 아니라 자신은 감사하는 마음만 있지 의심하거나 무시하는 마음은 없음을 보여주기 위해서였다. 그래서 그는 결국 점주 하사날리가 나중에 자신을 직접 집까지 데려다줄 거라는 메시지와 함께 와킬을 프레더릭에게 돌려보냈다.

하사날리는 세심하게, 어쩌면 단순히 더워서 천천히 움직인 건지도 모르지만, 가게를 닫고 나서 손님을 집 뒤의 대문으로 데려갔다. 그리고 안을 향해 뭐라고 외친 후에 문을 밀어 열고는 손님을 마당으로 안내했다. 일단 그곳에는 아무도 없었다. 마당의 색깔은 흰색과 녹색이었다. 모든 담과 벽은 흰색이었고 창문은 녹색, 그리고 화분에서는 풍성한 관목이 자라고 있었다. 장미, 라벤더, 그리고 제라늄 같은 잎이 달린 연두색 덤불이 있었는데 그 향기가 밤공기를 가득 채울 것임을 그는 알았다. 오른쪽에는 장대로 받친 이엉차양이 있고 그 밑에 파란색, 녹색, 분홍색이 서로 맞물린 무늬의 깔개가 펼쳐져 있었다. 놀랍게도 음식은 이미 깔개 위에 다 차려진 상태로, 벌레와 먼지를 막기 위해 크림색 천으로 덮여 있었다. 어떻게 군입을 위한 식사를 이렇게 빨리 준비했을까? 하사날리는 그를 마당 한구석에 있는 화장실로 안내했는데 어둡지만 깨끗해서 마틴은 안도했다. 그를 점심식사에 초대하겠다고 결정한 때로부터 한 시간 남짓 되는 시간 동안 그들이 무엇을 마련할 수 있었을지 상상이 안 갔지만 이런 경우에는 얼마나 대단한 음식을 내놓느냐보다 처음에 초대할 생각을 하는 것 자체가 더 어려운 법이었다. 그는 냄새로 밥과 생선이 있을 것 같다고, 그리고 과일이 있는 게 틀림없다고 추측했다. 그는 이 소도시처럼 다양한 과일이 있는 곳은 본 적이 없었다.

하사날리는 그에게 깔개에 앉으라고 권한 다음, 마틴이 샌들 벗는 것을 보고 미소 지으며 화장실로 갔다. 그동안 마틴은 창문 뒤의 어둠 속에서 밖을 내다보고 있을 여자가 자신을 감시하고 있음을 의식하면서 혼자 앉아 있었다. 하사날리가 흰색이 드문드문 섞인 콧수염에 묻은 물을 반짝이며 화장실에서 돌아오더니 집안에 들어갔다가 두 여자와 함께 나왔다. 마틴은 그들을 처음 보고 하사날리의 아내들일 거라고 생각했다. 하사날리가 미소 띤 채 마틴을 가리키며 그의 이름을 말했다. 둘 중 어린 쪽은 웃었지만 나머지 한 명은 아름답고 빛나는 갈색 눈으로 그를 쳐다보기만 할 뿐 웃지 않았다. 그가 가장 먼저 본 것이 바로 그 눈이었다.

“우리가 같이 식사해도 불쾌하지 않으셨으면 좋겠네요.” 그녀가 올바른 아랍어로, 퉁명스럽지 않게 말했다. “우리는 항상 같이 먹거든요.”

“아니요, 충분히 친절하신걸요. 감사합니다.” 마틴이 말했다.

그들은 깔개에 앉았다. 마틴은 무릎과 발목과 발을 어떤 각도로 해도 탈골되는 것만 같아서 고전했지만 이 집 주인들은 관절이 아주 편안해 보였다. 천을 치우자 밥이 담긴 큰 접시와 각각 다른 음식이 담긴 여러 개의 접시가 나왔다. 시금치, 생선 튀김, 채소 스튜, 로즈메리를 넣은 감자 요리, 참깨를 뿌린 납작한 빵. 하사날리는 마틴이 손을 씻을 수 있도록 놋쇠 주전자에서 물을 따라준 뒤에 나머지 두 사람에게도 똑같이 해줬다. 그들은 모두 같은 접시에서 음식을 덜어먹었는데 손을 사용해서 자기가 원하는 반찬을 한 움큼씩 집었다.

“맛있어요.” 마틴이 한입 가득 먹은 후에 말했다. 하지만 아무도 대꾸하지 않자 말없이 최대한 흘리지 않고 먹는 데 모든 능력을 집중했다. 여자들의 손이 너무 가까워서 정신이 산란했지만 눈을 들어서 두 아내 중 나이 많은 쪽을 흘끗 볼 수 있었으면 좋겠다고 생각했다.

초반의 분주함이 지나가자 하사날리가 말을 걸어서 마틴의 빠르고 효율적인 식사를 중단시켰다. 그의 아랍어가 서툴렀기 때문에 누나 레하나에게(아!) 여러 번 도움을 청해야 했다. 그녀는 자기 아버지처럼 언어에 재능이 있었다. 하사날리가 레하나에게 도움을 청하면 마틴도 한참 동안 그녀를 쳐다봤다. 레하나는 얼굴을 가렸던 숄을 풀어서 음식에 닿지 않도록 어깨에 스카프처럼 걸치고 있었다. 중간중간에 하사날리가 버벅대면 레하나가 잠깐씩 대화를 넘겨받아야 했는데 그때마다 마틴은 약간 믿을 수 없다는 심정으로, 고통스러울 만큼 아름다운 그녀의 눈과 얼굴의 섬세한 움직임에 모든 주의를 집중했다. 그녀는 별로 웃지 않았고 자기가 말하는 동안 그가 빤히 쳐다봐도 시선을 내리깔거나 돌리지 않았으므로 그도 그렇게 했다. 하지만 두 사람 사이에 긴장감이 커지는 것을 느끼자 그녀의 기분이 상했을까봐 결국 마지못해 시선을 돌렸다. 자신이 그녀를 빤히 쳐다보는 것을 다들 봤을 거라고 생각하니 스스로의 무례함에 얼굴이 달아올랐다. 그들이 그를 뭐라고 생각했겠는가? 남의 집에 들어와서는 여자들을 빤히 쳐다보다니.

"그 사람들이 데리러 왔을 때 저한테 음식을 먹여주고 있었던 사람이 당신이었나요?" 그가 여기에 온 진짜 목적을 다시 거론하기 시작했다. 오 맙소사, 예의바르게 행동하지 못할 거면 당장 여기서 나가. 그녀가 고개를 끄덕이자 그가 말을 이었다. "저는 여러분 모두의 친절에 감사하고 여러분이 받았던 부당한 의심에 대해 사과하기 위해 왔습니다. 정말이지 인정 넘치는 행동이었어요. 여러분이 베푼 친절은 평생 가도 다 갚지 못할 겁니다……"

"아뇨 아뇨, 사과는 우리가 해야죠." 하사날리가 말허리를 끊었다. "우리는 당신의 관리 형제가 화를 낼까봐 무서워서 당신 안부를 물으러 가지도 않았어요. 사실은 피하는 것이야말로 하느님 앞에서 더 큰 죄고 하느님이 친절은 서로에게 베풀어야 한다고 말씀하셨는데 말이에요. 당신에게 어떻게 말을 걸어야 할지도 몰랐죠. 그래서 당신이 회복했고 나아지고 있는지 정말 궁금했는데도 성난 음중구에 대한 두려움 때문에 피하고 말았어요."

그리고 너그러움과 달콤한 예의로 가득한, 행복한 몇 분이 이어졌다. 그러나 마틴은 내내 자기 옆의 레하나를 의식하고 있었고 기회가 있을 때마다 고개를 돌려서 그녀를 쳐다봤다. 레하나는 약간 믿을 수 없어하는, 아이러니한 미소를 띤 채 열렬하게 친한 척하는 하사날리의 말을 듣고 있었다. 어떻게 해야 그녀에 대해 알 수 있을까? 나는 그녀에게서 뭘 원하는 걸까? 그녀는 결혼했을까? 이러는 게 맞나? 어떻게 해야 그녀를 다시 볼 수 있을까? 그래도 되나? 이 말도 안 되는 짓은 그만둬. 이 감정은 대체 뭘까? 다른 일이 없어도 그저 그녀를 보고 싶은 것, 그녀를 쳐다보고 그녀의 움직이는 얼굴과 빛나는 눈을 지켜보고 싶은 것, 그녀를 보는 기쁨을 느끼고 싶은 것. 작별인사를 할 때가 되었을 때 그가 말했다. 곧 다시 만나길 바랍니다. 하지만 그들 모두에게 하는 말처럼 했다. 그가 정말로 원한 것은 그녀에게 그 말을 하는 것이었는데도.

중지

나는 그 일이 어떻게 일어났을지 알지 못한다. 그 희박한 가능성 때문에 이해가 안 되는 것이다. 그러나 나는 그 일이 일어났음을, 마틴과 레하나가 연인이 되었음을 안다. 상상력은 나를 실망시키고 그 사실이 나를 슬픔으로 채운다. 나는 그들의 연애에 대해 자세히 모르더라도 그 일의 진상에 다가갈 수 있을 거라고 생각했었다. 왜냐하면 상상은 일종의 진실이기 때문이다. 낭만주의적 유아론, 내가 상상할 수 있는 것만이 진실이라는 얘기가 아니다. 대단히 불완전한 지식만으로도 우리는 일어날 수도 있었을 일을, 그 일이 어떻게 일어나고 전개되었을지를 상상할 수 있다는 뜻이다. 그러나 마틴과 레하나의 경우에는 사건이 이러이러한 순서로 일어났을 가능성이 가장 높다고 특정할 수가 없다.

어쩌면 나는 단지 상상하길 주저하는 건지도 모른다. 이 순간 이전의 사건들에서 그랬듯이, 있을 법하지 않은 요소들의 결합에 의해서만 구성 가능한 연애사에 개입하는 것을 결벽증적으로 꺼리기 때문이다. 어쩌면 내가 그런 우연한 만남을 상상할 때 기적적인 일이라는 클리셰를 반복하지 않고는 못 배긴다는 사실을 깨닫게 될까봐 두려워서 그러는 것인지도 모른다. 그들은 첫눈에 사랑에 빠졌고 그다음은 아시는 대로라고, 또는 그들은 서로의 눈을 들여다봤을 때 서로의 영혼을 보았고 그래서 자신이 처한 환경에 따른 모든 의무를 저버렸다고 말하는 나를 발견하고 싶지 않다. 그런 것이 사실일 수 있을까? 그런 일이 실제로 일어나나? 설사 일어난다 하더라도 어떻게 글로 쓸 수 있단 말인가? 그렇게 뻔하고 진부한 설명을 들으면 나는 불신감으로 인해 민망해진다. 나이 때문이다. 우리는 기적은 거짓이라 생각하고 항상 숨은 혹은 숨겨진 설명을 찾는다. 사랑보다는 탐욕과 색욕이 동기이길 바란다. 우리의 떨리는 겸손, 떨리는 애정욕구보다 우리의 불결, 냄새, 배설을 교묘하게 조롱하며 언급할 때 안심한다. 우리에게는 더이상 영혼조차 허락되지 않으며 우리의 은밀한 내적 공간은 그저 욱신거리는 상처가 그대로 드러나는, 해결되지 않은 혼란의 장소에 불과하다.

그럼에도 불구하고, 내가 그것을 상상할 수 있건 없건 간에, 나는 레하나 자카리야와 마틴 피어스가 연인이 되었음을 안다. 따라서 그들의 연애가 어떻게 시작되었을까에 관한 설명을 시도하지 않을 수 없다. 마틴이 프레더릭의 집에 돌아왔을 때 그는 강렬한 햇빛과 더위 때문에 머리가 지끈거렸다. 그의 머릿속은 온통 레하나의 우아한 얼굴, 이목구비의 움직임, 복잡한 깊이를 가진 갈색 눈동자로 가득했다. 그는 고집스럽게 문 앞까지 바래다준 하사날리와 악수하며 그의 환대와 친절에 감사를 표했다. 프레더릭에게서 빌려온 돈은 결국 건네지 못했다. 그런 행동을 했다가는 상대방이 불쾌해하거나 소란을 피울 것임을 느꼈고 둘 중 어느 쪽이든 그를 환대한 너그러움이 반감했을 것이기 때문이다. 그는 친절을 돈으로 환산할 수 있다고 생각하는, 옹졸하고 분별없는 사람이 되었을 것이다. 이 불완전한 인생에서 물건이 갖는 가치가 얼마나 덧없는지 이해하는 두 사람 사이에 지금 돈이 오가야 하나 그는 고민했다. 그것은 그들의 관대에 대한 보상이 아니라 그것과는 별개의 관대한 행위이자 상호적 친절이었다. 그러나 하사날리의 태도에 담긴 무언가, 민감하면서도 연약한 무언가가 분명하게 그의 행동을 가로막았다.

"우리집을 방문해줘서 고맙습니다. 언제든 환영해요. 우리집이 당신 집입니다." 하사날리는 이렇게 말하고는 눈부신 햇빛 속으로 사라졌다.

그것이 시작이었다. 그는 거기에서 끝낼 수 없었다. 하사날리와 이웃들이 책임감에 충실했던 거라고, 관습과 인류애에 따라 그를 돌봤을 뿐이라고 스스로에게 말할 수 없었다. 그것을 당신의 도움에 대한 내 감사라고 생각하라고, 당신에게 받은 친절은 도움이 필요한 다른 사람에게 반드시 베풀겠다고, 그렇게 해서 인간 사슬에 작은 고리 하나를 더하겠다고는 말할 수 없었다. 또 자기가 종주국 국민의 한 사람으로서 마땅히 해야 할 일 이상을 했음을 스스로 상기시키지도 않았다. 그는 그들의 의무적 돌봄에 감사를 전하고, 어설프고 불필요한 의심으로 괴롭힌 데 대해 유감을 표하러 갔었다. 그걸로 끝이었어야 했고, 하사날리와 이웃들은 중세적 예의범절로 돌아갔어야 했으며, 마틴은 고국으로 돌아갈 배를 기다리는 동안 요양이나 계속했어야 했다. (만약 그가 중세시대 왕자였다면 자기 백성들이 있는 곳에 안전하게 도착한 후에

금과 보석이 든 주머니를 보내서 이 지역의 전설이 되었을 것이다.)

문제는 그가 그녀를 잊을 수 없다는 것이었다. 어쩌면 혼잣말을 했을지도 몰랐다. 못 참겠어, 날 멈출 수가 없어. 그녀를 생각하자 그의 갈망은—그것은 굉장히 빨리 갈망이 되었다—회상을 거듭할 때마다 점점 더 강해졌다. 그후로는 낮에도 밤에도 눈을 감고 일부러 그녀를 떠올린 순간, 그녀가 곁에 있는 것처럼 느낀 순간, 자신을 보는 그녀의 시선과 얼굴에 닿는 그녀의 숨결이 약하게 떨리는 것을 느낀 순간이 있었다. 어쨌든 그들의 친절에 대한 감사 표시는 충분하지 않았고 겨우 단 한 번의 방문이 그들의 관대한 환영에 충분한 감사라고 생각하는 것은 오만하고 자기만족적인 태도였다. 하사날리는 이렇게 강조했다. 우리집이 당신 집입니다. 그가 한번 더 방문하지 않는다면 그들은 그를 무례하고 젠체하는 인간이라고 생각할 터였다.

첫 방문으로부터 며칠 후 그는 다시 가게에 가서 노인들과 함께 앉았다. 노인들은 음중구가 담소나 나누러 돌아왔다는 데 우쭐해서 손님을 대접하기 위해 커피장수를 불렀다. 그들은 음중구가 대화와 커피 한 모금을 위해 들르는 것 같은 소탈함과 뜻밖의 예의를 보이는 데 익숙지 않았다. 그들은 유럽인에게 익숙지 않았다. 예전에 이 소도시에 살았거나 최근에 다녀간 유럽인들은 그런 하찮은 일을 할 시간이 없었다. 그들은 심각하게 집중한 채 중요한 일을 하느라 바빴고, 상황이 지연되는 것을 못 참았으며, 무서울 정도로 욕망에 쫓겼다. 몸바사에서 몇몇 주민들이 본 유럽인들도 똑같았다. 신중하고 계획적이고, 늘 감시하고, 쉽게 짜증을 냈다. 그런데 이 유럽인은 느긋했고, 이야기 듣는 걸 즐거워했으며, 편하게 말했고, 예상치 못한 아랍어로 대화했다.

어쩌면 마틴은 자신을 하사날리 가족의 친구 혹은 적어도 그들에게 빚진 사람이라 선언해서 또 한번 초대받을 수 있게끔, 방문하기 하루이틀 전에 하미스를 시켜서 하사날리의 집에 생선과 바나나 선물을 보낼 만큼 교활했을지도 모른다. 하사날리는 가게의 자기 자리에서 노인들의 못 말리는 수다를 엿들으려고 안간힘을 쓰면서 질투심에 차서 지켜보다가 자신의 음중구를 또다시 점심식사에 초대했다. 수다쟁이 현자들에게 마틴이 누구의 진짜 친구인지 보여주기 위해서였다. 그렇게 마틴은 레하나를 다시 만났고, 그뒤에 그녀에게 다가갈 방법과 기회를 발견했다. 그런데 하사날리가 정말로 그를 다시 초대했을까? 한 번은 충동적 환대, 그 순간에 적절했던 관대한 처사였지만 두 번은 마치 의도한 것처럼 복잡하고 계산적이었을 것이다. 설사 관대한 충동이 아직 남아 있어서 두번째로 초대했다 해도 마틴은 어떻게 그녀에게 접근했을까? 그런 상상할 수 없는 결과를 가져올 말을 그녀에게 할 기회를 어떻게 포착했을까?

그는 그녀를 향한 연심을 언명하고 만날 약속을 정해달라는 편지를 썼다. 아랍문자가 익숙지 않아 고생했다. 말은 어느 정도 할 줄 알았지만 글을 쓴 경험은 없었기 때문이다. 아랍어 또는 어느 언어로든 연서를 쓰는 데는 마틴의 아랍어 실력으로는 이해 못할 가능성이 높은 관용어구와 비유법이 필요했다. 하지만 마틴은 이집트에서 꽤 오랜 시간을 보냈기에 에드워드 윌리엄 레인이 저술한 『현대 이집트인의 관습과 풍습』과 그가 번역한 『천일야화』를 알았을 것이고 이 두 권에서 사랑 문제를 어떻게 풀어가야 할 것인가에 대한 많은 힌트와 예시를 발견했을 것이다. 그러나 이곳은 이집트도, 하룬 알라시드의 환상의 나라도 아니었고 이것은 페르시아와 중국의 눈부신 공주들이 관련된 문제가 아니었으므로 레인의 화려한 문체는 완벽하게 맞아떨어지지 않았을지도 모른다. 그럼에도 불구하고 마틴은 아랍어로 편지를 썼고 그 노력이 얼마나 서툴렀건 간에 그의 의도와 목적을 알리기엔 충분했다. 여자의 보호자가 중간에 편지를 가로챌 경우 부적절한 접근의 결정적 증거가 될 수 있었으므로 그런 위험을 무릅쓴다는 것은 편지에 표현된 욕망이 그만큼 진지함을 증명했다. 게다가 그것은 가벼운 만남이 쉽지 않은 사람들, 특히 부자들과 식자층 사이에서 유서 깊은 구애 방법이었으며 더 낮은 계층에서도 마찬가지였다. 그것은 편지에 적힌 단어 하나조차 읽을 수 없는 사람도 그 의미를 착각할 수 없는 일종의 거래였다. 어쩌면 마틴 피어스는 반복해서 스스로에게 이렇게 말했을지도 모른다. 못 참겠어, 날 멈출 수가 없어. 오 하느님, 왜 저에게 절제를 가르쳐주지 않으시나요?

어쨌든 레하나는 이 은밀한 관계를 거부할 수 없는 것으로 드러났다. 자신이 영국인에 대한 생각을 멈출 수 없음을 알게 되었기에 신중하면서도 거절로 보이지 않게끔 답장했고 두번째인지 세번째 편지를 받은 다음에야 만나는 데 동의했다.

물론 전달자는 하미스였다. 마틴은 하미스에게 공을 들였다. 정중하게 말 걸고, 그의 시중이 얼마나 훌륭한지 칭찬하고, 여러 가지 필요한 심부름을 시키면서 (프레더릭에게서 빌린 돈으로) 후하게 사례했다. 그는 힘없는 사람들이 그런 뻔한 행동에 얼마나 약한지, 겉으로 관대하고 겸손해 보이는 것을 얼마나 중요하게 생각하는지 알았다. 그래서 하사날리의 집에서 두번째로 식사한 후에 홍차와 과일을 또 선물로 보냈고 그것을 갖다줄 때 하미스가 작게 접은 네모난 종이쪽지를 레하나의 손에 슬쩍 쥐여주었다. 만약 자기 지위가 아무리 낮아도 그런 심부름은 모욕적이라 생각하는 일부 남자들처럼 하미스가 이 열정의 전달자가 되어달라는 요청을 거절했다면 아마 요리사가 대신했을 것이다. 사실 요리사는 그런 심부름에 이상적인 전달자다. 왜냐하면 요리는 여자의 일이라 요리사를 고용할 수 있는 남자는 굳이 들어가지 않는, 그래서 조심스럽게 접은 쪽지가 안전하게 전달될 수 있는 부엌에서 이루어지기 때문이다. 그리고 요리가 남자답지 못한 일이기 때문에 요리사도 여성의 정조에 덜 위협적인 존재인 것처럼 보였다. 어떤 요리사들이 그렇게 공격적이고 입이 건 이유는 이런 이미지 때문인지도 몰랐다.

혹은 와킬! 아니, 와킬은 하지 않았을 것이다. 그는 그런 일을 할 만큼 지위가 낮지 않았고 마틴 피어스나 레하나는 그가 그런 위험을 무릅쓸 만큼 중요한 인물이 아니었다. 신의와 사회규범 준수라는 외양을 중시하는 직업에 종사하는 사람으로서 들켰을 경우에 입게 될 피해가 너무 컸을 것이다. 같은 덕목이 요구되는 변호사가 이 두 가지 중 하나라도 갖췄다고 생각하는 사람은 아무도 없었지만 말이다. 또 그는 하인과 달리 그 집이나 여자들에게 접근할 구실도 없었으므로 레하나에게 편지를 전달할 수 없었을 것이다. 고로 하미스나 요리사여야만 했다.

그런데 그곳에서 그렇게 눈에 띄는 영국인이 어떻게 이런 일을 실행할 방도를 찾아냈을까? 주위 사람들은 그가 뭘 하는지 궁금해했을 것이다. 그를 주시했을 것이다. 그에게는 중요하지 않지만 그들 눈에는 이상하고 신기해 보이는 일들에 대해 이야기했을 것이다. 그는 어떻게 온 세상에 자신의 일거수일투족을 들키지 않고 그렇게 평범하지 않은 일을 할 수 있었을까? 어쩌면 온 세상이 알았는데 마틴이 신경쓰지 않았을 뿐인지도 모른다. 프레더릭은 알았다. 마틴이 두번째로 그 집에 다녀온 뒤에 말했기 때문이다. 프레더릭은 자기를 집에서 쫓아냈던 아름다운 여자를 기억했고 마틴의 열정적인 이야기를 들으며 신중하게 고개를 끄덕였다. 그는 마틴에게 정신 나갔냐고 묻고 싶은 것은 참았지만 본인이 지금 무슨 짓을 하고 있는지 알았으면 좋겠다는 말은 했다. 마틴은 프레더릭이 나중에 당황하지 않도록 미리 알고 있길 바랐다고 설명했다. 아무 일도 없겠지만 자기가 그녀에게 쪽지를 썼으므로 문제가 생길 경우에 대비해 프레더릭이 알길 원했던 것이다.

"이 공관과 사무실이 연관되지 않는 이상 상관없네." 프레더릭이 말했다. "조심하게, 이 친구야. 여기 인간들은 그런 일을 심각하게 받아들이니까. 뭐, 그런 일은 누구나 심각하게 받아들이겠지만. 인도에서 한 친구에게 있었던 일을 들려줌세. 비슷한 일이 그에게도 일어났지. 그 동네 미인에게 한눈에 반했고 그는 마음 가는 대로 했네. 그런데 얼마 후 그가 너무 깊이 빠진 탓에 분노한 그녀의 친척들에게서 그를 구해내느라 상당한 합의금을 지불해야 했지. 영국인 읍장이 기뻐했을 리 없었고 그 친구는 터무니없는 추문과 함께 전근을 가고 말았네. 그렇다고 그 동네 미인에게 동정심을 낭비하지는 말게. 그 여자는 자기 가족 앞으로 두둑한 위로금을 챙기기도 했거니와 금방 차 재배하는 사브*에게 추파를 던져서 언덕 위에 있는 그의 집 가정부로 취직했으니까."

"네." 마틴이 말했다.

* 인도에서 유럽 남자를 가리킬 때 사용하는 존칭.

과연 프레더릭이 피어스에게 이런 식으로 설교를 했을까? 그것은 귀족이 아닌 중산층 출신의 젠트리가 스스로에게 허용한 자유를 벗어난 행동이었을까? 어쨌든 (아마도) 그날 저녁에 프레더릭은 처음으로 아내 크리스터벨, 크리스티 이야기를 했다. 인도에서 고국으로 돌아간 그녀는 인도로 돌아오길 거부했다. 인도인들의 목소리가 그녀의 신경을 거슬렀다. 원주민의 목소리는 누구에게나 거슬린다고 그가 말했지만 그녀는 들으려 하지 않았다. 그 목소리를 들으면 몸이 아프다고 했다. 그 거슬리고 징징대는 목소리는 머릿속을 손톱으로 긁고 싶게 만들었다. 그녀는 대영제국이 악이라고 생각했다. 그들을 탐욕스럽게 만들고 그 어리석고 불쌍한 사람들에게 잔인하게끔 만들었기 때문이다. "아내는 시인일세." 프레더릭이 말했다. "그녀의 표현에 따르면 대영제국이 혹독함으로 더 섬세한 감정을 망가뜨리는 방식, 우리를 사기꾼이자 깡패로 만드는 방식에 그녀 안의 뭔가가 반발한 거지. 우리의 가장 끔찍한 면을 끌어내, 라고 아내는 말했네. 그녀는 타협할 생각이 없었지." 그는 이렇게 말하더니 짧게 고개를 끄덕였다. 그러고는 잠시 침묵한 후에 덧붙였다. "사기꾼과 깡패 이야기가 틀렸다고 할 수 있는지 모르겠군."

하지만 아무리 그래도, 설사 마틴이 가능한 방법을 찾았다 해도, 무엇이 레하나 같은 여자와 연애하길 원할 만큼 마틴을 무모하게 만들었을까? 레하나와 하사날리와 말리카는 세련되고 세상 물정을 잘 아는 사람도 아니었고, 수풀이 무성한 정원과 높은 담장 뒤에서 무분별한 행동을 하는 귀족 한량도 아니었다. 그들은 가게 뒤에 딸린 집에 살았고, 이웃들의 엄중한 감시를 받았으며, 서로 다닥다닥 붙어 살면서 여성의 성적 명예와 관련된 불안에 시달렸다. 여자들은 다른 여자의 집을 방문할 때, 필요한 물건이 있어서 시장에 갈 때, 행사에 참석할 때만 집밖에 나갔다. 행사란 결혼식, 장례식 후 묘지에서의 쿠란 독경, 출산한 이웃에 대한 위로 또는 축하, 돈 빌리기를 뜻했다. 그들은 은밀한 연애에 대한 지식이나 흥미가 있는 사람들도, 가족이 무분별한 행동을 했을 때 조롱이나 모욕, 또는 그보다 더한 짓으로 서로를 무자비하게 벌주는 사람들도 아니었다.

지금은 1899년, 야만족 공주와의 불장난이 짜릿한 모험이라 불리던 포카혼타스의 시대가 아니었다. 제국의 세계는 성규범에서 어느 정도 엄격성을 준수했다. 영국 시민 예절의 확장판인 제국에서는 어느 정도의 방종과 모험은 허용했지만 종속국의 문란한 여자들과 성적으로 놀아나는 것은 적어도 관리들에게는, 적어도 공식적으로는 더이상 허용되지 않았다. 아내들과 어머니들, 선교사들, 여론과 품위, 모든 것이 증권거래소의 상품 가격에 미치는 영향을 고려해야 했기 때문이다. 마틴 피어스는 시골 벽지 출신의 순진한 젊은 선원도, 이국의 보석 같은 미녀 또는 근육질 아마존 전사에게 홀리거나 낯선 환경에 압도당한, 제국 시민이라는 자부심으로 으스대는 부랑아도 아니었다. 무엇이 그와 같은 배경—대학 졸업자, 식민지 정부 관리, 학자—을 가진 영국인으로 하여금 동아프리카 바닷가 작은 마을의 상점 주인 누나와 그런 관계를 시작하게 만들었을까?

어쩌면 시작한 사람은 그가 아닐지도 모른다. 어쩌면 첫번째 만남 뒤에 먼저 손을 내민 사람은 그녀일지도 모른다. 레하나는 하사날리가 마틴을 또 점심식사에 초대했다고 말하러 왔을 때 웃음을 참을 수 없었다. 그가 자신이 한 일을 너무 뿌듯해했기에 미소가 떠올랐다. **므웽게레자 웨투 카자 쿠투티자마**, 하사날리가 그녀에게 마주 미소 지으며 말했다. 우리의 영국인이 우리를 만나러 왔어. 말리카가 서둘러 빨랫줄에서 빨래를 걷고 마당을 쓸고 화장실을 물청소하는 동안 레하나는 손님맞이에 적합하게끔 내놓을 요리 가짓수를 늘리기 위해 렌틸콩과 샐러드용 채소를 씻었다. 마틴은 너무 편안하고 상냥하고 느긋하게 그들과 함께 앉았고, 그들을 자기가 고마워해야 할 은인으로 대했으며, 불안할 만큼 솔직한 눈빛으로 그녀를 쳐다봤다. 그것은 그녀가 기대했던 게 절대 아니었다. 그가 두번째로 다녀가고 우정어린 선물을 보낸 후 그녀는 그의 수첩을 숨기고 있는 것이 나쁜 짓 같다고 느꼈다. 그래서 그가 다녀가고 이틀이 지난 오후에 긴장한 마음으로 음중구 관리의 집을 향해 출발했다. 음중구 관리와 그의 비난이 두려워 긴장하기도 했지만 혹시 민망한 일이 생길까봐, 만나러 간 남자가 퇴짜를 놓거나 경멸스럽게 대할까봐 긴장한 것도 있었다. 하사날리에게 같이 가달라고 할까 고민도 했지만 이 일은 혼자 하는 게 낫겠다고 생각했다. 피어스의 겸손한 매너에 완전히 넘어간 그녀는 수첩을 넘기면 그가 소란 피우지 않고 조용히 받아서 혼자만의 비밀로 간직할 거라고 생각했다. 자신을 쳐다보던 그의 시선에 담긴 점잖지 못한 갈망을 한번 더 보고 싶기도 했다.

정부 건물에 도착해보니 사무실 문은 닫혔고 앞문은 안에서 빗장이 걸려 있었다. 그래서 담장을 따라 돌다가 정원으로 들어가는 문이 나오기에 밀어봤더니 열렸다. 그녀는 정원 안으로 들어서면서 호디라고 외쳐 자신의 존재를 알렸다. 그늘진 마당 한가운데에 어린 야자나무 한 그루가 있고 담장을 따라 덤불이 좀 자라 있었다. 바깥 거리는 열기로 절절 끓는데 그늘진 마당은 그렇게 이른 오후임에도 선선하고 향기로웠다. 집 맞은편에, 꽃 핀 덩굴식물로 가려진 곳에 하인들 방과 부엌이 있었다. 사람은 한 명도 보이지 않았다. 그녀는 이번에도 대답이 없으면 돌아가야겠다고 생각하며 다시 한번 외쳤다. 잠시 후 위층 창문에 마틴의 놀란 얼굴이 나타났다.

어쩌면 그녀는 잃을 게 없다고 생각했는지도 모른다. 자신에게 남은 것은 푼돈을 지불하거나 그마저도 없이 애정을 표하거나 말로만 보상을 약속하는 여자들을 위해 옷을 만들면서 가게 뒤의 환한 마당에서 평생을 보내는 것뿐이라고 생각했는지도 모른다. 그러나 그것도 평생 그 소도시의 가게 뒤에서 살아온, 자신과 같은 여자들의 삶에 익숙한 여자에게는 그렇게 참을 수 없는 일처럼 들리지는 않는다. 어쩌면 그녀는 내가 상상하는 것보다 훨씬 무모하거나 용감하거나 고집 셌는지도 모른다. 아자드에게 버림받은 후로 그녀는 고집스러워졌고, 남들이 그녀에게 최선이라고 생각하는 것에 무뎌졌으며, 남의 의견에 약간 더 무관심해졌다. 남자들은 떠나지만 여자들은 뒤에 남아 평생 남의 비위를 맞추면서 근근이 살다 죽었다. 그래서 그녀가 내민 수첩을 마틴이 받아 들고는 씩 웃으면서 그녀를 집안으로 초대하기 위해 손을 내밀었을 때 그녀는 그의 손을 잡고 안으로 따라 들어갔다.

이 모든 것을 버턴은 어떻게 생각했을까? 피어스에 대해서는 뭐라고 말했을까? 해변에서 물건 줍는 사람으로서 동료에게 일말의 동정심을 느꼈을까? 그는 아마도 그것을 욕정과 그 충족에 관련된, 단순하고 재미있는 사건으로 봤을 것이다. 그리고 그런 평범한 일로 소란을 피운 마틴은 자제력과 신중함이 부족하다며 낮게 평가했을 것이다. 처음에는 그랬을 것이고 나중에는 그런 연애사건에 담긴 열렬한 자기기만을 틀림없이 비웃었을 것이다. 그자는 너무 갔어, 그는 말했을 것이다. 이번에는 정말 너무 멀리 갔다고. 그 연애가 레하나와 하사날리 사이에 다툼을 가져왔을까? 틀림없이 그랬을 것이다. 하사날리는 그녀가 올바른 혹은 용인될 만한 것이 무엇인가에 대한 감각을 완전히 잃어버렸다고 질책했을 것이다. 자기를 망신스럽게 만들었다고 나무랐을 것이다. 그녀가 정신이 나간 건 아닌가 의심했을 것이다.

나는 형 아민을 통해서 그 일이 실제로 일어났음을 알게 되었다. 레하나 자카리야와 마틴 피어스는 연인이 되었고, 마틴 피어스는 몸바사로 떠났으며, 얼마 후에 친척을 만나러 간다는 구실로 레하나가 그를 따라갔다. 그녀는 당시 유럽인들이 살던 동네인, 지금 병원이 있는 곳 근처의 나무가 우거진 구역에 그가 임대한 아파트에서 그와 함께 살았다. 마틴과 레하나는 한동안 공개적으로 동거하다가 어느 날 그가 고국으로 떠났다. 어느 순간 피어스가 정신을 차리고 고국으로 돌아간 것이다.

형 아민은 이 이야기를, 자신과도 관련됐기 때문에 알고 있었지만 여러 가지 이유로 인해 나에게는 자세히 들려줄 수 없었다. 그중에서도 가장 중요한 이유는 그가 말해줄 수 있었을 때 내가 곁에 없었다는 것이었다. 편지에 쓸 수도 있었겠지만 그는 그러지 않겠다는 결심을 오랫동안 지켰다. 세상에는 편지에 쓸 수 없는 이야기가 있다. 친밀감을 필요로 하는, 만나서 해야만 하는 이야기 말이다. 그런데 몇 달 전 편지에서 그는 내가 떠난 뒤 처음으로 자밀라를 언급했다. 나는 자밀라와 아민에 대해, 두 사람 사이에서 있었던 일에 대해, 그것이 여전히 의미하는 바에 대해 자주 생각했었다. 어떤 면에서 그녀에 대한 그의 침묵은 반대의 경우 내가 생각하지 않았을, 그에 관한 여러 가지를 이해하게 만들었고 고집과 괴로움에 대해 생각하게 만들었다. 내가 그레이스에 대해 편지에 썼을 때 그는 내 소식을 듣고 슬픔에 잠겼으며 자밀라를 떠올렸다고 답장했다. 내가 집을 떠난 후 그렇게 오랜 세월이 지나는 동안 어떤 편지에서든 그가 자밀라를 언급한 것은 그때가 처음이었다. 그가 그토록 갑작스럽게 그녀를 우리 인생에 다시 불러들였기 때문에 나는 자밀라와 아민의 이야기를 쓰고 싶어졌다. 어쩌면 그것은 그레이스를 생각하지 않기 위한 방법이었는지도 모른다. 나도 모르겠다. 그때 나는 달래거나 꾀어야 할 사람이 없었기 때문에 시간이 남아돌았다. 그리고 아민을 더 가깝게 느끼기 위해, 내가 지금은 잃어버린 것들을 떠올리기 위해 그에 대해 생각하고 싶었다.

당시 나는 아민의 인생에는 뭔가 비극적인 것, 깊은 슬픔이 있는 반면에 내 인생과 그 안의 우울은 부주의와 소심함의 결과라고 생각했다. 어쨌든 그들의 이야기를 쓰고 싶은 충동은 사라지지 않았으므로 한동안 미뤄두었다가 다시 시작하기로 결심했다. 그런데 이 사건들과 그의 삶에 대해 생각했더니 그들의 관계가 처음에 어떻게 시작됐을지 설명해야 한다는 사실을 깨달았다. 레하나와 마틴이 어떻게 함께하게 됐는지를 상상하지 않고는 시작할 수가 없는데 내가 아는 것은 풍문과 추문의 부스러기뿐이었다. 나는 영국인의 첫 등장에서부터 시작하기로 결정했다. 그리고 지금 결정적 순간에 도달하고 보니 불현듯 내가 스스로 완전하게 상상할 수 없는 것에는 관심이 없다는 걸 알겠다.

보시다시피 이 이야기에는 '나'가 있지만 이것은 나에 관한 이야기가 아니다. 이것은 우리 모두에 관한 이야기, 파리다와 아민과 우리 부모님에 관한 이야기, 자밀라에 관한 이야기다. 하나의 이야기 안에는 여러 개의 이야기가 들어 있다는 것, 그 이야기들은 우리의 소유물이 아니라 우리 시대의 무질서한 흐름의 일부라는 것, 그리고 이야기가 어떻게 우리를 사로잡고 영원히 얽매는가에 관한 것이다.

2부

5
아민과 라시드

그들의 집 건너편에는 무너져가는 큰 집이 있었다. 외벽의 회반죽은 곳곳이 침식되어 그 안의 산호석회암과 줄눈이 드러났고, 몇몇 창문에는 비늘창이 기적적으로 매달려 있었으며, 너덜너덜한 천이 더위 속에서 펄럭이면서 은밀한 곳으로 들어오라고 손짓했다. 때로는 창밖에 그물이 걸려 있을 때도 있었다. 어부인 남자 식구들이 무슨 이유에서인지 때때로 그물을 집에 가져와 창밖에 걸어놨기 때문이다. 그 집에 사는 무리는 건물이 위태롭다는 사실을 전혀 알아채지 못하는 것처럼 들락거렸으며 계단 구석구석에 앉은 닭들도 그 점에 대해서는 신경쓰지 않는 것 같았다. 라시드는 그 집에서 몰락의 냄새를 맡았고 바닥이 무너질 때 피어날 먼지구름의 감각을 미리 예상할 수 있었다. 그 집에서는 생선 비늘과 닭똥 냄새, 사람 입냄새가 났다. 마치 살아 있는 뭔가의 뱃

속에 있는 것만 같았다. 전기가 들어오지 않아서 어둠 속으로 몇 걸음 들어가면 동굴처럼 거대하게 느껴졌다. 무심에 폭우가 쏟아질 때면 라시드는 그 집이 떠내려가길 기대했지만 그런 일은 일어나지 않았다. 그것은 해가 가도 그냥 그렇게, 무너지기 직전의 상태로, 역사처럼 고집스럽게 서 있었다.

반면에 그들의 집은 볕이 잘 들고 바람이 잘 통했다. 어머니가 그런 상태를 좋아했기 때문이다. 그녀가 집에 오면 제일 먼저 하는 일이 창문을 전부 다 열어서 바람이 들어오게 하고 남들의 의사와는 상관없이 항상 뭔가를 캐묻고 모두를 바쁘게 만드는 것이었다. **이 집에서는 뭐든 다 내가 해야 돼?** 그녀는 자기 주위에 그렇게 약간의 혼돈과 혼란이 있는 것도 좋아했었다, 적어도 한동안은.

세 아이가 있었다. 라시드, 아민, 파리다. 라시드는 형 아민보다 두 살 어렸고 아민은 누나 파리다보다 두 살 어렸다. 두 살 한 달 열이틀. 아민은 라시드를 약올리기 위해 날짜를 세서 외치는 걸 좋아했다. 그런 것들이 아직 라시드를 짜증나고 의기소침하게 만드는 효과가 있던 시절에는. 두 살 한 달 열이틀, 그건 영원히 변하지 않을 거야, 네가 뭘 하든 무슨 말을 하든, 영원히 죽을 때까지. 몇 살 때였던가 아민은 그 말을 지치지도 않고 인정사정없이, 영원히 죽을 때까지 하고 또 할 수 있었고 어째선지 라시드는 그런 소리를 들으면 고통스러워하며 결국에는 바닥에 엎어져서 엉엉 울고 말았다. 그러면 아민은 그 괴로움의 깊이에 놀라 입을 다물고 동생이 우는 것을 지켜봤다. 그는 자신의 놀림이 그런 고통을 낳았다는 데, 라시드의 작은 몸이 그렇게 들썩이면서 흐느낄 수 있다는 데 놀랐다. 그러고 나서는 라시드를 진정시키기 위해 옆에 앉아서 부드럽게 토닥이고 달래면서 그 상황의 빼어난 연극성에 미소 지었다.

아민에게는 동생을 괴롭히는 다른 방법들도 있었지만 대부분 점차 둘만의 비밀이 되어갔다. 부모님이나 누나가 자꾸 개입했기 때문에 이 고문들은 비밀이 될 수밖에 없었다. 진짜 고문은 아니었다. 멍이나 타박상도 없었고, 비하도 없었으며, 그저 말로 놀리기와 비웃기, 가끔 거친 밀치기나 눈뜬 놈 코 베기(구슬이나 사탕 뺏기), 최고가 되고 싶은, 지칠 줄 모르고 타협을 모르는 욕망이 있었을 뿐이다. 라시드는 이 고문을 피할 수 없다는 사실을 아주 어렸을 때 깨달았다. 그것은 친밀의 의식儀式에 꼭 필요했고 그가 형의 사랑을 얻기 위해 지불해야 하는 대가였다. 라시드가 대체로 순응하고 복종한다는 사실로는 부족할 때도 있었다. 아민이 스스로를 과시하고 싶을 때, 자신의 전능함을 남들에게 보여주고 싶을 때, 자신의 모든 요구를 관철하고 싶을 때였다. 대개는 자기가 이기는 것으로 만족했지만. 이 체제는 그들이 아주 어렸을 때 가장 잔인했다. 나이가 들자 라시드는 점점 덜 순종적이 됐고 아민은 더 차분해졌고, 더 교묘하고 능숙하게 자신의 지배력을 숨겼으며, 반항의 순간을 능숙하게 해소했다. 아민이 이 복잡한 권력을 포기하기 어렵게 만든 것은 다른 사람들이었다. 아민과 라시드가 서로 전혀 닮지 않은 것처럼 대했기 때문이다. 파리다는 한동안 그와 반대로 행동하며 가끔 둘을 헷갈리는 척하기도 했다. 하지만 다른 모든 사람들은, 부모님과 친척들부터 아주 먼 이웃이나 거의 모르는 지인까지, 그들이 서로 영 딴판인 것처럼 굴었다.

그곳은 너무 작은 동네여서 그 정도로 먼 이웃도 없었고 그 정도로 잘 모르는 지인도 없었다. 모두가 서로를 알았다. 어쨌든 남의 인생에 대해 이러쿵저러쿵 참견할 권리, 이 사람의 위반과 저 사람의 태만에 기겁할 권리, 누가 제 가족에게 가져올 재앙을 기대할 권리를 기꺼이 포기할 사람은 아무도 없었다. 내 말 명심해라. 두 형제에게 어떤 사람들은 이름도 모르고 자신과 무슨 관계인지도 모르는, 그냥 거리에서 보는 익숙한 얼굴에 불과했지만 이들조차도 의견을 내거나 이 둘을 갈라치기하길 주저하지 않았다. 이 형제는 분명 달랐지만, 그것은 우리가 비슷한 무리와 함께 걸을 때 이것은 개성이고 독특함이라고 말하는 정도의 사소한 부분에 불과했다. 그러나 그들이 받는 대접에는 뭔가 조악한 공식 같은 것이 있었다. 아민은 형이고 라시드는 동생이라는 등식. 파리다는 여자라 이 등식에 포함되지 않았으므로 다른 방식으로, 변화와 기대에 관련된 다른 종류의 시간표에 따라 이야기해야 했다. 그러나 이 형제에게 첫번째 문제는 바로 그것, 형과 동생이라는 부분이었다. 거기에서 둘의 다름에 대한 이야기가 생겨났고 그 결과로 나온 것이 사소한 권리와 금기를 규정하는 엄격한 체계였다. 그리고 형제가 나이를 먹을수록 그것은 바꾸기가 더 어색해졌다.

아민은 집에서 늘 아민이었지만 라시드는 다양한 약칭에 대답해야 했다. 아주 어렸을 때는 시시 혹은 디디, 심지어 라라로 불리기도 했는데 전부 그가 두꺼운 혀 때문에 자기 이름을 제대로 발음하지 못해서 생긴 별명이었다. 어렸을 때부터 자기 자신의 삶에 부담을 지우고 조롱을 유발하는 수단을 남들에게 제공하는 법을 배웠던 것이다. 그리고 그다음에는 **키신도**가 되었다. 키신도는 소란이라는 뜻인데 그가 시끄럽고 가만히 못 있는 아이라고 생각되었기 때문에 붙은 별명이었다. **키신**

도 키샤피카.* 어떤 이들에게 이런 별명은 애정어린 가족애의 표현이고 이런 별명에 대답해야 했던 적이 없는 사람들은 자신이 사랑받지 못했다거나 주위 사람들의 애정 표현이 부족했다고 생각해서 심지어 별명 있는 사람을 부러워할지도 모른다. 그러나 라시드는 짜증이 났고, 애정보다는 조롱을 느꼈으며, 자신의 항의에 뒤따라오는 짜맞춘 듯한 웃음을 혐오했다. 무엇보다 자기가 별명을 떨쳐버리거나 웃어넘기고 가족들과 함께 즐거워할 수 없다는 점을 가장 싫어했다. 놀림이 시작되면 울부짖으며 집밖으로 뛰쳐나가고 싶은 충동을 억누르느라 괴로워했다. 나중에 붙은, 이탈리아인이라는 뜻의 **음탈리아나**는 가장 오래간 별명이었다.

그가 그 별명을 얻은 경위는 이러했다. 아버지의 동생인 하비브 삼촌은 제방 위에 있는 세관에서 탁송 담당으로 일했다. 아민과 라시드는 때때로 세관의 거대한 출입문 앞에 서서 카운터의 자기 자리에 앉아 있는 삼촌을, 삼촌 등뒤의 벽에 걸린 거대한 시계를, 높은 천장에서 흐릿하게 돌아가는 실링팬을 바라보곤 했다. 그들은 쿠란학교에서 집에 갈 때 세관에 들렀다. **포로다니**에 들렀다가 제방을 따라 집에 가려면 멀리 돌아가야 했지만 상관없었다. 또는 학교에 가지 않는 날, 게으른 아이들과 젊은이들이 동네 구석구석을 어슬렁거리는 날에 갔다. 그때 상인들과 필경사들이 세관 입구를 막고 있지 않으면 안에 들어가서 타일 깔린 복도에 서 있곤 했다. 마치 물속에 있는 듯한 희부연 빛으로 방을 채우는 커다란 창문과 높디높은 기둥 때문에 자신들이 한층 더 작

---

* 키신도가 왔다.

게 느껴졌다. 실내가 조용할 때 그들을 발견한 하비브 삼촌이 이리 오라고 손짓해서 카운터 너머로 악수를 해주면 그들은 기쁘고 우쭐해서 씩 웃었다.

그들에게는 삼촌이 여럿 있었지만 그중에서도 하비브 삼촌이 제일 멋있었다. 아비시니아전쟁에 영국군과 함께 참전한 경험이 있었기 때문이다. 그들 집에는 삼촌이 왕립아프리카소총부대 제복을 입고 사진관에서 찍은 사진이 액자에 끼워져 있었는데 유럽인 정착민처럼 모자챙을 젖혀서 고정하고 볼살을 파고들 정도로 턱끈을 바짝 조인 모습이었다. 라시드에게 포켓판 이탈리아어 회화서를 준 사람도 바로 하비브 삼촌이었다.

그것은 베스파 스쿠터를 전문적으로 팔기 시작한 자동차회사의 에이전트가 하비브 삼촌에게 선물한 것으로, 그런 하찮은 선물이 하급관리의 호의를 사는 데 적절했던 시절의 일이었다. 그때는 이런 선물의 전달이 제방 산책로가 보이는, 커다랗고 쇠장식이 많은 세관 출입문 앞의, 기둥으로 받친 녹색 캐노피 밑에서 공공연히 이뤄졌다. (세관 건물은 여전히 그곳에 있겠지만 아마 지금은 관광객을 대상으로 하는 카페로 바뀌었을 것이다. 이름이 파란 앵무새인가 청새치인가, 아무튼 파란 뭔가였다.) 그 시절에는 카파디아자동차의 에이전트가 이탈리아어 회화서, 베네치아 운하 포스터, 토스카나 언덕의 사이프러스나무 포스터를 세관원에게 주면 통관업무를 신속하게 처리할 수 있었다. 만약 그런 거래가 남몰래 이루어졌다면 그것은 선물이 비싼 물건일 경우였다. 그런 선물은 어둡고 익숙한 일상의 세계보다 늘 깨끗하고 환한, 넓은 세계의 징표였다. 넓은 세계가 꼭 유럽일 필요는 없었다. 그것은 안에 불이 켜진 종이집 사진과 강렬한 색의 미니어처 어제일리어 덤불의 사진이 있는 일본 달력일 수도 있었다. 또는 백향목 모양의 도장이 찍힌 과일상자에 든, 박엽지로 세심하게 싼 레바논 포도일 수도 있었다. 또는 오아시스 그림이 그려진 포장 안에 든 이라크 대추야자일 수도 있었다. 인도 것은 제외였다. 그것은 냄새나는 일상의 일부였기 때문이다. 하지만 결국은 유럽 것이 제일 좋았다. 유럽이라는 세계는 멀고도 복잡한 위협의 주체였고 이 징표들은 유럽의 뻗어나가는 사지와도 같아서 그것을 만지고 소비하는 이들에게 일종의 허기를 안겨주었다. 따라서 에이전트는 자기한테 아무런 도움도 되지 않는 행인이 눈을 반짝이며 이 귀중한 선물들을 가져가길 원치 않았다.

그보다 더 배고픈 시절에는 그런 선물이 불쾌할 것이다. 그래서 짜증과 지연을 유발할 것이다. 아주 마침맞게 다른 곳에 급한 일이 있었던 것을 떠올린 관리는 자리를 비울 것이며 마침내 자리에 돌아오더라도 아마 데면데면하게 굴 것이다. 화물을 일부러 꼼꼼하게 검사하거나, 문서 양식에 집착하거나, 그때까지는 알려지지도 않았던 규정을 위반한 것으로 기소하겠다고 협박할까 고민할 수도 있을 것이다. 선물이 스위스 은행 계좌에 넣을 정도는 되어야 했다는 것이 아니다. 일단 세관원에게는 아니었다. 지역이 어디고 화물이 무엇이냐에 따라 다르긴 했지만 액수가 그 정도로 클 필요는 없었고 대개 자애로운 선물, 감사의 표시, 기증품 정도면 되었다. 그것은 관리의 자존감과 그의 변변찮은 월급으로는 불가능한 소소한 사치에 필요했다. 대가족의 요구는 절대 멈추는 법이 없었고 담배마저도 비쌌기 때문이다.

무엇이 그렇게 많이 바뀌었기에 예전에는 안 그랬는데 우리 시대는 이렇게 무질서한가? 무엇이 그렇게 다르기에 하비브 삼촌이 예전에는 설레면서 회화서와 포스터를 받고, 웃으면서 카파디아자동차의 일을 빨리 처리해줬는데 지금은 탐욕스러운데다 어쩌면 천박해지기까지 했을까? 영국인들이 떠났기 때문이다. 그들이 여기 있을 때는 모든 것이 원숭이 학교처럼 운영되었다. 이것도 안 돼, 저것도 안 돼. 틀렸어, 틀렸어, 감옥으로 보내. 후진적이고, 부패했고, 유치해. 오직 우리 영국인들만이 정직하고 똑똑하고 효율적이야. 유사 이래 가장 정직하고 공정하고 효율적인 지배자지. 그런데 그들이 구제불능으로 부패한 자기네 나라로 돌아가고 나자 원숭이들이 이 나라를 장악했다. 세관원의 하찮은 욕심은 당연히 대통령과 장관들이 주도하는 노골적인 카르텔과는 비교도 안 되지만 누구나 이득을 취할 수 있는 방법의 예가 거기에 있는 건 맞는다.

어쨌든 보다 평화로웠던 시절에 하비브 삼촌은 바닷가를 산책하는 사람이라면 누구나 볼 수 있는 세관 건물 앞 계단에서 이탈리아어 회화서를 받고 카파디아자동차의 에이전트와 악수를 했다. 그리고 그날 오후 늦게 그 책을 아홉 살 조카 라시드에게 줬다. 토스카나 언덕의 사이프러스나무 포스터는 자기가 가졌다.

라시드는 그게 정확히 뭔지 알지 못했지만 그 회화서의 뭔가가 마음에 들었다. 모든 만일의 사태를 헤쳐나가게 해주는 표현의 모음이라는 발상이 마음에 들었는지도 모른다. 혹은 이탈리아어의 생김새, 또는 책의 예문을 보고 그가 낼 수 있었던 소리가 마음에 들었는지도. 왜냐하면 그가 책에서 본 단어들을 어떻게 발음하는 건지 가르쳐줄 수 있는 사람이 아무도 없었기 때문이다. 그가 아는 사람 중에는 이탈리아어를 할 줄 아는 사람도, 들어본 사람도 없었다. 하비브 삼촌 본인 말고는. 삼촌은 이탈리아 병사들이 그에게 자비를 구했을 때 들어봤을 터였다. 어쩌면 이탈리아군과 싸운 군인으로서 하비브 삼촌의 매력과 연관되어 있기에 그 책이 매력적으로 보였는지도 모른다. 하지만 하비브 삼촌에게 전쟁에 대해 물어볼 수 있는 사람은 아무도 없었다. 누가 물어보더라도 삼촌이 얼굴을 찡그리거나 웃음을 터뜨리거나 무시했기 때문에 라시드는 회화서의 예문을 삼촌에게 시험해볼 수 없었다.

라시드는 예문 몇 개를 연습해서 외운 다음에 자기가 이탈리아어로 대답할 수 있는 질문에는 이탈리아어, 아니, 자기가 이탈리아어라고 생각하는 발음으로 대답했다. 이 재주는 상당한 인기를 끌었다. 처음에는 집에서만 이탈리아어로 말하면서 알아들을 수 없는 횡설수설로 모두를 웃겼다. 그뒤로 명성이 높아지자 사람들은 그냥 그가 주절거리는 것을 듣기 위해 거리에서 질문을 퍼붓곤 했다. 그가 이탈리아어로만 질문에 대답하기로 한 후로 집에서는 지루한 장기가 됐지만 그래도 가족들은 다들 짜증을 참으면서 여전히 웃어주었다. 한번은 파리다가 회화서를 훔쳐서 어딘가에 숨긴 적이 있었다(자기 매트리스 밑에 숨겼던 것으로 드러났다). 그의 지껄임을 더이상 참을 수 없기 때문이라고 그녀는 말했다. 하지만 라시드가 너무 대책 없이 소란을 피웠기 때문에, 말도 안 하고 밥도 안 먹고 어머니가 아주 무섭게 을렀음에도 눈을 안 마주쳤기 때문에 책을 돌려줄 수밖에 없었다. 그뒤로 이탈리아어의 홍수가 또다시 시작됐는데 이제는 파리다가 옆에 있고 그녀의 짜증스러운 꼬집기와 때리기로부터 그를 보호해줄 사람이 가까이 있을 때마다 의기양양한 적의와 함께 흘러나왔다. 그가 이런 상태일 때 아버지는 라시드가 예문을 구분할 수 있는지, 정말로 말을 하는 것인지 아니면 그냥 소음을 내는 것인지 보기 위해 때때로 책을 뺏곤 했다. 그리고 그는 라시드가 정말로 이탈리아어로 말하고 있다고 가족들에게 선언했다. 그렇게 해서 그는 음탈리아나가 되었다. 하지만 그것이 자신의 과시욕 때문에 붙은 별명이고 아주 오랫동안 그를 미소 짓게 했음에도 불구하고 청소년이 되자, 꼬맹이들이 길에서 자신을 이렇게 부르자 싫어하게 되었다.

하지만 별명과 놀림만이 문제는 아니었다. 다른 사람들 때문에 그가 스스로 무책임하고 연약하다고 생각하게 된 것이 문제였다. 어떤 지시를 내릴 일이 있으면 그것은 아민에게 전달되었다. 돈과 관련된 문제면, 예를 들어 시장에 간다거나 누구에게 돈을 전달해야 하면 그 일은 아민에게 맡겨졌다. 때로는 라시드에게 줄 돈조차도 아민에게 맡겨졌다. 이건 네 동생이 샌들 살 때, 영화관 갈 때, 학교에서 뭐 살 때 쓸 돈이야. 몽상가를 잘 돌봐주렴.

설상가상으로 이런 의구심을 정당화해준 사건이 있었다. 난생처음 맡은 돈을 라시드가 잃어버린 것이다. 당시 겨우 여덟 살이었긴 했지만 그래도 그것보단 잘했어야 했다. 자신의 평판이 위험하다는 것을, 역사는 그런 순간들의 연속으로 이루어진다는 것을, 모든 게 중요하다는 것을 깨달았어야 했다. 사건의 전말은 이랬다. 담임이 그에게 쪽지를 주면서 어머니한테 전하라고 했다. 아니, 그는 그 쪽지가 자신이 학교에서 했을지도 모르는 잘못과 연관됐다고 생각하지 않았다. 그 일은 그런 식으로 처리되지 않았기 때문이다. 일단 대부분의 부모는 글을 읽을 줄 몰랐으므로 문제를 일으킨 학생 본인이 자신의 죄상을 부모에게 전달해야 할 텐데 아무리 아이라도 그런 상황에서 어떻게 하는 게 현명한지는 알 것이다. 둘째, 아이가 어떤 잘못을 했건 간에 담임은 자기가 직접, 확실하게 그 사실을 아이에게 알려줄 수 있었다. 사실 교사들이 자신의 책무 가운데 이 부분을 가장 즐기는 것처럼 보일 때도 많았다. 아니, 라시드는 남자가 준 쪽지를 어머니에게 전달하는 게 의심스럽다고 생각하지 않았다. 그런 걸 알기에는 너무 어렸던데다 담임은 일부 학부모에게 때때로 돈 빌려달라는 쪽지를 보내는 것으로 알려져 있었기 때문이다. 그 일은 대개 월말에 일어났는데 돈은 아이들을 통해 금방 갚았다. 게다가 아이들은 이 선생을 굉장히 무서워했다. 절대 미소는 짓지 않으면서 때로는 불안하게 웃었고 또 어떤 때는 뜬금없이 화를 내거나 짜증을 내면서 양팔을 빙빙 돌리는가 하면 손마디로 근처에 있던 애들 뒤통수를 쥐어박곤 했기 때문이다. 그래서 담임의 지시에 담긴 의미가 뭘까 생각하는 학생은 단 한 명도 없었다. 그들은 무릎 꿇고 복종했고 그것이 선생이 원하는 바였다.

이 교사는 학부모에게서 돈 빌리는 것 외에도 여러 가지 방법으로 수입을 늘렸다. 우선 모든 등교일에 자기 반 학생들에게 자리에서 일어나 구구단 외우기를 제일 먼저 시켰다. 그것은 영국 초등학교 교육과정에서 그대로 이어받은 즐거운 관행 중 하나였다. 구구단을 외우는 언어는 바뀌었을지 몰라도 도덕적 효과는 똑같았다. 아이들은 각자 자기 자리에 서서 차렷 자세를 하고는 선생님이 그날 몇 단을 외울지 지시하길 기다렸다. 그러면 그는 예를 들어 **타투 마라 모자, 삼 일은**과 같이 첫 줄을 선창했다. 그러고는 아이들이 구구단을 외우는 동안 교실 앞에 서서 아이들의 긴장한 목소리에 기쁨의 미소를 지으며 잠깐 눈을 감았다

뜨고는 듣기 좋은 카시다의 박자에 맞추듯 몸을 살짝 좌우로 흔들었다. 혹 틀리게 외우는 목소리가 들리면 그의 눈은 정확하게 그곳으로 날아가 고통을 약속하는 눈빛으로 범인을 꼼짝 못하게 만들었다. 타투 마라 모자 타투, 타투 마라 음빌리 시타, 타투 마라 타투 티사 등등. 가끔 그가 만족하지 못했을 때, 또는 긴장한 아이들 목소리를 충분히 듣지 못했을 때는 다른 단을 또 외우라고 시켰다. 그러고 난 다음에 수금을 했다.

그가 출석부에서 이름을 부르면 아이들이 한 명씩 선생님 책상으로 걸어가서 거기 있는 접시에 5센트 동전을 놓았다. 그러면 출석한 것으로 기록됐다. 담임은 그 돈이 어디에 쓰이는지 한 번도 말한 적 없었지만 신동이 아니더라도 그 소중한 동전들이 곧장 그의 뱃속으로 들어간다는 건 알 수 있었다. 대부분의 아이들이 학교에 올 때 쉬는 시간에 과일주스나 땅콩 한 봉지 사 먹으라고, 또는 학교 가는 것 자체를 좋아하라고 집에서 몇 센트씩 받는다는 것을 그는 알고 있었다. 그래서 그 돈이 아이들에게 골칫거리가 되기 전에 일부를 덜어주기로 한 것이었다. 돈이 없는 아이는 다른 아이, 부잣집 애한테서 빌리라는 지시를 받았는데 너무 겁먹어서 남은 돈을 건네지 않고는 못 배기는 누군가가 항상 있었다. 한편 반에서 제일 덩치 큰 아이는 자기 카르텔을 별도로 꾸렸다. 매주 누군가에게 쓸모없는 물건을 강매하고는 하루에 5센트씩 달라고 요구했다. 그리고 그 돈을 출석 확인하는 선생님에게 착실히 넘겨서 선생님의 행복에 자기가 기여하는 것으로 만들었다.

요즘 5센트는 아무것도 아니다. 아니, 그보다도 못하다. 5센트짜리 동전은 더이상 존재하지도 않는다. 하지만 1950년대 초반에는 그 돈으로 좋은 망고 한 개를 살 수 있었고 10센트로는 빵 한 덩어리 또는 시금치 한 접시, 구운 카사바, 감자 **나 우로조** 한 그릇, 심지어 작은 고기 꼬치 하나를 살 수 있었다. 당시 여덟 살짜리에게 5센트는 푼돈이 아니었다. 지금은 작은 망고 하나가 20실링이나 한다. 그 돈이면 그때는 망고를 사백 개는 샀을 것이고 과일장수가 덤으로 열두 개를 얹어 줬을 것이다. 뭐 됐다. 어쨌든 담임이 자기 반 학생 사십여 명으로부터 그날의 수금을 마치면 저녁밥값을 지불하고도 남을 돈이 모였다. 그는 대개 수금 직후에 동전 몇 개를 집어서 한 학생에게 근처 카페에 가서 우유 한 잔을 사오라고 시켰다. 그날의 근무를 건강하게 시작하기 위해서였다. 다른 교사들도, 학부모들도 그가 매일 이런다는 걸 알았지만 아무도 뭐라고 하지 않았다. 교사는 사회에서 존경받는 존재였기 때문이다. 그는 이상한 짓을 해도 되었고 그의 엉뚱한 행동과 별난 짓에 관한 이야기는 신화로 부풀려져 시간이 흐를수록 억압적인 인상이 줄어들 터였다. 모든 교사가 한두 가지 기벽으로 유명했다. 그 기벽은 때로는 아이들에 대한 가혹행위와 억압, 모욕과 위협과 폭력이었으므로 자세히 들여다보면 웃을 일이 아니었지만 그럼에도 불구하고 모두가 이런 지나친 일에 웃거나 최소한 미소라도 지음으로써 어떻게든 그것을 무해해 보이게 만들었다. 항상 그런 식이었다. 학부모가 그런 문제로 교사와 맞서는 것은 배은망덕한 짓이자 교사에 대한 모욕이었으므로 겨우 몇 센트 가지고 왈가왈부하는 것은 용납할 수 없는 일이었을 것이다.

어쨌든 라시드는 담임에게서 받은 쪽지를 어머니에게 가져다주었고 다음날 어머니가 선생님에게 갖다주라고 돈이 든 봉투를 줬다. 며칠 뒤 담임이 방과후에 그를 따로 불러서 어머니에게 돌려줄 지폐 두 장을 접어서 주면서 감사하다고 전하라고 속삭였다. 아이들을 대하는 태도와 달리 평상시의 그는 예의바른 사람이었기 때문이다. 거리에서만 그를 본 사람에게는 그가 흔히 말하는, 웃는 얼굴의 신사로 보일 것이다. 그가 교실에서 조장하는 공포 분위기를 상상하기란 어려울 것이다.

그날은 금요일이라 아이들이 예배에 갈 수 있도록 학교가 삼십 분 일찍 끝나는 날이었다. 라시드는 서둘러 집에 와서 두 번 생각 않고 어머니가 빨려고 쌓아둔 더러운 빨랫감 위에 교복 반바지를 벗어던지고 금요일에 모스크 갈 때 입는 옷으로 갈아입고는 제방의 바니안나무 밑에서 주마시간이 될 때까지 기다리는 친구들과 합류하러 갔다. 월요일 아침에 다시 반바지를 입다가 주머니 안의 딱딱한 종이 덩어리를 느꼈을 때에야 비로소 돈에 대해 기억해냈다. 금요일에는 형에게 심부름 얘기를 하지 않았다. 아민의 참견하는 충고 없이 혼자 힘으로 심부름을 해내고 싶었기 때문이다. 만약 아민에게 말했다면 아민이 어머니한테 돈을 전하라고 상기시켜주었을 것이고 그랬다면 라시드는 발을 질질 끌면서 어머니에게 가서 마른 종이 뭉치를 손에 들고 눈물을 흘리며 한심한 변명을 하지 않아도 됐을 것이다. "내가 뭐랬니?" 어머니가 말했다. "얘는 머리가 몸에 붙어 있지 않으면 제 머리도 잃어버릴 애야." 이런 면에서는 모든 어머니가 똑같다. 똑같이 진부한 표현을 사용해서 어린 자식에게 똑같이 상처가 되는 말을 한다. 그후에는 모든 것이 원래대로 돌아갔다. 아민, 라시드가 숙제 제대로 내고, 이발소에 가고, 학교 끝나자마자 곧장 집에 오게 해라, 기타 등등.

이 유감스러운 처사에도 라시드에게 이로운 점은 있었다. 만약 혼나야 할 일이 있으면, 예를 들어 거리에서 실없는 짓을 했다든가, 복잡한 사거리를 어슬렁거리다가 손수레나 자전거에 치일 뻔했다든가, 자기들끼리 썩은 과일을 던졌다든가, 너무 큰 소리로 싸웠다든가 했을 때 아이들의 계도를 맡곤 하는 참견쟁이는 아민에게 입바른 소리를 했고 동생을 제대로 돌보지 않았다고 야단치기도 했다. 집에서는 둘이 같이 잘못을 하면 어떤 나무람도 아민 혼자 견뎠는데 이런 경우에 라시드는 반드시 불똥이 튀지 않을 거리에 안전하게 서서, 고통받는 형을 향해 소리 없이 웃었다가 비통한 표정을 지었다가 하다가 누가 자기 쪽을 쳐다보면 코를 훌쩍이는 척했다. 이런 상황은 결국 셋 중 하나로 끝났다. 첫번째 경우: 아민이 수치와 참회 속에 시선을 내리깐 채 말없이 질책을 받아 모든 게 잘 끝나고 다시는 이런 일이 없게 하라는 부모의 애원으로 마무리되었다. 그런 상황 끝에는 험한 말이 오간 데 대한 보상으로 동전이 건네지기도 했다. 두번째 경우: 아민이 라시드의 장난을 참지 못하고 마주 웃어버리곤 했다. 이럴 때는 혼나는 상황에서도 진지하지 못한 데 화가 난 부모님이 손바닥으로 때리거나 가혹한 말을 퍼붓는 것으로 끝나곤 했다. 세번째 경우: 이 상황이 진행되고 있을 때 파리다가 근처에 있으면 그녀는 즉시 라시드를 배신했고 그러면 근엄한 부모님이 뒤를 돌아봤다가 괴상한 얼굴을 하고 있는 라시드를 발견하곤 했다. 이 경우 매타작을 당하는 동안 라시드는 과장스럽게 소리치고 비명을 질러댔다. 하지만 대체로 힘든 일이 있을 땐 아민이 자원해야 했다. 심부름할 일이 있으면 아민이 하는 게 거의 확실했다. 맛있는 음식이 한 조각 남으면 다들 아민이 그것을 거절하고 동생을 위해 남길 거라고 기대했다. 이 규칙은 파리다에게는 적용되지 않았다. 파리다는 여자였기 때문에 따라야 할 규칙이 따로 있었다. 어쨌거나 그녀는 자기 것은 지킬 줄 알았다.

꾸짖기와 때리기는 당연히 어린 시절 동안만 지속되었지만 이후에도 패턴은 그대로 남았다. 다들 아민은 거의 어른처럼 대하고, 차분하고 책임감 있으리라고 기대한 반면에 라시드는 약간 어린애처럼, 충동적이고 몽상에 빠진 사람처럼 대했다. 형제는 남들이 자신들을 어떻게 생각하고 어떻게 대하는지 알았으므로 약간 자기만족적인 다양한 방식으로 그것을 이용했다. 절대 둘이 대놓고 얘기한 적은 없었지만 이러한 사람들의 인식을 고려한 전략을 짜서 뜻대로 되면 웃었다. 그들이 형제라는 점이 중요했다. 그들은 한패였고 서로의 방식에 익숙했다. 그래서 자신들이 이 책임감 있는 형과 충동적인 동생이라는 역할을 처음에는 본의 아니게, 나중에는 더 적극적으로 수행하고 있음을 깨달았다. 그러나 나이가 들수록 거기에 진실이 담겨 있음이 명백해졌다. 그것은 적절하면서도 기쁜 우연의 일치이자 우발적인 사건들 사이에서 발견된 규칙성이었다. 그들의 경우에는 그것 혹은 사회화가 일반적으로 아이를 양육할 때 부모가 희망하는 바보다 더 깊게 작용했다. 믿음직한 아민, 몽상가 라시드.

아이들이 나이를 먹자 그들에 대한 부모님의 의견도 더욱 확고해졌다. 그들은 아민과 라시드가 대체로 앞서 얘기한 것과 같다고 봤고 각자의 능력에 따라 세상에서 제 갈 길을 갈 거라고 여겼다. 반면에 파리다는 특히 어머니에게 진짜 걱정거리였다. 그녀는 느긋했고(게을렀고) 항상 웃었다(실없었다). 그녀가 하고 싶어하는 것은 친구들과 놀거나 다 쓰러져가는 낡은 집에 사는 이웃들을 방문하는 것밖에 없어 보였다. 그녀를 붙잡아 앉혀서 숙제하게 만드는 것은 고역이었는데 어머니는 그것을 자신이 견뎌야 할 일로 정했다. 처음에는 협박했고 협박이 듣지 않자 구슬렸고 구슬리기가 별로 효과가 없자 자기가 앉아서 숙제를 대신 하다시피 했다. "이 세상은 스스로를 돌보지 않는 여자들에게 친절하지 않아." 그녀가 말하자 파리다는 비참한 표정을 지었다. 세상이 여자들을 어떻게 대하는지 어머니가 이야기했을 때 자기가 그런 반응을 보이리라고 어머니가 기대하고 있음을 알았기 때문이다. 숙제에서 해방되면 그녀는 만면에 미소를 띤 채 이웃집으로 놀러가거나 아무하고나 앉아서 수다떨 준비가 됐다. 그녀는 수다떨기를 좋아했고 얘기할 사람이 아무도 없으면 쿠션이나 우산이나 빈 의자와 수다를 떨었다. 심지어는 기꺼이 집안일을 돕다가 때때로 자기가 닦거나 씻고 있는 사물과 대화를 하기도 했다. 물론 혼자 있거나 혼자 있다고 생각할 때만 그랬다. 어머니는 시간이 흐를수록 점점 포기해갔다. 젊었을 때 교사가 되려고 고생했던 어머니는 파리다가 학교에 관심이 없는 것을 보고 실망감을 감추지 못했다.

마침내 파리다가 학교를 졸업할, 혹은 학교가 그녀를 졸업할 때가 왔다. 그녀는 열세 살이었고 공립여자중등학교 입학시험에서 떨어졌다. 공립여자중등학교는 이 도시에, 이 섬 전체에, 여러 개의 섬으로 이루어졌고 인구가 오십만 명인 이 나라 전체에 오직 하나뿐이었다. 매년 여학생 수백, 수천 명이 시험을 치렀고 그중 서른 명만이 입학허가를 받았다. 대부분의 응시자에게 그것은 인생에서 처음이자 마지막인 공개시험이었다. 합격한 아이들의 이름은 전국 라디오방송에서 호명되었다. 이 작은 나라의 오지 구석구석까지 가능한 한 빨리 소식을 전하기 위해서이기도 했지만 얼마나 대단한 성취인지를 나타내기 위해서

이기도 했다. 아나운서가 유명인의 부고를 알릴 때처럼 엄숙한 목소리로 합격자 이름을 읽어내려가는 동안 그들은 긴장된 침묵 속에서 라디오 앞에 앉아 있었다. 파리다는 이름이 불리지 않은 수천 명 중 한 명이었다.

파리다가 희박한 확률을 뚫고 선택된 자 중 한 명이 되기 위해 경쟁하는 데 딱히 진심인 것처럼 보였던 적은 없었지만 자기가 탈락했음을 알았을 때는 불만과 화로 가득찼다. 그녀는 울음을 터뜨리며 어머니의 품으로 뛰어들었다. 나는 배제됐어, 그녀는 말했다. 성공한 사람이 될 기회를 빼앗겼어. 이제 나한테는 아무것도, 아무런 미래도 없어. 수녀들이 운영하는 성당 부속 남녀공학이 있었지만 기독교도를 위한 학교였다. 제정신을 가진 부모라면 자기 자식을, 특히 여자아이는 거기 보낼 리 없었다. 거기에 가면 오염되고 타락하여 불신자가 될 게 분명했다. 그리고 이스마일파 아이들을 위한 아가 칸 학교가 있었다. 이스마일파가 아닌 학생은 수업료를 내야 했고 성적이 좋아야 들어갈 수 있었다. 파리다의 성적은 그 학교에 입학할 수 있을 만큼 좋지 않았다. 이제 그녀에게 가능한 선택은 없었다.

어머니는 교사직을 그만두고 파리다와 집에 있을까, 그녀에게 공부를 가르치고 돌볼까 생각했지만 모두가 터무니없는 희생이라며 말렸다. 남편도, 자매들도, 형제들도, 심지어 파리다 본인까지도 말렸다.

아버지 페이살은 어머니에게 말했다. "당신은 지금껏 너무 열심히 일해왔어. 이제 당신이 받아야 할 보상은 남들에게 유용한 일, 당신에게 존경을 가져다줄 만한 일을 하는 거야. 당신 같은 사람은 타의 모범이야. 우리가 바꿔야 하는 억압적인 방식에 대한 도전이지. 사람들은 당신이 이룩한 것을 보고 이렇게 말할 거야. 알함둘릴라, 내게 허락되지 않은 뭔가가 되는 법을 배울 수 있다면, 나에게 만족을 가져다주는 동시에 쓸모도 있는 일을 할 수 있다면, 산다는 게 그리 나쁘지 않을 수도 있겠다. 어떻게 그걸 포기할 생각을 할 수가 있어? 다른 방법이 있을 거야."

할리마 이모는 말했다. "네가 결정할 때까지 우리집으로 보내. 안 그래도 일손이 필요하니까. 네가 직장을 포기해야 할 이유는 없어. 그 직업 갖겠다고 가족들을 얼마나 고생시켰니. 로 므와나, 진정해. 파리다의 처지가 다른 수천 명보다 더 나쁠 것도 없으니까."

"그건 내가 걔 나이 때 모두가 내게 했던 말이야." 어머니가 말했다. "내가 그 말을 들었다면 평생 집에서 요리나 하고 애들이나 돌봤겠지."

"나처럼 말이구나." 할리마는 자기가 동생의 무시하는 말에도 눈 하나 깜짝 않는다는 것을 보여주기 위해 싱긋 웃으면서 손가락을 딱딱딱 퉁겼다. "하지만 그랬다면 너는 즐길 시간이 있었겠지. 애들도 돌보고, 남편을 위해 요리도 하고, 때로는 밖에 나가서 사람들도 만나고. 가슴에서 광기가 솟아오르는 사람처럼 정신없이 돌아다니는 대신에 말이야."

"내 자식들은 내가 돌봐." 짜증나는 이 비난에 늘 그렇듯 화가 난 어머니가 말했다. "내 남편도 내가 돌보고. 우리 식구들한테 물어봐, 불만이 있냐고. 물어보라고."

"물어볼 필요도 없지." 할리마가 도돌이표와 같은 익숙한 대화에 또 다다른 데 한숨을 내쉬며 말했다. "당연히 네 식구들은 불만이 없지. 어떻게 불만이 있겠니? 유난 떨지 마, 내가 하고 싶은 말은 그거야. 네가 어떻게 할지 정할 때까지 파리다를 우리집에 보내."

그래서 파리다는 어머니의 언니인 비* 할리마의 집에 보내졌다. 비 할리마의 가족은 식구가 많았지만 그녀는 하인을 두길 거부했다. 이유는 아무리 물어도 대답해주지 않았다. 나는 하인이 곁에 있는 걸 원하지 않아, 라고 말할 뿐이었다. 그녀는 직접 빨래를 하고, 세레다니를 닦고, 바닥을 쓸고, 요리를 하고, 다림질을 했다. 매일 근처 가게에서 필요한 것을 샀고 남편 알리도 퇴근길에 시장을 봐왔다. 하인이 할 일이 뭐가 있단 말인가? 파리다는 오전 동안 이모를 돕고 모든 여자가 알아야 하는 집안일을 배우라고 그 집에 보내졌다. 부모님은 이 구시대적인 가택연금으로 퇴보한 것에 심란했지만 그녀를 보낼 학교가 없었다. 오전 내내 파리다를 혼자 집에 두는 것은 당연히 상상할 수 없는 일이었다. 그 나잇대 여자애들은 자기가 얼마나 예쁜지도 몰랐고, 남자들이 그들을 손에 넣을 수 있다고 생각하면 마음속에서 어떤 열망과 혼란이 들끓는지도 몰랐으며, 그들의 허영심을 부추길 수 있는 사람 앞에서 자기가 얼마나 무력한지도 몰랐다. 점심때가 되면 파리다는 집으로 돌아와서 어머니가 식사 준비하는 것을 도왔다.

한창때에 부모님은 젊은 급진주의자였다. 정치적 급진주의자는 아니었다. 거리를 행진하고 연설을 하고 주먹을 허공에 휘두르는, 그런 유의 난폭한 급진주의자는 아니었다. 그때는 그런 걸 할 수 있는 공간이 없었다. 영국인들이 용납하지 않았을 것이다. 그들은 행진이나 연설

* 영어의 미즈(Ms).

같은 데 굉장히 예민했고 그들이 선동이라 부르는 것을 항상 감시했다. 오만인*들도 무질서를 두려워했기 때문에 허용하지 않았을 것이다. 그들이 남자들끼리 언성을 높이고 지팡이를 휘두르는 데 항상 신경썼던 건 아니지만 말이다. 이슬람교의 시크들 또한 금지했을 것이다. 그들은 권위에 대한 모든 도전과 모든 논쟁을 금지했다. 단, 그것이 자기들 사이의 끝나지 않는 분쟁이 아닐 경우에 한해서. 부모님이 급진주의자였던 이유는 두 사람 다 신정부가 세운 사범전문학교에 가겠다며 그들의 부모님에게 반항했기 때문이었다. 아버지는 전문학교에 가는 것을 금지당했다. 그의 아버지가 식민지 교육을 의심했기 때문이다. "그들은 네 민족을 경멸하게 만들고, 쇠숟가락으로 음식을 먹게 하고, 코로 말하는 원숭이로 만들 거야." 그가 말했다. 아버지의 아버지는 그 세대 아버지만이 할 수 있었던 방식으로 협박하고 고함쳤다. "그들이 너를 카피르**로 만들어서 우리는 하느님이 부여하신 의무를 다하는 데 실패할 거다. 네가 직접 우리를 지옥문까지 데려다주는 편이 낫겠구나. 너는 내 축복을 받지 못할 거야. 너랑 의절할 거니까. 당장 이 미친 짓을 멈춰, 이 멍청하고 죄 많은 자식아."

어머니 역시 자기 부모에게 금지당했다. 그녀의 부모는, 식구가 더 많지만 더 흩어져 살았던 가족에 속한 그의 부모와 여러 면에서 달랐으나 이런 쪽에서는 똑같았다. 너는 이미 다 큰 아가씨야, 그녀의 부모가 말했다. 그런 네가 보호자도 없이 타지에서 떠돌아다니는 걸 허락한

* 잔지바르가 오만 술탄국의 속국으로 편입된 1698년부터 오만인들이 잔지바르의 지배계급으로 군림하기 시작했는데 1856년 왕위 계승 과정에서 두 나라가 나뉘었다.

** 이교도.

다면 너와 네 가족에게 재앙과 불명예를 가져오라고 세상의 약탈자들을 초대하는 것과 같아.

하느님에게 복종할 의무가 있는 사람들에게 반항은 죄였다. 그들은 우선 하느님에게, 그다음으로는 아버지와 어머니에게 복종해야 했다. 그러나 부모님은 둘 다 반항적이었다. 이미 서로 아는 사이였고, 이미 사랑에 빠져 있었던 그들은 함께 공부를 계속하겠다고 우겼다. 그들의 부모도 자기 딴에는 가장 이상적인 방식으로 행동하고 있었지만 그들은 부모와 언쟁하고 달래고 사정했다. 그리고 친척들과 이웃들을 포섭한 후에 자신들의 진지한 야망과 많은 사람들의 응원으로 부모를 서서히 지치게 했다. 그런 문제에서 친척들과 이웃들의 공통 의견에 저항하기란 어려운 법이다.

그다음에 그들은 모두에게 연인이라는 의심을 받으면서도 둘 다 교사자격증을 따서 일을 시작하게 되기 전까지는 결혼하지 않겠다며 또 다시 부모에게 반항했다. 결국 이번에도 먼저 지쳐버린 부모는 약혼만 먼저 하고 결혼 시기에서는 약간의 재량권을 갖는 데 동의했다. 어머니는 가끔 마음이 내키면, 대개 아버지도 옆에 있을 때, 부모와 싸웠던 이야기를 들려줬다. 어쩌면 그녀는 행복한 추억을 남편과 함께 복기하고 자식들이 거기에 들어오는 것을 허락해서 그들도 이야기의 일부로 만들고 싶었는지도 모른다. 이야기를 하다가 어떤 순간에는 부모님이 마주 웃었고 또 어떤 순간에는 아버지가 얼굴을 찌푸리며 너무 멜로드라마처럼, 영웅담처럼 만들지 말라고 어머니에게 항의하곤 했다.

"당신 또 조미료를 너무 많이 치네." 아버지는 말하곤 했다. 그는 늘 그렇듯 절제와 차분함을 선호했다.

"무슨 조미료를 쳤다 그래." 어머니가 대꾸했다. "정확히 있는 그대로 말한 거야. 당신이 늙어서 잊어버린 거지."

학교 교육이 개인적인 사명이었던, 다른 말 못한 야망들을 대체한 과업이었던, 계몽된 새로운 세상으로 가는 길이었던 그들 같은 부모에게 딸이 입학을 거부당한 일은 작은 비극처럼 느껴졌다. 파리다가 위험해지지 않게 집에 두라는 할리마 이모의 제안을 받아들일 수밖에 없다는 사실은 더 끔찍했다. 마치 젊은 시절 꿈에 대한 일종의 배신 같았다. 그래서 시험에서 떨어진 여자아이 몇 명의 부모가 선생을 개인적으로 고용해서 수업을 하자고 했을 때 그들은 대찬성이었다. 특히 파리다가 하고 싶어했기 때문에 더 그랬다. 오후에 자기 집에서 개인수업을 했던 이 교사는 오전에는 공립중등학교, 파리다를 비롯한 수천 명의 여학생을 거부한 바로 그 학교에서 일했다. 학교는 아이들을 받아주지 않을지 몰라도 똑같은 선생님에, 똑같은 교과서예요, 부모들은 서로 말했다. 그래서 파리다는 오전에는 이모 집에서 숙제도 하고 이모가 시키는 일도 하다가 오후에는 수업에 갔다. 학교보다 나아요, 그녀는 말했다. 시간표도 널널하고 공부도 할 만하거든요. 학교가 끝났을 시간에 수업을 들으러 가는 것은 창피했고, 교복도 없고 수업료만 내면 아무나 갈 수 있는 사립학교에 다니는 실패자라는 티도 났지만 다른 실패자가 너무 많았기 때문에 파리다는 곧 자기가 이 고집스러운 실험의 일부이자 자신에게 할당된 구석자리에 앉기를 거부한 사람 중 한 명이라는 사실을 받아들였다.

"저는 집에서 아무것도 안 하는 사람이 되기 싫어요." 그녀가 할리마 이모에게 말했다. "여자는 그래야 한다고 다들 생각하잖아요. 저는 저를 위해 뭔가를 할 거예요." 이모는 그 말을 듣고, 새벽부터 한밤중까지 하루의 대부분이 잡일과 걱정과 힘든 노동의 연속인 나는 집에서 아무것도 안 하는 사람이구나, 라는 생각에 미소 지었다. 온 세상이 자신을 필사적으로 막으려 드는 것처럼 자기가 원하는 것을 위해 싸우고 부산을 떠는 므와나가 했던 말과 똑같은 말이었다.

수업은 몇 달간 지속되다가 선생과 학생들 양쪽이 서로를 비난하면서 끝났다. 선생은 학생들이 공부를 진지하게 여기지 않는다고, 능력이 안 되는 건지도 모르겠다고 말했다. 학생들이 대수학이나 화학의 기초 개념도 이해 못하는 것을 보고, 교수법적 효과를 위해 살짝 과장하긴 했지만, 기막혀서 말없이 앉아 있었던 적도 있었다. 반대로 학생들은 선생이 자기가 가르쳐야 할 과목을 모른다고 말했다. 그녀가 학교에서 담당한 과목은 가정과 키스와힐리였기 때문이다. 그들은 또 선생이 사실은 자기가 어려운 과목을 어떻게 가르쳐야 할지 모르는 거면서 학생들이 아무것도 모르는 것처럼 군다고 말했다. 돈 낭비예요, 학생들이 부모에게 말했다. 부모들 역시 같은 생각을 했을지도 모른다. 자기 집에서 수업하는 선생 한 명이 어떻게 여러 명의 교사와 책과 실험실이 있는 학교만큼 제공할 수 있겠는가. 그들은 또, 절대 입 밖에 내진 않았겠지만 이렇게 생각했을지도 모른다. 자신들도 거리에서 학부모를 만나면 고마워하는 미소를 감추지 못하는 선생이 아니라 공립학교 학생들이 가진, 빛나는 유럽인 선생들을 원한다고.

그래서 파리다는 다시 옛 일과로 돌아갔다. 오전에는 할리마 이모 집에 가서 비질, 빨래, 채소 썰기 같은 것을 도왔다. 그런데 그러고 나서 만족스럽게 수다를 떨고 웃었다는 것은 그녀 스스로 깨닫지 못하는 사실을 드러냈다. 그녀는 한동안 이모 집에 갈 때 아직도 해야 할 숙제가 있는 것처럼 책을 계속 가져갔다. 하지만 절대 펼치는 법은 없었다. 그럴 시간이 없었기 때문이다. 점심때가 다가오면 집으로 돌아오는 길에 큰 집에 사는 이웃 비 아지자가 그녀의 가족을 위해 시장에서 사다 놓은 재료를 받아와서 요리를 시작했다. 어머니가 집에 올 때쯤에는 모든 것이 어느 정도 끝나 있었으므로 므와나도 다시 일을 시작하기 전에 시원한 물 한 잔을 마시고 잠시 앉아서 숨 돌릴 시간이 있었다. 이제는 음식이 제때 준비되었으므로 식사시간도 덜 정신없고 덜 무질서해졌다. 아버지는 이 새로운 시스템에 흐뭇해했다. 가끔 그 미소에 그늘이 어리긴 했지만. 남동생들은 쿠란학교로 쫓겨가기 전에 왕성한 식욕을 충분히 채울 수 있었고 므와나는 누워서 휴식을 취하기 전에 천천히 목욕할 시간이 있었다. 모두가 혜택을 누렸다.

이런 식으로 몇 달이 지나는 동안 파리다의 일과는 점점 더 정착되어갔다. 그녀는 할리마 이모네 집에 갈 때 자기 집 세탁물을 가져가 거기서 빨고는 다음날 집에 올 때 가져왔다. 어머니를 위해 심부름을 했고 때로는 어머니가 비 아지자에게 부탁하는 것을 깜빡한 재료를 사러 시장에 가기도 했다. 이때쯤에는 외국 방식에 익숙해진 여자나 괴팍한 여자를 제외한 모든 여자가 입는 검은 옷인 부이부이를 이미 입고 있었다. 그녀는 자기가 원하면 시장이나 가게, 친구 집에도 갔고 점심 준비할 시간에 맞춰서 집에 돌아왔다. 오후에는 설거지를 하고 바닥을 쓸고 가끔은 자기 옷도 조금 다린 후에—나머지는 어머니가 하라고 남겨뒀다—씻고 나서 또 친구를 만나러 나갔다. 그녀는 이 시시한 잡일을 계속하는 동안 미소를 지었고 일종의 흥분을 느꼈다. 어머니는 걱정이 되기 시작했다.

“뭐가 잘못된 걸까? 이런 거에 만족하면 안 되는데.” 그녀가 페이살에게 말했다. “파리다는 열네 살이야. 하고 싶은 게 있어야 할 나이라고. 이런 단조로운 일은 싫어해야 돼. 이렇게 되라고 가르친 적은 없는데.”

“하지만 행복해 보여.” 페이살이 조심스럽게 말했다. 아내의 걱정을 줄일 방법이 생각나지 않는데 오히려 더 부추기기가 주저되긴 했다. 그들은 침대에 누워 있었다. 오후 중반이라는 이 시간대는 가장 조용한 시간, 결혼생활을 통틀어서 가장 좋은 시간이었다. 이 시간에는 아무도 찾아오지 않았고 아이들은 쿠란학교에 있거나 이제 충분히 자라서 이 때만은 부모님을 방해하면 안 된다는 것을 알았기 때문이다.

“걔가 누굴 만난다고 생각하는 건 아니지, 당신?” 그녀가 물었다.

“누루, 왜 그런 말을 해? 그런 건 생각도 하지 마.” 그녀를 본명으로 부르는 사람은 그뿐이었다.

“걔가 이런 식으로 스스로 하인이 되게 놔둘 순 없어.” 누루가 말했다. “게다가 걔 일손이 꼭 필요한 것도 아니잖아. 그전에도 나 혼자서 행복하고 완벽하게 살림해왔다고. 이런 일을 못하게 할 방법을 찾아야겠어.”

“하지만 걔는 자기가 돕고 있다고 생각하는데 하지 말라고 하는 것도 이상하잖아.” 그가 말했다. “집안일을 하면 행복한가봐. 걔가 연습중인 케이크랑 페이스트리를 보라고. 아주 잘해. 어쩌면 그쪽으로 재능이 있는지도 몰라.”

“할리마 언니가 가르쳐서 그렇지 뭐.” 그녀가 말했다. 그러고는 몸을 돌려서 남편을 한참 바라봤다. "걔가 평생 사모사랑 페이스트리나 만들어야 한다는 말은 아니길 바라."

"아니, 그건 당연히 아니지."

당연히 아니었다.

그리고 파리다를 교육시키려는 마지막 시도가 있었다. 학년이 끝나는 12월에 어머니는 파리다를 데리고 몸바사에 사는 친척을 만나러 갔다. 어머니의 큰언니인 사이다가 거기서 결혼해 살고 있었다. 게다가 어머니의 어머니가 그곳 출신이었으므로 몸바사에는 셀 수 없이 많은 사촌들이 있었다. 어머니는 언니에게 파리다가 갈 만한 학교를 알아봐달라는 편지를 미리 보내둔 참이었다. 파리다는 이 계획에 적극적이었고 빨리 사이다 이모네 집에 가서 몸바사의 학교에 다니고 싶어 안달했다. 이 여행은 문의의 결과가 어떻게 되었는지, 파리다가 몸바사를 좋아할지도 알아보고, 가서 직접 보고 마음도 정하고, 두 가족 다 부유하지 않았기 때문에 편지로는 상의할 수 없는 민감한 금전적 문제를 이야기하기 위한 것이었다. 삼 주가 지났을 때 어머니는 혼자서 돌아왔다. 딸은 케냐에서 다시 한번 중등학교 입학시험에 도전하기 전에 열다섯 나이로 초등학교 마지막 학년을 한번 더 다니도록 두고 왔다.

파리다가 몸바사에 있는 동안 아민은 그녀가 이 년 전에 떨어졌던 시험을 통과했다. 남학생이 갈 수 있는 학교는 두 곳이었지만 그래도 들어가기 힘들었다. 어쨌든 아민은 2등으로 붙었으므로 설사 정원이 열 명이었다 해도 들어갔을 것이다. 이 성공으로부터 얼마 후 파리다는 집에 돌아왔다. 몸바사에서도 실패했던 것이다. 파리다가 여러 면에서 즐거웠던 해의 끝인 1월에 그녀는 평생 남을 추억과 함께 패배자로 귀

향했다. 케냐에서도 선택받지 못한데다 몸바사의 사립학교에 드는 비용은 감당할 수 없었기 때문이다. 나는 최선을 다했어, 그녀가 말했다. 하지만 너무 멍청했던 거지.

그녀는 떠나기 전의 상태로 되돌아갔다. 오전에는 할리마 이모를 도왔고 가족을 위해 빨래하고 청소하고 점심식사를 요리했다. 그리고 이제 중등학교에 들어가서 모든 과목이 너무 어려워진 아민의 숙제를 자진해서 봐줬다. 하지만 실상은 그녀의 수다와 웃음이 그를 방해할 때가 더 많았다. 그녀는 자신과 똑같이 무서운 시험을 볼 라시드를 위해 시험공부용 시간표를 만들었다. 자신에게 비극이 닥친 원인은 계획적으로 공부하지 않았기 때문이라고 말했다. 라시드는 그 시간표를 순순히 시험공부용 공책 표지 뒷면에 붙인 다음 철저히 무시했다. 그는 누나의 명령을 따르는 것보다 친구들과 카드놀이나 축구 하는 것을 더 좋아했다. 그녀가 그의 위반사항을 일일이 공책에 기록해두었다가 실세에게 하나하나 보고하겠다고 협박했더니 그 말은 효과가 있었다. 때가 되자 그 역시 학년말에 예상대로 시험을 통과했다. 하지만 이 모든 노력과 집안일로 기여했음에도 불구하고 파리다는 과거의 행복 혹은 그 비슷한 것을 떠올리며 웃고 있었다. 그녀의 미소에는 다 안다는 듯한 미묘한 일그러짐, 숨겨진 농담을 혼자 알아들었을 때와 같은 입꼬리의 떨림이 있었다. 어쩌면 그것은 단순히 그녀가 나이를 먹으면서 자의식이 성장했기 때문이었는지도 모른다. 몸바사에서 한 해를 보낸 뒤로 그녀에겐 새로운 매력이 생겨서 이제는 소년들과 젊은 남자들에게서 날아드는 시선을 모를 수가 없었다. 하지만 그녀가 모두에게 너무나 거리낌없이 부주의하게 미소 짓고, 말을 걸면 너무 당당하게 웃으면서 대답했기 때문에 아무도 감히 그녀에게 다가가지 못했다. 마치 그녀가 추파와 밀통 따위를 초월한 성인 여자인 것만 같았다.

한편 그녀의 남동생 아민은 자신에게 예견됐던 모든 것을 쉽게 성취해나가고 있었다. 그는 예의바르고, 믿음직하고, 진실하고, 친절했다. 걔는 착한 애야, 어머니는 때때로 뭔가 숨기는 게 있는 듯한 목소리로 말하곤 했다. 그는 어렸을 때보다 말수가 더 줄었고 아무 이유 없이 뭔가를 빤히 쳐다보는 경향이 있었지만 장점에 비하면 흠이라고 하기도 어려웠다. 말이 없다는 점과 어떤 주제에 대해 점점 더 모호하게 말하는 성향은 그를 더 깊이 있고 현명한 사람처럼 보이게 만들었다. 그는 중등학교에 입학하자마자부터, 심지어 모두가 처음 접하는 과목과 절차라 많은 학생들이 초반에는 고전하는 부문에서도 두각을 드러냈다. 그는 지시를 이해했고 과제가 요구하는 것을 능숙하게 해냈다. 새로운 학습규칙에 대해 짜증을 내지도 않았고 자기가 맡은 과제에서 지름길을 찾으려 하지도 않았다. 교사들은 이 단순한 철저함에 기뻐했다. 이렇게 성실하고 뛰어난데도 그는 느긋하고 반에서 눈에 띄지 않는 학생이었다. 선생들은 그가 어떤 면에서도 고집스럽지 않을 거라고 생각하면서도 그를 리더 중 한 명으로 여겼다. 또한 그의 묵종을 그들의 권위에 대한 지지로, 타의 모범으로 해석해서 거기에 의존했다. 아민은 이 역할에서는 예외적이지 않았지만, 예외적으로 우수한 학생 중 한 명이었다. 학생들은 모두 겸손했다. 자기가 지금 이 자리에 있을 수 있는 것이 얼마나 큰 행운인지 알고 있었고 고집이나 반항심으로 거기에 다다른 아이는 없었기 때문이다. 아민은 건강했고, 위협적이지 않으면서도 강했으며, 젊은이답게 우아했고, 치명적인 미소를 갖고 있었다. 모두가, 특히 부모님이 그를 당연히 자랑스러워했다. 그들은 안도와 감사로 그의 성취를 바라보았다. 아이들이 어떻게 자랄지 누가 알겠는가? 부모의 사랑을 배 터지게 들이켜다가 지치지도 않는 놈팡이이자 끈질긴 악마가 돼서 부모 인생의 매 순간을 망쳐놓는 자손의 예가 얼마나 많은가?

라시드도 형이 자랑스러웠다. 라시드는 형을 사랑했다. 비록 둘 중 어느 것도 아민에게 말할 생각은 해본 적이 없었고 세월이 한참 흐르기 전까지는 자기 혼자 속으로 생각해본 적도 없었겠지만. 그는 이 년 뒤 형과 같은 학교에 들어갔기 때문에 형과 비교당하는 것을 평정심을 갖고 견뎌야 했다. 그는 아민의 업적을 알고 있었고 그것을 얻기 위한 노력도 잘 알았기에 놀랍다고 생각하지 않았다. 한 선생이 어떤 과제에서 그가 형만큼 뛰어나지 않다고 말했을 때는 무시당했다는 점에서만 상심했을 뿐 아민에게 경쟁심을 느껴서 기분이 나빴던 건 아니다. 어쨌든 라시드가 형과 달리 가망 없는 수준이었던 건 아니다. 그 역시 학교에서 두각을, 그러나 다른 식으로 드러냈다. 우선 그에게 학업적 재능이 있는가에 대한 대답은 아민의 경우처럼 만장일치가 아니었다. 일부 교사의 눈에 그는 독선적이고 자신을 과대평가했으며 때로는 비현실적이고 무모했다. 아민처럼 철저하지도 않아서 뭔가를 하는 시늉만 할 때도 있었다. 어떤 선생들은 그가 그렇게 허세와 요란만 떨다가 금방 바닥이 드러나서 변변찮은 인물이 될 거라고 생각했다. 똑똑하긴 하지만 아주 많은 사소한 부분에서 문제가 있어, 라고 선생들은 생각했다. 그는 시끄러웠고, 반의 수다쟁이였으며, 집중을 못했고, 스포츠에 열정적이었지만 잘하진 못했다. 하는 스포츠마다 잘하는 형과는 달랐다. 그가 성미 급한 토론자였다는 사실은 장점처럼 들릴지도 모르지만 그렇지 않다. 학교 토론에서는 좋지 않았다. 학교에서는 약간의 논리와 전략, 약간의 위엄과 예의와 총명, 약간의 속임수와 허세가 필요했다. 그렇지 않다면 뭐하러 토론을 하겠는가. 그런데 그런 상황에서 라시드는 분개하고 경멸하고 비협조적으로 굴면서 폭주해서 남을 웃기거나 화나게 했다. 마치 불평가들과 불평분자들을 위한 공연을 하는 것 같았다.

또 이탈리아와 관련된 모든 것에 열광한다는 점도 있었다. 하지만 사실대로 말하면 회화서, 같은 사람이 준 사진과 포스터 몇 장, 자코모 아고스티니*가 베스파에 앉아 있는 잡지 스크랩과 사진 몇 장, 누나가 몸바사에서 가져온 주세페 가리발디** 전기만화를 제외하면 그의 열정을 뒷받침하는 제대로 된 실물이나 지식은 없었다. 하지만 문체나 아름다움이나 시에 대한 어떤 토론에서도, 특히 청소년 시절에는, 그의 우상은 늘 이탈리아인이었다. 셰익스피어도 좋지. 사실 경이롭긴 하지만 단테와는 비교가 안 돼. 왜 우리에게 단테를 공부할 기회를 주지 않는 걸까? 실바나 망가노는 내가 볼 때 가장 아름다운 영화배우야. 이탈리아 축구팀은 거의 브라질만큼이나 훌륭하지. 초등학교 때 선생들은 그의 이탈리아 예찬을 어린애다운 치기로, 똑똑한 아이의 피할 수 없는 과시욕으로 생각했다. 어쨌든 그 시절 대부분의 사람들은 아비시니아 전쟁 때 이탈리아인들의 어리석은 행동에 대해 전해 내려오는 이야기

* 이탈리아의 유명 모터사이클 레이서.

** 이탈리아통일운동에서 핵심적 역할을 한 장군.

때문에 그들을 약간 웃긴 민족으로 생각했다. 그래서 라시드의 이탈리아 옹호 또한 실상은 비꼬는 코미디라고 생각됐다. 그러나 그가 청소년이 되었을 때는 중등학교의 거의 모든 교사가 영국인이었기 때문에 그중 일부는 라시드의 열정을 우스꽝스러운 연기로 봤다. 역사선생은 라시드 때문에 이탈리아인만 나오면 이유 없이 짜증을 냈다. 로마 학자나 유명인의 말을 인용하기 전에 항상 라시드 쪽을 쳐다보면서 네 조상 누구누구가 이러이러한 말을 했다고 말했다. 문학선생은 이탈리아어로 어떤 구절을 읽어주고는 못 알아듣는 그 어린 친구에게 이게 단테라고 알려주면서 차갑게 웃었다. 그는 라시드에게, 무의미한 찬사를 계속 늘어놓기 전에 도서관에 있는 에브리맨스 라이브러리*의 번역판부터 읽어보라고 명령했다. 그가 볼 때 그것은 초심자가 가장 접근하기 쉬운 판본이었다. 너는 뛰려고 하기 전에 걷는 법부터 배워야 할지도 모르겠구나, 문학선생이 현명하게 충고했다.

공교롭게도 라시드는 정말로 시를 좋아하는 것으로 드러났다. 그는 학교 도서관 책도 빌려 읽고 헌책방에서 낡은 시선집도 샀다. 어린 시절에는 카시다 부르는 것을 좋아해서 몇 편은 외우기까지 했다. 원래 사람들은 쿠란 구절이나 카시다나 이야기의 한 구절을 암송하는 것을 좋아했다. 기술이 있는 사람은 아주 평범한 상황에 한 구절을 슬쩍 끼워넣거나 유창하게 암송을 했는데 그때마다 사람들이 감명받거나 기뻐하지 않는 적이 없었다. 때로는 누군가가 이야기하다가 중간에 아름다운 구절을 암송하기 시작하면 나머지 사람들이 다 같이 기쁘게 합창

* 영국의 출판사 J. M. 덴트 앤드 컴퍼니에서 출간을 시작한 포켓판 세계문학전집.

하면서 우쭐대는 동시에 즐거워했다. 하지만 그 나이에, 그가 다니는 학교에서는 라시드는 더이상 카시다를 부르지 않았다. 시란 셰익스피어와 키츠와 바이런과 롱펠로와 키플링을 의미했고 라시드 역시 열의와 기쁨으로 이 시의 세계에 빠져들었다. 그것이 교육이 의미하는 바였다. 교육이란 '누구나 아는 것을 나도 아는 것'을 의미하지 않았다. 그 과정에서 뭔가를 잃어버리는 것을 한탄해야 한다는 생각은 라시드에게 떠오르지 않았다. 시간이 없어서 다 읽지는 못했지만 직접 산 단테 책도 집에 있었다.

어느 시점에 그는 주로 친구들을 즐겁게 하기 위해 영어로 시를 쓰기 시작했다. 키츠의 『히페리온』이나 바이런의 『차일드 해럴드의 순례』 스타일로 웃기고 과장스럽게 썼다. 끝없이 주절주절 이어지면서 짐짓 현명한 척하는 시들이었다. 그는 몇 행을 외워두었다가 학교에서 집에 갈 때 화려한 동작과 함께 세상을 향해 읊어 보였다. 한 친구가 라시드의 단테 예찬에 짜증을 냈던 문학선생에게 그 사실을 이야기했고 선생은, 밀고자의 의도대로, 이 새로운 정보에 더욱 짜증이 났다. 그는 작품을 보여달라고 요구했다. 라시드는 경멸당할 것을 예상하고 머뭇거리며 선생에게 공책을 넘겼다. 시를 쓴 것 자체는 장난이 아니었다. 비록 가볍게 쓰긴 했지만 그는 자기 작품에 일종의 애정을 느꼈다.

"전체적으로 미성숙하구나." 나중에 선생이 반 전체에게 말했다. 마치 그들 모두가 그의 의견을 고대한 것처럼. "『아라비안나이트』 같은 지루한 싸구려 신비주의이거나 방대하고 횡설수설하는, 바이런의 풍자 스타일을 모방한 헛소리이거나. 아프리카인들이 영어로 무언가를 환기하는 문장을 쓰려고 할 때 으레 그렇듯 혼란스럽고 무의미해. 이런 식으로 쓰려는 시도를 한다는 것조차도 너의 자만한 기질, 자기 능력에 대한 비현실적으로 높은 평가를 나타내지. 너는 아직 한참 멀었어. 오늘 네 숙제는 『아프리카의 여왕』에 등장하는 선장의 인물 분석이다. 이런 실속 없는 것 말고 명쾌하고 정리된 것을 제출하도록." '혼블로워' 시리즈로 명성을 얻은 C. S. 포레스터의 『아프리카의 여왕』은 선생이 그들에게 적합하다고 생각하는 훌륭한 작품이었다. 선생의 힐난에 너무 겁먹은 라시드는 대꾸할 엄두조차 나지 않았다. 음탈리아나라는 별명이 부담스러워지기 시작한 것은 바로 이 시기부터였다.

그래서 라시드에 대한 선생들의 의견은 아민 때와 달리 갈라졌다. 물론 부모님은 라시드도 자랑스러워했지만 아민 때처럼 마음이 편하지는 않았다. 특히 어머니는 그를 걱정했다. 때때로 어머니가 식사 준비를 하는 동안 그가 부엌에 앉아서 영원히 멈추지 않을 것처럼 수다를 떨 때면 그녀는 너무 웃겨서 흘리는 눈물 사이로 그를 흘끔흘끔 보면서 저애가 계속 괜찮으려나 생각했다. 아프거나 정신이 불안정하다는 건 아니었지만 계속 나아갈 수 있는 힘이 있을지 걱정됐다. 그의 열정은 너무 집착적이었고, 유머는 때때로 무례했으며, 자신감은 너무 무모해서 그가 실망에 대처하는 법을 알고 있을지 궁금했다. 그리고 나이를 먹을수록 고집이 점점 세져서 복종하지 않으려 하고 자기 마음에 안 드는 건 무시하는 게 보였다. 그는 아민보다 작았고, 나이에 비해서도 작았고, 항상 흥분해 있었다. 성격이 불같았다. 그녀는 그에게서 자신과 비슷한 면이 보인다고 생각했다.

이때는 1950년대 후반, 세상이 그 어느 때보다 아이러니로 가득하고 아프리카 거의 전역이 어떤 식으로든 유럽인들의 지배를 받던 시기였다. 직간접적으로, 야만적인 힘에 의해 또는 무력을 통한 외교에 의해. 무력을 통한 외교라는 게 말이 된다면 말이다. 1950년대에 영국이 그린 아프리카 지도는 크게 네 가지 색으로 칠해져 있었을 것이다. 영국이 지배하는 지역은 빨간색과 분홍색의 그러데이션, 프랑스 영토는 진녹색, 포르투갈 영토는 보라색, 벨기에 영토는 갈색. 이 색은 세계관의 상징이었고 다른 제국들도 각자 자기만의 색깔 체계가 있었다. 그것은 세상을 이해하는 방식이자, 그런 지도를 연구한 많은 이들에게는, 오직 상상 속에서만 가능한 여행을 꿈꾸는 방식이었다. 지금의 지도는 더이상 그런 식으로 읽히지 않는다. 세상은 그때보다 훨씬 혼란스러워졌고 정체를 숨기는 사람들과 이름들로 가득하다. 어쨌든 이제는 상상의 여지가 별로 없다. 그림 자체가 이야기이기 때문에.

영국이 만든 지도에서 빨간색은 잉글랜드 국기의 상징이자 의무의 이름으로 기꺼이 희생하겠다는 의지, 제국의 이름으로 흘린 모든 피를 의미했다. 남아프리카도 이때는 아직 빨간색과 분홍색의 그러데이션이었다. 유럽인들이 약간의 평화와 부를 찾기 위해 세계를 반 바퀴 돌아서 발견한 캐나다, 오스트레일리아, 뉴질랜드처럼 영연방이었기 때문이다.* 진녹색은 이상향의 초원에 대한 상징으로, 프랑스인들을 조롱하는 유머였다. 그들이 지배했던 영토 대부분이 사막 또는 반사막 또는 적도 우림이어서 무기와 과도한 자만심으로 얻은 것치고는 쓸모없는 땅이 많았기 때문이다. 보라색은 포르투갈인들의 불안한 자존심과 제

* 남아공은 1961년에 탈퇴했다가 1994년에 재가입했다.

국의 왕가, 종교, 상징에 대한 집착을 나타냈다. 그들은 수세기에 걸쳐 식민지배를 하는 동안 이 땅들을 잔혹하게 약탈하고 학살하고 불태우고 원주민 수백만 명을 노예로 삼아 브라질의 플랜테이션 농장으로 이주시켰다. 갈색은 벨기에인들의 무신경하고 냉소적인 효율성을 나타냈다. 그들은 이 축제에 뒤늦게 합류했지만 그들이 식민지인들에게 선사한 것은 이 비열한 시대의 다른 어느 강대국과도 비교할 수 없을 정도였던 것으로 드러났다.* 콩고민주공화국과 르완다에 그들이 남긴 유산은 앞으로도 한동안 그곳의 강과 호수를 흙탕물로 만들 것이다. 에스파냐인들에게도 식민지가 있었다. 영국이 그린 지도에는 에스파냐를 상징하는 노란색으로 표시되었는데 이는 약탈한 황금에 대한 집착을 의미한다. 1950년대 말에 이 색깔들은 연분홍색, 연두색, 연보라색, 베이지색으로 옅어질 것이다. 이것은 아마도 점진적인 식민지배 포기, 모든 것이 통제하에 있는 자치로의 진화를 표시하기 위한 것이었다. 비록 오래가진 못했지만.

또한 1950년대의 지도는 유럽 식민지배의 예외를 보여줬을 것이다. 이집트는 1922년부터 불안한 자유국이었지만 영국 육군, 해군, 공군이 주둔하는 문제에서는 선택의 여지가 없었다. 라이베리아는 한 번도 정식 식민지였던 적이 없고 해방된 아프리카 출신 노예들이 새 예루살렘**을 세우기 위해 미국에서 돌려보내질 수 있는 자유의 땅으로서 건국되었다. 그들이 얼마나 잘해냈는지를 보라. 에티오피아는 엉망진

* 최소 백오십만에서 최대 천삼백만 명이 학살당하거나 벨기에인들이 전염시킨 병에 의해 사망한 것으로 추정되며 일일 고무 채취량을 채우지 못하면 손이 잘렸다.

** 성경에서 훗날 새로운 세상이 만들어질 때 그곳에 세워질 하느님의 도성.

창인 이탈리아인들을 상대로 두 번을 버텼다. 모든 유럽 국가의 군대가 어찌어찌해서 아프리카 땅 한 조각을 손에 넣고 원주민 수천 명을 학살했던 19세기에 메넬리크 2세의 군대는 아두와에서 이탈리아인들을 물리쳤다. 이 불필요한 패배의 원인은 바보짓이었음이 확실하다. 비록 어떤 학자들은 메넬리크 2세에게 무기를 공급한 랭보에게 공로를 돌리기도 하지만 말이다. 훗날 무솔리니의 군대가 민병대와 영국군과 아프리카 식민지 부대에 의해 축출되었을 때 그중에 하비브 삼촌이 있었다. 그다음으로는 1956년 독립한 군사독재국가 수단이 있었다. 그리고 리비아는 1951년 영국의 보호하에 신정왕국으로 독립했다. 이것이 그런 지도가 언급하지 않는 아이러니다. 그 외에는 케이프타운에서부터 탕헤르에까지 이르는 모든 것이 '문명화 사명'의 손아귀에 있었고 거기에는 이 사건들이 일어나고 있는 동아프리카 전체가 포함되었다.

1950년대 지도 살짝 보기에 이렇게 탐닉하는 이유는 당시의 세계가 얼마나 다른 모습이었는지를 기억해내기 위해서다. 어떤 공황이 지척에 와 있었는지, 몇 년 뒤에 유럽 정부들 대부분이 지켜야 할 의무를 전혀 느끼지 않는, 종잇조각에 불과한 일련의 조약들과 계약들을 남긴 채 보따리 싸서 고국으로 도망가리라는 걸 정말로 알았던 사람은 아무도 없었다. 그래서 아민과 라시드 같은 젊은이들의 자아상과 미래는 식민지인들이 지금까지 기대해온 바와의 분리를 시작조차 못한 상태였다. 여기서 식민지인은 한 시대의 끝과 다음 시대의 시작 사이에 존재하는 무정부상태—비록 그들은 그 사실을 몰랐지만—국가의 작은 동네에 사는 사람들을 말했다. 학교를 졸업하기 몇 년 전부터 아민은 부모님이 다녔던 사범전문학교에 가고 싶다고 확신했는데 거기에 반대하거나 그를 좌절시키거나 칠팔 년 뒤에 일어날 나라의 독립과 관련된 다른 가능성들을 고려해야 하지 않느냐고 말하는 사람은 없었다. 독립이 그렇게 가까이 와 있었다는 건 아무도 몰랐고 그것이 어떤 기회를 가능하게 해줄지에 대해 추측이나마 해본 사람 또한 많지 않았다. 어쨌든 아민이 부모님이 살았던 유용하고 만족스러운 삶, 지역사회에 유용하고 자신과 가족에게 성취감을 주는 삶을 갈망해선 안 될 이유는 없었다. 단지 아프리카로부터의 광란의 탈주로 인해 모든 게 바뀌리라는 것이 유일한 문제였지만 아무도 상상하지 못하는 것 같았다, 적어도 아민이 아는 사람 중에서는. 심지어 매일 라디오 뉴스를 듣는 아버지조차도 독립이 다가오고 있다는 얘기는 한 번도 한 적이 없었다.

아버지는 유명하고 존경받는, 시내 학교 교사였다. 물론 알다시피 모든 교사가 존경받긴 했지만 말이다. 거리에서 아버지를 만나는 사람들은 말림 페이살이라며 그의 직업과 이름을 동시에 불렀고, 가던 발걸음을 멈추고 그에게 와서 인사하고 안녕을 기원했다. 그는 정부 청사나 부두나 병원에 갈 때마다, 국가의 굶주린 관료조직에 돈을 뜯기러 갈 때마다 옛 제자를 우연히 마주치곤 했는데 그들은 그저 아버지를 도울 수 있음에 기뻐했다. 그들이 아버지의 친절함과 명석함을 칭송할 때마다, 아버지와 관련된 가장 좋아하는 일화를 들려줄 때마다 아민은 짜릿함을 느꼈다. 그때 기억나세요, 말림? 아민은 자기가 앞으로 어디를 가든 무엇을 하든 아버지가 지역사회에서 갖는 중요성이나 의미를 결코 뛰어넘지 못하리라는 것을 알았다. 어머니도 아민이 학교를 졸업할 때까지 현직에 있었지만 어머니의 옛 제자들은 여자였기 때문에 아버지의 제자들과 같은 방식으로 공적 세계를 점유하지 못했다.

어머니와 아버지가 함께 있는 모습은 좀 신기한 광경이었다. 아버지는 키가 크고 말랐고 어머니는 원래도 풍만한데 해가 갈수록 점점 더 풍만해졌기 때문이다. 어쩌면 아버지는 다른 지역의 비율 좋은 거인들과 비교하면 크지 않은 편인지도 몰랐다. 이곳은 작은 사람들이 사는 작은 동네였기 때문에 그는 여기 기준으로 컸다. 아버지의 갸름한 얼굴은 단정하게 다듬은, 점점 희끗희끗해지는 수염 때문에 더 금욕적으로 보였다. 셔츠 소매는 늘 단추가 잠겨 있었고 모든 일을 침착하고 깔끔하게 하는 것 같았다. 항상 그런 모습으로 있는 건 당연히 불가능했지만 어쨌든 그런 인상을 주었다. 아버지는 약간 구부정하게 걸었고 약간 찌푸리고 있을 때가 많았으나 말할 때는 목소리가 온화했고 금방이라도 미소를 지을 듯한 표정을 했다. 어떤 사람들은 그를 음사피, 깨끗한 사람이라고 불렀다. 그 단어가 아버지 이름과 약간 운이 맞기 때문이기도 했다. 다른 데에서였다면 아마 깔끔쟁이로 불렸을 것이다.

반면에 어머니는 키가 작고 통통했고, 거의 항상 부스스하고 헐레벌떡했으며, 고집 센 머리카락이 제멋대로 자라서 핀을 꽂아도 자꾸만 빠져나왔다. 태도는 과장스러울 때가 많았고, 놀란 눈은 너무 휘둥그렜으며, 분개하는 모습은 마치 연기 같았다. 그녀에게는 끝내지 못한 일과 계획이 늘 산더미처럼 있었지만 남의 말을 잘 들어주는 재능이 있었다. 그래서 그녀가 집에 있을 때는 모든 대화와 의견이 그녀에게 전달되었고 모든 것이 일단 그녀를 거쳤다가 퍼져나갔다. 그녀는 정확히 언제 자기가 하던 일을 멈추고 상대방에게 완전히 집중해야 할지를 알았다. 사람들은 그녀가 막내딸이었기 때문에 므와나라고 불렀다. 므와나는 아이라는 뜻이다. 그녀의 이름은 빛을 뜻하는 누루였는데 지금은 페이살만이 그렇게 불렀다.

아민은 열아홉 살 때 예상대로 사범전문학교에 입학했다. 그 학교는 약 한 세대 전에 교사를 양성하기 위해 세워진 곳이었다. 동급생 한 명은 학비를 부담할 수 있는 부모가 의학을 공부하라고 영국으로 보냈고 다른 친구들은 인도, 이집트 또는 그 밖의 나라로 떠났다. 몇 명은 본토의 해안지대 또는 내륙에 사는 가족과 친척의 인맥을 동원해서 미래를 찾으러 뿔뿔이 흩어졌다. 늘 그런 식이었다. 사람들은 기회가 생기면 미련 없이 떠났다. 하지만 아민은 기회를 찾으려 하지 않았다. 떠나고 싶지 않았기 때문이다. 그는 결정을 내렸고 평생 동안 교사로 살 기대에 부풀어 있었다. 어쩌면 그것은 작은 동네에서만 가능한 사고방식인지도 몰랐다. 세상이 지금은 그 당시보다 더 정신없어졌는지도 모른다.

파리다도 어떻게 살아갈지 결정을 내렸다. 몸바사에서 돌아온 지 두 달쯤 됐을 때 그녀는 부가에서 재봉사로 일하는 호드리게스 부인의 도제가 되었다. 인도 고아주州 출신인 호드리게스 부인은 고객 중 몇 명이 식민지 관리의 아내라는 이유로 패션 전문가를 자처했다. 그들은 밑단을 고치거나 허리를 늘리는 것 같은 수선만 맡겼지만 그 수가 상당해서 호드리게스 부인이 문패에 "영국 정부 공식 지정"이라고 쓸 수 있었다. 그녀가 하는 일은 대부분 온갖 종류의 드레스를 만드는 것이었지만 유럽인들은 그녀에게 고급스러운 이미지를 가져다줬다. 파리다는 아침과 낮에는 그곳에서 일하고 저녁에는 일을 마저 하기 위해 집에 일감을 가져왔다. 첫 육 개월 동안은 아무런 급료도 못 받았고 그후에도 푼돈을 받았다. 호드리게스 부인은 말이 없고 웃는 상에 말씨는 나긋나긋하지만 단호하면서도 완강한 여자로, 파리다에게 자기가 가르쳐주는 고급 기술과 소개해주는 상류층 손님에 감사해야 한다면서 숙련되기 전까지 급료는 꿈도 꾸지 말라고 했다. 그녀가 지금 파리다에게 주는 돈은 순전히 후의에 의한 것이었다. 내가 아침마다 홍차와 케이크 한 조각도 공짜로 주지 않니? 파리다는 준비가 되면 자기 사업을 시작하기로 결심했고 그때까지는 이 치졸을 참는 수밖에 없다고 생각했다.

어머니 므와나는 바느질을 좋아했고 자기 재봉틀도 있었는데 그 시절 그 지역에서 특이한 소유물은 아니었다. 그래서 그녀는 파리다가 집에 가져오는 까다로운 일을 도왔다. 재봉틀의 불룩한 몸통 밑에서 환한 빛 위로 웅크린 채 레이스와 리본을 꿰매고 단춧구멍을 감침질하는 등의 일을 했다. 그것이 므와나에게는 취미이자 기쁨이라고 그녀는 딸에게 말했다. 두 사람은 때때로 밤늦게까지 일하기도 했다. 파리다가 사장님에게 다음날까지 마치겠다고 약속했는데 못할 경우에 야단맞는 것을 참을 수 없을 만큼 싫어했기 때문이다. 어머니는 자주 눈이 아프다고 불평했다.

파리다는 삼 년 동안 호드리게스 부인 밑에서 일했다. 그녀가 가게를 그만두고 집에서 자기 사업을 시작하겠다고 할 때마다 호드리게스 부인은 급료를 올려주겠다고 하거나 사업이 얼마나 위험한지 아냐고 겁을 줘서 그만두지 못하게 했다. 파리다는 그때마다 설득당해서 눌러앉았지만 삼 년 후에는 사업을 시작해도 될 만큼 충분히 배웠다. 처음에는 친구들을 상대로 했다. 그들이 잡지에서 오린 사진을 가져와서 이런 드레스를 원한다고 말하면 파리다는 주말이나 저녁에도 일하며 최선을 다했다. 드레스 한 벌을 만드는 데는 시간이 오래 걸렸으므로 친구들이 잠깐 들러서 불평하기도 했지만 수다떨다가 돌아가고 나면 아무도 신경쓰지 않았다. 이 노동의 결과는 잡지 사진과 완전히 똑같지는 않더라도 여전히 훌륭했다. 파리다가 재단과 재봉에 재능이 있어서 사진만 보고서도 결국은 크게 다르지 않은 드레스를 만들어낼 수 있었기 때문이다.

파리다가 집에서 일하기 시작한 후로 집안의 리듬은 완전히 바뀌었다. 아침에는 모두가 나가기 전까지 파리다가 나타나지 않았지만 그들이 점심시간에 돌아와보면 예전처럼 완벽하게 집안일을 하고 있었다. 식구들은 한 명씩 알은척하러 부엌에 들어갔다. 어머니는 이것저것 캐묻거나 참견했고, 아버지는 특별임무로 학교에서 돌아오는 길에 사온 과일을 건넸으며, 동생들은 탐욕스럽게 음식냄새를 맡고 방해를 했다. 점심식사 후에는 모두가 부엌을 알짱거리며 도왔다. 그러고 나서 페이살과 므와나는 오후 휴식을 위해 안방으로 들어갔고, 아민과 라시드는 스포츠, 숙제, 거리 어슬렁거리기, 카드놀이 같은 청소년다운 활동을 차례차례 하며 힘을 빼러 나갔으며, 파리다는 그날의 재봉 일에 착수했다.

이때였다. 파리다가 손님을 끌어모으기 시작하고, 아민은 학교에 다니면서 자신 있게 졸업시험을 기다리고, 라시드는 아주 확실하진 않게 형의 궤적을 따라가고, 말림 페이살은 처음으로 제안받은 교장직을 거절했을 때, 므와나가 직장에서 쓰러지면서 서른아홉 나이에 은퇴를 권유받았다. 녹내장 진단을 받았고 고혈압이 의심됐기 때문이다. 자기가 모두에게 얼마나 폐를 끼치게 될까라는 생각에 정신이 아찔해지자 그녀는 예기치 않게 가족 앞에서 소리 없이 흐느꼈다. "나는 눈이 멀 거고 너희는 쓸모없는 내 몸을 돌봐야만 하게 될 거야." 그녀가 말했다. "오 얄라, 알함둘릴라."

그들은 곁에 앉아서 그녀를 진정시키다가 같이 울었다. 그들 또한 그녀가 눈이 멀 것임을 의심치 않았기 때문이다. 의사는 가능성을 언급했을 뿐이었지만 끔찍한 예후는 므와나와 가족에게 마치 저주 같았다. 그래서 어머니는 집에 머물면서 새로운 인생을 시작했다. 복잡한 여러 가지 일을 병행하지 않아도 되자 처음에는 답답하고 짜증이 났지만 얼마 후에는 마음이 편해지면서 천천히 인생의 템포를 바꿀 수 있었다. 그녀는 병원에도 가야 하고, 전문의를 만나러 몸바사에도 가야 하고, 안압을 낮추기 위한 수술도 받아야 했다. 거기에 근시용 안경, 새로운 식단, 복약법, 운동까지 챙기다보니 삶이 예전보다는 차분해도 또다시 즐거운 혼란이 되었다.

졸업반이 된 라시드는 여전히 친구들과 형과 부모님에게 허세를 부렸다. 게다가 나이를 먹으면서 더 고집스럽고 까탈스러워진데다 자신을 약간 반골이라고 생각하길 좋아했다. 마지막 해에는 쉬지 않고 이곳을 떠나는 것에 대한 얘기를 했다. 이런 사고방식은 자기도 모르게 스스로에게 영향을 미쳐서 주변의 너무 많은 것들에 대한 짜증과 경멸을 억누를 수 없게 되었다. 그가 알게 된 것들과 읽은 책들이 지금 그들이 사는 삶의 그 어떤 것보다도 풍부한 세상에 대한 생각을 심어주었다. 여기는 사회적 아부, 중세적 종교성, 역사적 허위 때문에 숨이 막혀, 그는 말했다. 그는 강력한 언어를 갖고 있었고 이제 겨우 열일곱 살이었다. 그 녀석은 멀리 갈 거야, 친구들은 말했다. 그게 허풍이 아니라면. 아민은 미소 띤 채 라시드의 말을 가만히 듣고 나서 처음에는 놀리다가 나중에는 동의했다. 어머니는 자기 문제만으로도 이미 심란한데도 늘 그렇듯 라시드를 걱정했지만 그녀 또한 그의 분노에 마음이 흔들리지 않을 수 없었다. 이 정신 나간 애가 과연 어떻게 될까? 아버지는 한참 동안 그를 앉혀놓고 격려하는 동시에 주의를 줬다. 몽상가가 되지 마라. 현실적으로 봐라. 넌 뭘 하고 싶은 거니? 결국 가족과 친구들도 그의 허황된 이야기에 흔들렸고, 그들의 삶에 대한 그의 불만스러운 설명을 귀담아들었으며, 그에게 열심히 노력해서 위대한 세계를 향한 꿈을 펼치라고 충고했다.

마지막에 실질적 해결책을 가져온 것은 선생들이었다. 그들은 그가 평범한 재능의 수다쟁이에서 (총명한 학생 스타일로) 근엄하고 성숙한 글을 쓰는, 자신감 있고 생각이 확고한 학생으로 성장한 데 감탄했다. 그리고 이 변화에 대한 공로는 자신들이 챙겼다. 라시드는 토머스 배빙턴 매콜리*와 셰익스피어, 이슬람교에 똑같이 엄격하면서도 동시에 조숙한 재치를 선보였다. 그 재치는 거만한 경향이 있었지만 젊은 혈기 때문이니 시간이 해결해줄 터였다. 옥스퍼드나 케임브리지에 갈 재목이다. 그의 선생들은, 적어도 영향력 있는 선생들은 모두 영국인이었으므로 자신들의 세계를 너무 잘 가르친 결과 탄생한 작품에 스스로 감명받지 않을 수 없었는지도 모른다. 그들은 그가 영국 대학교에 지원하도록 도왔고, 장학금시험을 보도록 지도했으며, 아련한 학창시절에 자신들에게 익숙했던 일과를 그도 따르게 했다. 마치 그들도 그와 함께 음모론에 빠진 것만 같았다. 그들이 자신들의 세계에 대한 지식을 더

* 영국의 역사가 겸 정치가. 『영국사』에서 서유럽 문화가 타지역보다 우월하기 때문에 사회정치적으로 발전할 수밖에 없다고 주장했다.

열심히 공부시킬수록 라시드는 더욱더 잘해내고 싶어했다. 그것은 보기보다 미묘했다. 잘해서 선생들을 기쁘게 하고 싶은 욕구 외에도 좀더 유혹적인 무언가가 있었다. 그가 점점 더 복잡한 것을 이해하기 시작할수록 그 세계가 더욱더 자기 것이 되는 듯했던 것이다. 과거에 그에게 혹독했던 당사자인 역사선생과 문학선생은 다른 학생들에게는 한 번도 언급한 적 없는 토머스 칼라일, 존 스튜어트 밀, 찰스 다윈, T. S. 엘리엇의 텍스트를 공부하라고 그에게 줬다. 그들은 토요일마다 교대로 방과후에 남아서 라시드에게 추가수업을 했다. 이 선생들은 그가 이해하지 못한 구절을 이해할 수 있는 형태로 다시 써서 자주 그에게 주곤 했다. 때로는 반대로 그가 이해한 것을 선생 앞에서 설명하는 깜짝시험을 치르기도 했다.

그래서 파리다가 마침내 자기 재봉사업을 시작하고, 아민은 열아홉 나이로 사범전문학교에 다니면서 중등학교 교사가 될 준비를 하는 동안, 라시드는 집을 떠나기 위한 고된 과정의 마지막 단계에 있었다.

6
아민과 자밀라

어느 날 오후 아민은 사범전문학교에서 집에 돌아왔다가 파리다가 고객과 함께 있는 것을 보았다. 별로 놀랄 일은 아니었다. 그 시간은 여자들이 삶이라는 옷감을 유지보수하기 위해 서로의 집을 방문해서 일반적인 여자들의 일을 하는 때였기 때문이다. 이때 새로운 소식과 축하와 위로, 예의바른 행동과 친절한 행동, 최근 드러난 감미롭거나 시큼털털한 소문의 교환이 이루어졌다. 예를 들면 얼마 전 태어난 아기들을 훗날 약혼시키기 위한 사전 준비를 했다. 아픈 사람은 동정했다. 부탁을 하거나 들어주고 돈을 빌리거나 빌려줬다. 남편과 아들의 단점을 열거하고 그들이 지배하는 세계를 한탄했다. 또 이때는 새 드레스의 디자인을 상의하거나 새틴이 모슬린보다 좋은 점, 허리에 주름을 잡는 것보다 천을 덧대는 것의 장점을 논하기에 편리한 시간이었으므로 파리다가 고객들에게 영업하는 시간이기도 했다.

그는 그녀의 이름이 자밀라임을 알고 있었고 얼굴을 본 적도 있었지만 이렇게 가까이에서 본 것은 처음이었고 말을 걸어본 적도 없었다. 그는 늘 그녀가 아름답다고 생각했었다. 이렇게 가까이에서 보니 얼굴이 갸름하고 이목구비가 앙증맞았는데 거기에서 뭔가가 끊임없이 움직였다. 짙은 호박색 눈에서 빛과 움직임, 일종의 생기, 재밌는 일을 향한 기대가 엿보였다. 몸매는 거의 완벽에 가까웠다. 무릎 위에 파리다의 패션 카탈로그가 펼쳐져 있고 피륙 하나가 그들이 앉은 깔개 위에 펴져 있는 것을 보니 드레스 치수를 재러 왔음을 알 수 있었다. 그녀는 그에게 미소를 지어서 예의바르게 인사했지만 그 미소에는 왠지 모를 나른함과 다 안다는 듯한 느낌이 있었고 그것 때문에 아민은 그녀가 마치 여행을 많이 해서 세상을 잘 아는 사람처럼 매력적으로 보인다고 생각했다. 그가 그녀 앞에 한참을 멍하니 서 있었더니 그녀의 입이 한층 더 벌어지면서 눈이 잠시 반짝했다. 파리다도 미소 지었다.

"내 동생이에요." 파리다가 말했다.

"그럼 이쪽이 아민인가요?" 자밀라가 웃으면서 물었다. 그녀의 목소리는 그렇게 마르고 그렇게 묘한 아름다움을 지닌 사람에게서 예상되는 것보다는 굵었다. "조금 전에 어머니가 찾으시던데요."

아민은 책가방을 내려놓고 가장 가까운 의자에 앉았다. 어머니가 그 자리에 있었다면 그를 쫓아냈을 것이다. 어머니는 라시드나 아민이 여자 손님이 있는 방에 같이 앉는 것을 좋아하지 않았다. 그들은 예의바르게 인사하고, 만약 그 손님이 형제를 어렸을 때부터 아는 사람이면, 미소를 머금은 채 그들의 애정어린 농담을 듣고 있다가 물러가면 되었다. 그들은 이제 여자들과 어울리기엔 나이가 너무 많았으므로 여자들의 대화에 방해가 되거나 불미스러운 평판을 얻을 일밖에 없었다. 어머니는 특히 파리다의 고객이 대개 젊은 여자였기 때문에 경계했다. 딱히 무슨 일이 일어날 거라고 생각해서가 아니라 입방아에 오르내리기 싫었기 때문이다. 아들들이 이웃의 과년한 딸에게 무례했다는 비난은 듣고 싶지 않았다. 하지만 어머니가 거기에 없었으므로 그는 앉아서 빤히 쳐다봤다. 그때 파리다가 작게 헛기침을 해서 그가 그녀를 돌아봤다. 그녀의 치켜세운 눈썹이 뭐라고 따져 물으면서 경고하고 있었다.

"왜 그래?" 그녀가 물었다. 아민은 그녀에게 미소를 지어 보인 후 자리를 뜨려고 일어났지만 발걸음이 떨어지지 않았다. "무슨 문제 있어?"

"아냐 아냐." 그가 말했다.

"말을 다 하네." 자밀라가 아까보다 그윽한 목소리로 그를 놀렸다.

"카리부." 아민이 자밀라를 향해 말했다. 별말씀을.

"학교 다녀요?" 그녀가 그의 가방을 흘끗 보면서 물었다. "어느 학교 다녀요?"

"사범전문학교요." 그가 문간에 멈춰 서서 말했다.

"마가 너 찾으셔." 파리다가 자밀라의 등뒤에서 화난 척하는 표정 중 하나를 지어 보이며 말했다. 그는 그들에게 살짝 손을 흔들고는 안쪽으로 들어갔다.

"네 얘기를 묻더라." 부모님이 잠자리에 든 후에 파리다가 그에게 말했다. 그녀는 옷을 만드느라 자주 밤늦게까지 앞방에 라디오를 작게 틀어놓고 앉아서 일하곤 했다. 아민은 때때로 라시드에게 시험공부할 시간을 더 주려고 그녀 옆에 앉아 있었다. 라시드는 아민이 방에 있으면, 그가 침대에 누워서 조용히 책을 읽거나 심지어 자고 있어도, 공부를 못 했다. 그리고 라시드가 공부를 못 하면 그뒤에는 위기감, 자기 의심, 말없는 토라짐이 찾아왔다. 어쨌거나 아민은 파리다가 간간이 수다를 늘어놓고 라디오가 방방곡곡의 청취자 신청곡을 틀어주는 동안 책을 읽으면서 밤늦게까지 깨어 있는 것을 좋아했다. 학교 공부가 그리 힘들지 않았으므로 대부분 재미있는 책과 관심 가는 책을 읽었고 나중에 그것에 대해 독창적 의견을 발표해야 한다는 부담도 느끼지 않았다. 그래서 그는 잠시 독서를 중단하고 파리다의 이야기를 듣는 것을 마다하지 않았다. 그녀의 말이 끝났을 때 아까 읽던 곳으로 되돌아가도 똑같이 즐겁게 읽을 수 있었기 때문이다. 그는 그녀와 함께 있는 것이 편했고 그녀의 수다는 쉼없이 계속되진 않았다. 그녀가 말하면 그가 듣고 가끔 대꾸하면 그녀가 들었다. 그러고 나면 그는 다시 책이나 공책으로, 그녀는 단추와 보디스*로 되돌아갔다. 서로 같이 있는 게 편하다는 것은 행운이었다. 그녀가 하는 이야기는 대부분 사람들 얘기, 그들이 한 일, 그들이 앞으로 뭘 할 것 같은지에 대한 그녀의 생각이었다. 파리다와 어머니가 이런 이야기를 속사포처럼 떠들고 있으면 아버지는 그게 바로 가십이라고 했지만 아민이 듣기에는 남자들끼리 하는 얘기와 다르지 않았다. 남자들이 훨씬 악의적이라는 점만 빼면. 여자들도 자기들끼리 있을 때는 그럴지도 몰랐다.

"오늘 여기 왔던 사람." 파리다가 말했다. "그 사람이 너에 대해 묻더라고."

* 드레스에서 몸통을 꽉 조이는 부분.

"뭘 물어봤는데?"

"몇 살이냐, 무슨 공부 하냐, 언제 졸업하냐, 뭐 그런 거." 파리다가 그에게 음흉한 미소를 지어 보였다. "너를 본 적이 있다는데 아까는 네가 누군지도 몰랐잖아. 너는 그 여자 누군지 알아?"

"자밀라. 전에 본 적 있어." 아민이 말했다. "더 말해봐. 그 사람 얘기 더 해봐. 뭐라고 했어?"

파리다가 씩 웃었다. 그녀는 지금 이 상황을 즐기고 있었고 원래 속삭인 고백과 고통스러운 비밀을 좋아했다. 그런 그녀에게도 비밀이 있었는데, 절대 말하지 않겠다는 맹세를 시킨 뒤에 그에게 말해줬다. 처음에는 그녀가 비밀연애가 주는 긴장과 공포를 누군가에게 털어놓고 싶어서 말한 줄 알았다. 나중에 알고 보니 그녀는 사실 스릴을 즐겼고 자기가 사랑에 빠진 것을 자랑스러워하고 있었다. 그녀가 그를 만난 것은 몸바사에서 일 년 동안 학교를 다닐 때였다. 그 학교의 상급생들은 집에 갈 때 특정한 경로로 무리를 지어서 갔다. 그리고 어째선지 근처 중등학교의 남학생 무리가 항상 그 길을 가로질렀다. 그들은 심지어 걸음을 멈추지도 않았다. 그래서 여학생들과 남학생들은 웃으면서, 놀리면서, 눈웃음을 치면서 한동안 같이 걸었다. 어느 날 여학생들은 남학생 중에서 누가 자기 남자친구였으면 좋겠는지 고른 후에 여형제와 사촌을 통해 상대 남학생에게 전달했다. 파리다도 키 크고 호리호리하고 진지한 아바스의 이름을 사촌들에게 댔더니 사촌들이 그의 누나에게, 누나가 다시 그에게 말을 전해서 그가 편지를 보내오기 시작했다. 만나거나 키스하거나 영화관에 가거나 그런 일은 한 번도 없었다. 은밀함도 추문도 없었다. 사랑은 마땅히 그래야 했으니까. 거리에서 매일 우연히 만날 때 손등이 서로 스쳤을지는 모르지만. 그들에게는 누나와 사촌을 거쳐 파리다에게 도착한, 괴로움으로 가득찬 비밀쪽지가 있었을 뿐이다.

그녀가 입학시험을 통과하지 못해 잔지바르시로 돌아와야 했던 것은 비극이었다. 안타까운 실패였다. 그녀보다 멍청한 여자애들이 단지 긴 나눗셈식을 더 잘 풀어서, 부모가 추가과외비를 낼 수 있어서 시험에 붙은 것을 보니 바보가 된 기분이었다. 그것만으로도 충분히 힘든데 진짜 비극은 아바스를 두고 떠나야 한다는 것이었다. 그는 어느 편지에서 자신의 괴로운 마음 속에는 늘 그녀가 있다고 썼다(그리고 그는 내 마음속에 있어, 그녀가 말했다). 사촌들은 그들의 이별이 너무나 심각한 재난이라 밀회를 허락해줘야 한다고 생각했다. 너무 무책임한 건 안 되고 해변 산책로에 몇 분 동안 둘만 있게 해주는 정도. 그들은 아바스의 누나들과 교섭을 시작했지만 사이다 이모가 눈치채고 계획을 금지했다. 뭐, 이모가 구체적으로 알아낸 건 없었다. 단지 뭔가 대담한 짓이 계획되고 있다고 추측했기 때문에 위반하면 아주 끔찍한 형벌을 내린다는 조건으로 포괄적 금지령을 내렸을 뿐이다. 이모의 심기를 거스르거나 연인을 곤경에 빠뜨리고 싶은 사람은 아무도 없었다. 그래서 그들은 해변에서 손잡고 걷기처럼 사랑에 빠진 사람들이 하고 싶어하는 어떤 행위를 할 기회도 얻지 못했다. 하지만 아민은 이 마지막 부분을 믿지 않았다. 파리다가 남동생의 명예를 지키는 동시에 그의 분노로부터 아바스를 보호하려 한다고 생각했다. 손잡고 거리를 걷는 행위는 어떤 지역에서는 결혼에까지 이를 수도 있는 죄였다.

어쨌든 파리다는 남자친구 없는 두부로서 잔지바르로 돌아왔다. 첫 몇 주 동안은 아바스와 헤어져서, 몸바사의 사촌들과 헤어져서 가슴이 찢어진 듯 아팠다(그녀는 어디가 아팠는지 아민에게 보여주기 위해 주먹으로 가슴을 꼭 눌렀다). 마치 자신의 일부가 잘려나간 것만 같았다. 너는 그런 걸 느껴본 적 있어? 없으면 진짜 상심이 뭔지 아직 모르는 거야. 꿈을 꾸면 몸바사의 이미지와 냄새가 느껴졌고 잠에서 깼을 때 잔지바르 집임을 깨닫고 나면 눈물이 멈추지 않았다.

돌아오고 나서 초반에는 떠나기 전에 그랬던 것처럼 오전시간을 할리마 이모네에서 집안일을 도우며 보냈다. 그런데 어느 날 이모가 그녀를 앉혀놓고 모든 걸 털어놓으라고 말했다. 더이상 그녀의 멍한 시선과 갑작스러운 한숨을 참을 수 없었기 때문이다. 고백을 할 때 파리다는 그 고통이 너무 커서 한 시간 내내 엉엉 울었고 말할 때도 울부짖으면서 말하는 통에 이모가 알아듣지를 못해서 처음부터 끝까지 다시 한번 말해야 했다. 할리마 이모는 처음에는 정신이 하나도 없었지만 파리다를 위로하려던 모든 노력이 헛수고로 돌아가자 그녀의 고통이 그 정도로 깊다는 사실에 헛웃음을 지었고 결국은 아바스가 보내는 편지를 자기 집에서 대신 받아주겠다고 제안했다. 알리 이모부에게는 당연히 알려야 했다. 우편물을 이모부가 가져왔으니까. 하지만 비밀을 지킬 거라고 믿어도 좋았다. 아민은 이 음모의 일부가 되어달라는 부탁을 받았을 때 이모부의 얼굴을 상상하고는 미소 지었다. 이모부는 원래 장난질과 골탕 먹이기와 일부러 모호하게 만든 신호를 좋아했다. 그래서 누군가가 오해를 불러일으키는 이야기를 하고 있을 때, 특히 그것이 일부러 오해하게끔 만들어진 것일 경우, 결말을 미리 예상하고 제일 먼저 빙그레 웃는 사람은 항상 알리 이모부였다. 사람들은 그를 위해 그런 이야기를 모아두었다가 들려주고는 그가 즐거워하는 것을 보고 웃었다. 그는 비밀서신교환이라는 발상에 깔깔댔을 것이다. 마치 그것이 일종의 장난인 것처럼.

그후로는 쭉 그 상태였다. 아바스는 여전히 파리다에게 편지를 보냈고 파리다도 계속 아바스에게 편지를 보내서 사 년이 지난 지금 그들은 어느 때보다도 사랑에 빠져 있었다. 그는 늘 편지에다 자기가 그녀를 향한 갈망 때문에 죽어간다고 썼다. 파리다는 아민이 중등학교를 졸업한 후에 이 비밀을 들려줌으로써 어른들의 음모와 은밀한 열정과 복잡한 세상사를 처음으로 가르쳐주었다.

"왜 비밀로 하는 거야?" 아민이 완전히 감을 못 잡고 파리다에게 물었다. "누나도 스무 살이 넘었고 그 사람은 나이가 더 많을 거 아냐. 왜 마와 바에게 우리 서로 사랑하니까 결혼하고 싶다고 말할 수 없는 거야?"

"어린애 같은 소리 하지 마." 파리다가 이 무모한 제안에 자신이 받은 충격을 과장하려고 입을 떡 벌렸다. "그럴 수 없으니까, 아직은. 너도 나중에는 알게 될 거야. 지금은 말해줄 수 없어."

"왜 말해주면 안 되는데?" 그가 물었다.

"네가 내 동생이니까." 그녀가 그의 순진함에 경악하며 말했다.

그 말은 그에게 별로 도움이 안 됐다. 하지만 한동안은 다른 비밀들을 암시하는 감질나는 고백을 들은 것으로, 오해와 의심으로 인한 고통을 가끔 나누는 것으로 만족해야 했다. 오해와 의심은 편지의 해석에서, 특히 그들이 서로에게 써보내는 시의 해석에서 당연히 생겨날 수밖에 없었다. 그 시들이 그들의 가장 내밀한 감정과 불안을 표현한다는 파리다의 말을 아민은 믿을 수 있었다. 그 문장은 농담이었나, 무의식적인 짜증의 표현이었나? 그녀가 그에게 보낸 시는 그녀가 하려던 말을 정말로 담고 있었나? 그의 시는 있는 그대로의 의미였나, 반어법이었나? "너도 시라는 게 어떤지 알잖아." 파리다가 말했다. "하루는 너를 기쁨으로 채울 수도 있고 다시 읽었을 때는 나락으로 떨어뜨릴 수도 있지. 내가 더이상 시를 원치 않는다고 말했지만 그는 참지 못해. 나도 마찬가지고."

"뭘 못 참아?" 그가 물었다.

"시 쓰는 걸." 그녀가 말했다.

"아, 시를 직접 쓴다고. 나는 어디서 베끼는 줄 알았어."

"어디서?" 그녀가 짧지만 의심스러운 눈빛을 보냈다.

"시집을 사면 되잖아."

"아니, 자기가 직접 써." 그녀가 잠시 생각에 잠겼다가 말했다. "나도 마찬가지고."

"누나도 시를 쓴다고?" 아민이 못 믿는 투로 말했다. "못 믿겠는데. 어디 보여줘봐."

"싫어." 그녀가 날카롭게 말했다. "너 읽으라고 쓴 게 아니니까. 그리고 내가 시 쓴다는 데 왜 그렇게 놀라는지 모르겠구나. 혹시 내가 너무 멍청해서 못 쓸 거라고 생각하는 거니?"

너무 멍청해서는 아니었지만 그는 파리다가 특정한 뭔가에, 특히 시 쓰는 것에 관심이 있을 거라고는 생각해본 적이 없었다. 그녀는 항상 웃고 떠들고 다른 여자들이랑 다정하게 무리 지어서 다닥다닥 앉아 있었기 때문에 그것이 그녀가 하는 일이고, 하고 싶어하는 일의 전부라고 생각했다. 그런데 알고 보니 그녀는 몸바사에 연인이 있었고, 그에게 연애편지를 썼고, 각자 쓴 시를 서로 교환했다. 그것이 그녀가 혼자 보낸 기나긴 시간 동안 한 일이자 그녀의 말끝에 달려 있던 미소의 의미였다. 할리마 이모와 알리 이모부가 비밀집배원이라는 사실을 어머니가 알게 되면 쉭쉭대며 날카로운 말을 속삭일 거라 생각하니 그의 얼굴에도 미소가 떠올랐다. 그후로 그는 파리다를 달리 보게 됐다. 그런 엄청난 음모를 꾸밀 수 있는 사람, 아바스 외에는 아무에게도 보여주지 않는 시를 쓰는 사람, 자신의 인생을 주위의 모든 것으로부터 안전하게 지키는 사람으로 보게 됐다. 파리다에게서 이야기를 듣고 나서 처음으로 할리마 이모를 봤을 때 그는 웃음이 실실 새어나오는 것을 막을 수 없었다. 그러자 할리마 이모는 의심스러운 눈초리로 그를 한참 쳐다보다가 얼굴을 찌푸렸고 그렇게 웃는 이유가 무엇이든 입에 담지도 말라고 명령했다.

시에 대한 아민의 오판에 불쾌했을 텐데도 파리다는 계속해서 그에게 중요한 사실들을 고백했고 가끔씩 편지봉투를 슬쩍 보여주거나 무방비하게—그런 시늉만 했는지도 모르지만—연인에 대해 이야기했다. 아바스는 몸바사의 해양기관에서 엔지니어가 되기 위한 교육을 받고 있었는데 이제 첫 단계를 거의 마친 상태였다. 상사는 그가 아주 잘하고 있다며 기회가 생기면 영국에서 진행되는 다음 코스에 그를 추천하겠다고 말했다. 그 상사는 음중구야, 그녀가 말했다. 이 사실로 인해 그의 말에 실리는 무게가 달라진다는 것을 아민이 이해하리라 믿어 의심치 않았다. 음중구의 칭찬에는 그들이 가진 기발한 기계나 무한한 전문지식과 똑같은 금전적 가치가 있었다. 또 아민은 아바스가 내년에 예

비교육과정이 끝날 때에 맞춰서 이곳을 방문할 계획이라는 사실을 제일 먼저 알게 되었다. 아바스에게는 이 도시 외곽에 사는 친척이 있었는데 지역 이름은 확실히 기억하지 못했다. 그는 이 친척 집에 한 달 남짓 머무를 예정이었다. 어머니도 같이 온다고 했다. 파리다의 입장에서는 사 년이 넘는 세월 만에 처음으로 그를 만나는 것이었지만 어떤 면에서는 바로 어제 일처럼 느껴졌다.

"누나한테 청혼하러 오는 거야?" 아민이 물었다. 그런 상황에서는 대개 어머니나 이모가 상대방 어머니나 이모에게 묻기 마련이었기 때문이다. "그래서 어머니가 같이 오는 거야? 그럼 마한테 말해두는 게 좋아."

그녀는 급하게 그를 조용히 시켰고 그는 그녀의 이야기 속에서 아직까지도 비밀인 예의 그 문제에 대한 추가적 정보를 그에게 주기에 적절한 순간이 지금이 아닌 건지 혹은 그녀가 부정 탈까봐 그를 조용히 시킨 건지 아닌지 확신이 서지 않았다. 그녀는 그를 조용히 시키면서 씩 웃더니 그걸로 만족하라고 했다.

"결혼하면 몸바사에서 살 거야?" 아민이 또 묻자 파리다가 다시 그를 조용히 시켰는데 그녀의 미소가 아까보다 더 커졌다. "그 사람이 교육받으러 영국에 가면 같이 갈 거야? 왜 내가 시를 보면 안 돼?"

"다른 사람을 위해 쓴 거니까." 하지만 보여달라는 말에 그녀가 기뻐하고 있음을 알 수 있었다.

그래서 자밀라가 그에 대해 물어보더라는 말을 할 때 그녀의 목소리는 자신의 비밀연애에 대해 얘기할 때처럼 낮았다. 다음이 그녀가 자밀라에 대해 그에게 해준 얘기다. "너 키폰다에 있는 큰 집 알지." 파리다가 말했다. "우선 그 커다란 바오바브나무가 오른편에 오게 옛 묘지를 지나가. 그러면 왼편에 자전거 수리점이 나오지. 그 수리점을 지나면 큰 인도인학교 바로 맞은편에 왼쪽으로 꺾어지는 길이 있어. 증기탕 갈 때 지나가는 길 말이야. 그 길 너도 알지. 거기서 꺾으면 커다란 집이 나오는데…… 거기가 자밀라가 사는 데야. 가족들이 그 큰 집에 다 같이 살지. 그녀는 아래층에 살고 가족은 위층에 살아. 어머니, 아버지, 오빠 둘과 그 처자식들까지. 그녀는 아래층에 혼자 살아. 난 못 살 것 같은데, 그렇게 큰 집에서는. 너는 본 적 있니? 내가 말하는 낡은 집 알아? 안은 무덤이나 동굴처럼 컴컴할 거야. 비 아지자네 집처럼. 물론 자밀라네 집은 우리 이웃집처럼 귀신 나올 것 같은 폐가는 아니지만. 여자 혼자 그 집 아래층에서 사는 게 상상이 되니? 문제를 자초하는 거지. 나라면 너무 무서울 거야…… 셰타니*도 구설수도. 자밀라가 결혼했을 때 그 가족은 그녀와 남편을 위해 아래층을 위층과 완전히 분리된 집으로 만들었어. 원래는 현관문이 따로 달린 창고나 가게였을 거야. 그녀는 사람들 입에 오르내려. 많이 오르내리지."

"뭐라고들 하는데?" 아민이 그녀에게 측은함을 느끼며 물었다.

"뭐, 그녀가 현관문이 따로 달린 아래층을 고집하는 걸 보면 비밀이 많고 오만하다고 했고 더 심한 말도 했지. 왜 저 여자는 남들처럼 살지 못하나? 왜 꼭 혼자 살아야 하나? 뭘 숨기고 있나? 하지만 그녀는 현관문을 고집했고 저 벽도 부숴야 했고 저 창문도 교체해야 했지. 남편은 부자였어. 여행중에 만났는데 나이로비나 다르에스살람이나 뭐 그런

---

* 동아프리카 신화에 나오는 사악한 정령.

데였을 거야. 수리비는 남편이 댔을지도 몰라, 단둘이 있고 싶어서. 그는 일종의 사업을 했어. 무슨 종류의 사업인지는 몰라. 그냥 사업인데 정확히 뭔지는 확실치 않아. 일이 년 후에 그는 그녀를 떠나더니 결국 이혼했고 어딘지 몰라도 원래 자기가 살던 곳으로 돌아갔어. 너 놀랐구나, 그렇지? 넌 왜 놀라는 거니?"

"그녀는 뭐든 잘 아는 사람처럼 보였거든. 세상사에 통달해 보였어." 아민이 말했다.

"그런데 웬 껄렁패랑 결혼했지." 파리다가 고개를 주억거리며 아민이 할 말을 대신 했다. "뭐, 겉보기만큼 잘 아는 건 아닌지도 모르지. 그는 그녀를 한동안 갖고 놀다가 떠났어. 매년 새 아내를 들였다가 몇 달 뒤에 이혼하는 더러운 늙은이들처럼 말이야. 자밀라가 그렇게 걸려들었다는 게 놀라운 거지. 집안 형편이 어렵지도 않았는데 왜 그 남자에게 상관했는지 모르겠어."

"사랑했나보지." 아민은 냉소적 의미로 한 말이었는데 파리다가 마치 그가 멋진 말을 한 것처럼 바보 같은 미소를 짓고 쳐다봤다.

"어쨌든 남편이 떠난 후에는 다들 자밀라가 다시 가족과 함께 위층에서 살 거라고 생각했고 심지어 어떤 사람은 아래층에 세 들 수 있냐고 물어보기까지 했지만 그녀는 옮기길 거부했어. 그래서 그때부터 사람들은 그녀가 현관문이 따로 달린 아래층에서 혼자 산다고, 뭔가 떳떳지 못한 일에 얽힌 게 분명하다고 말하기 시작했지. 그후로 그녀는 여행을 다니기 시작했어. 사람들은 사업 때문이라지만 그건 모르겠고 나는 그녀가 무슨 사업을 하는지도 몰라. 내가 아는 건 그녀가 몸바사랑 더 북쪽의 해안도시에도 인맥이 있다는 것뿐이야. 네가 자밀라에 대해 모른다니 놀랍구나. 사람들이 엄청 많이 얘기하는데."

"사람들이라! 사람들은 누구에 대해서든 그렇게 끔찍한 말을 하니까 가끔은 그냥 안 듣기도 해." 아민이 말했다.

"그러니까 뭔가를 듣긴 한 거네." 파리다가 의기양양하게 웃으며 말했다. "말해봐, 뭘 들었는데?"

아민은 머뭇거렸다. "하루는 그녀가 지나간 후에 사람들이 그 여자가 누구라고, 이름이 뭐라고 말하는 걸 들었어. 하지만 안 좋은 얘기를 들은 기억은 없어. 누나가 궁금한 게 그거라면. 그냥 그녀의 할머니가 유럽 남자의 여자, 그러니까 정부였다는 말만 들었지." 그가 말했다.

파리다가 거들먹거리며 고개를 끄덕였다. "맞아. 몸바사에서. 지금도 살아 있지는 않을 거야. 그럴 리 없어. 하지만 살아 있을 때도 아무도 찾아가지 않았고 그녀도 집밖에 나오지 않았지. 몸바사에 있을 때 그 낡은 집 앞을 한 번 지나가본 적이 있어. 자밀라의 어머니, 비 아스마가 그들의 자식이야. 피부색을 봐봐. 우유 같은 크림색이잖아, 그렇게 늙었는데도. 그녀는 여기에 결혼하러, 아마 몸바사의 구설수에서 벗어나기 위해 왔을 거야. 내 생각에는 친척이 키웠을 것 같아. 하지만 모두가 어머니의 불명예스러운 삶에 대해 들려줬겠지. 사람은 말로 남의 가슴을 갈가리 찢어놓을 수 있어."

"뭐, 자밀라와 아무런 관계도 없잖아, 할머니가 한 일은." 아민이 말했다. "쓸데없는 악의에, 가십이야. 왜들 그러는지 모르겠어. 좋은 말도 할 게 많은데. 근데 자밀라는 언제 또 와? 나에 대해 또 뭘 물어봤어?"

좋은 말도 할 게 많은데. 너무 아민다운 말이라 그 말을 들었을 때 파리다는 빙긋 웃었다. 친구들이 무심함과 잔인함에 관한 이야기, 옹졸함과 소홀함에 관한 이야기 또는 몰인정의 또다른 형태에 관한 이야기를 하면 그는 가만히 듣고 있다가 잠시 생각한 후에 그 말을 하곤 했다. 친구들은 그를 비웃었다. 별로 친하지 않은 친구들은 그가 도덕적인 척한다고 생각했다. 도덕적인 척은 자애로운 분위기를 가장하는 사람들 사이에 만연한, 예의의 한 장르였다. 진짜 친구들은 그에게서 냉소를 보지 못했으므로 그를 비웃을 때 항상 악의적이지도 않았고 항상 대놓고 웃지도 않았지만 그래도 여전히 비웃긴 비웃었고 그의 한탄을 일종의 순진함으로 받아들였다. 그리고 일상적인 잔혹에 관한 이야기를 발견하면 그에게서 특유의 슬픈 말을 듣기 위해 악착같이 그를 찾아냈다. 그래서 마침내 그가 이 말을 하면 그들은 자기도 모르게 웃음을 터뜨렸다가 꾹 삼켰다. 반대로 그럭저럭 친한 친구들은 대놓고 웃으면서 그의 터무니없는 상냥함을 놀렸다. 너는 이 험한 세상을 살아가기엔 너무 착해, 그들은 말했다.

자밀라의 이야기를 들은 날 밤 그는 그녀의 꿈을 꿨다. 그가 기억하는 꿈의 처음에는 그저 어두운 마당에 앉아 있는 존재일 뿐이었지만 그 사람이 그녀라고 확신했다. 처음에는 아무 소리도 안 났는데도 그는 그녀가 거기에 있음을 알았다. 그녀의 기색을 느꼈다. 뭔가가 공기 속에서 진동했다. 처음에는 거의 안 들릴 정도로 작은 콧노래였다가 천천히 커지기 시작하더니 음이 점점 높아지면서 빙글빙글 돌다가 그가 들을 수 없는 영역으로 넘어가버렸다. 하지만 그는 그곳에서 그녀를 느꼈고 콧노래 소리의 진동을 피부로 느꼈다. 그녀의 실루엣은 밤이 짙어지듯 점점 뚜렷해졌다. 그녀의 노래 속에서 그는 원시적 슬픔의 음, 고독의 음, 고통에 대한 공포의 음을 들었다. 잠시 후 그는 지하 아니면 동굴 속 같은 어두운 방에서 옷을 다 입은 채로 깔개 위에 반듯이 누워 있는 그녀를 보았다. 털이 긴 짐승이 그녀의 배 위에 쪼그리고 앉아 있었다. 죄책감을 느끼는 것 같았지만 집착 때문에 마비되어 꼼짝하지 않았다. 그 짐승이 너무 필사적이었던 탓에 아민은 잠에서 깼다. 자기가 비명을 질렀을까봐 걱정했지만 라시드는 몇 피트 떨어진 곳에서 편안하게 숨쉬고 있었다. 옥스퍼드나 케임브리지 꿈을 꾸나보네, 아민은 생각했다.

다음날 그는 자전거를 타고 그녀의 집 앞을 지나갔다. 원래 일주일에 두세 번 방과후에 친구들과 수영하러 가곤 했는데 이 '다음날'에 친구들을 부르러 갈 때는 증기탕 가는 길로 갔다. 그 길은 좁았고 오후 그 시간에는 짙은 그늘에 잠겨 있었다. 길 끝에 그 집이 있었는데 집 앞에 또다른 길이 좌우로 뻗어 있어 교차로를 이뤘다. 물론 그 길도 다른 집 등등을 피하느라 결국엔 이리저리 휘어졌겠지만 말이다. 그것이 구시가지가 지어진 방식이었다. 길이 하나같이 짧고 좁았고 낮게 왕왕거리는 정적이 감돌았다. 이런 길을 자전거로 달릴 때는 엄지손가락으로는 끊임없이 경적을 울리고 나머지 네 손가락으로는 브레이크를 감싸쥐었다. 그 집은 크림색으로 칠해져 있었는데 비를 맞아서 약간 변색돼 있었다. 2층과 3층 창문에는 회녹색 페인트가 칠해져 있고 그 위의 아치형 채광창에는 스테인드글라스가 끼워져 있었다. 2층은 블라인드 몇 개만 바람이 통하도록 열려 있을 뿐 창문들은 모두 닫혀 있었다. 반면에 3층 창문들은 활짝 열려 있었다. 화려한 무늬가 조각된 1층의 커다란 출입문들도 마찬가지로 활짝 열려 있어서 돌로 포장된 중정이 잘 들여다보였다. 그는 그 집이 폐허처럼 보인다고 생각하지 않았다. 널찍하고 바람이 잘 통하고 조용하다고 생각했다. 집 옆면에 있는 작고 평범한 문은 사무실이나 가게 입구 같았다. 길 쪽으로 난, 1층의 유일한 창문은 닫혀 있었지만 비늘판은 전부 열려 있었다. 그는 그 창문 앞을 지날 때 자전거 경적을 길고 복잡하게 울렸다. 아니, 그 집은 전혀 폐허 같지 않았다.

그들의 수영 약속은 즉흥적이었다. 누구든 수영하고 싶은 사람이 친구들 집을 한 바퀴 돌면 아무나 가고 싶은 사람이 따라갔다. 때로는 대여섯 명이 되기도 했고 때로는 두 명일 때도 있었다. 절대 혼자서는 가지 않았다. 특히 매년 이맘때, 계절풍이 시작되기 직전이라 바다가 거칠 때에는. 이때 아예 바다를 멀리하는 사람들도 있었지만 날씨가 너무 덥고 먼지가 많아서 아민은 헤엄치기는 힘들어도 차라리 물속에서 이리저리 던져지는 편을 선호했다. 그런데 그날은 가는 집마다 친구가 없어서 세번째 시도 만에 포기하고 운동장을 지나 하루 중 어느 시간에 가도 항상 시원한, 목마황이 늘어선 큰길을 따라 천천히 달려서 골프장 옆 해변으로 향했다. 친구들은 거기에도 없었다.

그는 왔던 길을 되돌아가기 시작했다. 병원이 있는 길을 따라 달려서 빅토리아 가든스 공원을 지난 뒤 법원 뒤에서 왼쪽으로 꺾어 그들이 자주 헤엄치러 가는 외진 해변으로 향했다. 법원 뒤에서부터 해변까지 이어지는 경사면에는 잔디가 깔려 있고 그 양옆에 큰 집 두 채가 있는데 두 집 모두 담으로 둘러싸인 정원에서 보면 바다가 내다보였다. 위층에서는 해협 너머 본토까지 다 보인다고 들었다. 어디서 나온 정보인지는 확실치 않았지만 말이다. 아주 먼 과거의 언젠가에 그 집들은 상인과 오만 귀족의 소유였다. 그래서 총안이 있는 흉벽과 테라스, 호기심 많은 사람들을 좌절시키기 위한 높고 무늬 없는 담장까지 그들이 좋아하는 스타일로 지었다. 아민이 방문한 그날 오후에는 바닷가 이 구간의 두 집에 모두 영국인 식민지 관리가 살고 있었다. 둘 중 하나는 대법원장이었고 나머지 하나는 병원장 아니면 법무상이었을 것이다. 지금은 사람 그림자는 보이지 않았다. 그의 가까이에 서 있는 어린 야자나무가 높은 줄기 끝에 달린 잎을 물결처럼 뱀처럼 희한하게 흔들면서, 바람 속에서 온몸을 유혹적으로 비틀면서 아주 투명한 의도로 젖은 머리카락을 쳐들었다. 아민은 커다란 목마황 밑에, 마른 씨앗이 지저분하게 떨어져 있는 땅바닥에 앉아서 바다가 출렁이는 것을 바라봤다. 그는 이 정도 거리에서 바다의 소리 없는 아우성을 보는 것을 좋아했다.

그때 문득 이 집에 사는 영국인 관리가 누구인지 모른다는 사실이 떠올랐다. 그들은 때때로 해변이 내려다보이는 테라스에 나와서 사람들이 수영하는 모습을 쳐다봤다. 때로는 손을 흔들기도 했지만 때로는 그들이 가주길 바라는 것처럼 느껴지기도 했다. 아민도, 그의 친구들도, 그가 아는 어느 누구도 이 큰 집에 사는 사람들이 누구인지 몰랐다. 다만 그들이 이 땅을 다스리고 원주민과 자신들을 철저하게 분리한다는 것만 알았다. 물론 누군가는 그들이 누구이고 무엇을 하는지 알 것이다. 하인이나 그들이 다스리는 사무실의 직원 말이다. 하지만 아민은 거리에서 유럽인의 얼굴을 본 적이 거의 없었다. 학교 선생님 중 한 명을 본 것 같기도 하고 유럽에서 오거나 유럽으로 가는 길에 잠깐 들른 여객선에서 내린, 누가 봐도 확실한 당일치기 관광객들을 보긴 하지만 말이다. 그러나 이런 집의 벽 뒤에 숨어서 조용히 사는 유럽인이 잔뜩 있는 게 분명했다. 그들이 자기가 지배하는 자들을 어떻게 생각할까 궁금했다. 그는 상상했다, 그들에게 우리는 단순한 불안과 성마름의 왁자지껄처럼 보이고 우리의 외침과 헉 소리는 언제든 피지배자의 단순한 칭얼거림처럼 들릴 거라고.

그때 아민은 등뒤의 담장에 난 문이 열려 있고 문간에 정원사처럼 생긴 남자가 서 있는 것을 보았다. 그는 긴 갈색 반바지와 다 해진 흰 셔츠를 입고 있었다. 발은 맨발이었다. 열린 문틈으로 정원의 시원한 그늘이 보였다. 정원사는 두 손을 엉덩이에 얹은 채 몇 분 동안 아민을 빤히 쳐다보며 그가 여기 있는 것에 이의를 제기했다. 아민은 그에게 손을 흔들고 나서 시선을 홱 돌리고는 잔디 위에 팔다리를 쭉 뻗고 누움으로써 그의 위협을 거부했다. 법원과 이 두 집의 정원사들은 가끔 그런 짓을 했다. 아민과 친구들이 여기에 수영하러 오면 주인님의 사생활이 침해당한 양 그런 식으로 빤히 쳐다봤다. 어깨 너머에 있는 정원사의 존재는 아민이 나무 밑에서 느끼기 시작했던 평온한 감정을 망쳐버렸다. 목마황 씨앗이 등에 배기는 것이 점점 더 강하게 의식됐다. 그는 자전거에 올라타고 그곳을 떠났다. 집으로 돌아오는 길에 다시 한번 자밀라네 집을 지났는데 이번에는 어린 소녀가 1층의 커다란 출입문에서 나오는 것을 보았다. 아까는 모두 열려 있었는데 지금은 하나가 닫혀 있었다. 그가 경쾌하게 경적을 울리자 소녀가 미소 지었다.

그날 밤 그는 라시드와 함께 통계학 숙제를 복습해야 했다. 라시드는 졸업시험과 장학금시험 때문에 불안해서 영 집중을 못하고 있었다. 그래서 그는 거의 매일 저녁을 라시드와 함께 보내면서 같은 모의고사 문제를 풀고, 라시드가 아는 것을 테스트하고, 그의 끝없는 넋두리를 들어줬다. 시험까지는 아직 육 주나 남아 있었는데 아민은 이미 라시드에게 자기 의견을 말했다. 네가 진정하지 않으면 그때까지 못 버틸 거라고.

“하지만 형은 똑똑하잖아.” 라시드가 말했다. “나한테 걱정하지 말라고 해봐야 소용이 없어. 어떤 사람은 아주 사소한 것을 배울 때도 엄청 노력해야 한다고. 나는 이 통계학이란 게 이해가 안 돼. 무의미한 마술이야. 하지만 형한테는 쉬울 거고 어떤 면에서는 유용하기도 하겠지. 내가 어떻게 침착할 수 있겠어? 나는 떨어질 거야.”

“선생님들이 너를 예뻐하시잖아. 넌 안 떨어질 거야.”

“그게 무슨 뜻이야?” 라시드가 기뻐하는 동시에 노려보면서 물었다. “내가 시험을 못 봐도 선생님들이 조작해줄 거라는 뜻이야? 그럴 수만 있다면 좋겠네. 아니면 내가 아첨꾼이라는 거야?”

“다들 네가 아첨꾼이래.” 아민이 말했다. 이제부터 형제가 더 시급한 문제를 해결하는 동안 통계학은 잠시 옆으로 치워둬야 했다. 그들이 서로를 벽과 침대에 집어던지면서 시끄럽게 굴자 어머니가 방문을 두드리며 너희 미쳤냐고 물었다.

“아니에요, 마.” 라시드가 징징대는 목소리로 외쳤다. “형이 또 나 괴롭혀요.”

“둘 다 그만두지 못해.” 어머니가 소리질렀다. “문 열어, 지금 당장 이 문 열어.” 그녀는 문간에 서서 그들에게 화를 냈지만 늘 그렇듯 꾸중을 정면에서 들어야 했던 것은 아민이었다. 어머니가 돌아간 후에 아민은 협조를 거부했다. 하지만 라시드는 그들이 내일이면 다시 함께 공부할 것임을 알고 있었다.

다음날은 금요일이었고 그들은 다 같이 오후에 축구경기를 보러 갔다. 그리고 일요일에는 자전거를 타고 시골로 장거리 여행을 갔다. 부부부까지 가서 도시락을 먹고 수영을 했다. 그리고 월요일에는 다시 등교하고 오후에는 평소처럼 하교 버스 기다리기와 숙제, 친구, 시험공부가 이어졌다. 그리고 계속 비가 내렸다. 며칠 동안 낮게 내려와 있던 하늘이 수정처럼 투명한 물을 퍼부어대기 시작하자 모두가 상쾌해했다. 처음에는 모든 것이 다시 태어난 것만 같았다. 나무는 전보다 으스대며 흔들거렸고, 녹슨 지붕들은 환하게 빛났으며, 도로는 반짝였다. 하지만 며칠이 지나도 비가 계속되자 배수로는 폭우에 휩쓸려내려온 쓰레기로 가득찼고 하수가 역류하고 사방에 물웅덩이가 생겼다. 지붕에서도 물이 새고 벽돌 사이 줄눈에도 물이 스며들어서 건물 뼈대가 헐거워지는 바람에 어떤 집들은 야밤에 갑자기 무너지기도 했다. 아민네 집 맞은편의 폐가도 군데군데 회반죽과 비늘창 한두 개가 떨어져서 뼈와 어금니가 한층 더 드러났지만 그 이상 무너질 기색은 없어 보였다. 거리의 진흙과 오물을 피할 방법은 없었다. 모두가 최대한 발밑을 조심하며 걸어야 했다. 가죽샌들은 옷 위에 흙탕물을 뿌렸는데 그 가죽도 얼마 안 가 썩어버렸다. 며칠이 지나자 어마어마한 모기떼가 도착하면서 열병이 시작되었다. 개울에서 놀던 아이들은 발에 모래벼룩을 옮아오거나 균에 감염되었다. 방과후에는 비를 피할 수 있는 곳에 앉아서 카드놀이를 하거나 뒷담화하는 것 외에는 할일이 없었다. 비가 처음 내리기 시작했을 때는 압제자 태양으로부터의 해방이었다. 태양이 매일 다시 나타나는 것은 고문자의 귀환과도 같았기 때문이다. 하지만 컴컴한 하늘과 폭우가 한 달 동안 지속되자 해가 나올 때마다 모두가 미소 짓게 되었다.

이렇게 우기가 지속되던 어느 날 오후, 처음 봤을 때로부터 며칠, 어쩌면 몇 주 후에 아민이 집에 와보니 자밀라가 지난번처럼 깔개에 앉아 있었다. 무릎 위에는 통신판매 (패션) 카탈로그를 펼쳐놓고 지난번처럼 파리다와 자기 사이 바닥에 새틴 같은 옷감을 펴놓고 있었다. 어머니는 환한 곳을 찾아 창문 밑 의자에 앉아서 편지를 쓰는 중이었다. 자밀라를 봤을 때 그는 마치 다시는 못 볼까봐 두려웠던 것처럼 예상치 못한 안도감을 느꼈다. 첫 만남 이후 자주 그녀 생각을 했지만 부적절한 환상이라도 품은 양 죄책감이 느껴져서 억눌렀었다. 그녀가 미소 띤 얼굴로 손을 내밀자 그는 허리를 굽혀서 그녀의 손을 살짝, 거의 닿기만 하는 정도로 잡았다. 가까운 의자에 앉아 얼굴엔 웃음을 짓고 있었지만 가슴에서는 엄청난 통증을 느꼈다. 그녀는 너무나 아름다워서 바라보기만 해도 가슴이 아팠다. 그는 어둠 속에 누워 있을 때 자주 그녀를 머릿속에 그리고 그녀의 얼굴을 상상했는데 지금 눈앞에 있는 얼굴과 비교하면 그것은 납작하고 정적이었다. 지금 그녀의 피부는 빛이 났고, 이목구비는 섬세하게 움직였으며, 눈은 복잡하지 않은 편안한 웃음을 띠었다.

"잘 지냈어요?" 그녀가 대화를 하려고, 저음의 목소리임에도 가볍게 질문을 던졌다. "그 학교는 많이 늦게 끝나네요?"

"오후에도 수업이 있어서요." 그는 자기 목소리가 흥분해서 살짝 삐끗했다고 생각했다.

"파리다가 드레스를 너무 아름답게 만들어줘서 하나 더 맞추러 왔어요." 자밀라가 말했다.

그는 지금 입고 있는 드레스가 그것이냐고 묻고 싶었지만 너무 대담한 질문처럼 들릴까봐 겁났다. 그래서 그 대신 "누나는 아주 훌륭한 재봉사죠"라고 말했다. 그는 자기 목소리가 떨렸다고 확신했다.

"너 어디 아프니?" 어머니가 등뒤에서 물었다. "감기 걸리려고 그래? 비 맞은 건 아니지? 여기서 뭐하는 거니? 얼른 가서 책 내려놓고 아버지 안경 좀 갖다드려라. 카페에 계실 거야. 집에 놔두고 가놓고 틀림없이 어디 떨어뜨렸다고 생각하고 계실 거다. 어서 가, 여기서 뭐해? 아, 그리고 30센트짜리 우표 하나 사다줄래? 사이다 이모한테 편지 쓰는 중이거든. 이따가 가서 이 편지 좀 대신 부쳐다오."

자밀라를 흘끗 봤더니 재미있어하고 있었다. 그를 방밖으로 쫓아내려고 하는 어머니 때문에 웃음을 터뜨리기 직전이었다. 어머니들은 다 똑같죠, 그녀가 눈으로 말했다. 항상 자식을 어디론가 빨리 내쫓으려고 하죠. 그는 어머니에게 가서 인사로 어머니 손에 입맞췄다. 그가 학교를 다니기 시작한 일곱 살 때부터 집에 오면 매일 했던 것처럼. 어머니도 그때마다 매번 했던 것처럼 그의 손에 입맞췄다. 편지를 쓰느라 피곤해서 어머니의 초롱초롱한 눈에 눈물이 고여 있었다. "어서 가." 어머니가 말했다. "가서 아버지 안경 갖다드려. 침대 옆에 있다."

"저는 공부하는 걸 좋아했어요." 자밀라가 불쑥 말했다.

"너는 똑똑했지." 어머니의 기분이 잠시 누그러졌다. "다들 그렇게 말했어. 나는 너를 가르친 적은 없지만 너를 가르쳤던 선생님은 누구나 그렇게 말했지."

"어느 학교를 나왔어요?" 아민은 그녀를, 그녀의 얼굴을, 목소리를, 미소를 즐기고 있었다. 보는 행위와 듣는 행위에서 발견한 기쁨의 감각적 깊이는 그에게 완전히 새로운 것이었다.

"포로다니하고 성요셉요." 그녀가 말했다. "성요셉을 졸업한 후에는 몸바사에서 상업전문학교를 다니면서 속기와 타자를 배웠죠. 우리는 거기서 두어 해 일하다가 여기에 사업서비스 사무실을 차리려고 돌아왔어요."

"그게 뭔데요?" 아민이 물었다.

자밀라가 어깨를 으쓱했다. "어차피 망했는데요 뭘." 그녀가 그를 향해 미소 지으며 말했다. 그는 우리라는 단어를 듣고 그녀의 이혼을 떠올렸지만 본인은 아무렇지도 않아 보였다. 우리는 항상 상대방에게 어느 학교를 나왔냐고 물어보지, 아민은 생각했다. 그리고 거기서 아는 사람이 누구냐고도. 때때로 그것은 연대감을 주장하기 위한 하나의 방법 같았다.

"아민, 책 내려놓고 아버지께 안경 갖다드려라." 더이상 참을 수 없어진 어머니가 말했다. "그리고 우표 사오는 거 잊지 말고. 들어가서 라시드한테 필요한 거 없나 물어보든지 아니면 같이 데리고 나가렴. 학교 다녀온 뒤로 계속 제 방에 처박혀 있구나. 저렇게 공부만 하다가 몸 상하겠어." 어머니의 짜증과 괴롭힘은 일종의 으스댐이기도 했다. 내가 변덕스러울 때도 내 아들들이 얼마나 공손하게 복종하는지 봐라. 얼마나 열심히 공부하는지 봐라.

그날 밤 그는 또 그녀의 꿈을, 그녀 위에 앉은 짐승의 꿈을 꾸었다. 그 짐승은 나였어, 그는 잠에서 깼을 때 생각했다. 그 짐승은 처음부터 줄곧 그였지만 아민은 차라리 억누르고 부인하는 편이 나은 감정과 욕망으로 떨고 있는 흉측하고 집착적인 동물이 자신임을 인정하길 거부했다. 하지만 왜 굳이 부인해야 하나? 그것은 환상일 뿐이었다. 그 안에서 그가 그녀의 얼굴을 상상하고, 그녀에게 안겨 함께 누워 있는 것을 상상하고, 그녀의 눈이 그를 위해 웃고 빛나는 것을 상상하는 즐거운 유희일 뿐이었다. 이 사실을 안다면 그녀는 웃을 것이고 다른 모든 사람들은 경악할 것이다. 그녀에게, 또 다른 모든 사람들에게 그는 아마 어색하고 서툰 사람, 세상을 모르는 덩치만 큰 어린애일 것이다. 하지만 그녀는 여인이었다. 여행을 했고 사랑을 알았던 여인이었다. 왜냐하면 그는 그녀가 몸바사에서 데리고 돌아온 남자와 결혼했던 이유가 사랑이라고 확신했기 때문이다. 그녀는 자기가 아름답다는 것을 아는 여자였으므로 그가 자신을 두고 무슨 상상을 하는지 안다면 어이없다며 웃을 것이다. 하지만 뭐, 그가 어둠 속에서 그녀와 함께 누워 있다는 것을, 그녀를 어루만지고 그녀에게 말을 건다는 것을 그녀가 알 필요는 없었다.

그날 오후 이후로 그는 자주 그녀의 집을 자전거로 지나갔다. 아마 이틀에 한 번, 때로는 매일. 커다란 출입문들은 낮에 항상 열려 있었기 때문에 때때로 아이들이 중정에서 노는 모습이 보였다. 측면에 있는 작은 문은 항상 닫혀 있었다. 어느 날 오후 그녀가 시청에서 나오는 것을 본 그는 그녀가 거기에서 일하나 생각했다. 거리가 좀 떨어져 있었지만 따라잡으려 애쓰지 않고 뒤에서 천천히 걸어갔다. 거리를 걷고 있는 그녀는 모든 여자가 그래야 하듯 부이부이를 입고 있었지만 얼굴은 가리지 않았다.

한번은 그녀가 그를 지나쳐서 영화관으로 들어간 적이 있었다. 그때 그는 친구들과 함께 영화관 밖에 서서 상영시간을 기다리던 중이었다.

그녀의 일행은 다른 여자 둘과 외출복을 차려입은 소녀였다. 그는 그 소녀가, 첫날 그 집에서 나오는 것을 보고 자신이 경쾌하게 자전거 경적을 울렸던 바로 그 아이라고 생각했다. 그때 자밀라가 가볍게 그를 향해 미소 지으면서 이름을 부르기에 그도 그녀에게 손을 흔들었다. 그러자 그녀의 일행인 여자도 돌아보더니 그를 향해 미소 지었다. 친구들은 여자들에게서 그런 미소를 받았다며 그를 유명 영화배우들 이름으로 부르면서 놀려댔다. 그 또한 겉으로는 어깨를 쭉 펴고 의기양양하게 걸으면서 맞장구쳤지만 자신도, 친구들도 그 미소를 친절 이상으로 보지 않는다는 것을 알고 있었다. 혹은 적어도 그들은 자신들 가운데 어느 누구도 그 여자들과 뭔가를 해볼 주제가 안 된다는 것을 알았다. 그들은 성인 여성이었기에 그 미소를 다른 뭔가로 연결하는 법을 알기 위해서는 세상을 많이 아는 남자가 필요했기 때문이다.

시험이 코앞으로 다가오자 다른 모든 생각은 그들의 머릿속에서 추방되었다. 시험은 놀라울 만큼 그들 모두를 다시 어린아이로 만들었다. 라시드가 갑자기 자신의 성공을 너무 확신하게 되자 아민은 그가 정말로 그렇게 과신하다 혼란에 빠지지는 않을지 두려워지기 시작했다. 아민도 1학년 말에 시험을 쳐야 했지만 라시드의 시험처럼 국제적 파괴력을 가지지는 않았다. 마치 이전에는 장학금시험을 치렀던 사람이 아무도 없는 것만 같았다. 시험과 함께 학년이 끝나고 나면 젊은이들은 무리 지어 하루종일 거리를 돌아다니거나, 시골로 자전거 여행을 가거나, 해가 중천에 뜰 때까지 늦잠을 자는 등 뭐든 자기가 하고 싶은 일을 했다. 대부분의 젊은이에게 방학의 의미란 그런 것이었다. 게으름 피우고 정처 없이 거리를 돌아다니는 것. 가족이 사업을 해서 도와야 하는 운나쁜 친구도 몇 있었지만 그들 역시 탈출하더라도 지나치게 무거운 벌은 받지 않았다. 특히 부모가 열심히 노력한 자식의 응석을 받아줘야 한다고 느끼는, 시험 후 방학 동안에는 말이다.

이때는 또 무심의 시기이기도 했으므로 선원과 무역상이 거리와 공터에 바글바글했는데 적어도 최근에는 콜드스트림 가즈* 대대가 전보다 더 엄중히 그들을 감시했다. 더 먼 옛날의 무심은 활기가 넘치고 통제가 안 되는 시간이었다. 바람과 함께 온 활기찬 모험가들의 피가 때때로 거리에 흐를 정도로. 그래서 사람들은 아이들이 유괴당할까봐 외출을 금지했다. 그것이 그들이 보게 될 마지막 무심이었음은 아무도 알지 못했다. 그해에 콜드스트림 가즈가 있었던 이유는 그달의 다른 모든 중요한 행사들과 더불어 독립 전 마지막 선거의 투표율을 높이기 위해 시골지역에서까지도 집회와 선거운동이 있었기 때문이었다. 선거는 새해에 치러질 예정이었다. 아민은 집회와 문맹 퇴치 수업에서 때때로 자밀라를 발견했다. 그녀는 운동가 중 한 명으로, 유권자 등록을 하라고 여자들을 설득하고 있었다. 글을 읽고 쓸 줄 아는 것이 유권자 등록의 조건이었으므로 자밀라는 다른 운동가들과 함께 중앙당 당사에서 여자들을 위한 수업을 운영하며 본인 이름과 생년월일 쓰는 법을 지도했다. 그것이 적격성 증명에 요구되는 전부였다. 라시드가 지구당 당사에서 하는 수업을 돕는 데 자원하자 어머니는 아민도 자원봉사자로 등록시켰다.

* 영국 왕실 근위대 중 하나.

육 개월 전의 선거는 폭동과 선거 결과 무승부로 교착상태에 빠지면서 실패했다. 정당 간의 정치적 차이는 화해할 수 없는 지경에 이르러 있었다. 그것은 절대 사라지지 않는 사적인 역사와 불만을 지닌 작은 동네들에서도 마찬가지일지 몰랐다. 적어도 임박한 행사 때문에 재조사할 필요는 거의 없었다. 사람들이 자신의 지지 정당에 대해 다시 생각해보게 될 만큼 굵직한 사건은 거의 없었기 때문이다. 아직은. 젊은 이들에게는 폭동이 충격적이었지만 20세기 초에 길거리 싸움과 목이 베이는 광경도 이따금 목격했던 나이든 사람들에게는 별로 충격적이지 않을지도 몰랐다. 이때의 폭동도 훗날의 사건들과 비교하면 새로운 관점에서 평가되겠지만 이 순수했던 시대에는 공공장소에서 가족끼리 서로를 욕하는 것처럼 끔찍한 탈선으로 보였다. 아직도 우리가 서로에게 어떤 해를 끼칠 수 있는가에 대해, 처음이 어렵지 두번째부터는 얼마나 쉬워지는가에 대해 배워야 할 것이 굉장히 많았다. 어쨌든 새로운 선거 일정이 잡히고 나서 독립이 연말에 예정되어 있다는 사실이 알려졌다. 변화의 물결은 다른 곳에서 이미 시작되어 있었다. 프랑스령 서아프리카와 프랑스령 수단에서 갑자기 열몇 개의 새로운 아프리카 국가가 태어났다. 영국 식민지였던 가나와 나이지리아도 빛나는 미래로 가는 긴 여정을 시작했고 우리의 이웃 탕가니카*도 갑자기, 좀더 겸손하게 같은 길을 떠났다. 모든 제헌회의가—정말 웃기지 않은가!—열리는 런던의 랭커스터하우스와 아프리카의 공항들 사이에 정말 많은 꾸준한 왕래가 있었음에 틀림없었다.

---

* 1964년에 본토의 탕가니카와 잔지바르섬(웅구자섬), 펨바섬이 합쳐져서 탄자니아가 되었다.

이때 라마단이 시작됐다. 정말이지 그해의 몇 달간 있었던 첩첩난관 중 하나였다. 모든 곳에서 선거의 분위기가 느껴졌고 특별번호판과 술탄의 깃발을 단 까만 오스틴 자동차를 타고 돌아다니는 과도정부의 장관들은 앞으로 다가올 시대의 맛보기 같았다. 보닛에 달린 깃발 때문에 독립이 임박했다는 사실이 더 실감났다.

중등학교도 전문학교도 문을 닫는 라마단 중 어느 길고 배고픈 오후에 아민은 거실 소파에 누워서 책을 읽고 파리다는 작업대 앞에 서서 완성된 드레스를 다리고 있었다. 모두가 라마단이 끝난 뒤 시작되는 이드알피트르를 위해 새 옷을 맞췄기 때문에 일 년 중 파리다가 가장 바쁠 때였다. 부모님은 각자 다른 방에서 자면서 배고픈 오후시간을 보내고 있었다. 어머니는 파리다의 방에, 아버지는 안방 자기 침대에 있었다. 남편과 아내는 규율 준수에 만전을 기하기 위해 라마단에 낮잠 잘 때 서로를 피했다. 욕망을 느끼는 것마저도, 그 대상이 법적 배우자라 해도 규율 위반이었기 때문이다. 어떠한 갈망에 대한 생각도 위반에 해당했다. 아민은 단식이라는 자신의 위업도 전능자의 원장元帳에서는 아무것도 아니지 않을까 하는 의심이 들었다. 나이를 먹으면서 깨닫고 놀란 것 중 하나는 금욕이 성적 흥분을 억누르는 게 아니라 오히려 그 반대라는 것이었다.

그때 바깥문을 두드리는 소리가 났다. 그것은 그들이 배고픈 오후시간 동안 잠가두는 문이었다. 그 문을 열면 바로 앞방이었는데 열린 문을 보고 참지 못하는 이웃이 있을 수도 있기 때문이었다. 문을 두드린 사람은 조카를 위해 드레스를 맞추러 온 자밀라였다. 아민은 자리에서 일어나 그녀와 악수를 하고는 근처 의자에 앉아서 자밀라가 설명하는 것을 듣고 있었다. 그녀는 자신이 의뢰하는 드레스가 이드알피트르를 위한 깜짝선물이라서 그러는데 아이의 치수를 직접 재지 않고 다른 옷을 견본삼아 만들 수 없겠느냐고 물었다. 그녀가 요구사항을 설명하자 파리다가 모든 것을 받아적었다. 그럴 때 사무적이고 웃지 않는 파리다의 효율적인 태도는 항상 아민에게 감명을 줬다. 평소에는 그와 눈이 마주칠 때마다 씩 웃었지만 고객의 요구사항을 듣고 있을 때는 달랐다. 아민은 겉으로는 책을 읽는 척하면서 몇 초마다 고개를 들어 자밀라의 얼굴, 손, 입술을 바라봤고 그녀의 모든 동작을 환상이라고 생각했다. 그때 자밀라가 설명을 마치고 아민 쪽으로 돌아섰다. 그가 자신에 대해 어떤 생각을 하는지 알고 있는 것만 같았다. 그녀가 그에게 뭘 읽고 있냐고 물으며 손을 내밀었다. 그는 그녀에게 책을 넘겨주고 나서 아까보다 더 가까운 의자에 다시 앉았다. 그것은 『닥터 지바고』 페이퍼백으로, 다르에스살람의 친척집에 갔다온 친구가 준 것이었다. 그녀가 책이 어떠냐고 묻자 그는 문장의 훌륭함과 눈을 뗄 수 없는 줄거리에 대해 이야기했다.

"당신이 다 읽으면 당신한테서 빌려야겠네요." 그녀가 책을 다시 그에게 내밀면서 말했다.

그는 책을 받아들고 소파로 돌아가서 앉았고 잠시 후 그녀가 돌아가기 위해 일어났다. 그녀는 잠시 그가 있는 쪽을 쳐다보면서 아무 말 없이 손을 흔들었다. 왠지 모르게 말로 하는 인사보다 더 친근하게 느껴졌다. 다시 다림질을 하고 있는 파리다도 아무 말이 없었는데 아마도 생각에 잠긴 듯했다. 그는 그녀가 못마땅해하는 것 같다고 생각했다. 내 광증을 눈치챈 게 틀림없어, 라고 생각한 그는 긴장된 침묵 속에서 소파에 앉아 책을 읽는 척하며 파리다가 조롱의 말을 던지길 기다렸다. 하지만 그녀는 한동안 잠자코 있다가 문득 그에게 부모님을 깨우게 라디오를 켜달라고 했다. 어머니는 파리다의 도움을 허락할 만큼 친절했지만 라마단 식사는 직접 준비하는 것을 좋아했다. 그리고 라디오 소리가 나면 아버지가 잠에서 깨 집밖으로 나갈 것이 확실했다. 라마단 설교를 하는 시크들의 목소리가 거슬렸기 때문이다. 아버지는 그들이 신도들을 겁박한다고, 진실하다고 보기엔 지나치게 성스럽다고 생각했다. 그래서 오후 프로그램의 시작을 알리는 **타지위드***가 끝나자마자 집을 나섰다. 그리고 친구들과 함께 카페에 앉아 있다가 일몰을 알리는 사이렌이 울리면 그날의 첫 커피 한 잔을 다 같이 나눠 마시고 모스크로 갔다.

라마단은 낮에만 지키는 것이다. 저녁에는 일단 밥을 잘 먹고 나서 친구들이나 가족과 함께 앉아 자정 넘어서까지 수다를 떨거나, 밤늦게까지 제방 쪽으로 산책을 나가거나, 영화관에서 심야상영을 보거나, 끝도 없이 카드놀이를 한다. 어떤 사람들은 남들에게는 비밀로 하고 싶은 다른 종류의 게임을 하기 위해 거리를 어슬렁거린다. 모두가, 심지어 애들까지도 밤늦게까지 자지 않는다. 아이들은 밤새도록 가로등 밑에서 논다. 그날 밤 아민은 자밀라가 가족과 함께 제방 산책로를 거니는 것을 보았다. 그가 지나가자 그녀는 환한 미소를 지었지만 말을 걸지는 않았다. 그는 제방 산책로의 끝을 향해, 빛으로부터 멀리멀리 계속 걸어갔다. 나중에 생각해보니 보름이 지나서 이지러진 달이, 잃어버린 환

* 쿠란을 암송하는 올바른 방법.

한 세계처럼 바다 위에 걸려 있었다. 다음날 그는 그녀 생각을 멈출 수 없어서, 또는 음식 외에는 다른 아무것도 생각할 수 없어서 동네 산책을 나갔다. 정처 없이 걸을 거라고 속으로는 생각했지만 곧 자신이 그녀의 집으로 가고 있음을 깨달았다. 그런데 처음으로, 그가 지나갈 때 그녀가 작은 문에서 나오고 있었다. 문 앞에 멈춰 선 그녀는 놀란 눈으로 그를 쳐다보다가 잠시 후에 이렇게 말했다. "아민 씨, 안녕하세요?" 그는 마주 인사한 뒤에 발걸음을 재촉하며, 이제 그녀가 자신을 성가신 존재로 여기겠다고 생각했다.

그래서 그날 밤은 제방에 가지 않았지만 다음날은 참지 못했다. 가족과 함께 있는 자밀라가 눈에 띄었을 때 그는 더이상 다가가지 않은 채 멀리서 바라보면서, 웃고 떠드는 그들의 치아가 번득이는 것과 그들의 몸짓에 담긴 극상의 평범함을 보았다. 결국 그는 그들을 지나쳤지만 못 본 척 눈길을 주지 않았다. 지금은 그의 주의를 분산시킬 학교수업도, 지루한 버스 통학도, 힘들지 않은 숙제도 없었다. 오직 뜨거운 대낮의 허기와 불길한 예감, 억누를 수 없는 공포의 규칙적인 고동만 있었다. 그녀에게 어떤 말을 하는 것도 상상할 수 없었고 그가 말을 걸었을 때 그녀가 지을, 겁에 질린 웃음만 너무 잘 상상되었다. 그러나 그는 그녀에게 무슨 말을 할지 연습하는 것을 멈출 수 없었고 그녀가 사실은 그가 말 걸어주길 바란다고 스스로를 설득할 때도 있었다. 자신이 그렇게까지 집착할 수 있다는 사실이 두려웠다. 때로는 화가 나고 고통스럽기도 했지만 이유는 알 수 없었다.

그는 자신을 억지로 그녀에게서 떼어놓을 것이다. 그러기로 결심했다. 그날 저물녘에 그는 칸주를 입고 모스크에 갔고 첫 식사를 하고 난 뒤에는 집밖에 앉아서 이웃들과 수다를 떨었다. 다음날은 제방 산책로에서 멀리 떨어진, 어부들이 배를 정박해두는 가까운 모래사장까지 걸어갔다. 그들은 그가 어린 시절을 함께 보낸 사람들이었고 그중에는 그의 집 맞은편의 커다란 폐가에 사는 사람들도 있었다. 그들 사이에 앉은 아민은 편안했다. 비록 그의 손은 부드러운 반면에 그들의 손은 낚싯줄과 그물을 다루느라 갈라지고 그들의 얼굴은 햇볕과 바닷바람을 맞아 딱딱했지만. 그들은 자신감 넘치는 무법자들이었다. 하루종일 가차없이 지독한 농담을 하다가 햇볕이 누그러지기 시작하면 작은 배를 타고 바다로 나갔다. 그는 그들과 한동안 앉아 있으면서 환영을 받은 대신 필요 이상의 놀림을 당하다가 오후에는 다시 모스크에 갔고 그다음에는 해질 때까지 책을 읽었다. 그것이 그가 그녀를 잊기로 결심한 방식이었다. 집 근처에만 머물기, 모스크에 가기, 독서, 카드놀이, 수다. 완벽한 효과는 없었다. 책을 읽을 때도, 이야기를 하거나 들을 때도 그녀 생각을 했기 때문이다. 하지만 거리는 확실히 지켰다.

라시드는 부모님 앞에서 아민의 갑작스러운 독실함을 놀리다가 되레 꾸중만 들었다. "너도 모스크에 가야지, 이 배은망덕한 녀석아." 어머니가 말했다. "아니면 벌써부터 네가 음중구인 줄 아는 거니? 아직 여길 떠나지도 않았는데 모든 걸 잊어버릴 준비를 하는구나. 부끄러운 줄 알아. 너야말로 의무를 지켜야 할 마당에 형을 비웃다니." 아버지도 할말이 몇 마디 있었다. 다양한 변주가 가능한 그의 설교는 이런 식이었다. "라마단은 한 해 중 가장 성스러운 달이다. 지브릴 천사*가 예언

* 기독교의 가브리엘 천사에 해당한다.

자에게 쿠란을 처음으로 전달한 날이니까. 우리는 절제를 연습하고 하느님 앞에서 우리의 행동을 돌아보기 위해 단식을 하는 거란다. 라마단은 지난 몇 달간 들였던 무책임한 습관을 고치고 회개하는 시간이야. 네 무책임한 습관 중 하나는, 아들아, 모스크에 가지 않는 것이고 이 문제에서는 형의 예를 따르는 것이 온당하다. 하루종일 카드놀이나 하는 대신 매일 오후에 쿠란을 한 수라씩 읽도록 해. 이제 가서 칸주를 입고 내 앞에서 썩 꺼져라." 그날 밤 그들이 서로 몇 피트 떨어진 침대에 각자 누워 있을 때 아민은 라시드가 어둠 속에 누워서 자신의 숨소리를 듣고 있다고 생각했다.

그때 라시드가 물었다. "무슨 일이야?"

"아무것도 아냐." 아민이 선을 긋듯 말했다.

"무슨 기도를 그렇게 열심히 해. 뭐 잘못한 거 있어?"

"너 장학금 받게 해달라고 기도하는 거야. 다른 방법으로는 받을 수 있을 것 같지가 않거든. 그리고 시간도 보낼 겸 운동도 할 겸 하는 거지. 일어났다가 앉았다가 무릎 꿇고 엎드리기, 허리에 좋아." 아민이 말했다. "네 불쌍한 머리 좀 쉬게 그만 잠이나 자."

이 새로운 일과를 시작한 지 며칠이 지난 어느 날 저녁 늦게 파리다가 그에게 말했다. "자밀라가 오늘 오후에 드레스를 가지러 왔었어. 옷은 잘 나왔어. 굉장히 기뻐하더라. 그건 좋아, 그러면 이드알피트르 이후에 일을 더 맡길 테니까. 그런데 네 안부를 묻더라고. 며칠 못 봤다고 하던데."

"그래서 뭐라고 했어?" 그가 날카롭게 물었다.

파리다가 깜짝 놀란 표정을 지었다. "진정해라, 진정해. 너는 잘 있다고 했지. 다르게 대답했어야 했던 거니?"

다음날 저녁 그는 칸주를 벗어놓고 그녀를 찾으러 제방으로 산책을 갔다. 많은 사람들이 저물어가는 달 아래 삼삼오오 무리 지어 바닷가를 걸었고 그중 일부는 손을 잡고 있었다. 가로등 불빛은 수면에 반사되기도 하고 도로를 환히 밝히기도 했다. 그 시간에 도로를 지나가는 차는 한 대도 없었다. 아직 저녁 아홉시밖에 안 됐지만 그 시간에 차를 몰고 갈 곳이 없었기 때문이다. 여자들은 여자들끼리, 남자들은 남자들끼리 걸었는데 때로는 서로에게 인사를 하거나 상스러운 농담을 던지기도 했다. 대부분 젊은이였다. 인도 여자들 중에는 남형제나 시집 식구를 동반한 사람도 있었지만 그 외에는 여형제들과 함께 걷는 모습을 남에게 보이는 걸 참을 수 있는 젊은 남자는 없었다. 고아주 출신 여자들은 아무렇지도 않게 매력을 뽐내며 동반인 없이 걸었다. 그들은 기독교도이고 포르투갈식 이름을 가진데다 공무원이었으므로 거의 유럽인에 가까웠다. 아무도, 농담으로도 그들을 귀찮게 하지 않았다. 아민은 바다 반대편인, 도로의 어두운 쪽을 따라 느긋하게 걸었다. 술탄의 궁전에 조명이 켜져 있었고 제방 끝에 있는 공원의 나무들에도 색색의 조명이 켜져 있었다. 분수에서 뿜어져나온 물이 불빛에 반짝였다. 그때 공원의 인파 속에서 그녀가 걸어나와 그가 있는 쪽으로 오는 것이 보였다. 옆에는 지난번에 봤던, 가족으로 추정되는 두 여자가 있었다. 그는 바다 쪽으로 길을 건너갔다. 그가 다가가자 그녀의 얼굴에 미소가 활짝 피어났고 아민은 자신의 얼굴에도 웃음이 번져나가는 것을 느꼈다. 그가 몇 피트 앞에 멈춰 서자 그들도 걸음을 멈췄다. 모두가 미소를 띠고 있었다.

"아민, 어디 있었어요?" 자밀라가 누가 봐도 기뻐하는 얼굴로 물었다. "며칠이나 못 봤네요. 친구들은 어디 있어요? 왜 혼자예요?"

"저기 어디 있을 거예요." 그가 옛 요새 쪽을 가리키며 거짓말했다. "지금 따라잡으러 가던 참이에요."

자밀라 또래 같지만 아이엄마들처럼 보이는 그녀의 일행은 서로 눈빛을 주고받더니 계속 걷기 시작했다. "얼굴이 좋아 보이네요." 자밀라가 말했다. 그는 그녀의 눈이 자신의 얼굴을 훑는 것을 느꼈다. 마치 손으로 어루만지는 듯한 느낌이었다. "아직 그 책 다 안 읽었어요? 당신이 다 읽으면 내가 읽고 싶으니까 잊지 마요."

"안 잊을게요." 하지만 이 말은 어째선지 엄숙한 맹세라도 되는 양 의도치 않게 거늘먹거리는 투로 나왔다. 그가 약간 당황스러워하면서 그녀를 쳐다봤더니 그녀는 재미있어하는 미소를 짓고 있었다. 하지만 잔인한 재미는 아니었다. 흘낏 본 그녀의 눈빛에서 느껴진 복잡한 심경에 약간 가슴이 아팠다. 두 여자는 몇 피트 앞에 멈춰 서서 바다를 바라보고 있었다. 그때 둘 중 한 명이 웃음을 터뜨리자 아민이 홱 돌아봤다. 자기를 비웃는 거라고 생각했기 때문이다. 어쩌면 자밀라가 자신을 쳐다보던 그의 시선에 대해, 가는 데마다 그가 나타났던 것에 대해 그들에게 뭔가 말했을지도 몰랐다. "당신 언니들인가요?" 그가 물었다.

"올케들이에요." 그녀가 그들 쪽을 흘끗 보고는 발걸음을 옮기기 시작했다. "나중에 봐요. 숨으면 안 돼요." 그녀가 그에게 살짝 손을 흔들었다.

그후 이틀 동안 그는 다시 동네 산책, 모스크, 독서의 일과로 돌아갔지만 그날 저녁의 기억을 몇 시간마다 꺼내보며 행복에 젖었다. 그리고 사흘째 되던 날 오후, 응급 충수절제술을 받은 친구의 문병을 가던 길에 쓱 한번 둘러보러 성당 서점에 들렀다. 교과서만 파는 곳이어서 거기에 있는 책은 거의 다 알고 있었지만 새 책을 만지는 것과 익숙한 이야기를 한두 단락 읽는 것이 좋았다. 그 서점을 운영하는 기독교지식전파협회는 선교활동을 야단스럽게 하지 않았고 대부분이 비기독교도인 고객들을 불쾌하게 하지 않기 위해 조심했다. 아민은 몇 분 후 서점에서 나와 느긋하게 큰길 쪽으로 걸어가다가 문득 길 건너편에 있는 그녀를 보았다. 그가 손을 흔들자 그녀는 걸음을 늦추고 그가 건너올 때까지 기다렸다.

"친구 문병하러 병원에 가는 길이에요." 그가 인사를 건넨 뒤에 말했다. "어제 수술 때문에 급하게 실려갔거든요. 적어도 이제 단식은 안 해도 되겠네요." 그녀와 몇 분 동안 인도멀구슬나무 밑에 서서 한담을 나누고 헤어진 뒤 그는 자신을 바라보던 그녀의 눈길에 온몸이 뜨거워진 것을 느꼈다. 몰입해서 커다래진 그녀의 눈은 그가 말하는 동안 그의 얼굴을 찬찬히 뜯어봤고 그에게 푹 빠져서 무방비하게 속내를 드러냈다. 그가 그런 것에 대해 아는 모든 지식으로 미루어봤을 때 그것은 욕망이었다. 그들이 서 있던 곳이 대낮의 큰길만 아니었다면 그는 그녀를 만졌을 것이다.

그뒤로 그의 마음은 흥분과 공포로 정신없이 질주했다. 이제 뭘 어떻게 해야 할지 몰랐기 때문이다. 다음날 그는 혼자서 멀리, 책 한 권을 가지고 시골로 자전거 여행을 떠났다. 돌아오는 길에는 셰리프 무사의 무덤 근처 해변에 앉아서 책을 읽고 감탄하며 이제 어떻게 해야 하나 걱정했다. 그날 저녁 가족들이 첫 식사를 마치고 커피를 마시고 있을 때—라시드는 그날 저녁의 야단법석을 향해 뛰어나갈 요량으로 서서 커피를 마시고 있었고, 아버지는 얼른 카페에 가서 수다를 떨고 싶어 발을 꼼지락대고 있었으며, 어머니는 부엌에서 애썼으니 이제 잠시 눈을 붙이려고 의자에 자리를 잡고 있었다—파리다가 뒷정리를 도우라며 아민을 마당으로 불러냈다. 그는 안도감을 느끼며 그녀를 따라 나갔다. 파리다가 뭔가 할말이 있나보다고 추측했다.

"뭐가 어떻게 돌아가는 거니? 너랑 할 얘기가 있어." 그녀가 사납게 속삭였다. "자밀라가 오늘 또 와서 네 얘기를 물었어. 뭐가 어떻게 돌아가는 거니? 너 멍청한 짓 하고 있는 건 아니지? 이따 밤에 봐. 전부 들어야겠으니까."

그래서 그날 밤 그는 그녀에게 그간 무슨 일이 있었는지 이야기했다. 낮에는 덥고 습했는데 지금은 바다에서 강하고 시원한 바람이 불어왔다. 그는 자밀라가 오후에 무슨 말을 하고 간 건지, 뭣 때문에 파리다가 그렇게 사나워졌는지 생각해보았지만 곧 질문하지도 않고 주저하지도 않기로 결심했다. 그냥 지금 자기 감정이 어떤지 말한 뒤에 파리다가 무슨 반응을 보이나 기다릴 작정이었다. 그들은 마당 깔개에, 이제 월말이라 빠르게 이지러지고 있는 달 아래 앉았다. 그는 막상 털어놓으려니 속이 시원해서 자세히 이야기했고 그녀는 중간에 거의 끼어들지 않은 채 가만히 듣고 있었다. 그가 처음으로 심정을 다 토로하자 그녀는 그럴 것 같았다고, 적어도 그가 자밀라에게 어떤 감정을 품었는지 걱정되기 시작했었다고 말했다. "조심해야 돼." 그녀의 부드럽고 상냥한 말투는 누가 엿듣지 못하게 하기 위해서이기도 했다. "그녀가 뭘 원하는지 너는 모르잖아. 속으로 무슨 생각을 하는지도 모르고. 자밀라는 세상 물정을 잘 아는 여자야. 남자를, 정치인을 만난다는 소문도 들었어. 정치인들은 지금 이 나라의 영웅이고 곧 정부 그 자체가 되겠지. 그런 사람들은 과시용으로 그런 여자를 원해."

"과시용이라니 그게 무슨 뜻이야?" 아민이 물었다. 파리다가 아민이 채근하길 기다리며 침묵을 지켰기 때문이다.

"집안에 그 정도 추문이 있는, 자밀라처럼 아름답고 매력적인 여자 말이야." 파리다가 말했다. "데리고 놀 여자를 원하는 거지. 너도 그런 걸 원하는 건지도 모르잖아. 난 아니길 바라지만. 내가 이런 소리를 한다고 마음 상하지 않았으면 좋겠는데, 그건 네가 아직 할 줄 모르는 게임일지도 몰라. 자밀라가 원하는 것도 그런, 일종의 사랑게임일지도 모르고. 하지만 그녀는 너보다 나이도 많고 세상 물정을 잘 알아. 그런 사람하고 어울리다가는 네가 길을 잃을 수도 있어."

"누나가 자밀라를 좋아하는 줄 알았는데." 아민이 부드럽지만 슬프게 말했다. 자밀라를 그런 식으로 생각하고 싶지 않았기 때문이다. 파리다가 진부한 이야기나 경고를 늘어놓으며 자신을 비웃거나 야단치지 않아서 안심했지만 자밀라의 노련한 책략을 상대하기에 그는 너무 순진하다는 암시는 별로 기분이 좋지 않았다.

"딱히 싫어하는 건 아니야." 파리다가 참지 못해 웃음이 설핏 새어나오자 어둠 속에서 흐릿한 빛이 번득였다. "하지만 그런 사람들은 우리와는 다른 세상에 산다는 걸 기억해야 해. 마가 아시면 그렇게 말씀하실 거야. 그들은 우리와는 다른 종류의 사람들이란다, 그렇게 말씀하시겠지. 그들은 무엇이 자신의 의무이고 무엇이⋯⋯ 고결한 일인지에 대해 우리와는 의견이 달라. 너는 너 자신이 상처 입지 않도록, 저 사람들을 상처 입히지 않도록 조심해야 해." 그녀가 턱으로 집 쪽을 가리켰다.

그가 아무 말도 하지 않자 잠시 후 그녀가 한숨을 쉬며 말을 이었다. "오늘 자밀라가 와서 너에 대해 물은 건 모욕과 거절을 당할 각오를 한 거야. 나에게 둘 사이의 전령 역할을 해달라고 부탁한 거지. 처음에는 그냥 너에 대해, 네가 어떻게 지내는지 묻기만 했어. 그런데 그다음에 네가 한 말 중에 자기한테 전하고 싶은 게 없냐는 거야. 내가 그때 화를 내고 자기한테 창피를 줄 수도 있었는데 말이야. 나는 자밀라가 너를 원한다고 생각해. 하지만 무슨 이유로 너를 원하는지는 몰라. 그러니까 조심해야 해. 정치인은 소문에 불과할 수도 있어. 자밀라가 그의 차에 타고 있는 걸 누가 봤는데 그냥 태워다주기만 했을 수도 있지. 하지만 자밀라에 관한 소문은 그게 다가 아니고 그녀는 너보다 나이도 많아."

그는 모든 것의 불확실함 때문에, 자기가 바보짓을 하고 있는 건 아닌가라는 두려움 때문에 땀이 나고 고통스러웠다. 그것은 지난 몇 주간 그가 잘 알게 된 감정들이었다. "자밀라랑 누나랑 몇 살 차이 나지도 않잖아." 그가 말했다. "누나는 나보다 겨우 두 살 많고."

"자밀라는 너보다 대여섯 살은 많아." 그녀가 말했다. 그러고는 여전히 부드럽게, 속삭임에 가깝게 낮춘 목소리로 물었다. "그녀를 사랑하니?" 그가 고개를 끄덕이자 그녀는 피곤해 보이는 함박웃음을 지으며 그의 손바닥 위에 자기 손을 얹었다. 그녀가 손을 치우자 아민의 손바닥 위에는 접힌 편지봉투가 있었다. "너한테 주라고 두고 갔어. 네 안부를 물어서 내가 대답하고 나니까 끔찍한 침묵 속에 앉아 있더라. 그래서 뭔가 이상한 짓을 하리라는 걸 알았지. 그걸 너에게 전해주겠냐고 묻길래 그러겠다고 했어. 나는 이제 피곤하구나, 동생아, 너는 생각할

게 많고 말이지. 그 얘기는 내일 하자. 나도 오늘 아바스한테서 편지 받았다는 얘기 내가 했니? 이드알피트르를 위한 아름다운 시가 적혀 있었어."

파리다가 안으로 들어간 후에 그는 몇 분 동안 말없이 앉아서 방금 나눈 대화를 곱씹다가 손안의 봉투를 뒤집어 봤다. 글씨는 없고 봉해져 있었다. 그는 안으로 들어가서 얼른 봉투를 열고 그 안에 든 얇고 파란 종이를 펼쳐서 거기에 적힌 단 한 줄을 믿어지지 않는 눈으로 읽었다. **당신을 갈망해요, 사랑하는 사람아**. 그것은 마치 그의 환상 중 하나 같았다. 인사말도, 이름도 없이 딱 그 한 줄뿐이었다. 그는 붕 뜬 기분이었고, 그녀를 보았으며, 그녀를 상상했다. 그녀가 미소를 짓더니 손을 뻗어서 그의 얼굴을 어루만졌다. 그녀가 품에 안겼을 때는 마치 공황상태에 빠졌을 때처럼 몸이 가볍게 느껴졌다.

그녀는 그에게서 뭘 원할까? 지금은 뭘 하라고 부탁하고 있는 것인가?

그들이 처음으로 단둘이 만난 것은 라마단이 끝난 뒤에 시작되는 이드알피트르 축제 둘째 날 밤이었다. 파리다가 지시사항을 아민에게 전달했다. 그들은 골프장 근처 운동장에서 나흘간 열리는 시쿠쿠시장 옆에서 만났다. 오후의 장터는 아이들 차지였다. 가판대도 매점도 회전목마도, 새 옷을 입고 소중한 동전을 쥔 아이들로 바글바글했다. 그들은 장난감과 솜사탕과 아이스크림을 사고 회전목마를 탔고, 어떤 애들은 떼쓰다가 부모에게 얻어맞았으며, 어떤 애들은 언니 오빠를 잃어버려서 울음을 터뜨리기도 했다. 전 세계 어디서나 그러하듯 날이 어두워지기 시작하면 아이들은 집으로 돌아가야 했다. 어두워진 후에는 어른들이 도착하기 시작했다. 제공되는 즐거움, 즉 장난감가게와 솜사탕과 회전목마는 어느 모로 보나 오후에 제공되던 것과 전혀 다르지 않았고 아이들이 그랬던 것만큼 흥미로워하는 어른은 거의 없었는데도 말이다. 장터는 줄줄이 매달린 꼬마전구와 강력한 남포등으로 밝혀져 있었지만 그런 조명도 이드알피트르 동안 아이스크림가게로 바뀌는 크리켓 클럽하우스와 매점과 회전목마 주변에만 설치되어 있었다. 그 아수라장으로부터 몇 걸음만 내디디면 그림자투성이였고 그 너머는 칠흑 같은 어둠이었다.

그가 다가가자 그녀가 그의 이름을 나직이 불러서 자기 쪽으로 인도했다. 잠시 후 그는 그녀가 내민 손에 닿았고 그녀는 그의 오른 손바닥에 입맞추며 하비비라고 말했다. 그녀가 그를 밑에서 부드럽게 끌어당겨 잔디밭에 앉히자 아주 옅은 그림자조차 땅 위에 드리우지 않게 되었다. 그녀가 한 손을 뻗어서 그의 얼굴을 만졌다. 그가 늘 상상했던 대로였다. 그러고는 그의 얼굴을 끌어당겨 키스하면서 입술을 벌려서 자신의 촉촉함을 느끼게 했다. 당신은 아름다워요, 그녀가 속삭였다. 그녀가 왼팔로 그의 등을 감싸면서 잡아당겨 잔디밭에 그대로 함께 누웠다. 그는 자신의 손에 닿은 몸의 촉감에 경탄했다. 그런 단단함과 밀도 혹은 그 형태를 쓰다듬을 때의 설명할 수 없는 감각은 그가 예상치 못했던 것이었다. 그는 자신이 더 가벼운 것을 기대하고 있었음을 깨달았다. 그에게 그녀는 추상적인 사람, 환상이었기 때문이다. 그들은 키스했고 그는 그녀의 향기로운 숨을 들이마셨다. 서로의 이름을 속삭이고, 서로를 사랑하는 사람이라 부르고, 서로에게 몸을 꼭 붙이고 있었다. 그에게는 몇 초 같았던 동시에 영원 같았던 잠시 후 그녀는 돌아가야 한다고 말했다. 자신은 그저 그를 끌어안고 그가 얼마나 아름다운지 말해주러 왔을 뿐이므로 사라진 걸 들키기 전에 돌아가는 편이 낫다고 했다. 그녀는 일행에게 아이스크림의 단맛을 없애기 위해 팝콘을 사러 간다고 말하고 온 것이었다. 그들이 그녀를 찾을 생각을 하기 전에 돌아가야 했다. 나를 만나러 우리집에 올래요? 그러면 더 느긋하게 있을 수 있을 거예요.

언제요? 그가 물었다. 오늘밤에요?

그녀는 그의 성급함을 마음에 들어하며 입을 맞추더니 자리에서 일어났다. 그도 일어나서 손으로 더듬어 그녀를 찾았다. 그들은 그렇게 서로를 부둥켜안은 채 빛을 향해 걸었다. 그녀는 그날 밤에 조카들이 이드알피트르 선물로 그녀의 집에서 잔다고 말했다. 월요일 밤에 올래요? 아홉시 정각에. 그러면 내가 문을 열어놓을게요, 당신이 노크할 필요 없게. 문이 잠겨 있으면 그냥 돌아가서 내가 연락할 때까지 기다려요. 아홉시 정각이에요. 이제 가야겠어요. 그녀는 미소를 지으며 얼른 그에게 키스했다. 조심해요, 사랑하는 사람. 그녀가 말했다.

그는 그림자 속에 서서, 특별한 곳에 왔다 가는 게 아닌 것처럼 아무렇지 않게 소음과 인파를 향해 걸어가는 그녀를 바라보았다. 이제 두려움은 사라지고 미소 짓는 혼란과 불신이 남았다. 그가 그녀를 믿을 수 없을 만큼 아름답다고 생각하는 동안 그녀는 그가 아름답다고 생각했다. 그는 그녀가 숨넘어가게 웃을 거라고 생각했는데 그녀는 기쁨으로 흐느끼며 그에게 키스했다. 그녀의 얼굴은 오목조목했다. 눈빛, 입 모양, 그를 고통스럽게 하는 미소. 모든 것은 어쩌면 순식간에 소멸하는

지도 모른다. 긴 순간 동안 존재했다가 바로 사라져버리는, 단지 기억 속으로 들어가기 위한 과정인 것이다. 그는 그 몇 안 되는 순간들이, 기억력이 지속되는 동안은 자신에게서 소멸하지 않을 것임을 알았다. 처음 맛본 그녀의 입의 맛, 자신을 꼭 누르던 그녀의 다리, 자신의 목덜미에 얹었던 그녀의 손. 그는 그녀의 포옹에서 마치 자신의 욕구 같은, 자신의 다급함 같은 뭔가를 느꼈다. 사랑하고 사랑받는다는 게 바로 이런 느낌일 거야, 그는 생각했다. 이제 그것을 알게 된 그는 사랑하는데 퇴짜 맞는 것, 만지고 싶은데 거절당하는 것은 얼마나 끔찍할까 상상했다.

그는 음악과 조명을 뒤로하고 어둠 속으로 더 깊이 걸어갔다. 운동장 주위를 따라 난 도로를 향해 서서히 나아갔다. 자신들을 본 사람이 있을까 생각했다. 어둠 속에서 속삭임을 들은 것 같았다. 이드알피트르 장터 주변에는 항상 은밀한 움직임과 정신없는 구애가 있었지만 정말로 부적절한 일이 일어날 거라고는 아무도 생각하지 않았기 때문에 (여자의 오빠가 근처에 있지 않은 이상) 사람들은 곁눈질로 흘끔대거나 관대한 미소를 띤 채 구경하기만 했다. 도로에 다다르자 그는 마치 골프장 옆 해변을 산책하고 돌아오는 사람처럼 혹은 목마황 길에서 달콤한 산책을 혼자 즐기고 있는 사람처럼 방향을 틀었다. 부드러운 바람이 깃털 같은 나뭇잎 사이로 불어왔고 몇 걸음마다 샌들 밑에서 목마황 씨앗이 터졌다.

이런 속임수에, 이드알피트르의 북적거림으로부터 멀리 떨어진 곳에서 순수하게 산책하고 있는 척하는 자신의 모습에 웃음이 나왔지만 마음속 깊은 곳에서는 앞으로도 계속 이런 식이어야 할 거라는 예감이

들었다. 여기는 그런 관계가 공개적으로 용인되는 곳이 아니었다. 무자비하고 철저한 검열이 은밀하고 불안한 연인들의 책략을 부도덕한 희극으로 만들었다. 항상 누군가가 지켜봤고 다른 사람의 조각에 조각을 덧붙였으며 모든 것은 조만간 밝혀지기 마련이었다. 발각됐을 경우에 당하게 될 조롱과 수치는 흥분감에 의해 지워졌음에도 아민은 앞으로 필요해질 속임수들에 대한 반감 때문에 약간의 떨림과 메스꺼움이 올라오는 것을 느꼈다.

장터 반대 방향으로 길을 따라 계속 걷다보니 하얗게 칠한 카림지 제반지 병원이 나왔다. 그 이름은 병원을 지을 때 너무나 후하게 기부해준 이스마일파 독지가의 이름을 딴 것이었다. 밤이 깊어서 병동 내부 조명은 낮춰져 있었지만 네모난 조명들이 가로수로 심어진 화염목들을 환히 밝히고 있었다. 병원 자체는 어두운 초승달 밑에서 은은하게 불을 밝힌, 소리 없이 움직이는 배 같았다. 길은 텅 비고 조용했다. 띄엄띄엄 세워진 가로등이 남포등처럼 노랗게 빛나고 있을 뿐이었다. 병원 맞은편인 오른쪽에는 이 지역 식민지 양식 건축의 거장인 존 싱클레어가 1918년 휴전* 기념으로 지은 박물관이 있었다. 그것은 베이트 엘아마니, 평화의 집이라 불렸다. 이 건물의 큐폴라들은, 지금은 우울한 빛 속의 허연 물체일 뿐이었지만, 이스탄불에 있는 성소피아대성당 돔의 소박한 복제품이었다.

아민은 더이상 사용되지 않는 병원 맞은편 묘지를 지나 계속 걸었다. 낮에는 그 그늘에서 환자들과 보호자들에게 과일과 과자를 파는 장

* 1차세계대전 당시 동아프리카의 독일군이 11월 25일 연합군에 항복한 것을 가리킨다.

사꾼으로 바글바글했지만 지금은 조용했다. '관저'의 철문은 닫혀 있었다. 이렇게 늦은 시간인데도 초소 안에 경찰관이 서 있었다. 이 문 뒤에, 마찬가지로 존 싱클레어가 지은 무어인풍의 환상적 궁전 안에는 이 땅의 최고 권력자이자 선장인 영국의 주재 사무관 헨리 포터 경 K.C.M.G.*가 살았다. 그는 공식행사 때마다 검은 험버 자동차를 타고 철문 뒤에서 미끄러지듯 나오곤 했는데 하얀 깃털을 여러 개 꽂은 하얀 토피 헬멧을 쓰고 있어서 마치 선루프 밑에서 깃털 분수가 솟아올라온 것처럼 보였다. 옛날에는 토피를 쓴 사람은 말을 탔을 것이므로 말이 천천히 우아하게 걸을 때 깃털이 승마자의 움직임에 맞춰 흔들리고 까딱였겠지만 지금은 꾸며낸 위엄이 효율성으로 대체되었으므로 현대적 제국의 과묵한 방식에는 매끈하고 조용한 험버가 더 적합한 상징이었다. 아민은 친구랑 배를 타고 나갔을 때 바다 쪽에서 관저 건물을 본 적이 있었는데 마치 금지된 방을 훔쳐보는 못된 아이가 된 듯한 기분을 느꼈다.

관저 맞은편에는 빅토리아 가든스 공원이 있었다. 독립이 눈앞에 다가온 요즘은 새로운 입법부가 이 안에 있는 빅토리아홀에서 회합을 갖고 있었다. 도로와 분수와 하수도와 궁전을 건설한, 19세기의 또다른 위대한 건축자인 2대 술탄 바르가시는 하렘의 여자들이 호기심 많은 자들의 시선을 피해 산책을 하고 휴식을 취할 수 있도록 담장을 두른 정원과 건물을 지었다. 그는 정원사들에게 이곳을 관목과 달콤한 향기가 나는 덤불과 흐르는 물로 채우라고 했고 자신이 구할 수 없었던 것

* Knight Commander of the Order of St Michael and St George의 약자. 외교관에게 수여되는 훈장 중 2등급에 해당하며 일반적으로 대사에게 수여된다.

은 그들의 상상에 맡겼다. 그는 세계 방방곡곡에서 가져온 풀과 나무를 키웠는데 대부분은 뼛속들이 빅토리아시대 신사였던 당시 영국 영사*의 선물이었다. 그는 식물들의 비뚤어지고 사치스러운 용도를 약간 개탄했지만 그래도 술탄의 원예열에만은 공감했다. 후대 술탄**은 라이벌을 제치고 그를 왕위에 오르게 해준 제국의 대리인들을 향한 감사의 발로로 이 공원의 이름을 불멸의 여왕의 이름으로 바꾼 뒤에 국민들에게 선물했다. 그다음에 아민은 마찬가지로 싱클레어가 설계했고 돔 복제품이 달린 법원을 지나쳤다. 거기에 달린 시계는 이 조용한 시간에도 시끄럽게 째깍댔다. 오른쪽에는 또다른 묘지가 있었다. 이 도시는 작은 묘지들로 가득했다. 교차로에서도, 모스크 뒤에서도, 담장에 둘러싸인 마당에서도 수많은 죽은 자들이 후손들에 맞서서 바글대고 있었다.

아민은 조명이 어둑한 거리의 정적을 즐기면서 천천히 제방을 향해 걸었다. 그는 놀라울 정도로 다양한, 이 소도시의 정적을 사랑했다. 바다의 소리 없는 아우성이나 좁은 골목길의 왕왕거리는 정적을 혼자서 묘사하는 것을 좋아했다. 구시가지 가운데 있는 몇몇 광장에서는 아득한 여자 웃음소리의 고요한 메아리를 들을 때도 가끔 있었다. 차는 몇 대 지나갔지만 마주 오는 행인은 아무도 없었다. 그는 인파 속에서 공허함밖에 느끼지 못했지만 그 차들은 아마 장터에서 집으로 가는 길이었거나 이드알피트르를 맞아 친구를 만나고 돌아가는 길이었을 것이다. 그는 열린 창문에서 흘러나오는 웅얼거림과 웃음소리를 들었다. 어

* 존 커크.

** 7대 술탄 하무드. 5대 술탄을 독살하고 스스로 왕위에 오른 술탄 칼리드를 영국군이 사흘 만에 폐위함으로써 왕위에 올랐다.

떤 집들은 마치 주인이 침입자를 두려워하지 않는 것처럼 앞문이 여전히 열려 있었고 지키는 사람도 없었다. 제방에는 아직도 걷는 사람들이 있었고 술탄의 궁전의 가족동에도 불이 켜져 있었다. 썰물이 부드럽게, 머뭇거리며 빠져나가는 가운데 바다가 제방 벽을 철썩철썩 때렸다. 저 앞바다에는 닻을 내린 거룻배들이 잔뜩 떠 있었고 부두에는 내일 다르에스살람이나 몸바사로 건너갈 페리호가 정박중이었다. 하비브 삼촌이 일하는 세관을 지나가는데 누가 얼굴을 바다 쪽으로 향한 채 계단에서 자고 있었다. 항만 관리소장의 집은 위층 베니션블라인드들이 열려 있었고 모든 조명이 켜져 있었으며 베란다에서 웃고 있는 영국인들의 목소리와 시가 냄새가 흘러나왔다. 아민은 이트나시리 무료진료소를 지나는 길로 접어든 다음 옛날에 철거된 발전소 자리를 빠르게 지나쳤다. 그는 그곳이 철거되던 광경을 기억했지만 터빈과 프로펠러 케이스 일부가 여전히 남아 있었는데 비가 오면 그 안에 기름지고 걸쭉한 물이 가득 고여서 햇빛을 받았을 때 무지개색으로 빛났다. 이런 달 없는 밤에는—가느다란 초승달 조각은 한참 전에 이미 하늘의 곡선 밑으로 가라앉고 없었다—물웅덩이들이 「어셔가의 몰락」에 나오는 검은제비갈매기처럼 새까맣게 보였다. 어렸을 때는 그 물웅덩이 속에 미끌미끌한 뱀 같은 생명체가 산다고 생각했었는데 지금은 그 유독한 물속에 뭔가가 살 수 있다고 생각할 정도로 바보는 아니었지만 그래도 약간의 두려움이 아직도 남아 있어서 서둘러 그곳을 지나쳤다. 술타나 극장의 매표소 불은 꺼져 있었지만 로비에는 심야상영 때문에 어둑한 조명이 켜져 있었다. 그는 걸음을 멈추고 다음주 월요일 심야에 뭘 상영하는지 확인한 뒤에 집으로 향했다.

그것이 그의 핑계였다, 친구들과 심야영화를 보는 것. 어머니는 마뜩잖아했다. 왜 저녁 걸 안 보고? 밤에 나가는 게 재밌는 거니까요, 그가 말했다. 다음날 학교 가야 되는데 왜 월요일 밤에 외출을 하니? 어머니가 말했다. 숙제는 다 했고 그다음날은 타 학교 방문 가는 것 외엔 스케줄이 없어요, 그가 말했다. 열한시까지 올게요. 아버지는 아무 말도 하지 않았지만 못마땅해하고 있음을 알 수 있었다. 주름이 더 깊어지고 눈이 번뜩였기 때문이다. 어쩌면 그들은 그가 누군가를 만나고 있지만 자기들이 막고 싶어해봤자 소용없다고 생각하는지도 몰랐다. 그래서 그는 그들이 자신을 못 나가게 할 이유를 생각해낼 수 없어서, 투덜대고 꺼리는 것밖에 할 수 없어서 그런다고 추측했다.

그래서 월요일 밤 아홉시에 예상대로 불안에 떨면서 자밀라네 집 문을 살짝 밀었더니 문이 열리는 것이 느껴졌다. 그녀는 문 바로 앞에 서 있다가 그가 들어오자마자 문을 닫고 걸어 잠갔다. 그 방은 동굴처럼 깜깜했지만 저 안쪽에 어둑한 조명이 켜져 있어 그 불빛에 그녀의 미소가 보였다. 그녀는 쉿 하면서 그의 손을 잡고 빛 쪽으로 이끌었다. 그곳은 손님방이었다. 침대 하나, 안락의자 하나, 금테 두른 거울을 얹은 서랍장 하나가 있었다. 그녀는 그를 침대로 이끌더니 그 옆에 앉았다. 어두운 수면등 불빛 아래서도 그녀의 미소와 환한 얼굴이 행복 때문임을 알 수 있었다. 그는 자신도 함박웃음을 짓고 있음을 깨달았다.

"왔네요." 그녀가 연약하면서도 놀리는 듯한 목소리로 말했다.

그도 잠긴 목소리로 뭐라고 대꾸하고는 그녀의 몸 위로 몸을 수그렸다. 아민에게는 첫 경험이었기 때문에 처음에는 아무 저항 없이 자밀라의 손에 자신을 맡겼다. 믿을 수 없는 쾌락과 고통과 해방의 감각이 밀려왔고 잠시 후에는 성행위의 억눌린 희열 속에서 자기를 잃었다. 오직 그녀의 손길과 목소리만이 길잡이였다.

그후에 그들은 누워서 대화를 나눴다. 아민은 대단한 일이라도 해낸 양 패기만만하고 행복했다. 그녀가 곁에 누워서 그를 어루만지며 젊음과 완벽함에 감탄하는 동안 그는 그녀를 쓰다듬고 그녀의 몸에서 나는 향기를 들이마셨다. 수면등이 계속 켜져 있었기 때문에 시간이 충분히 지나자 모든 것이 뚜렷하게 보이기 시작했다. 그때 그는 내벽 중 하나에 두꺼운 커튼을 친 창문이 있음을 발견했다.

"거실로 난 창문이에요." 그녀가 속삭였다. "이 방에는 밖으로 난 창이 없어요. 그래야 아무도 못 들을 것 같아서. 이 방에서는 못 잤었어요, 혼자서는. 꼭 무덤 같아서 말이에요."

"왜 당신 침실로 안 간 거예요?" 그가 너무 과한 요구인가 생각하면서 물었다.

"그 방에는 중정으로 난 창문이 있어요." 그녀가 말했다. "누가 들을 수도 있어요."

그녀의 집안에서조차도 그들은 조심해야 했다. 그런 위험에 대해 생각하니 약간 메슥거림이 올라왔다. "방금 그건 기적 같았어요." 그가 자신을 초라하게 만드는 생각을 몰아내기 위해 이렇게 말했더니 그녀가 웃음을 터뜨렸다. "왜 웃어요?"

"행복해서요. 그리고 당신한테는 첫 경험이었으니까요, 그렇죠? 그럴 거라고 생각했어요." 그녀가 그를 어루만졌다. "당신이 아름다우니까요. 그날 오후에 당신이 길 건너오는 걸 봤을 때부터 당신을 원했어요. 정말 정말 당신을 원했죠. 그래서 그 쪽지를 쓴 거예요. 참을 수가 없었거든요. 당신을 잃어버릴 것 같아서. 우리집에 또 와줄래요?"

"내일 올게요." 그가 제안하자 그녀가 또 웃음을 터뜨렸는데 너무 갑작스럽게 터지는 바람에 소리를 죽이기 위해 손으로 자기 입을 막았다.

"아니 아니, 내일은 안 돼요. 조심해야 해요, 하비비, 안 그랬다간…… 다른 날에요, 이번 주말쯤에. 금요일에 와요. 그래줄래요?" 그녀가 그를 쓰다듬으며 물었다.

그가 고개를 끄덕였다. "그래요, 금요일에. 안 그랬다간 어떻게 되는데요?"

"안 그랬다간 우리를 못 만나게 할 거예요." 그녀가 말했다. "끔찍한 말을 하면서 못 만나게 할 거예요. 당신은 너무 어리고, 아직 학생이고, 나는 이혼한 이십대 여자니까."

"나는 전문학교 학생이고 곧 스무 살이에요." 아민이 말했다. "나이 차가 그렇게 많이 나지도 않잖아요. 설사 난다 해도 당신은 내가 만난 사람 중에 가장 아름다운 여자예요. 내가 당신 남편이었다면 절대 이혼하지 않았을 거예요."

"내 사랑, 우리는 조심해야 해요. 안 그랬다간 우리를 못 만나게 할 거예요." 그녀가 미소 띤 얼굴로 그를 조용히 시키면서 말했다. "이제 당신은 가야 해요. 그래야 영화 끝나는 시간보다 너무 늦지 않게 돌아가죠."

그 집을 빠져나올 때 아민은, 그의 생각에는, 공기에 파문조차 일으키지 않았다. 그는 마치 다시 태어난 사람처럼, 아름답고 사랑받는 사람처럼 집까지 걸어왔다. 그것은 그렇게 시작되었다. 독립이 있던 해의

2월에, 우기가 시작되기 얼마 전에. 일주일에 한 번, 그후로는 더 자주, 점점 더 이른 저녁시간에, 그후로 몇 달 동안 아민은 자밀라의 집에 갔다. 그들은 속삭이고 사랑을 나누고 숨죽여 웃었으며, 그가 돌아갈 때가 되면 필사적인 바보처럼 서로에게 매달렸다. 그녀는 그들이 떨어져 있을 때도 자기를 떠올리라고 그에게 루비가 박힌 반지를 줬다. 때로는 그에 대한 생각이, 그의 냄새와 촉감이 자신의 삶을 충만하게 한다는 이야기를 적은 쪽지를 그의 셔츠 주머니에 슬쩍 집어넣기도 했다. 그는 그녀에게 자기 몸이 사랑 때문에 멍들고 아프다고 말했다. 그녀와 함께 있지 않을 때는 그녀를 잃는 것이, 그녀를 앗아갈 말이 두려웠다. 그녀와 함께 있을 때는 그녀의 몸과 숨결에 대해서, 자신의 삶이 얼마나 완전한가에 대해서밖에 생각하지 않았다. 자기가 그 무엇 혹은 그 누구와도 싸울 수 있다고 느꼈다.

어떤 날 오후에는 자밀라가 파리다를 찾아와서 얘기를 나누거나 새 옷의 치수를 쟀다. 마지막으로 본 것이 전날 밤임에도 불구하고 연인을 꼭 봐야겠다고 느꼈기 때문이다. 파리다 앞에서는 아무 말도 하지 않았지만 웃음을 매번 참지는 못했다. 파리다 역시 아무것도 못 본 척했지만 재미있어하는 눈빛에서 티가 났다. 그녀는 그들의 비밀연애의 팬이었다. 아민은 때때로 시청에 들어가서 이 창구 저 창구에서 문의를 하고, 이 사무실 저 사무실을 돌아다니고, 전에 거기서 본 적 있는 아무하고나 수다를 떨다가 마지막으로 취업지원센터에 들어가서 그녀를 찾아내곤 했다.

학교 공부는 이제 전보다 더 어렵지 않게 느껴지는데도 따라가기가 힘들었다. 매번 그녀 생각을 떨쳐내지는 못했던데다 항상 그녀가 보고 싶고 함께 있고 싶었기 때문이다. 그는 사람들 눈을 피해 그녀 생각에 잠기거나 훗날 그들이 함께할 수 있을 방법을 계획했다. 그녀에게서 과거 이야기를 들은 후로는 이 사람이 내가 사랑하고 함께 살고 싶은 여자라고 부모님에게 간단히 말할 수 없음을 알게 되었다. 일단 음중구 할아버지가 있었고 할머니가 명백한 죄를 지으며 산 세월이 있었다. 설사 조상의 실수를 용서받을 수 있다 하더라도, 그것도 확실치 않았지만, 그녀의 이혼과 나이와 추문이 있었다. 그녀가 그런 것을 넌지시 암시할 때도 있었지만 아민은 차마 묻지 못했다. 아직은 알고 싶지 않았다. 파리다는 아마 처음부터 알고 있었던 것을 그는 이제야 알았다. 사랑 문제에서 부모는 항상 최악의 경우를 믿고 매서운 정의감과 협박으로 자신들의 권위를 강요한다는 것을 말이다.

그녀를 만나러 갈 때는 항상 어두워진 후에, 항상 미리 약속한 시간에 갔다. 그는 일찌감치 나가서 최대한 다양한 경로를 거쳐 거기까지 걸어서 갔다. 중간에 걸음을 멈추고 지인과 얘기를 나누기도 하고, 차 한 잔을 시켜놓고 카페에 앉아 있기도 하고, 축구경기에 대한 토론에 귀기울이기도 했다. 마치 시시한 동네일에 참견하기 좋아하는 젊은이 같았다. 그는 거리에 아무도 없나 반드시 확인한 후에 문을 열고 들어갔다. 그 문은 자밀라가 잠그지 않고 아주 살짝 열어놓곤 했다. 만약 길에 누가 있으면 그대로 지나갔다가 다음날 같은 시간에 되돌아왔다. 둘이 함께 있을 때는 거리에서 가장 먼 방인 손님방의 수면등 밑에 누워 있었다. 말을 할 때는 속삭였고, 숨죽여 웃었으며, 소리 없이 강렬한 사랑을 나눴다. 그렇게까지 했는데도 그들의 연애를 비밀로 하진 못했다. 누군가가 그의 정교한 속임수를 꿰뚫어봤거나 정열적인 숨소리를 우연히 들었는지도 몰랐다. 혹은 위층 창문에서 그를 봤거나 어두운 골목길에서 자밀라네 집으로 들어가는 것을 목격했을지도 몰랐다. 어쨌든 누군가는 그를 봤고 다른 누군가에게 그 사실을 이야기했음에 틀림없었다. 그리고 조각에 조각이 덧붙여져서 발각을 피할 수 없게 된 것이었다.

3부

7
라시드

나는 알았어야 했지만 알지 못했다. 그렇게 가까이에서 잤으니 몇 달 동안 그의 심장박동 속도가 달라졌던 것을 눈치챘어야 했다. 그가 꿈과 환상 때문에 잠을 설치고 어떤 날 밤에는 감정적 탈진과 충족된 정열 때문에 숨소리가 평소보다 깊었던 것을 느꼈어야 했다. 그가 달라졌다는 것을 냄새로 알았어야 했다. 그에게 무슨 일이 일어나고 있음을, 뭔가 당당하고 의기양양해지기까지 한 태도를 알아봤어야 했지만 그러지 못했다. 봤어도 이해하지 못했고, 아무것도 듣지도 느끼지도 냄새 맡지도 못했다. 혹은 아무것도 알아차리지 못했거나 나중에 그들이 발각되고 한참 후에야, 기억의 파편들이 부패하는 물질처럼 수면 위로 떠올랐을 때에야 알아차렸다.

발각됐다는 것이 사랑의 행위중에 들켰다는 뜻은 아니다. 그런 일이 일어났다고는 생각하지 않는다. 어른들은 너무 많은 것을 숨기고 우리에게서 감췄다. 그중 어떤 것들은 너무 평범하고 진부한 문제라 때로는 왜 그렇게까지 할 필요가 있었을까라는 생각이 든다. 우리가 세상의 추악함에 대처해야 할 필요가 없도록 보호하기 위해서였을까? 아니면 습관적인 비밀주의였을까? 이 무렵에는 젊은이들을 최대한 오래, 최대한 무지한 상태로 계속 두어서 순종적이고 다루기 쉽게 만드는 것 외에 다른 목적은 없었지만 말이다. 나는 때때로 내가 직접 겪은 일에 대해서도 얼마나 모르는 게 많은지를 발견하고 충격받곤 한다. 하지만 만약 그들이 사랑의 행위 도중에 들켰다면 부모님이 그 사실을 숨기지는 못했으리라고 확신한다. 그러니까 정확히 어떻게 발각됐는지는 모르지만 그런 식은 아니었을 거라고 생각한다. 그렇지 않았다면 동네방네 구경거리가 됐을 것이고, 고소해하는 이야기도 돌았을 것이며, 주먹다짐도 좀 있었을 것이다. 어쩌면 그들은 애초에 발각된 게 아니라 사소한 행동에서 부주의하게 스스로를 드러냈는지도 모른다. 자신들이 무적이 된 듯한 기분 때문에, 스스로의 감정이 순수하니까 주위 사람들의 고약한 질책으로부터도 안전할 거라는 생각 때문에 말이다. 당시의 나는 그런 뭔가를, 사랑의 정당성이라는 감정을 이해할 능력이 없었을 것이다. 나 자신의 승리에, 내가 시험도 잘 보고 장학금도 받아서 런던대학교에서 공부할 수 있게 되었다는 사실에 너무 도취되어 있었기 때문이다. 이것은 내가 떠나기 딱 한 달 전인 1963년 7월 말쯤의 일이었고 내 머릿속은 자기중심적 환상으로 가득해서 다른 사람의 감정 같은 미묘한 것을 위한 공간은 없었다. 나는 내가 아주 많은 사람들이 내게 바랐던 것이자 스스로 열망했던 것을 성취했다는 사실밖에 몰랐다. 내 성공이 모든 사람에게 행복을 선사했다고 생각했다. 내가 사랑받고 있고 영웅이 되었다고 느꼈고 매일 가족과 친구들의 감탄과 존경에 둘러싸여 있었다. 내가 재주가 없어 묘사는 못하겠지만 이주와 타국생활이라는 경험을 관통하는 깊은 독에 대해서도 그때는 몰랐다. 내가 어떻게 알았겠는가? 어떻게 일말의 의심이라도 했겠는가?

그 일이 폭로되던 날 저녁에 나는 침대에 누워서 책을 읽고 있었다. 당시 내 취향을 제대로 기억하는 게 맞는다면 탐정소설이나 역사 로맨스였을 것이다. 우리는 자의식이나 수치심 없이 순정만화, 『안나 카레니나』, 어니스트 헤밍웨이, 백과사전 등 뭐든 손에 잡히는 대로 읽었다. 마치 강철 위장을 가진 짐승이나 멜빌의 타조처럼* 부싯돌과 애벌레와 희귀하고 촉촉한 약초를 닥치는 대로 쪼아먹었다. 시간은 저녁때에 가까웠다. 우리는 대개 이샤 기도 후에 여덟시 좀 지나서 우리 아버지가 귀가하면 저녁식사를 했다. 몸이 아프지 않은 이상—그러고 보면 아버지가 그 정도로 아팠던 적은 거의 없었다—우리 아버지는 매일 늦은 오후부터 이른 저녁까지 카페에서 커피를 홀짝이면서, 친구들과 얘기하면서, 신문을 훑어보면서, 라디오를 들으면서, 행인들에게 인사하면서, 세계정세를 파악하면서 시간을 보냈다. 아버지가 나타나지 않으면 혹시라도 그가 앓아누웠거나 집에 작은 사고가 있나 싶어 누군가가 안부를 물으러 왔다. 무에진이 이샤 시간임을 외치면 아버지는 모스크로 가서, 카페에서 수다 떠는 동안 놓쳤을 마그립 기도를 혼자 한 뒤에 이맘이 이샤 기도를 인도하길 기다렸다.

---

* 허먼 멜빌의 『모비 딕』 중에서 "강력한 소화력을 가진 타조가 총탄과 수발총의 부싯돌을 꿀떡꿀떡 삼키는 것처럼"이라는 구절을 가리킨다.

아버지는 때때로 카페에서 모스크로 가는 도중에 형과 나를 데려가려고 집에 들르기도 했다. 어쩌면 카페에서의 대화가 지루했거나, 누군가의 주장에 짜증이 났지만 소란을 피우고 싶지 않았거나, 세상을 떠난 이웃을 위한 쿠란 독경이 모스크에서 있을 예정이라는 이야기를 들었을 수도 있었다. 이유가 무엇이건 간에 그는 가끔 장성한 아들들이 기도하러 가는 대신 집에 드러누워 있다는 사실을 떠올렸고 그래서 자신의 일과를 따르는 대신 특별히 그들을 집에서 쫓아내기 위해 오곤 했다. 그래서 내가 무에진이 이샤 기도 시간 외치는 것을 듣지 못한 상태에서 아버지의 고성을 들었을 때에는 아버지가 나에게 모스크에 가라고 소리치는 줄 알았다. **남**, 나는 민첩하게 외쳤다(나는 **민첩함**이라는 단어를 좋아한다). 우리가 버릇없다고 생각할 때 아버지가 상처받는다는 것을 알았기 때문이다. **남**은 **응**의 가장 정중한 형태인데 그보다 아래인 모든 것은 아버지에게 버릇없는 것으로 간주됐다. 나는 거실로 나갔다가 형이 앞문 앞에 서 있는 것을 보았다. 아직 샌들을 신고 있는 것으로 보아 방금 집에 도착한 것이 분명했다. 그의 얼굴은 무표정했지만 눈은 공포로 휘둥그렜다. 아버지는 형과 마주서서 나를 등지고 있었는데 뻣뻣하고 구부정한 뒷모습이 화났을 때의 자세였다. 형이 문으로 들어오자마자 소리지른 것이 분명했다. 어머니는 늘 앉는 구석 창가에 앉아서 고개를 숙인 채 오른손으로 이마를 문지르고 있었다. 누나는 자기 재봉틀 옆에 서서 벽에 몸을 꼭 붙인 채 아버지를 바라보고 있었다. 잠시 내 쪽을 돌아봤을 때 누나의 눈은 불안감으로 커져 있었다. 누나는 마치 내 존재가 상황을 복잡하게 만든 것처럼 잠시 심란하게 얼굴을 찌푸렸다.

"페이살, 소리치지 마." 어머니가 말했다. "그럴 필요 없어." 그 목소리를 들으니 어머니가 울고 있었음을 알 수 있었다. 형도 눈치채고 어머니를 쳐다봤다. 그때 아버지가 돌아서서 나를 봤는데 긴장한 얼굴은 찌푸리고 있었고, 눈은 번득였으며, 아마 내가 누구이고 거기에서 뭘 하고 있는지 생각하는 듯했다. 그러고는 다시 형 쪽으로 돌아서서 성큼성큼 두 걸음을 내딛더니 손바닥을 펼치고 팔을 들어올렸지만 사랑하는 아들을 차마 때릴 수 없어서 그대로 멈춘 채 누가 말려주길 기다리며 가만히 서 있었다. 아버지는 최근 몇 년간 우리를 때린 적이 없었고 그 전에도 손에 꼽을 정도였는데 그래 봐야 엄한 설교 중간중간에 짜증스럽게 손바닥으로 팔을 찰싹찰싹 때리는 수준이었다. 어머니가 다시 한 번 아버지의 이름을 부르자 아버지는 팔을 내리고 소파로 걸어가서 어머니 옆에 앉았다. 아버지의 몸은 어쩌면 분노 때문에, 어쩌면 상처와 공포 때문에 떨리고 있었다.

"어떻게 이런 짓을 할 수가 있냐?" 아버지가 말했다. "너는 우리와 너 자신한테 수치를 안겼다. 네 쾌락밖에 생각하지 않았어. 생각할 머리가 없는 인간처럼 네 인생을 망쳤지. 아무도 너에게 아무것도 가르쳐주지 않고 뭐가 옳고 그른지 알려주지 않은 것처럼, 네가 감정도 없고 너 자신과 다른 사람에 대한 존중도 없는 짐승에 불과한 것처럼 말이다. 난 이제 네게 뭐라고 말해야 할지도 모르겠구나."

무슨 일이 있었는데요? 나는 묻고 싶었다. 형이 무슨 짓을 했는데요? 하지만 내 눈앞의 광경에 놀라고 불안해서 말문이 막혔다. 그 편이 낫긴 했다. 그때 내가 무슨 말이라도 했다면 그 즉시 쫓겨났을 것이다. 아버지는 조용히 말했지만 얼굴에는 경멸이 가득했고 그 말에 담긴 무게가 공기를 무겁게 짓눌렀다. 엄할 때조차도 부드럽게 말하는 아버지였는데 말이다.

“우리한테 설명해보렴.” 어머니가 이마에 대고 있던 손을 떼고 고개를 들며 말했다. 크게 뜬 두 눈은 촉촉했고 양손은 무릎 위에서 깍지 낀 채 꽉 맞잡고 있었다. 어머니는 고통스러운 얼굴을 들어서, 긴장했지만 참을성 있게 형을 쳐다봤다. 침묵은 몇 분 동안 지속되는 듯했다.

“누가 말했어요?” 형이 낮고 비극적인 목소리로 물었다.

“아민.” 아버지가 지친 듯 말했다. 이제는 어이가 없어서 나오는 웃음이나 움찔거림을 억누를 힘조차 남아 있지 않았다. “누가 말해줬는지는 중요하지 않아. 너의 모든 행동이 우리가 들은 게 사실이라고 인정하고 있구나.”

“두 분이 뭘 들으셨는지 저는 모르죠.” 형이 재빨리 말했다. 나도 못 들었어, 라고 나는 말하고 싶었다. 무슨 일이 있었는데? 나도 알고 싶어.

“우리는 이해하고 싶다.” 아버지가 말했다. “네 어머니 말은 어떻게 이런 일이 일어날 수 있었는지 설명해달라는 거다. 어떻게 그렇게 어리석을 수가 있냐?”

그때 무에진의 외침이 우리 사이로 흘러들어왔고 우리는 관습대로 그것이 끝날 때까지 말없이 기다렸다. 하늘이 도운 침묵이었다. 그동안 아버지가 한숨을 쉬면서, 찌푸렸던 얼굴이 풀어졌기 때문이다. 아버지는 잠시 눈을 감고 소리 없이 입술을 움직이며 무에진의 말을 따라 외었다. 알라후 악바르 알라후 악바르, 아슈하두 안 라일라하 일라 라, 아슈하두 아나 무함마드 라술루 라. 무에진의 외침이 끝났을 때 아버지의 입술은 익숙한 씰룩거림을 보였다. 그 의미는 어깨 으쓱임과 고개 내젓기 사이의 무언가, 체념과 당혹 사이의 무언가였다. 나는 어머니가 아버지 쪽을 흘끗대는 것을 봤다. 그리고 형이 부모님 얼굴을 차례로 흘끗댈 때 형의 얼굴에서 뭔가가 지나가는 것을 봤다고 생각했다. 어쩌면 그때가 형이 결심한 순간인지도 몰랐다.

"저는 그 사람을 사랑해요." 형이 무에진의 외침 이후에 찾아온 깊은 정적을 깨며 말했다. 그 말이 전부였고 그것이 형의 설명이었다, 적어도 일단은. 그 말을 한 후에 입술을 꽉 다문 표정을 보니 그 정도면 충분한 설명이라고 생각하는 것 같았다.

아버지가 속내를 알 수 없는 가면 같은 얼굴을 하고 시선은 내리깐 채 자리에서 일어났다. 그리고 말 한마디 없이, 우리에게 따라오라는 요구도 하지 않은 채 샌들을 꿰신고 모스크로 가버렸다. 아버지는 퇴장의 고수였다. 한참 상대방을 쳐다보다가 저주나 비난의 말 한마디 없이 조용히 쓱 나가버리면 상대방은 혼자 마음을 졸이다가 다음번에 아버지를 만났을 때 원치 않아도 자발적으로 자기 죄를 인정하고 회개하게 되었다. 폭력을 쓰지 않고도 우리를 교묘하게 조종해서 시키는 대로 하게 만드는 것은 아버지의 교사로서의 기질인지도 몰랐다.

"누구를 사랑해? 형이 뭘 했는데? 뭐가 어떻게 돌아가는 거야?" 아버지가 문을 나서자마자 내가 불쑥 내뱉었다.

"너는 기도나 하러 가." 어머니가 말했지만 나는 그 말을 무시했다. 아버지의 말이었다면 무시하지 못했을 것이다. 아버지는 아주 사소한 저항도 너무 마음에 담아두는 탓에 감히 거역할 수 없었지만 어머니에게서는 명령이 끝도 없이 끈질기게 흘러나왔으므로 가끔은 무시해도 괜찮았다. 어머니가 눈을 쓱 닦더니 형에게 이리 오라고 손짓했다. 형이 계속 바닥만 쳐다보면서 조금 전까지 아버지가 앉아 있던 자리에 앉았다.

"그 여자가 너를 함정에 빠뜨렸니? 그랬어, 그렇지? 그랬을 거야." 어머니가 형이 속아넘어가기 쉬운 사람이라고 확신하면서 대놓고 말했다. 형은 아무 말도 하지 않았다. 눈은 내리깔았고, 얼굴은 땀으로 번들거렸다. 어머니가 말하는 동안 목소리는 점점 더 경멸적으로 변해 갔다.

"너 그 여자가 누군지 아니? 그 집안 사람들을 알아? 어떤 종류의 인간들인지 아냐고! 그 여자 할머니는 초타라였어. 인도 남자의 죄 많은 자식, 튀기였단 말이야. 그리고 자라서 어른이 된 다음에는 수년 동안 영국인의 정부였지. 그전에는 또다른 음중구한테서 죄 많은 자식을 낳았고. 튀기가 튀기를 낳은 거야. 그렇게 유럽 남자들과 더럽게 사는 게 그녀의 인생이었어. 그리고 그 여자 엄마, 그 큰 집에 사는 바로 그 여자, 그 여자는 실크와 향수와 금붙이를 가졌다고 자기가 뭐나 되는 줄 알지만 그 여자가 바로 그 음중구의 자식이야. 그 여자는 자기 아버지가 누군지도 몰라. 엄마가 집에 데려온 영국인 주정뱅이라는 것밖에 모르지. 그 여자 남편은 그 여자를 몸바사에서 데려올 때 이 사실을 다 알고 있었지만 돈이 많으니까 남들이 어떻게 생각하든 신경 안 쓰는 거야. 그 인간들은 항상 제멋대로 살았어. 네가 사랑한다는 그 여자도 제 할머니와 똑같아. 비밀과 죄악의 삶을 살고 있지. 이미 결혼했다 이혼도 했고 말이야. 그 여자가 어디서 와서 어디로 가는지, 누구를 만나러 가는지는 아무도 몰라. 그치들은 우리 같은 사람들이 아니야. 염치라곤 모르고 저밖에 생각하지 않는다고. 너는 그 여자를 사랑한다지만 네가 사랑에 대해 뭘 아니? 너는 그 여자 같은 사람들을 몰라. 우리는 너를 믿었다. 네 아버지는…… 너도 봤지, 너는 아버지한테 상처를 줬어."

형이 온몸을 부르르 떨었다.

"너도 아버지 성격 알잖니." 어머니가 말을 이었다. 아까보다 약간 덜 경멸적이고 약간 더 부드럽게 변한 목소리가 형을 끌어당겼다. 이렇게 으르고 달래는 것, 우리의 마음을 누그러뜨려서 복종시키는 것 또한 어머니가 늘 맡는 역할이었다. 부모님도 자기가 맡은 역할에 뛰어났지만 우리도 조종하기 쉬웠음에, 복종하는 훈련이 잘되어 있었음에 틀림없다. "아버지가 집에 오시면 아무 말 안 하시겠지만 아버지 마음이 아프다는 건 너도 알 거다. 아버지는 널 자랑스러워하셔. 너는 그 여자와 어떤 관계도 맺으면 안 되고 아버지께 용서를 빌어야 돼. 안 그러면 아버지를 잃게 될 거야, 아버지도 널 잃게 될 거고. 아버지도 이제 늙어서 이 모든 걸 어떻게 받아들이실지 모르겠구나. 나도 시력이 매일 나빠져 가니까 이제 곧 아버지에게 도움이 안 되겠지. 많은 일이 있었지만 우리는 널 믿는다. 그걸 잊지 마. 더이상 그 여자를 만나러 가지 않겠다고 약속해."

형은 마치 협조를 거부하는 고집 세고 뚱한 아이처럼 고개만 살짝 저을 뿐 아무 말도 하지 않았다.

"약속해." 어머니가 소리치면서 형의 뒤통수를 때렸다. "내가 말할 땐 나를 봐. 아버지를 죽일 셈이니?"

형은 분노가 가득한 표정으로 일어나서 가버렸다. 중간에 뭔가 할 말이 있는 것처럼 어머니를 돌아봤지만 그 말이 뭔지 몰라도 목에 걸려 나오지 않았다. 아마 약속하지 않겠다는 말을 하려고 한 것 같은데 입 밖에 꺼내지는 못했다. 형이 우리 방에 들어가서 문을 잠그는 소리가 들렸다. 이쯤에는 나도 오가는 대화로 그들이 자밀라에 대해 이야기하고 있음을 알 수 있었다. 그녀의 할머니가 몸바사에서 영국인 애인과 살았다는 얘기를 모르는 사람은 없었기 때문이다. 형이 그녀를 사랑하고 부모님 앞에 서서 그 말을 할 수 있다는 것은 그야말로 신기한 일이었다. 그것은 무슨 뜻인가? 그들이 서로에게 연애편지를 보냈고, 포옹하고 키스했고, 서로의 벌거벗은 몸을 바라봤고 사랑을 나눴다는 뜻 아닌가? 자밀라 같은 여자는 말할 것도 없고 형이 누구하고든 사랑을 나눈다는 것은 나에겐 상상 밖의 일이었다. 나는 지금껏 자밀라가 매력적이라고, 어른들의 세계의 일부라고, 아니, 그보다는 정부와 추문으로 이루어진 사악한 어른들의 세계의 일부라고 생각했다. 그리고 형이 어른이라고는 생각조차 안 했던 것 같다. 그때 누나와 눈이 마주쳤는데 내가 형의 별난 행동을 생각하며 미소 짓고 있었음을 깨달았다. 누나도, 적어도 눈으로는, 나를 보고 마주 웃었다.

"오, 형 좀 하는데." 내가 말했다.

"웃을 일이 아니야." 어머니가 화내며 말했다. "내가 기도하러 가라고 했지. 얼른, 여기서 나가. 가, 어서 가. 이 일은 집밖의 누구에게도 말해선 안 된다. 알겠니? 이 축새 녀석아."

모스크에 도착했을 때 기도는 이미 두번째 라카*에 접어들어 있었다. 나는 줄 맞춰 서서 기도하기 시작했다. 아버지의 모습은 보이지 않

---

* 이슬람교의 기도를 구성하는 단위. 정해진 구절을 낭송하면서 서기, 90도로 절하기, 엎드려 절하기, 무릎 꿇고 앉기를 하는 것이 1라카다.

았다. 모스크는 꽉 찼고 나는 뒷벽 바로 앞에 있었는데 아버지는 아마 맨 앞줄에 있었을 것이기 때문이다. 어쨌든 기도중에 두리번거리는 것은 부적절했다. 내가 하는 모든 말과 내가 하는 모든 행동이 하느님에게 전해지는데 하느님은 내가 기도중에 집중하지 않는 것을, 이리저리 고개를 돌리고 누가 뭘 아는지에 대해 생각하는 것을 좋아하지 않았다. 나는 가슴 앞에서 양쪽 손목을 서로 맞잡고 시선은 바닥을 향한 채 완전히 하느님에게 굴복했다. 전체 기도가 끝났을 때는 아까 놓친 라카를 벌충해야 해서 그걸 다 끝내고 나서야 아버지를 찾기 위해 모스크 안을 제대로 둘러볼 수 있었다. 그 무렵 아버지는 바깥 계단에 서서 친근하고 정중한 미소를 띤 채 누군가와 이야기하면서 그가 샌들을 찾길 기다리다가 함께 계단을 걸어내려가기 시작했다. 다른 사람들도 서서 이야기하거나 두셋씩 무리 지어 흩어졌는데 저녁을 먹으러 집에 가거나 라디오 뉴스를 들으러 카페로 갔다. 나는 아버지가 집에 처리해야 할 골치 아픈 일이 있음을 알면서도 그렇게 편안해 보이는 데 충격을 받았다. 그리고 형이 사랑을 포기하게 만드는 것이 왜 그렇게 아버지에게 중요한지 알았다.

형은 부모님을 이길 수 없었다. 그들은 결국 두 사람을 막았다. 그날 밤 누나와 나를 방으로 쫓아보내고—누나는 항의했고 나는 조용히 갔다—형을 앉혀놓고는 형이 그녀를 그만 만나겠다고 약속할 때까지 계속 이야기했다. 부모님이 형에게 뭐라고 말했는지, 형이 정확히 뭘 약속했는지는 모르지만 짐작은 간다. 부모님은 형이 그녀를 포기하겠다고 약속할 때까지 영원히 그곳에 붙들어두었을 것이다. 형의 불명예에 대한 그들의 두려움과 상처로 형을 옭아맸을 것이고, 상냥하고 순종적인 형은 그들의 사랑에 저항할 수 없었을 것이다. 어쩌면 그보다 더 간단했을지도 모른다. 형은 부모님이 너를 믿는다고 호소한 순간 자기가 뭘 해야 할지 알았을 것이다. 줄곧 두 형제 중 믿음직한 쪽이었기 때문이다. 그것이 형이 스스로를 인식한 방식이자 부모님과 그 밖의 사람들로부터 애정과 존경을 얻은 방법이었다. 될 대로 되라고 하는 것은 불가능함을 알았을 것이다. 그래서 어떻게 보면 내가 형의 연애에 대해 알았을 때 그것은 이미 끝나 있었고 그후로 형은 그 이야기를 하지 않으려 했다.

나는 농담을 던지면서 유혹의 기술을 상찬하려 했지만 형은 자기가 어떻게 한 건지, 자밀라와 무슨 일이 있었는지 이야기하지 않았다. 심지어 침대에 누워 있을 때 내가 천장에 손전등을 매달아놓고 형은 내 마법에 걸렸다고 하면서 최면을 걸려고도 했지만 끝내 말하길 거부했다. 게다가 형이 마음 정리가 완전히 끝난 척해서 믿지 않을 이유가 없었다. 나는 그때 형도 다 잊었으니까 친구들한테 얘기해도 될 것 같은데 어머니 명령 때문에 입다물고 있느라 너무 힘들었다. 형은 예전처럼 학교에 갔다가 집에 와서 친구들과 놀러 나갔다. 다만 예전보다 더 말이 없어지고 더욱더 밤늦게까지 책을 읽게 되었던 것 같기는 하다. 어쨌든 그 무렵 나는 떠날 날이 가까워서 내 문제만으로도 바빴고 형의 연애사건은 사실상 말씽으로 끝난 모험이라고 생각했다.

너무 오래전 일이다. 그때 나는 내가 주인공인 연극 속에서 자기몰입의 고통에 빠져 있었다. 초반에는 그것이 내가 누릴 자격이 있는 고귀한 모험이라고 생각했다. 그에 반해 형에게 일어난 일은 약간 희극적인 사건, 무모한 짓이라 생각하지 않을 수 없었다. 나는 질문과 설득을 통해 형이 자밀라에 대해서 그런 식으로 이야기하게 유도하려고 했다. 그래서 어디까지 갔던 거야, 이 정력남아? 하지만 형이 대답을 거부했기 때문에 나는 내 경험이라는, 빈약하기 짝이 없는 재료를 바탕으로 그들의 연애를 상상할 수밖에 없었다. 그때는 형의 침묵마저도 속된 교활함 내지 세련된 종류의 미묘함으로 보였다. 정복이라는 업적을 폄하하지 않으면서도 연인에게 예의를 지키는 행동이었기 때문이다. 반대로 노골적으로 잘난 척했다면 지저분하고 서툰 연애가 되고 말았을 것이다.

나는 어렸고 나처럼 무지한 또래 소년은 누구나 그랬겠지만 사랑과 섹스에 관해서는 내가 아는 동네와 사람들과 관련된 이야기를 통해 들은 것밖에 몰랐다. 그런데 형은, 그 대범한 인간은 아름다운 이혼한 여자랑 사랑을 나눠오다 들킨 것이다. 내가 질투했다고 생각하진 않는다. 원래 거의 모든 방면에서 형이 나보다 먼저 목표에 도달하는 데 익숙했던데다 나도 시간이 지나면 그곳에 도달하리라는 걸 의심해본 적이 없었기 때문이다. 아니, 오히려 형이 나를 질투해야 한다고 생각했을 것이다. 나는 재능과 총명함에 대한 정당한 보상으로 장학금을 받은 사람이었던 반면에 형은 단지 젊은이들이 거부하지 못하는 위험한 장난에 연루되었던 것뿐이었으니 말이다.

내가 고향을 떠났을 때와 같은 나이에, 나와 같은 방식으로 자란 사람이라면 사랑과 섹스에 대해서는 오직 대화의 가장자리에서만 들을 수 있었을 것이다. 우리는 어른들이 하는 야한 얘기를 엿듣곤 했다. 존경받는 어르신들은 어차피, 적어도 애들이 듣는 데서는, 그런 얘기를 하지 않았다. 어떤 사람들이 그런 이야기를 하는 이유는 듣는 사람을 자극하고 놀리기 위해서, 자신의 경험 많음과 남자다움을 증명하기 위해서였다. 대개 젊은 축에 속하거나 명망 있는 이 남자들은 길거리 대화의 끄트머리에 청소년이 있어도, 그애들이 그들의 냉소적인 거들먹거림을 듣고 웃어도 개의치 않았다. 그들은 사랑을, 끔찍한 대단원이 예상되는 희극 내지 촌극으로 만들었다. 연인들을 염탐하며 그들의 애정 표현을 두고 히죽대고 낄낄댔다. 또 어떤 연인이 친척들에게 구타당한 사건은 슬랩스틱코미디처럼 묘사되었다. 또 어떤 남자는 잔인하게 연인을 차버린 일로 악명을 얻었다. 사랑은 부도덕하고 우스꽝스러운 행위, 별난 짓, 또는 기껏해야 업적으로 간주되었다. 형의 사랑 역시 업적에 해당했는데 형이 침묵을 지키는 바람에 좀더 특별한 것, 조만간 때가 되면 틀림없이 또다른 대상에게 실행될 계획 또는 계산이 되었다. 그렇게 그것은 대범한 젊은 남자들이 재미로 하는, 위험한 장난에 불과해 보였다.

차이점은 부모님이 형의 연애를 폭로하고 끝나게 만들었을 때 내가 거기, 결판의 현장에 있었다는 것이었다. 나는 그때 형의 고통을, 상기된 얼굴을, 침묵을 보았다. 누나와 내가 배제되었던 밤늦은 대화의 긴장된 중요성을 느꼈고 애원과 최후통첩을 상상했다. 그럼에도 불구하고 나는 모든 것을 오해하고 형을 유혹자로 만드는 편을, 형의 침묵과 연약함을 무시하고 내게 그토록 익숙했던 웃긴 연애담을 선택했다. 내가 다른 선택을 할 수 있었을 것 같진 않다. 앞서 말한 대로 나는 어렸고 자기중심주의에 푹 빠져 있었기 때문에 어느 누구의 행동도 나 자신의 것보다 흥미로워 보이지 않았다.

고국을 떠나던 때는 잘 기억나지 않는다. 공항이랑 배웅하러 왔던 사람들, 비행기에 올라탔던 것은 기억하지만 떠나기 며칠 전이나 바로 전날 밤은 기억나지 않는다. 적어도 그때의 기분이나 자세한 부분은. 마지막으로 함께 보낸 밤에 형이 나는 그해 말에 있을 독립기념행사를 못 보겠다고 말했던 건 기억한다. 그리고 내가 읽은 책 중에 좋은 것은 꼭 자기한테 보내라고 했던 것도 기억한다. 나는 그러마고 약속했다. 누나가 공항에서 울음을 터뜨려서 창피했던 것도 기억하고 내가 마지막으로 뒤돌아봤을 때 부모님의 미소도 기억한다. 부모님이 손 흔들던 것도 기억난다. 내가 아무리 안간힘을 써도 그들이 한 말은 한마디도 들리지 않는다. 그런 시시한 추억들이다.

런던, 런던! 이제 나는 런던, 런던을 보았노라! 위대한 시 「뉴욕」에서 세네갈의 시인 레오폴 세다르 상고르는 할렘을 처음 봤을 때 이렇게 외친다.

> 할렘, 할렘! 이제 나는 할렘, 할렘을 보았노라! 단족Dan族 무용수들의 맨발이 일군 보도에서 자라난 옥수수로 푸르게 물든 산들바람

당시에는 이 시를 몰랐지만 마침내 읽게 됐을 때는 내가 처음 본 런던, 착륙 전 비행기가 선회할 때 저 아래 보였던 런던의 전망이 떠올랐다. 마치 내가 수평선 너머 그곳에 런던이 존재한다는 사실을 몰랐던 것처럼, 텅 빈 곳에서 기적적으로 솟아난 것만 같았다. 물론 상고르는 할렘이 거기 있을 줄 몰랐기 때문에 감탄한 것이 아니다. 그것은 자신이 바라왔던 추상적인 무언가에 대한 상상이 충족되었다는 외침, 마침

내 할렘 르네상스*의 온상이자 그의 시가 예찬하는 아프리카 이민자 사회의 생기 넘치는 현장에 도달했다는 인위적인 표현이었다. 그러나 런던은 내게 그런 공감을 불러일으키지도 않았고 맨발이 보도를 일궈서 유연한 생명으로 만드는 모습도 보지 못했다. 또한 그곳은 상고르가 할렘에서 찾아 헤매고 느꼈던 영적이고 창의적인 울림도 없었으며("네 밤 심장의 먼 고동에 귀를 기울여라") 많은 서인도제도인들을 실망시킨 모국의 환상을 품고 있지도 않았지만 나에게는, 많은 사람들에게 다양한 방식으로 그랬듯이, 신화적 요소들이 모여 만들어진 하나의 관념이었다. 이제 도착한, 닿을 수 없을 것만 같았던 목적지이자 설명되지 않은 힘과 수수께끼의 장소, 우리 자신의 노력과 깊이 관련된 곳이었다. 만약 내가 감탄할 줄 알았다면 나의 감탄은 자기중심적이었을 것이다. 저기에 그곳이 있고 이제 내가 여기 있노라. 그러니 내가 바로 적임자 아닌가!

나는 파편적으로만 기억한다. 일부러 잊으려 했거나 현실 부정에 빠졌기 때문이 아니라 그렇게 정신이 없을 때는 알 수 없는 이유로 시야가 제한되고, 새로운 지식을 얻는 대신 원래부터 알던 것이 흐릿해지기도 하기 때문이다. 게다가 내가 이곳에서 산 지도 이제는 꽤 오래되었다. 나도 내가 더 기억할 수 있으면 좋겠다. 나는 당시 내가 미지의 목적지에 도착해서 어디로 가야 할지도 확실히 모르는 이방인이 평범하게 말실수하거나 조롱당할까봐 조심하고, 남의 말을 잘못 알아들을까봐 긴장하는 것 이상으로는 두려워하거나 겁먹지 않았음을 안다. 나는

* 1920년대부터 1930년대에 걸쳐 뉴욕시 할렘을 중심으로 일어났던 흑인 문화 부흥 현상.

나 자신을 어떤 기관에 들어가기 위해 먼길을 온 누군가로 생각했다. 그 기관에는 나처럼 성실하고, 자기 재능에 대해서는 겸손하지만 속에 야망이 많고, 지적 직업에 처음으로 종사하게 된 사람들이 더 있을 것이었다. 나는 그 기관에서 남들을 감탄시키고, 칭찬을 받고, 자아실현을 하기 위해 최선을 다할 작정이었다. 그래서 두렵지가 않았고 내가 뭘 두려워해야 하는지도 몰랐다.

8월 말쯤에 도착한 나는 영국문화원에서 나온 호리호리하고 어색한 사내에게 인계되었다. 그는 우리의 만남에 당황한 듯 보였고 긴 침묵 사이사이에 진부한 유도신문을 했다. 그가 자기 모교 목도리를 하고 있는 게 부러워서 적당한 때에 나도 하나 사야겠다고 결심했던 것이 기억난다. 우리는 고속버스를 타고 런던으로 이동한 다음에 빨간 이층 버스를 타고 내가 학기 시작 전까지 임시로 머물 기숙사가 있는 유스턴으로 이동했다. 영국문화원 직원은 다음날 나를 보러 오겠다고 힘없는 미소를 지으며 말했지만 그를 다시 보지는 못했다. 그곳에는 빈방이 줄줄이 늘어선 긴 복도들이 있었는데 외국인 학생 몇 명이 소심하게 벽에 바짝 붙어서 걸어다녔다. 근처 어딘가에(알고 보니 건너편 건물에) 내가 식사하러 가야 할 식당이 있었지만 짐꾼이 그 정보를 전달했을 때, 그가 한 나머지 말도 대부분 못 알아들은 것처럼, 내가 흡수하지를 못했다. 그래서 첫날밤에는 굶었다. 둘째 날은 산책을 나가서 아버지가 작별선물로 시장에서 환전해 준 영국 돈으로 신문 가판대에서 커다란 초콜릿을 샀다. 가판대 주인은 녹색 카디건을 입은 자그마한 노인이었는데 그의 작은 가게는 달콤하고 강렬한 파이프 담배 냄새로 가득했다. 식당 위치를 알고 난 뒤에도 처음에는 자신이 없어서 식사하러 들어가지 못했다. 뭘 주문해야 할지도 몰랐고 식기를 잘못 쓸까봐 겁나기도 했다. 그래, 결국 나는 약간은 무서웠다. 내가 본 도시의 부분, 그 규모와 속도에 겁에 질렸고 그 공포는 몇 달이 지나도 무뎌지지 않았다. 어쩌면 완전히 무뎌지는 날은 영원히 안 올지도 모른다.

그래서 영국문화원의 오리엔테이션이 시작될 때쯤 나는 그것을 좀 필요로 하고 있었다. 우리가 각양각색의 불편한 정장 차림으로 앉아 있는 동안 염치없는 올챙이배가 나온, 발그레한 얼굴에 대머리가 벗어진 사내가 나중에 알고 보니 일종의 직장 상사 개그를 섞어가며 말했다. 그는 씩 웃고 우리에게 고개를 끄덕이면서 자기만큼 본인의 재치를 즐기라고, 인생에서 더 많은 즐거움을 찾으라고 독려했다. 그의 문장은 펄라버(호들갑), 버드마시(정직하지 않은 사람), 하타리(위험), 인샬라(하느님의 뜻이라면)* 같은 단어로 가득했다. 우리의 문화에서는 자기가 전문가라는 사실을 확실히 하기 위해서였다. 그가 우리를 보이boy라고 부른 것은—우리는 전부 남자였다—친근한 의미에서 그랬다고 생각했다.** 마치 우리가 모두 같은 팀의 멤버인 것처럼 한배를 탔다는 뜻에서 말이다. 그는 우리가 영국인 집에 초대받았을 때 예의상 해야 할 행동과 하지 말아야 할 행동에 관해 이야기했다. 우선 집에 도착하면 안에 들어가기 전에, 우리의 신발에 진흙이나 그보다 더한 것이 묻었을 경우에 대비해서, 신발을 철저히 털어야 했다. 그리고 지나치게 격의 없다는 인상을 줄 수 있으므로 신발을 벗어선 안 되었다. 식사

* 순서대로 서아프리카어, 인도어, 스와힐리어, 아랍어에서 파생된 영어 단어.

** 백인들이 흑인 성인 남성을 '보이'라고 부르는 것은 인종차별적 표현이다. 흑인 하인을 부르던 호칭에서 유래한 것이기 때문이다.

에 초대받으면 너무 많이 먹어도 안 되고, 빨리 먹어도 안 되고, 트림을 해도 안 되었다. 음식을 더 달라고 해도 안 되고, 그러라는 요청을 받지 않은 이상 단연코 직접 덜어 먹으면 안 되었다. 그리고 항상 접시에 음식을 남겨야 했으며 그러라는 요청을 받지 않은 이상 자리에서 일어나면 안 되었다. 이 지시사항 중 하나라도 적용해보기까지는 그로부터 몇 년이 걸렸다. 그 정도 세월이 흐른 후에야 처음으로 초대를 받았기 때문이다. 하지만 학교에서 강사가 알려준 돈 세는 법, 지하철 타는 법, 학용품 사는 곳 같은 정보는 훨씬 가까운 시일 내에 활용했다.

이윽고 나는 앞으로 쭉 지낼 기숙사로 옮겼고 거기서 다른 외국인 학생 무리와 친해졌다. 학교에서 처리해야 할 행정업무를 다 처리했고, 배운 대로 버스를 탔으며, 학교의 각 사무실 위치를 숙지했고, 수강신청을 했다. 내가 뭔가 잘못할지도 모른다는 두려움을 안고 이 모든 일을 하고 나서 잘못하지 않았다는 사실에 잠시 승리감을 느꼈다. 그리고 그 성취감 속에서 처음으로 집에 보낼 제대로 된 편지를 쓰기 위해 자리잡고 앉았다. 사실 진짜 첫 편지는 도착하자마자 썼지만—그리고 우체국에 들어갈 용기가 날 때까지 며칠 동안 가지고 다녔다—제대로 집중하고 앉아서 쓰는 편지는 이게 처음이었다. 편지에 뭐라고 썼는지는 자세히 기억나지 않아도 그때 앉았던 책상은 눈에 선하다. 회색 포마이카가 매끄럽게 칠해진 상판이 너무 우아하고 깔끔하다고 생각했다. 그 편지에는 아마 내가 무능한 몽상가라는 명성에 걸맞은 사고 없이 해냈다는 안도감을 표현했을 것이다. 내가 지금 이곳에 있는 것이 상상하기 힘들 만큼 운좋은 일이라고, 앞으로 최선을 다하겠다고도 적었을 것이다. 이 도시가 얼마나 크고 거리에 사람이 많은지도 썼을 것이다. 하지만 재치 있고 자조적으로 쓰려는 시도에도 불구하고 아직 남은 할일, 즉 은행, 구내식당, 병원, 가게, 내가 아직 바보짓을 하지 않은 모든 곳에서 해야 할 일에 대한 불안감을 숨기지 못했을지도 모른다.

내가 얼마나 집에 가고 싶은지, 얼마나 향수병에 시달리는지에 대해서는 쓰지 않았을 것임을 안다. 또 모든 것, 즉 친구들, 거리 냄새, 바다에서 불어오는 산들바람이 얼마나 그리운지, 파란 눈이 얼마나 차갑고 경멸적일 수 있는지에 대해서도 쓰지 않았을 것이다. 아직은, 처음에는 그런 얘기는 하지 않았을 것이다. 왜냐하면 가족들이 내가 어린애 같다고, 이곳에 압도당했다고 생각하길 원치 않았을 것이기 때문이다. 나중에 그런 얘길 한 것도 오직 형에게만, 우리가 제대로 된 편지를 주고받기 시작했을 때 말했다.

나는 기숙사에서 나 같은 외국인 학생 무리와 친구가 되었는데 그들은 모두 2학년 아니면 3학년이었다. 어느 날 배가 고파서 하는 수 없이 아래층 식당에 내려갔을 때 그들이 나를 손짓해 부르더니 신참이라며 환영하고 관심을 가져주었다. 나는 그들 모두를 기억한다. 그리고 그런 은혜는 가볍게 여겨선 안 되므로 여기에 그들의 이름을 적겠다. 우선 가나에서 온 앤드루 콰쿠는 조용하고 세심한데 상대방과 눈이 살짝만 마주쳐도 웃곤 했다. 그리고 마치 자기가 지금 무슨 말을 하고 있는지 생각할 시간을 자신에게 주려는 것처럼 천천히 말했다. 이집트에서 온 통통하고 다정한 사아드는 우리가 고향에서 보던 이집트 영화에 나오는 웃기는 경찰관처럼 두툼한 콧수염을 길렀다. 그는 항상 웃으면서 말했고, 항상 소리 없이 사라졌다. 또한 이 무리의 최연장자로, 방사선학과 졸업반이었다. 인도 출신인 라메시 라오는 대개 말이 없고 행동할 때 신중해서 어떻게 보면 좀 모자라 보이기도 했다. 얼굴은 항상 친절한 표정을 하고 있었지만 자세히 보면 눈으로는 자기 앞을 지나가는 모든 것을 계산하고 분류하고 값을 매겼다. 사아드는 라메시가 성적인 농담을 이해 못할 거라고 생각해서 주로 그에게 농을 던졌는데 그래서 농담이 더 재미있어지곤 했다. 그리고 선딥은 마찬가지로 인도인이었지만 조심스럽고 섬세한 라메시와 달리 매력적이고 화려했으며 사아드가 자신을 세계시민이라고 부르는 것을 마음에 들어했다. 그는 굵고 윤기나는 머리카락을 공들여 관리했고 적어도 일주일에 한 번은 부자 친구들이 차로 데리러 올 때마다 자신이 갖고 있는 비싼 옷을 선보였다. 그는 우리한테는 아니지만 코웃음을 많이 쳤는데 온갖 괄시를 견뎌야 했던 당시 상황에서 그의 오만함 덕에 기분이 훨씬 나아질 때가 많았다. 그리고 수단에서 온 아무르 바다위는 앤드루와 함께 첫해에 제일 친해진 친구였다.

영국인 학생들에게 다가가는 것은, 같은 수업을 듣는 학생이라도 쉽지 않았다. 확신할 수는 없어도 처음부터 느껴지는 저항감이 있었다. 그들이 어떻게 반응할지 전혀 예상 못한 상태에서 내가 활짝 웃어 보였을 때 돌아오는 성의 없는 미소에서 그것을 느꼈다. 또 그들이 시선을 피하는 데서, 수업 끝난 후에 뭘 하건 같이하려고 내가 따라 나갔을 때 얼굴을 찌푸리는 데서 보았다. 도서관 밖이든, 커피숍이든, 다른 어디에서든 만나는 약속에 나는 포함되어 있지 않았다. 이것은 그들이 빠르게 주고받는 장난스러운 눈빛에서, 웃음을 참는 모습에서 알 수 있었다. 때로는 당황하는 모습을, 특히 여학생들이 많이 보였다. 나는 내가 남자라서 그들이 불편해한다고 생각했지만 말이다. 그러던 어느 날 수업이 끝난 후에 어떤 무리 곁에서 서성거리다가 한 학생이 나 들으라고 하는 말을 듣게 되었다. **재는 여기서 뭐하는 거야?** 찰스라는 학생이 굉장히 짜증을 내면서 큰 소리로 속삭였다. 발음이 정확하고 볼이 통통한 그 젊은 남자는 보통 키에 머리는 짙은 색이었고 앞머리를 내리고 있었다. 사실 그가 **재**라고 하지는 않았지만 정확히 뭐라고 했는지 굳이 기억하고 싶지는 않다. 그래서 처음에는 이 저항감을 느꼈고, 그다음에는 당황스러운 킬킬거림을 듣거나 복도와 거리에서 마주치는 모르는 사람들의 얼굴에서 놀람과 짜증의 표정을 보았으며, 시간이 더 흐른 뒤에는 그들의 짜증과 혐오의 말을 듣게 되었다. 이 모든 것은 좀 놀라웠다. 거기에 신경쓰지 않게 되기까지는 오랜 시간이, 수년이, 평생이 걸렸다.

첫 몇 주 동안 내가 배운 게 그게 전부는 아니었지만 반복과 새로운 지식에 의해 다른 교훈들이 수정될 때에도 그때 느낀 감정은 남아 있었다. 나는 다른 많은 것을 보고 들었고 어떤 상황에서나 누구나 그러듯, 사는 법을 또는 적어도 삶에서 길을 만들어나가는 법을 배웠지만 내가 런던에서 가장 먼저 배운 것은 무시하며 사는 법이었다. 우리 중 대부분은 각자 다 다른 방식으로 같은 교훈에 다다랐다. 나는 비슷한 상황에 처한 많은 사람들처럼 점점 혐오스럽고 불만족스러운 시선으로 자신을 바라보기 시작했다. 그들의 눈을 통해 나를 보기 시작했다. 나 자신을, 싫어하는 게 당연한 사람으로 생각하기 시작했다. 처음에는 내가 말하는 방식이 문제라고 생각했다. 내가 서툴고 무지하고 말을 잘 못해서, 너무 필사적으로 환심을 사고 싶어하는 속셈이 빤히 보여서 그렇다고 생각했다. 내가 말을 걸었던 모든 사람이 나의 가식적인 환한 미소를 보고 터져나오는 웃음을 참느라 당황한 게 틀림없었다. 그다음에는 내가 입는 옷이 문제라고 생각했다. 싸구려에다 사이즈도 안 맞고 충분히 깨끗하지 않아서 나를 광대 같고 언밸런스해 보이게 만들었을 것이다. 하지만 아무리 스스로에게 이런 식으로 해명해봤자 우연히 마주친 사람의 무시하는 말이나 짜증스러운 말투, 지나가는 시선에 담긴 억눌린 적의를 피할 수는 없었다.

나는 내가 영국에 대해 잘 알지 못한다는 사실을 깨달았다. 내가 공부했던 모든 책과 자세히 들여다봤던 지도는 영국이 세계에 대해, 나 같은 사람들에 대해 어떻게 생각하는지는 전혀 가르쳐주지 않았다. 어쩌면 영국이란 나라가 하나의 균질적인 집단인 것처럼 말해선 안 될지도 모른다. 그러나 나는 이 문제, 영국인들이 유럽 밖의 세계와 그 주민들을 어떻게 인식하는가에서는 상당한 공통분모가 존재한다고 생각한다. 그래서 내가 억눌린 적의에 대한 주장을 영국이나 유럽 및 그 정착민들과 관련지었을 수도 있지만 그래도 여전히 거기에는 어느 정도 진실이 있다고 느꼈다. 나는 우리의 작은 섬에 살면서 우리의 복잡한 드라마와 자기본위적 이야기들과 관련된 소동에만 빠져 있느라 영국인 교사들이 우리에게 셰익스피어와 키츠와 중용에 대해 이야기하는 것의 중요성을 인식하지 못했고 영국이라는 지역에 한정된 현상처럼 보이는 것이 세계 속에서 갖는 중요도를 이해하지 못했다. 식민지에서는 어디를 가나 셰익스피어와 키츠와 중용에 대해 이야기하는 영국인 교사들이 있었는데, 중요한 것은 영국인들이 이런 글에 대해 어떻게 생각하느냐가 아니라 그들이 그런 것을 듣고 자란다는 사실이었다. 사실은 교사들도 전부 영국인은 아니었지만 우리가 어떻게 알 수 있었겠는가?

그리고 설사 알았다 하더라도 우리에게 무슨 차이가 있었겠는가?

그래서 나는 그것에 대해, 제국주의에 대해 배워야 했다. 세계의 지식이라 통용되는 것 안에 우리가 열등하기 때문에 유럽인이 지배하는 것이 적절하다는 이야기가 얼마나 깊이 뿌리박혀 있는지에 대해 배워야 했다. 그것을 먼저 배워야 내가 거리에서 늘 마주치고 처음에는 참을 수 없었던 혐오와 당황의 의미를 조금이라도 이해할 수 있을 터였다. 나에게 이 이야기를 했던 선생님이 있었다. 그는 내가 움츠리는 것을 봤음에 틀림없었다. 혹은 내가 겪고 있던 현상에 익숙했는지도 몰랐다. 영국인들은 스스로 차갑고 불친절하다고 생각하길 좋아해, 그가 말했다. 그러면 자기가 강인하고 속이기 어려운 사람이 된 듯한 기분이 들거든. 네가 그들에게 따뜻한 사람이라고 하면 그들은 자기연민으로 훌쩍이기 시작할 거야. 자기가 속여넘기기 쉬운 사람이라는 뜻이라고 생각할 테니까. 그들에게 차갑고 불친절하게 대해. 그러면 금방 친구를 사귈 수 있을 거야.

물론 우리끼리 이런 이야기를 나누긴 했지만 그런 일을 당했을 때의 감정에 대해 이야기하진 않았다. 우리가 받은 상처의 복잡한 의미를 단순화하고 우리가 느낀 감정을 평가절하했다. 적어도 나는 욕을 먹거나 경멸당했을 때 받은 부당함과 몰이해의 느낌을 스스로 평가절하했다고 생각한다. 그들은 무엇이 그렇게 불쾌했던 걸까? 우리의 머릿속에 우리가 무가치하다는 생각을 주입하면서 세계를 정복하고 다닌 것은 자기들이었는데 말이다. 그 충격의 감각은 우리가 이런 것에 대해 얘기하는 방식보다 내가 느낀 감정에 더 가까웠다. 이런 일이 있을 때 우리는 간략한 변론을 생각해내거나 우리도 반대로 그들에게 욕을 하고 거들먹거리거나 했다. 우리는 이야기 위에 이야기를 쌓았다. 우리 것과 다른 사람들의 것, 사소한 것과 중대한 것을 그때그때 상황에 맞춰 적절하게 각색해서 우리를 둘러싼 사람들의 옹졸한 비열함을 묘사했다. 그러나 그들이 우리의 꽥꽥대는 항의를 미리 예상하고 우리의 고약한 성질과 성격적 결함 탓으로 돌릴 줄은 몰랐다. 나는 그런 문제에 대해 얘기하도록 유도하는 듯한 질문을 피하는 법을 배웠다. 그런 질문에는 항상 회의적인 시선이 따라와서 내가 입을 열거나 사소한 불평을 나열하기도 전부터 그 시선, 삐딱한 고개, 딱딱한 미소가 무슨 말을 하는지 알았기 때문이다. 어서 말해봐, 우리가 너희에게 그렇게 많은 걸 해줬는데 어디 인종 편견에 관한 네 진부한 넋두리를 들어보자꾸나.

그 자리에 선딥이 있을 경우에는 그가 영국인 성토대회를 장악하곤 했다. 씁쓸한 경험의 사나이인 그의 눈이 반짝이고 번득였다. 그는 우리 중에서 영국에 가장 오래 살았기 때문에 확실히 물정을 잘 알았고 그가 외국인 학생 모임에 가장 불규칙적으로 나오는 멤버라는 것은 예상 가능한 일이었다. 자신의 복잡한 계획과 약속과 전화통화에 관해서는 조심스럽고 약간 비밀스러워서 누가 너무 직접적으로 물으면 무례하지 않게 머뭇거리며 입을 다물었다. 그가 잔인하고 경멸에 찬 욕설로 우리의 논의를 마무리지을 때면 나는 죄책감에 전율하곤 했다. "잘 들어, 그들은 인간쓰레기야. 나는 그들을 너희 중 어느 누구보다도 더 잘 알아. 나는 어렸을 때부터 여기서 학교를 다녔다고, 잊지 마. 그들은 기껏해야 일주일에 한 번 목욕을 해. 그것도 온 가족이 같은 구정물에서 씻지. 그들은 엉덩이를 종이로 닦아. 그들 중 한 명하고 악수를 할 때마다 즉시 가서 손을 씻도록 해. 그러지 않은 상태에서는 절대로 음식을 만지지 마. 그들의 여자들은 다 창녀야. 그들은 피와 말발굽과 털을 먹고 수간을 하지. 그들이 말하는 걸 듣고 있으면 마치 그들이 세상을 발명한 것 같을 거야. 시, 과학, 철학, 그들이 하는 모든 짓, 하지만 그들이 아는 모든 것은 우리한테서 배운 거라고." 그는 자애롭게 그의 **우리**에 앤드루와 나도 포함한다는 뜻으로 우리를 향해 단호하게 고개를 끄덕였다. 우리가 머나먼 아프리카에서 왔기 때문에 선딥은 우리가 소외감을 느끼지 않길 바랐던 것 같다. 사실은 그도 영국인들이 우리 아프리카인들에게서 뭔가를 많이 배웠다고 생각하지는 않았을 것이다. 내가 생각해도 누군가가 나에게서 배웠을 만한 것 중에 그들이 일찍이 자기 힘으로 도달하지 못했을 것은 없었지만 선딥의 오만하면서도 화려한 언변 덕분에 우리는 웃음을 터뜨렸고 영국인들을 향해 경멸적인 시선을 던질 만큼 기분이 좋아지곤 했다. 훗날 그는 아프리카인들과 이슬람교도들의 불관용에 대한 조롱으로 유명한 작가가 되지만 그때는 우리 모두 이렇게 호통치는 듯한, 영국인들의 특성에 대한 요약을 공유하며 즐거워했다.

내 방에 돌아오면 편지를 일주일에 세 통, 어쩌면 네 통씩 썼다. 저녁에 한동안 공부하다가 피곤해지면 한 시간 남짓 편지를 쓰고 사아드에게서 물려받은 소니 트랜지스터라디오의 주파수를 BBC월드서비스에 맞춘 다음 자정까지 책을 읽었다. 편지는 받는 사람이 누구냐에 따라 의무적인, 외로운, 향수에 잠긴, 흥분한, 거만한 내용이 그냥 술술 나왔던 것 같다. 딱히 숨길 게 있다고 생각하지 않았기 때문에 내용을 그다지 검열하지는 않았을 것이다. 일주일에 한 번은 형에게 썼고 나머지는 부모님과 친구들에게 분배했다. 초반에는 학생 우편함에 매일 나에게

온 편지가 있었다. 편지가 오는 데 사흘밖에 안 걸렸기 때문에 편지를 보낸 주에 답장을 받는 것도 가능했지만 그런 경우가 원하는 것만큼 자주 있진 않았다. 굉장히 짧은 시간 만에 나는 형을 제외한 모두를 지쳐 나가떨어지게 만들었다. 어머니는 시간 부족과 눈 아픔을 호소하더니 형을 통해 안부와 훈계를 보내기 시작했는데 형은 때때로 어머니의 말에 삐딱한 조롱을 덧붙여 보냈다. 아버지는 초반에 딱 한 번 심각하고 엄숙한 충고의 편지를 보냈다. 걱정하는 마음을 담아 쓴 것은 명백했으나 그 내용은 시간이 흐르자 완전히 휘발되었다. 그렇게 길었던 것 같진 않고 뭔가 의례 같은 면이 있었다. 아버지가 아들에게 보내는 편지, 축복의 선물, 뭐 이런 것이어서 어른이 된 기분을 느낀 동시에 약간 버림받은 느낌이 들었다. 아버지의 의도가 그렇지 않다는 건 알았지만.

형에게는 자유롭게 썼다. 속내를 털어놓고 불평하고, 외로움을 한탄하고, 그해 겨울의 형언할 수 없는 추위를, 눈보라와 얼어붙은 호수를 묘사했다. 형은 새로운 소식과 격려를 보내왔다. 향수병은 피할 수 없어. 넌 친구를 사귀었잖아, 형이 말했다. 그게 중요한 거야. 이제 곧 친구가 너무 많아져서 우리를 잊어버리게 될 거야. 정말로, 외로워하거나 우울해하지 마. 네게 그걸 허락하지 마. 참지도 말고. 그걸 최대한 이용해. 중요한 건 네 재능과 능력을 발휘하는 거니까. 그게 제일 중요해. 네 친구들에 대해 더 말해줘. 좋은 사람들인 것 같아. 눈 얘기도 해봐. 만졌을 때 느낌이 어때? 나한테 묘사해봐. 그래서 나는 그렇게 했다. 그리고 친구들과 했던 논쟁과 대화를, 우리가 갔던 장소들을 묘사했다. 형은 내가 가서 봤으면 하는 곳들과 했으면 하는 일들을 제안하기까지 했다. 네가 부러워. 그렇게 세상 구경을 할 수 있다니. 영국박물관은 가봤니? 극장에는 가봤어? 셰익스피어 연극을 꼭 보러 가서 런던에서는 제대로 하는지 봐. 부시하우스에는 가봤니? 나는 부시하우스 앞을 지나간 적이 있었다. BBC월드서비스가 프로그램을 방송하는 위대한 성전이자 어떤 사람들에게는 런던의 상징으로서 다우닝가*나 트래펄가광장보다 더 강력한 힘을 지닌 곳. 길 건너편에 서서 본 그 위대한 건물은 어떤 각도에서는 전함 같았고 어떤 각도에서는 산비탈에 걸쳐 있는 동굴 마을 같았다. 사람들이 회전문으로 들락날락하는 것을 바라보면서 나는 짧은 실망감을 느꼈다. 왜냐하면 불꽃 튀는 음파가 찌지직거리면서 건물 주위의 공기 속으로 뻗어나가는 것을 보게 될 거라고 기대했기 때문이다. 나는 형에게 이런 방문들과 학교수업과 나의 소소한 업적에 대해 이야기했다. 내 방에서 홀로 보낸 기나긴 시간의 내세울 만한 성과인 에세이 성적과 선생님들의 평가를 자랑했다. 그러자 형은 자기가 읽을 수 있게 내가 쓴 에세이를 보내달라고 했다. 하지만 나는 그 대신 책 몇 권을, 내가 먼저 읽은 다음에 형에게 보냈다.

기억난다. 이게 내가 형에게 처음 보낸 책들이었다. V. S. 나이폴의 『신비로운 안마사』, 제임스 볼드윈의 『산에 가서 말하라』, E. M. 포스터의 『인도로 가는 길』. 이 책들은 채링크로스 길에 있는 헌책방에서 샀다. 내가 안에 들어갈 용기를 내지 못해서 한참 동안 가게 밖에 서서 쇼윈도만 구경하고 있었더니 결국 중년의 인도 남자인 점장이 밖으로 나와서 나를 불러들였다. 그는 웃음기 없는 얼굴로 나에게 런던에 온 지 오래됐냐고 물었다. 큰 소리로 말해, 이 벌벌 떠는 버러지야, 라고 할

* 총리 관저가 있는 다우닝가 10번지를 가리킨다.

때는 턱을 삐죽 내밀기까지 했다. 하지만 나는 그에게 적의를 느끼지 않았다. 이런 고약한 행동들은 그의 나이가 주는 특권이라고 봤고 그 이면에서 친밀감의 연장선상에 있는, 걱정하는 마음 같은 것도 느꼈다. 아버지나 어머니가 똑같은 투로 내게 말하는 것이 상상됐다. 내가 런던에 온 지 몇 주밖에 안 됐다고 말하자 그는 고개를 끄덕이면서 한편으로는 웃음을 꾹 참았다. 그는 내게 특별히 찾는 것이 있냐고 물었다. 형에게 보낼 흥미로운 책을 찾고 있다고 말했더니 그가 저 책들을 권했다. 문득 그 점장에 대해 궁금하다. 어쩌다 그곳에서 책을 팔게 되었는지, 그때 그의 미소에 냉소적 의미가 있었는지. 나는 상상한다. 또 고생문이 훤한 어리바리한 녀석이 왔군, 이라고 그가 생각했다고. 그가 그 책들을 권해준 것이 내게는 어두운 길을 횃불로 밝혀준 것과도 같았다는 사실을 그가 알았을까 생각한다.

나는 시간이 꽤 흐른 뒤에, 첫 방문으로부터 일 년 남짓 후에 그곳에 다시 갔다가 다른 사람이 있는 것을 보았다. 내가 가게에 들어갔을 때 인사한 말투로 보아 독일인 아니면 네덜란드인이라고 추측했다. 당시에는 내 귀가 그 차이를 구분할 만한 수준이 안 됐기 때문에 발음이 살짝 두꺼워졌다고만 느꼈다. 그리고 그의 외모도 다른 어떤 것 못지않은 추측의 근거가 됐을 것이다. 그는 나에게 미소를 지어 보인 뒤에 하던 일을 계속했고 나는 우물쭈물하며 잠시 둘러보다 그곳을 나왔다.

형은 독립기념식 전날 밤에 내게 편지를 썼다. 나는 지금도 아름답게 쓴 그 편지를 갖고 있다. 거창한 낙관주의의 시기에 차분하고 사색적인 말투로 희망을 잃지 않았던. 오랫동안 그 편지를 보지 않았고 앞으로도 다시 볼 일은 없겠지만 그 균형 잡히고 절제된 말투만은 기억한다. 형은 항상 그렇게 글을 잘 썼다. 그렇게 재치 있으면서도 침착하게 써서 편지를 읽다가 나도 모르게 미소 짓는 일이 많았다. 형이 쓴 글이 웃겨서가 아니라 읽는 것이 즐거워서.

여기 텔레비전 뉴스에도 우리 독립기념식이 한 꼭지 나왔다. 우리나라가 텔레비전에 나온 것이다. 그 시절 텔레비전은 흑백이었고 독립기념식은 다른 기념식들이 으레 그렇듯 자정에 시작됐다. 의식에 신비로운 상징성을 더하고 말 그대로 통치권이라는 부담스러운 짐을 넘겨주는 성스러운 연극으로 만들기 위해서였다. 부족한 조명 아래서 찍은 그 짧은 영상만으로는 지형을 알아볼 수도, 해변을 따라 심은 목마황을 볼 수도, 몇 피트 거리에 있는 바다 소리를 들을 수도 없었다. 거기서 보인 것은 깃발 내리기와 행진하는 병사들, 차려 자세로 서 있는 필립공뿐이었다. 그의 오른쪽에는 검은 예복을 입은 술탄이, 왼쪽에는 하얀 제복을 입고 깃털 꽂은 토피를 쓴 주재 사무관이 있었다. 거기에 리포터의 긴장된 목소리를 더하자 그것은 모두가 자기 지위에 따라 훌륭하게 처신하고 있는, 뉴스릴로 봐서 너무나 익숙한 '제국의 풍경'의 한 장면이 되어버렸다. 그리고 화면은 곧 다음 뉴스로 넘어갔다. 그로부터 거의 정확히 한 달 후에 BBC월드서비스 저녁 뉴스에서 신정부 전복에 관한 보도를 들었다. 그 소식을 전한 사람은 아마추어 무선통신사로, 이양 정부의 일원으로 현지에 남은 구 식민지 정부 관료의 아내였다. 혹은 어쩌면 그녀는 아마추어 무선통신사가 아니라 이런 일이 일어날 경우에 정확히 이렇게 하라고 훈련받고 장비를 갖춘 사람일지도 몰랐다. 그녀는 목소리가 불안하고 시끄러웠고 말은 급했는데 자기 방갈로의 침대 밑에 숨어 있다고 했다. 거기에 숨은 이유는 머리 위로 총알이 날아다니고 있기 때문이었다. 아나운서가 그녀의 이름을 말했을 때 나는 그것이 여자사범전문학교의 체육 및 수영 교사의 이름임을 알아차렸다. 학교 대항 체육대회 때 그녀가 호루라기를 불면서 당첨권을 나눠주고 패기만만하게 성큼성큼 걸어다니는 멋진 모습이 눈에 띄었었다. 어쨌든 그녀가 우리 나라에서 가장 최근에 일어난 추악한 사건을 세계에 알렸다.

그후로 며칠 동안 더 많은 폭력사건과 학살이 보도되고 언론인과 전문 평론가의 다 안다는 듯한 간단한 분석이 있었지만 가족들로부터는 어떤 소식도, 편지도 없었다. 몇 주 후 고국에서 무슨 일이 있었는지가 명명백백해지자 비로소 내가 품었던 불신과 두려움과 수치심이 고국을 뒤덮은 공포에 대한 이해로 변하기 시작했다. 몇 주 뒤에 형에게서 도착한 첫 편지는 간결하고 조심스러웠고 누군가가 뜯어 본 게 분명했다. 형은 그날 내 편지 한 통을 받았지만 내가 보냈다는 다른 편지들은 한 통도 받지 못했다고 말했다. 그리고 가족들은 모두 무사하니 나도 건강 잘 챙기라고 했다. 그 편지를 보고 나는 형이 자유롭게 쓸 수 없고 나도 그래서는 안 된다는 것을 알았다. 나는 친구들에게 드디어 편지가 왔다고, 우리 모두의 걱정과 달리 가족 중에 죽거나 다친 사람은 없다고 말했다. 그들은 지난 몇 주간 나의 불안과 한탄을 함께했던 것처럼 내 안도도 함께했다. 그뒤로 나는 그들 앞에서 거의 그 화제를 꺼내지 않았다. 조만간 우리는 모두 돌아가면서 머나먼 곳에서 일어난 비극을 한탄하고, 절제하면서 슬퍼하는 법을 배울 수밖에 없게 될 터였다.

얼마 후 나는 아버지에게서 편지를 받았다. 몸바사에서 부친, 더러워지고 접힌 편지에는 그곳에서 끔찍한 일이 일어났다고, 위험하다고, 돌아올 생각은 하지 말라고 적혀 있었다. 나는 가족들이 곤란해질까봐 걱정돼서 답장을 뭐라고 써야 할지 알 수 없었다. 그러고 나서 형의 편지가 긴 간격을 사이에 두고 한 통씩 차례차례 왔는데 하나같이 짧고 사무적이었다. 다른 사람들처럼 바도 실직하셨어. 많은 것이 달라졌어. 마는 안약을 구하지 못하고 있어서 눈 때문에 불편하대. 너도 예상하겠지만 엄청 투덜거리셔. 하지만 다들 무사하고 너한테 안부 전해달래.

그후로 몇 달 동안 나는 스스로를 추방당한 자, 망명자로 생각하기 시작했다. 이렇게 말하니 점진적인 과정이었던 것 같은데 실제로 내가 처한 상황을 표현할 말을 찾기까지는 몇 달이 걸렸지만 그 의미를 느낀 것은 훨씬 전부터였다. 돌아오지 말라는 아버지의 편지는 나를 망연자실하게 만들었고 소리 없는 공황으로 마비시켰다. 돌아가지 않는다면 어디로 가야 한단 말인가? 돌아올 생각은 하지 말라니 무슨 뜻인가? 내가 달리 어디를 갈 수 있단 말인가? 이렇게 치솟았던 공포가 가라앉고 시간이 흐른 뒤에도 이전 편지에서 지시했던 것을 유예하거나 취소하는 편지가 오지 않자 그제야 나는 내게 일어난 일을 설명할 말, 수치심과 자조 속에서 나 자신에게 속삭였던 말을 찾아 헤맸다. 영국에 온 후 처음으로 스스로를 이방인이라고 생각하기 시작했다. 지금까지는 내가 여행의 가운데 부분, 오는 것과 가는 것 사이 단계에 있는 누군가, 집에 돌아가기 전에 어떤 프로젝트를 수행중인 사람이라고 생각하고 있었음을 깨달았다. 그런데 이제는 내 여행이 끝났을까봐, 평생 영국에서 고립무원의 이방인으로 살게 될까봐 두려워지기 시작했다.

시간이 흐르자 나는 견딜 만한 이방인다움에 젖어들었다. 하루하루 살아가면서 이 이방인다움은 근원을 알 수 없는 일종의 상징이 되었다.

나는 곧 다른 모든 사람들처럼 흑인과 백인이라고 말하기 시작했고, 그 거짓말을 점점 더 쉽게 하게 됐으며, 모든 백인과 모든 흑인 사이에는 동일한 차이가 존재한다는 사실을 인정했고, 인종화된 세계라는 무감각한 개념을 따르게 되었다. 흑인과 백인이라는 분류에 동의하는 것은 복잡한 가능성을 제한하는 데 동의하고, 권력과 병적인 자기가치확인을 추구하는 천박한 욕망에 수세기 동안 기여해왔고 앞으로도 기여할 허위에 동의하는 것과 같다. 상관없다. 나는 거짓을 말했고, 그것이 더 큰 진실이라고 생각했으며, (내가 목소리보다는 마음으로만 참여한) 불만과 반항의 요란한 노래 속에서 일종의 자기가치확인을 발견했다. 안심할 수 없을 만큼 우리 모두를 얽어매고 옭아맨 더 큰 거짓말에도 눈을 떴다. 전쟁, 시민권, 아파르트헤이트와 관련된 소란이 계속되는 가운데 우리 세계의 시급한 문제들로 논쟁하고 싸우는 사람들과 함께한다고 생각하는 동안 고국에서 일어나고 있는 복잡한 만행들로부터는 멀어져갔다. 이제 고국의 상황은 양극화도 줄어들고 확실성도 뚜렷해져서 이런 대화에 포함될 수 없었다. 내가 할 수 있었던 일은 혼자 있을 때 침묵과 죄책감 속에서 괴로워하는 것뿐이었다.

나는 공부에 몰두했고 외국인 친구들과 멀어졌다. 혹은 각자 제 갈 길을 갔다고 할 수도 있겠다. 가장 오래간 친구는 앤드루였다. 우리는 그가 가나로 돌아가기 전 마지막 휴가를 레이크 지방에서 재밌게 보냈다. 아직 그 시절만 해도 소도시의 거리에서 모퉁이를 돌거나 시골길의 굽이를 돌아 나오다가 피부가 검은 사람과 마주쳤다는 이유로 화들짝 놀라고, 혼비백산하고, 말문이 막히는 사람을 만날 수 있었다. 우리는 레이크 지방에서 그런 일을 많이 겪었는데 썩 즐거운 경험은 아니었지만 계속 다른 사람을 연기하면서 그들에게 장단을 맞춰줬다. 우리는 브라질 사람, 마다가스카르에서 온 두 왕자, 파나마에서 온 수련신부였고 내가 앤드루에게 어린 시절의 이탈리아인 시기에 대해 이야기했을 때는 한동안 이탈리아인 행세를 하기도 했다. 사람들은 우리에 관해서라면 무슨 말을 해도 다 믿을 준비가 된 듯했다. 물론 우리가 정서불안인 어린애 같아 보여서 비위를 맞춰줬을 가능성도 있다. 어쨌든 우리는 그게 너무 웃긴다고 생각했다. 물론 우리가 그저 우리의 장난이 다른 누구의 장난보다도 웃긴다고 생각하는, 그리고 모든 것이 부조리의 재미없는 형태인 양 관조하는 척하는 젊은이들이었을 뿐인지도 모르지만 말이다.

그는 지금 미국에 있다. 몬태나주에 있는 대학교에서 사회학을 가르친다. 가나는 잘 안 됐다. 다른 모든 곳들처럼 시궁창인 것으로 드러났다. 그는 일 년에 한 번 남짓, 어쩌면 그보다 더 가끔 나에게 전화를 한다. 하지만 어째선지 그후로 다시 만난 적은 없다. 심지어 그가 런던에 들렀을 때조차도 안 만났다. 이제는 우리가 영영 만나지 않을 거라고 생각한다. 내가 어떻게 몬태나주를 찾아가겠으며 그래 봐야 무슨 의미가 있겠는가? 전화를 할 때마다 지난번보다 더 긴장하는 것 같고 둘 다 쾌활함을 가장한다. 서로에게 질문을 던지는 행위는 양쪽 다 더이상 품고 있지 않은 우정을 향한 손짓이다. 나는 때때로 그가 왜, 내가 볼 때는 아주 묘한 시간에 내게 전화하는 걸까 생각한다. 나는 걸어야 한다고 생각은 해도 절대 그에게 전화를 걸지 않는다. 무슨 말을 해야 할지도, 어디부터 말해야 할지도 모르기 때문이다. 반면에 그는 옛 추억에 슬퍼져서 전화를 하는 건지, 사는 게 외로운 건지, 자기가 행복하니까

선심 좀 쓴다는 생각으로 나와 대화하고 싶다는 욕망을 느끼는 건지, 옛날에 우리가 같이했던 어떤 일을 떠올리고 미소를 지은 건지 궁금하다. 지금 이런 생각을 하고 있노라니 우리의 애정과 우정이 무관심 때문에 그렇게 꾸준히, 무심하게 줄어들고 말았다는 사실이 안타깝다.

모처럼 이 주제에 대해 이야기하는 김에 영국에 처음 왔을 때 만난 나머지 친구들에 대해 아는 것을 적어보겠다. 아무르는 BBC월드서비스의 아랍어 방송팀에서 임시직을 제안받았다. 그는 수단으로 돌아가면 라디오방송사에서 일할 예정이었으므로 이 임시직은 일종의 훈련이었다. 그래서 나는 마침내 부시하우스 안에 들어갈 수 있게 되었다. 그 건물의 괴물 같은 문을 통과해 곡선 계단을 으스대며 올라가서 토끼 굴처럼 복잡한 사무실과 스튜디오를 돌아다닐 수 있게 된 것이다. 아무르가 가짜 인터뷰 스케줄을 만들어서 나를 건물에 들여보냈던 것이 기억난다. 어쩌면 그 시절에는 보안이 지금보다 느슨했는지도 모르겠다. 누가 확인을 하거나 내게 질문한 기억이 없기 때문이다. 부시하우스를 찌지직거리면서 수천 마일을 날아가 공정하고 엄숙하게 세계의 소식을 전하는 목소리로 상상하는 데 익숙한 사람에게 그곳은 당연히 실망스러웠다. 홀과 계단은 기대에 부응했지만 스튜디오와 사무실은 낮고 비좁고 답답하고 복닥거렸다. 하지만 어디를 가나 목적의식을 갖고 열심히 일하는 사람들이 바쁘게 움직여서 아무르가 부러웠음을 고백한다. 그가 그곳에서 몇 달간 일하다가 수단으로 돌아간 뒤로는 소식을 전혀 듣지 못했다. 가끔 이유 없이 추억에 젖을 때, 소원해진 친구들을 모두 찾아내겠다는 계획을 세우지만 동트기도 전에 포기해버릴 때, 나는 라디오 수단의 주파수를 찾아내서 아무르가 나일강 물이나 도

파르의 건조한 평야를 묘사하는 것을 듣겠다고, 적어도 그의 목소리가 좋다는 사실을 확인하겠다고 생각하곤 했다. 하지만 설사 그 생각을 실천에 옮겼더라도 아침이 밝기도 전에, 그의 말을 들어봤자 내게는 무의미할 것이며 그 아무르가 내 친구 아무르가 맞는지 구분도 못할 거라고, 내 친구 아무르는 십중팔구 라디오 수단에서 열정적으로 말하고 있을 가능성보다 아랍에미리트 두바이나 샤르자의 학교에서 일하고 있을 가능성이 높다고 나 자신에게 말했을 것이다.

선딥은, 앞서 말했듯이, 어느 정도 유명한 작가가 되었다. 그는 말라위에서 일 년간 살고 나서 그 나라에 관한 스타일리시하고 풍자적인 장편소설을, 독립 후의 부조리에 관한 불경한 코미디를 썼다. 그래서 세심하게 관리된 정부 소유의 방갈로에서 꼼짝 않은 채 아무런 노력 없이 외국인 거주자가 된, 식민지 정부 관리 출신의 브와나*들을 조롱했다. 브와나들이 그 소설에 그다지 신경썼을 것 같진 않다. 그들은 그 방갈로를 누가 지었는지와 그 밖의 많은 것에 대해, 그곳을 차지하고 식물이 복잡하게 심긴 정원을 산책할 도의적 자격이 누구에게 있는지에 대해 이미 알고 있었다. 하지만 헤이스팅스 반다 대통령은 그것을 마뜩잖아해서 그 책이 말라위에서 판매되는 것을 금지했다. 그때 선딥은 이미 안전한 곳에 있었고 독재 경력의 정점에 있는 종신 대통령이 그의 책을 판금하는 것은 선딥의 명성에 아무런 해도 끼치지 않았다. 그 이후로도 선딥은 스타일리시하고 도발적인 책들을 써서 많은 추종자를 거느리게 되었다. 나는 그의 책을 거의 다 읽었지만 더이상 신

* 남자를 가리키는 호칭으로 주인님, 나리라는 뜻이다.

작을 기대하지는 않는다. 내 생각에 그의 책들은 열정적이고 유창하기는 하지만 자신의 판단에 점점 더 강한 확신을 갖게 된 듯한데, 뭔가를 지나치게 확신하는 데서 편견은 시작된다. 그 자체가 모순인 이 자유주의의 신조는 지나치게 극단으로 끌고 가면 경박이야말로 유일하게 진정한 진지함이라는 결론에 이른다. 나는 그렇게까지 멀리 갈 생각은 없다. 선딥은 아프리카에서 소재를 발견했고 자신의 작품 속에서 계속 그곳으로 돌아가지만 그가 그곳 사람들에 대해 쓰는 글은 편협하고 불필요하게 경멸에 차 있어서 뭔가 전시적이고 젊은 날 그의 모습 같다. 선딥 역시 그 오랜 세월 동안 한 번도 만난 적이 없다. 그의 첫 소설이 나왔을 때 축하편지를 보내긴 했지만.

라메시는 현재 경제발전에 도덕적 제한을 두어야 한다고 주장하는, 세계적으로 저명한 경제학자다. 그의 발언은 진지한 사설에 인용되고, 각국 정부와 UN 기구가 그에게 자문을 구하며, 미국의 대단한 대학교—어디였는지는 생각이 안 난다—경제학과 학과장을 맡고 있다. 나는 그가 초빙교수로 런던정치경제대학에서 연속 강의를 할 때 한 번 들으러 갔었다. 그는 늘 그렇듯 신중하고 조심스러웠지만 말할 때의 균형감각과 확신에는 실수가 없었다. 내가 인사를 건넬 수 있을 정도로 가까이 가자 그는 눈이 웃지 않는 절제된 미소를 보였다. 그 눈빛을 보고 그가 처음에는 나를 알아보지 못했다고 추측했다. 마침내 알아봤을 때 나는 뭔가 더 친근한 표현을 기대하며 씩 웃었지만 그는 근엄하게 고개를 끄덕이면서 내게 잘 지내냐고 물었다. 나는 나쁘지 않다고, 그가 잘 지내길 바란다고 말했다. 그러자 그는 잠시 머뭇거리다가 시선을 돌렸다. 그에게 말을 걸지 않았다면 후회했을 것이다. 그 순간에도 나는 사아드를, 그가 라메시를 어떻게 괴롭혔었는지를 회상했고 그 생각을 하자 절로 미소가 떠올랐다. 사아드가 런던을 떠난 후에 어떻게 됐는지는 모른다.

어쨌든 그것은 훗날의 일이었다. 당시 친구들이 뿔뿔이 흩어진 후에 나는 상황의 논리에 휩쓸려갔다. 하루하루 살아가며 공부하면서, 나를 기다리고 있을 거라 생각지도 못한 야망을 키우기 시작했다. 내가 아직 의식조차 못한 야심에 필요한 일을 한다는 것은 그들이 정해놓은 기준을, 그 기준이 대변하는 대부분의 것을 내가 혐오함에도 불구하고, 넘어서야 함을 뜻했다. 그래서 나는 내가 해야 하는 것을 혐오했고, 그것을 해야 한다는 사실을 혐오했으며, 그것을 성공적으로 해냈을 때 승리감을 느꼈다. 나를 아는 사람이라면 내가 오래전 떠나온 머나먼 곳에서 일어나고 있는 일들보다 내 논문의 주장을 펼치는 데 적절한 비판적 언어를 더 걱정한다고 생각했을 것이다. 그러나 기숙사 방에 혼자 있을 때 나는 잃어버린 것들에 대한 슬픔과 죄책감 때문에 울었다. 형의 짤막한 편지가 올 때마다 나를 향한 비난인 양 두려워했다. 편지 속 말투는 항상 부드러웠고 그들의 삶이 덜 끔찍해져갈수록 편안해지기까지 했는데도 말이다. 나는 자주는 아니지만 꾸준히, 말을 골라가며 답장을 썼다. 내가 하려는 말이 재미없거나 심지어 가식적이라고 느낄 때가 많았는데 그럴 때면 내가 갔던 곳, 했던 일, 철도 파업, 날씨 같은 새로운 소식을 알차고 자세하게 써 보내려고 더욱 애썼다. 큰앵초가 활짝 피었어. 선선한 밤의 재스민 향기만큼 미묘한, 그 섬세하고 부드러운 색깔을 묘사할 수 있다면 좋을 텐데. 날씨가 갑자기 화창해지고 풍경이 달라졌어. 정원에는 꽃이 만발하고 공원 나무에는 잎이 풍성해. 형은 상상할 수 없을 거야, 녹음이 우거진 영국이 어떤지. 한번은 늦봄에 밤새 갑자기 내린 눈 속에 피어 있는 금잔화를 본 적도 있어.

나는 형이 저 문장들을 부모님과 누나에게 읽어주는 광경을 상상했고 그들의 실망하고 어리둥절해하는 표정을 봤다. 얘는 왜 우리한테 이런 얘기를 하는 거니? 우리가 지금 공포와 혼돈과 결핍 속에 산다는 걸 모르는 거니? 왜 이런 헛소리 대신 **뭔가**를 보내주지 않는 거니? 시골 풍경 사진이 있는 달력을 한 번 보낸 적은 있었다. 나는 나의 내적 분투와 불안이 그들에게 알릴 가치가 있을 만큼 중요해 보이게 만들 수 없었다. 글로는, 나 자신에게조차도 충분히 중요해 보이게 만들 수 없었다.

그리고 마침내, 돌이켜보면 도통 이해할 수 없는 수년간의 노고 끝에 나는 어느 날 내 공부가 끝났다고, 내가 성공적으로 박사과정을 마쳤고 기적적으로 대학에서 일자리를 구했다고 말할 수 있었다. 그 대학교는 런던의 바깥에, 남쪽에 있었고 그 사실은 나에게 아주 잘 맞았다. 나는 사람 많고 더러운 이 거대하고 오래된 도시를 떠나 소도시에서 살게 되어 기뻤다. 그 생활은 나에게 아주 잘 맞을 터였다. 나는 소도시 변두리의 조용한 거리에 살면서 작은 정원을 가꾸고 일을 할 것이었다. 휴식을 취할 때는 변덕스러운 황혼에 평화롭게 산책하거나 영화관에 갈 작정이었다. 그리고 나는 예전처럼, 편지를 보낸 그주에 바로 답장을 받았다.

사랑하는 동생아, 우리는 네가 아주 자랑스럽구나. 정말 정말 축하한다. 내가 오늘 오후에 마와 바에게 네 편지를 읽어드렸더니 두 분 다 울기 시작하셨어. 먼저 아버지가 눈물이 뺨을 타고 흘러내렸는데 코를 훌찍이면서 참으려고 애쓰셨지. 그리고 어머니가 아버지를 따라 흐느끼셨고 그다음에 누나랑 내가 정신 나간 사람처럼 울어댔어. 다들 네가 자랑스러워서 운 것 같아. 너 혼자 이렇게 멀리 떨어져 있는데도, 매일 걱정과 어려움이 함께할 텐데도, 그 모든 것에도 불구하고, 너를 그렇게 멀리까지 가게 만든 목표를 성취할 때까지 너는 용감했고 인내했어. 또 우리는 삶이 우리에게서 너를 앗아갔기 때문에, 아무 일도 없었다면 지금쯤 네 환영회를 준비했을 것이기 때문에 울었어. 잘했어, 우리 이탈리아 꼬맹이야. 내가 편지를 다 읽자 바는 편지를 가져가서 처음부터 끝까지 다시 한번 읽으셨어. 이미 한 번 읽으셨는데도 말이야. 아버지는 건강이 좋지 않아서, 알라여 아버지를 보호하소서, 더이상 멀리 나가시지 못해. 사는 게 힘들었고, 모두에게 힘들었지만, 어떤 사람들은 남들보다 더 힘들었어. 편지를 읽고 난 후에 아버지는 그것을 셔츠 주머니에 넣고 산책을 나가셨어. 그리고 가는 데마다, 내가 나중에 나갔을 때 들어보니, 사람들에게 네 소식을 알리셨대. 할 수만 있었다면 오늘 저녁 라디오에서도 알리셨을 거야. 무리했는지 지금은 소파에서 깊이 잠드셨어. 누나는 아직 여기 있는데 누나도 정말 축하한대. 누나는 드디어 아바스와 결혼했어. 서류를 기다리느라 힘들었지. 결혼식은 몇 주 전에 올렸고 며칠 후에 몸바사로 가서 아바스와 함께 살 거야. 누나가 거기에 도착하면 자기도 너한테 편지 쓰겠다고 전해달래. 언제가 될지 모르니 기다리진 마. 이사하면 너의 작은 시골집 소식도 보내줘. 지금은 마와 바가 축복을 보내신대. 우리 모두의 사랑을 보낸다. 형이.

당연히 예상했겠지만 이 편지를 읽을 때, 특히 다 같이 미친 사람처럼 울었다는 대목에서 나도 울었다. 나도 그들과 함께했다. 그리고 내가 용감하게 인내했다는 부분에 다다랐을 때 또 한번 울었다. 나는 가족들이 처한 상황을 고려할 때 내가 복에 겹고 운이 좋다고 생각했고 가족들도 그렇게 생각할 거라 믿었다. 또 내가 용감하게 인내했고 그렇게 하는 것 외엔 별다른 선택지가 없었다고 생각했는데 가족들도 같은 생각을 하고 있었음을 알게 되어 얼마나 기뻤는지 모른다. 나는 퇴근하고 집에 돌아온 그레이스에게 편지를 건네주고는 그녀가 훌쩍거리길 기다렸다. 아니나다를까 다 같이 울었다는 부분에 다다르자 그녀도 울기 시작했고 나 역시 다시 한번 동참할 수밖에 없었다. 아, 얼마나 기쁜 편지였는지!

나는 그레이스에게는 가족들에 대한 모든 걸 얘기했지만 형에게는 그레이스에 대해 아무것도 이야기하지 않았다.

내가 예상했던 것보다 그레이스 얘기에까지 이르는 데 오래 걸렸다. 원래는 영국에 처음 왔을 때 이야기를 그렇게 길게 할 생각이 없었다. 어차피 나보다 먼저 온 수많은 사람들이 이미 이야기하지 않은 게 뭐가 있겠는가. 그보다 나는 어쩌다가 형과 자밀라의 이야기를 쓰게 됐는지를 설명할 작정이었다. 그리고 왜 자밀라의 할머니 레하나와 영국인 피어스가 어떻게 만났는지를 상상하지 않을 수 없었는지, 두 사람이 속한 세계가 그렇게 멀리 떨어져 있던 시절에 그들이 어떻게 연인이 됐는지를 왜 상상하지 않을 수 없었는지 설명할 생각이었다. 하지만 내가 여기 도착했을 때에 대해 한번 쓰기 시작하자 다른 이야기도 줄줄이 늘어놓는 것을 멈출 수 없었다. 그렇게 오랜 세월이 흘렀는데도 그 시절을 다시 사는 것을, 씁쓸함과 실망감을 맛보는 것을 멈출 수 없었다. 나는 그렇게 자기중심적인 인간이다. 나에 대해 이야기하기 시작하면 다른 모든 사람을 입다물게 하고 주목을 요구하면서 끝없이 주절댄다. 그것이 그레이스가 늘 하던 말이었다. 그리고 그것이 자신이 떠나는 이유 중 하나라고 말했다. 그것 말고도 다른 이유가 많지만 그 이야기만은 이대로 덮어둘 작정이다.

그레이스가 떠나기까지는 여러 해가 걸렸는데 그동안 우리가 함께 한 삶은 대부분 굉장히 참을 만했다. 때로는 행복하고 충만했고 서로가 성숙하도록, 자신의 부족함과 추억으로부터 유예를 갖도록 돕기도 했다. 하지만 결국에는 적대감이 터무니없이 커져서 유독한 지경에 다다라 그녀가 자신에게 아직 삶을 향한 욕망이 있고 다시 사랑을 찾을 가능성이 있을 때 떠나겠다고 말했다. 물론 나는 그녀를 설득하려 했지만 그녀는 한번 이런 식으로 말하기 시작하면 멈추지 못했고 말을 하면 할수록 말하기가 더 쉬워지는 사람이었다. 그래서 어느 날 차에 짐을 싣고 새로운 인생으로 떠나버렸다(그리고 그날 못 가져간 물건을 가지러 나중에 한 번 돌아왔다). 나는 학교까지 걸어서 갈 수 있는, 소도시 변두리의 조용한 거리에 살았기 때문에 차가 필요하지 않았다.

그녀가 떠났을 때 나는 이미 지칠 대로 지쳐 있었기 때문에 그녀가 마침내 떠났다는 사실에 안도감밖에 못 느낄 거라고 생각했다. 하지만 실제로는 살면서 그 어느 때보다도 외롭고 마음 아팠다. 그녀가 떠난 뒤에 내가 모든 것을 그녀 방식으로 하고 그녀 방식으로 생각한다는 걸, 이른바 나의 정신생활을 그녀에게 맞춰왔음을 깨달았다. 그녀의 부재로 인해 갑자기 내 삶의 속도를 따라갈 수 없게 되었다. 나는 비참함 속에서 형에게 편지를 썼다. 전보다는 가끔씩이지만 우리는 여전히 서로에게 편지를 쓰고 있었다. 평소에는 드라마틱한 얘기는 없었다.

내 삶은 자세히 들여다보면 너무 따분하고 복잡해서 그것에 대해 잘 모르는 누군가에게는 어디서부터 얘기를 시작해야 할지 알 수 없었다. 형은 새로운 소식이 있을 때 편지를 썼지만 형의 소식은 슬픈 것일 경우가 많았는데 그것을 쓰는 행위가 형을 슬프게 만드는 것 같았다. 내가 그레이스 이야기를 했을 때 형은 즉시 답장을 보내 위로의 말을 하다가 이십 년 전 자밀라를 잃었을 때의 고통을 언급했다. 그때부터 나는 형과 자밀라의 이야기를 써야겠다고 생각하기 시작했다. 세월이 흐르는 동안 형과 자밀라의 연애가, 내가 처음 들었을 때 생각했던 것일 리 없음을 알게 되었기 때문이다. 당시에 나는 형이 대담한 유혹을 펼친 멋진 젊은이라고 생각했다. 내가 아는 것이 진부한 사랑 이야기밖에 없었기 때문이다. 하지만 그레이스와 보낸 시간 동안 더 많은 것을 알게 되면서 형의 인생이라는 비극의 의미를, 어쩌면 자밀라의 것까지도 이해하기 시작했다. 자밀라에 대해서는 거의 아는 게 없었지만 나는 형을 알았고 형의 연애가 발각되던 밤과 내가 떠나기 전 마지막 며칠간의 침묵, 그후에 자밀라에 관한 형의 침묵을 기억했다. 세월이 흐르고 나서 보니 그녀의 이름을 언급하지 않는 것 그리고 형과 그녀의 이별에 대해 아무런 탄식도 하지 않는 것에는, 존재하지 않기 때문에 점점 더 존재감이 커지는 것 특유의 묘함이 있는 듯했다. 나는 편지에서 여러 차례 왜 결혼을 안 하냐고 형을 놀렸고 형은 독신생활을 즐기고 있다고 농담했다. 그래서 그레이스가 떠난 뒤에, 내가 고향을 떠나고 그 오랜 세월이 흐른 뒤에 처음으로 형이 내 비참과 자신의 비참을 비교하면서 자밀라를 언급했을 때, 나는 형이 무엇을 포기했는지를 더욱 잘 이해하게 되었다. 그때 나에게는 지금껏 외면해왔던 많은 것에 대해 생각할 시간이 있었기 때문에 두 사람 사이에 있었던 일을 써봐야겠다는 생각이 들었다.

그러던 어느 날 두 사람의 이야기를 열심히 쓰던 중에 형에게서 어머니가 세상을 떠났다는 전보를 받았다. 고향집에 전화기가 없었기 때문에 나는 지구당 당사에 전화해서 메시지를 남겼다. 그것이 급한 연락을 주고받을 때 우리가 쓰던 방법이었다. 나중에 내가 다시 전화했더니 그들은 메시지를 전달했고 내가 소식을 들었다는 이야기에 형이 감사했다고 말했다. 나는 소도시 변두리의 조용한 거리에 있는 내 집에 홀로 조용히 앉아서 지난 이십이 년간 만나지 못한 어머니의 죽음을 애도했다. 나 자신에 대한, 달라진 지금의 나에 대한 상념에 잠길 때 나는 어머니와 아버지가 원하는 대로 살고 사랑하기 위해 투쟁했던 것을 생각한다. 우리의 미래를 놓고 부모님이 했던 모든 계획과 걱정, 원치 않는 경력을 위해 내가 들였던 모든 수고, 아무 노력 없이도 도달했을 이 소박한 무관심의 삶에 도달하기 위해 내가 했던 모든 계획과 고생을 생각한다. 모순은 모든 것을 우리에게 돌려주는 가차없는 기록부다.

형은 전보를 치고 몇 주 뒤에 보낸 편지에서—나는 형의 편지를 두려워하기 시작했다—처음으로 자신의 실명에 대해 말했다. 한쪽 눈은 완전히 시력을 상실했고 나머지 한쪽도 나빠지고 있었다. 그것은 마를 실명하게 만든 것과 같은 감염증이었지만 어머니 때와 마찬가지로 형을 치료할 약도 병원도 없었다. 나는 편지를 보냈다. 여기로 와. 내가 집을 담보로 대출을 받으면 은밀하게 진료를 받을 수 있을 거야. 여기서는 뭐든지 할 수 있어. 왜 더 일찍 말하지 않은 거야? 빨리 와, 바보처럼 굴지 말고. 남은 인생을 낭비하지 마. 하지만 형은 너무 늦었다고,

이제는 병변을 완전히 제거할 수 없다고 말했다. 그것이 형이 다르에스살람에서 만난 의사가 한 말이었다. 게다가 형은 바를 혼자 두고 갈 수 없었다. 솔직히 말하면, 형이 말했다. 나는 실명하는 것이 더이상 별로 신경쓰이지 않아. 눈먼 자들의 나라에서는 한 눈이 보이는 것도 충분히 큰 문제라는 것을 지난 몇 년 동안 알게 됐거든. 망가져가는 몸에 대한 이 늙은 이들의 투덜거림보다 더 중요한 건 누나 소식이야. 누나는 작년에 몸바사에서 시집을 냈어. 마의 장례식에 왔을 때 한 권을 가져왔지. 누나가 시인이 될 거라고 누가 생각이나 했겠어? 너도 알다시피 누나는 오래전부터 시를 써왔지만 평소에 하도 웃고 농담만 하니까 사람들이 바보라고 생각하는 것 뿐이야. 하지만 누나는 바보가 아니라는 걸 나는 오래전부터 알고 있었지. 어쨌든 그 책은 호평을 받아서 누나가 라디오에서 몇 편을 낭송하기도 했어. 그나저나 누나가 로마에서 열리는 문화행사에 초청을 받았는데 거기에서 너한테 책을 보내겠대. 왜 몸바사에서 안 보내고 거기서 보내고 싶어하는지 모르겠지만 그러고 싶다나봐. 누나는 유럽에 처음 가는 거니까 거기서 부치는 게 너랑 더 가까이 있다는 기분이 들어서 그러는지도 모르지. 나도 너한테 작은 소포를 하나 보낼 건데 누나에게 부탁하려고 해. 일단 지금은 내 사랑과 행운을 비는 마음만 보내마.

몇 주 뒤 로마에서 누나의 시집『키줄리카노』, '알려진 것'이 들어 있는 소포가 왔다. 소포 안에는 거친 갈색 종이로 싸고 끈으로 묶은 꾸러미 하나가 동봉되어 있었고 그 위에는 내 이름이 형의 글씨체로 적혀 있었다. 누나의 소포에는 아무런 쪽지도 없고 서명이 되어 있지도 않은 책 한 권만 달랑 있었다. 누나는 편지 쓰길 좋아하는 사람이 아니기 때문에 그동안에도 내 편지에 답장 한 번 한 적이 없었다. 이 일 혹은 저

일을 마치는 대로 편지를 보내겠다는 약속은 형을 통해 반복적으로 전달했으면서 말이다. 뒤표지에 있는 누나 사진은 꼭 여권 사진처럼 보였다. 마치 길을 걸어가다가 불쑥 사진관에 들어가서, 요란 떨 것 없이 빨리 사진이나 찍어달라고 해서 찍은 사진 같았다. 어쩌면 아픈 이모를 문병하기 위해 병원에 가던 길이라 면회시간을 너무 많이 뺏기고 싶지 않았는지도 모른다. 여전히 부이부이 차림이었는데 얼굴 베일은 사진을 찍기 위해 열어젖혔으나 다시 거리로 나갈 때는 제자리로 돌려놓을 준비가 되어 있었다. 그리고 지금은 안경을, 위는 어두운색 플라스틱이고 아래는 금속인 테를 두른 안경을 쓰고 있었다. 누나는 마치 사진사가 한 무슨 말에 웃음을 터뜨렸다가 불시에 찍힌 것처럼 활짝 웃고 있었다. 아니면 같이 와서 카메라 밖에 서 있는 남편 아바스를 향해 미소 짓고 있었는지도 모른다. 웃고 있는 그 중년 여성의 사진을 보고 있노라니 그것이 이제는 내가 거의 알지 못하는 누군가의 모습임을 깨달았다.

누나의 책에는 이런 헌사가 적혀 있었다.

> 나에게 배려를 가르쳐준 아버지와 어머니에게. 선량한 아민과 우리를 떠난 적 없는 라시드에게. 그리고 내 모든 사랑을 담아 아바스에게.

우리를 떠난 적 없는, 이라. 감상적인 거짓말을 생각해내고 싶을 때는 시인에게 맡겨라. 걔는 우리를 떠났어, 이거겠지. 하지만 나는 그 말 뒤에 숨은 친절에 감사했다. 그리고 시를 읽었을 때는 당연히 놀랐다.

그것은 내 기대와 달리 대단히 감동적이고 사려 깊고 내밀했으며 너무나 지적이고 무자비한 통찰력을 보였다. 많은 작품이 내게 아주 익숙한 소박한 삶에 관한 것이었고 여성의 삶을 재치 있고 반어적으로 표현했다. 나는 이 시집의 제목 자체가 탄자니아의 국민 시인인 샤반 로버트의 시집에 대한 상호텍스트적 참조라고 추측했다. 그중 한 편은, 어떤 이름도 언급되지 않았지만, 형과 자밀라에 관한 시였는데 그걸 읽자 눈물이 났다. 그래, 나는 놀랐다. 형제자매처럼 어렸을 때부터 너무 잘 아는 사람이 쓴 글을 읽으면 누구나 깜짝 놀라리라고 생각한다. 하지만 형이 옳았다. 나는 항상 누나를 좀 바보 같다고—몇 번이나 떨어진 입학시험에다 가실 줄 모르는 웃음 때문에—머리가 나쁜 게 아니라면 너무 착해서 바보 같아 보인다고 생각했다. 내가 마지막으로 누나를 재평가했던 것은 아주 오래전 일이었지만 이 시들은 내가 얼마나 잘못 생각하고 있었는지를 깨닫게 만들었다. 나는 놀랐다는 이야기는 빼고 누나에게 진심을 담은 축하편지를 써 보냈다.

나는 그 시들을 여러 번, 그중에서도 형과 자밀라에 관한 시를 제일 자주 읽었다. 내게도 그렇게 진실되고 겸손하게 글을 쓸 수 있는 용기와 기술이 있었으면 좋겠다고 생각했다. 시를 반복해서 읽은 또하나의 이유는 형이 보낸 꾸러미를 열어보는 것을 미루기 위해서였다. 촉감으로 책이 들어 있다는 건 알았는데 형이 쓴 책일까봐 약간 두려웠다. 형이 혼자서 무엇을 썼을까 상상하는 것은 의외로 나를 불안하게 만들었다.

8
아민

나는 하나인가? 나는 그녀와 내가 섞이는 웅덩이다. 그녀를 안고 그녀와 함께 눕지 못하면 갈증이나 광기로 죽을 것만 같은 그런 결핍과 갈망의 시간은 그때껏 알지 못했다. 그러나 나는 죽지도 않고 그녀를 안지도 않는다. 하지만 아는 게 별로 없으므로 어쩌면 모든 사랑은 빠르든 늦든 이렇게 되는지도 모른다. 움직이지 않는 눈먼 무언가가 내 안에 박혀 있다. 어딘지 알 수도 없고 손이 닿지도 않는 부드러운 부분을 이빨로 물고 있다. 그것의 악의가 느껴진다. 처음에는 나 자신에게 설명할 수 있을 만큼 목소리를 높이거나 말을 할 힘조차 없었지만 이 극심한 불행은 지나간다, 지나가고 있다. 나는 어리석게 사랑했지만 그것이 나를 짓누르진 않았다. 어리석었으되 운은 좋았다. 나는 절대 그녀를 버리지 않을 것이다. 내가 할 수 있는 한, 세월이 내게 그녀의 기억을 허락하는 한 매일 그녀를 볼 것이다. 낮의 아름다움을, 뒤따라오는 밤에 예찬하여라. 그러면 나의 밤은 길 것이고 그녀의 아름다움은 끝없을 것이다.

그들은 그녀를 두려워한다. 그녀가 나를 웃음거리로 만들까봐, 사람들이 우리 모두를 비웃을까봐 두려워한다. 사람들은 모든 걸 비웃어요, 내가 그들에게 말했다. 그 여자의 평판을 생각해, 마가 말했다. 네 명성을 생각해, 그가 말했다. 명성이 없으면 너는 아무것도 아니야.

오래전 그들이 함께 투쟁할 때는 그런 식으로 생각하지 않았다. 지금 그들은 이웃들과 기타 등등의 사람들에게 명망이 높고 존경을 받는다. 그런데 내가 부주의하게 나 자신과 그들을 놀림감으로 만들 뻔했다. 사람들이 우리를 비웃을 거야. 사람들은 그녀를 제일 많이 비웃을 거예요, 내가 말했다.

그 사람들은 비웃음당하는 걸 신경 안 써, 마가 말했다. 그들은 단련돼 있어. 그 여자의 할머니는 영국인과 죄 많은 삶을 살았던 더러운 여자야. 큰 집에 사는 그 여자의 엄마와 가족들은 돈이 많기 때문에 지체 높고 힘이 있지. 알비루니*가 말한 것처럼, 우리는 모든 사람이 신앙을 제외한 모든 면에서 동등하다고 간주한단다. 이 마지막 말을 한 사람은 그였다. 그는 필요할 때는 언제든 수백 년 전의 거창한 인용문을 꺼낼 수 있다. 그러고는 자신의 소름 끼치는 말이 주는 자신감에 전율한다. 그 여자는 현관문이 따로 달린 집에 혼자 살아. 정치인의 차에 타고 있는 걸 본 사람도 있어. 그 여자는 수치심이라곤 없어. 제가 아는 한, 그

* 11세기 이슬람권의 박식가. 인도학의 창시자, 비교종교학의 아버지, 현대 측지학의 아버지로 불린다.

녀가 한 가장 수치스러운 일은 저를 집에 들인 거예요.

이제 몇 주가 지났다. 어머니는 매일 내가 집에 올 때마다 내 얼굴을 살핀다. 내가 그녀를 만났는지, 못 만났는데도 괜찮은지 확인하기 위해서다. 두 사람 다 그녀 얘기를 꺼내지는 않는다. 민망해선지 아니면 그날 밤 같은 상황이 또 벌어질까봐 두려워선지는 모르겠지만. 협박, 공갈, 눈물. 눈물은 내 것이었고 그들은 내 눈물을 봤을 때 자기들이 이겼음을 안 게 틀림없다. 이 문제를 다시 거론하지 않게 해다오, 그가 말했다. 자신이 우월한 형태의 자비를 보여줄 순간이 왔다고 느낄 때 늘 그러듯이. 나는 그들이 누구에게서 들었는지 안다. 처음 소문을 들은 사람은 알리 이모부였다. 소문이야 늘 있는 것이므로 그는 아마 깔깔 웃을 거리가 생겼다고 생각하면서 집에 말을 옮겼을 것이다. 그놈 참, 그 녀석이 요즘 뭘 한다고 사람들이 그러는지 알아? 할리마 이모는 얼굴을 찌푸렸을 것이고 누나에게 자기 집으로 오라고 전갈을 보냈다. 나한테 말해준 사람이 누나였다. 할리마 이모는 자기가 아는 모든 욕설을 동원해 압박을 가하면서, 누나가 털어놓건 말건 마한테 말하겠다고 협박했다. 그래서 누나는 자기가 말하면 나를 죽이는 거나 다름없다고 했다. 마가 알면 바한테 말할 것이고 그러면 그들이 나를 막거나 나로 하여금 그들의 말을 거역하게 만들 것이었기 때문이다. 누나는 할리마 이모가 자신의 비밀을 지켜줬으니 내 비밀도 지켜줄 거라고 생각했다. 하지만 할리마 이모는 자밀라를 창녀라고 부를 정도로 너무너무 싫어했기 때문에 한달음에 달려가 마에게 말했다. 누나가 마지막 순간까지 이모를 따라가며 옆에서 애원하고 빌었지만 소용없었다. 누나는 자기 탓이라고 했다.

나는 그녀를 만날 수 없었다. 너무 수치스러웠다. 누나는 설명하고 용서를 빌기 위해 그녀를 만나러 갔다. 나는 그녀를 만날 수 없었다. 그녀는 내가 자기를 충분히 사랑하지 않는다고 생각하겠지만 그렇지 않다. 혹은 그녀를 위해 싸우기에는 너무 심약하다고 생각할 텐데 그건 사실일지도 모른다. 나는 그들의 말을 거역할 수 없었다, 오랜 세월 동안 이미 길들여졌기에.

나는 그녀의 감촉을 열망한다. 그전까지는 열망한다는 말이 무슨 뜻인지 몰랐다. 나는 어둠 속에서 열망에 대해 생각하고 뼛조각과 바위와 죽은 벌레로 지저분한 황무지 꿈을 꾼다. 땅바닥이 금속처럼 딱딱해서 잠에서 깨면 발바닥이 아프다. 실제로는 밤새 누워 있었는데도 말이다. 나는 죽은 매미가 널려 있는 침대 꿈을 꾸고 목마황 사이로 부는 바람의 한숨 같은 소리를 듣는다. 그것은 내가 지금껏 들어본 소리 가운데 가장 슬픈 소리다. 그녀가 나에 대한 실망을 묘사하기 위해 사용할 것 같은 단어의 소리를 제외한다면 말이다. 나는 한밤중에 비명을 지르며 잠에서 깬다. 침대보는 땀으로 축축하고 몸에서는 마치 고동치는 빨간 빛의 홍수 속에 누워 있었던 듯한 촉감이 느껴진다. 나는 환자 내지는 미친 과학도처럼 이 증상들을 적어내려간다. 이것은 무슨 과학일까? 복종하는 법의 과학일 것이다.

나는 내 불면 때문에 그가 깰 거라고 예상한다. 적어도 내가 아픈 엉덩이나 어깨를 쉬게 하려고 꼼지락거리다가 나도 모르게 내는 신음과 한숨 소리를 듣고 꿈쩍할 거라고 예상한다. 나는 일어날 수가 없다. 그들이 내가 내는 소리를 들으면 그녀를 만나러 간다고 생각할 것이기 때문이다. 악몽에서 깰 때는 그의 잠을 방해했을 경우에 대비해서 한동안 그대로 누워 귀기울인다. 내가 그에게 놀림당할 만한 잠꼬대를 하지는 않았나 보려고 기다린다. 하지만 아무것도 그의 잠을 방해하지는 못하는 것 같다. 그는 얕은 숨을 쉬면서 죄 없는 소년처럼 얼굴에 미소를 띤 채 영국 꿈을 꾸면서 잔다. 그는 이미 먼 곳에 가 있다. 눈을 뜨고 있을 때도 머나먼 곳의 무언가를 보고 있음을 알 수 있다. 나는 그가 잠에서 깨서 그녀에 대해 이야기해달라고 강요하길 반쯤 바란다. 그는 나를 관찰한다. 알고 싶어하지만 아직 이해하지는 못할 것이다. 그는 그녀 이야기를 할 때 나를 상찬하는 농담을 던지지만 나는 그대로 내버려둔다. 만약 그가 내 잠꼬대를 가지고 추궁한다면 나는 그에게, 사람이 밤에 하는 말에는 책임을 물을 수 없다고 대답할 것이다. 그 말을 했을 때 그 사람이 자고 있었을 수도 있고 그렇다면 본인이 한 말이 아니기 때문이다. 혹은 어둠 속의 뭔가가 그 말을 낚아챈 다음에 비틀어서 또다른 뭔가로 만들었을 수도 있다. 나는 밤에 그녀를 예찬한다. 어쩌다 그들 모두가 그녀를 그렇게 미워하게 됐을까? 내가 너무 혐오스럽다.

그녀는 내게 자기 이야기를 들려줬다. 할머니에 대해서는 약간의 기억밖에 없었다. 그녀는 네 살 때 딱 한 번 할머니를 봤다. 꿰뚫어보는 듯한 눈을 가졌고 싱글싱글하지만 말이 없는 뚱뚱한 부인이었다. 오빠들은 더 많이 기억했기 때문에 어렸을 때는 할머니 얘기를 곧잘 했다. 할머니는 모든 말썽의 근원이자 가족의 화젯거리였다. 오랜 시간에 걸쳐 이야기들은 뒤섞였다. 층층이 쌓이기도 하고 어떤 층은 사라지기도 해서 나중에 그녀가 이야기 전체를 알고 싶어졌을 때에는 모든 것이 시작된 곳과 끝난 곳에 닿을 수 없었다.

그의 이름은 피어스였고 어느 날 비틀거리며 황야에서 나와 그녀의 할머니 레하나의 품에 쓰러졌다. 아니, 그렇지는 않았어. 그녀가 말했다. 할머니의 품에 쓰러졌다는 말은 농담이었다. 그는 소말리족 안내인들에게 강도당하고 버림받은 후에 며칠 동안 내륙에서 길을 잃고 헤맸다. 집에 데려온 그 영국인에게 며칠 만의 첫 모금을 먹인 사람이 바로 레하나 할머니였다. 그녀는 마실 것에 뭔가를 탄 게 틀림없었다. 그가 눈을 뜬 순간부터 그녀에게 푹 빠졌기 때문이다. 이 이야기를 해준 사람은 다름 아닌 말리카 할머니였다. 그녀는 하사날리 할아버지의 아내였다. 그녀는 나머지 두 사람보다 오래 살았고 그녀가 이런 질문을 할 법한 열다섯 살 내지 열여섯 살이 되었을 때까지도 살아 있었다. 그녀는 하사날리 할아버지는 한 번도 만난 적이 없었다. 말리카 할머니는 그의 이름을 말할 때마다 항상 목이 잠기곤 했다. 그는 그녀가 태어나기 전에 죽은 게 틀림없었다. 나는 차마 그녀의 이름을 여기에 쓸 수가 없다. 뻔뻔스럽게 느껴진다.

레하나 할머니가 결혼했던 인도인 상인은 떠나가서 다시는 돌아오지 않았다. 그후에도 여러 번 청혼을 받았지만(카포스와 나 와투 웽기) 전부 거절했다. 그녀는 까다로웠다. 영국인이 왔을 때쯤에는 그녀도 더 이상 젊지 않았고 이미 추문도 있었다. 아무도 그녀에게 뭐라고 할 수 없었다. 영국인이 와서 그녀를 사랑하자 그녀는 그에게 갔다. 아무 말도 하지 않았지만 매일 오후 부이부이를 입고 혼자 나갔고 아무도 그녀에게 뭐라고 할 수 없었다. 그녀에게 뭐라고 하는 것은 그녀가 지나를 했다고 비난하는 셈이었기 때문이다. 감히 그런 일을 할 사람은 아무도 없었다. 그것은 차마 입에 담을 수 없는 벌, 즉 투석 사형을 받는 끔찍한 죄였다. 그녀에게 뭐라고 할 수 있는 사람은 남동생 하사날리뿐이었다. 게다가 남편이 부재한 지 오래되었기 때문에 그는 레하나보다 어렸지만 그녀의 보호자이기도 했다. 여자는 항상 보호자가 있어야 했다. 아버지, 남편, 둘 다 없을 경우에는 남형제 중 첫째. 이중 아무도 없을 경우에는 가장 가까운 남자친척이면 됐다. 나는 몰랐다. 그녀에게서 이 이야기를 들었을 때 처음에는 믿지 못했다. 아무 남자친척이나 보호자가 되어서 여자에게 명령할 수 있다니. 하사날리는 누나의 오후 외출에 대해 아무 말도 하지 않으려 했다. 그녀가 지나를 했다고 고백하면 어쩌겠는가? 돌에 맞아 죽게 하겠는가?

하지만 결국에는 누군가가 어느 날 저녁 그녀가 지나갈 때 골목길의 어둠 속에서 뭐라고 외쳤다. 집에 돌아온 그녀는 화가 나서 말리카에게 불쑥 이 얘기를 꺼냈지만 차마 자기가 들은 단어를 입에 올리진 못했다. 나는 그들의 더러움으로 내 마음을 더럽히지 않을 거야, 그녀가 말했다. 그리고 또다른 누군가가 피어스에 대해 군수에게 불만을 제기했다. 아마 성스럽고 옹졸한 양심을 전시하기 좋아하는 오만 귀족들에게서 나온 얘기였을 것이다(**와투쿠푸 와망가***). 그들이 직접 말했을 리는 없었다. 그러기엔 그들은 너무 고귀했다. 아마 와킬의 귀에 흘려서 군수에게 속삭이게 했을 것이다. 오만인들은 양심과 예절을 철저하게 지켰다. 배꼽이 보이는 것도 불쾌해했고(**마크루****) 그들 근처에서 방귀를 뀌었다간 공격당할 수도 있었다. 그러니 레하나와 피어스의 소문이 그들에게 얼마나 끔찍한 고문이었을지 상상해보라.

---

* 멍청한 귀족들.

** 하람(할랄의 반대)은 아니지만 피하는 게 좋은 것.

그래서 연인들은 몸바사로 갔다. 피어스가 먼저 가고 레하나가 뒤따라갔다. 그들은 몇 주 혹은 몇 달 동안 아파트에서 같이 살았다. 그곳이 바로 레하나가 평생 살았던, 죽을 때도 살고 있었던 아파트였다. 그곳에서 그녀의 어머니 아스마가 태어났다. 죄 없는 자, 레하나가 지은 이름이었다. 그러길 바라는 마음에서. 그때 이미 피어스는 떠나고 없었다. 그는 한 번 떠났다가 돌아왔지만 다시 떠났다.

그 사람이 돌아왔다는 건 특별한 일이야. 할머니를 떠나서 괴로웠다는 거잖아. 그녀가 말했다. 결국에는 떠났어도 할머니를 사랑한 게 틀림없다고 생각하게 돼. 그는 어느 시점에 정신을 차리고 고국으로 돌아갔음에 틀림없다. 그가 그녀를 떠난 데는 수많은 이유가 있었을 것이다. 그리고 그 관계가 두 사람 모두에게 불가능했음에 틀림없다. 그녀는 할 수 있는 데까지 하는, 용감하고 전투적인 사람이었다. 지금 머릿속에 그녀를 그리는 나는 그렇게 생각한다. 가만히 앉아서 상대방을 마주 노려볼 수 있는 사람. 가만히 앉아서 상대방을 마주 노려볼 수 있는 여자.

피어스는 어떻게 생겼었대? 내가 그녀에게 물었다.

그녀는 웃으면서 내가 그의 이름을 말한 것이 마음에 든다고 했다. 그가 그녀의 할아버지였기 때문에 그녀는 때때로 자기 자신을 몰래 그 이름으로 부르곤 했다. 말리카 할머니는 그가 마르고 키가 컸다고, 눈이 반짝였다고 말했다. 말리카 할머니는 그의 외모를, 혹은 그 사람 자체를 좋아하지 않았던 것 같았다. 레하나는 그가 늘 명랑했다고 말하곤 했다고 그녀의 어머니 아스마가 말했다.

그녀가 내게 이런 얘기들을 했을 때 우리는 수면등 불빛 아래 침대에 누워 있었다. 나는 때때로 그녀의 얼굴을 볼 수 없었다. 내가 그녀의 품에 안겨 있는 동안 그녀의 목소리가 내 관자놀이를 간질이고 있었기 때문에. 혹은 내가 그녀의 무릎을 베고 누워 있는 동안 그녀가 벽에 기대 있었기 때문에. 그녀의 헝클어진 머리가 내 뺨을 간지럽혔고 나는 말하고 있는 그녀를 올려다보면서 그녀의 허벅지와 가슴을 어루만졌다. 때로는 나란히 누워 얘기하면서 서로를 만졌다. 항상 만졌다. 기운이 넘치고 행복할 때 그녀는 계획 짜는 걸 좋아했다. 당신 교육이 끝나려면 얼마나 기다려야 할까? 일단 내가 취직을 하면 부모님께 말씀드리고 나서 그녀의 집으로 이사 들어갈 수 있었다. 그녀는 내 삶을 행복으로 채웠다. 늘 즐거웠다. 그녀와 떨어져 있으면 불안과 공포를 참을 수 없을 때도 있었다. 어느 날 밤 사랑을 나눈 뒤에 땀 흘리며 누워 있는데 누가 샌들을 찰싹찰싹하면서 길을 걸어가는 소리가 들렸다. 사내는 휘파람을 불며 성큼성큼 걸어서 지나갔다. 그러자 그녀가 내 옆에 꼭 붙어서 말없이 나를 붙들고 덜덜 떨었다. 왜 그래? 왜 그래? 내가 물었다. 무서워, 그녀가 말했다. 나는 농담을 하려고 했다. 휘파람이 무섭다고? 내가 물었다. 어두워진 후에 세상을 돌아다니는 혼령들은 서로를 부르는 신호로 휘파람을 분대. 둘 다 무서워. 저 남자도, 그의 휘파람도. 저 남자가 얼마나 확신에 차 있는지 들리지 않아? 난 당신이 날 떠날까 봐 무서워. 난 절대 당신을 떠나지 않을 거야, 내가 말했다.

그녀는 한동안 내게 두번째 남자에 대해 말하지 않았다. 내가 성급하게 자기 할머니를 판단하지 않길 원했던 것 같다. 일단 내가 레하나를 좋아하길 원했다. 피어스가 금전적으로 이런저런 조치를 취해놨지만 레하나는 그 돈이 오래가지 않으리라는 것을 알았다. 그는 우선 그녀가 좋은 집에서 아기를 낳을 수 있도록 육 개월 치 집세를 미리 지불했다. 또 그녀 이름으로 은행 계좌에도 돈을 조금 예치해놨다. 돈이 바닥나면 그녀가 남동생에게 돌아가 가게 뒷집에서 살 거라고 생각했는지도 모른다. 피어스는 비상시에 대비해 영국 주소를 그녀에게 주고 갔다. 어떻게 해야 은행에서 돈을 꺼낼 수 있는지는 설명해주지 않았다. 피어스가 떠난 뒤에 레하나가 계좌에서 돈을 좀 인출하러 갔더니 은행은 거부했다. 그녀는 이유를 몰랐다. 은행에 가본 적이 없었기 때문에 그들이 거절했다는 것조차도 확실히 알지는 못했다. 혼란과 수치심에 빠진 그녀는 자신의 행실 때문에 그들이 돈을 주지 않는다고 생각했다. 피어스에게는 편지하지 않았다. 그녀는 자기 인생이 좀 정리될 때까지 동생 하사날리와 올케 말리카에게 아스마를 한동안 맡아달라고 부탁했다. 처음에는 아주 잠깐 동안이 될 예정이었으나 아스마는 결국 결혼 전까지 삼촌 집에서 살았다. 그녀는 그들에게 유일한 아이였다.

피어스는 몸바사에서 살 때 앤드루 밀스라는 스코틀랜드인과 친구가 되었다. 수공학 엔지니어였던 그는 (회원 전용) 몸바사 클럽에 방을 갖고 있었다. 여기서 회원 전용이란 실제로는 유럽인 전용을 의미했다. 유럽인 방문객들이 여행을 오거나 친구를 만나러 왔을 때 그곳에 머물렀다. 하지만 앤드루 밀스는 거기서 살았고 술을 좋아했다. 그는 피어스가 있을 때부터 아파트에 드나들기 시작하더니 그가 떠난 뒤에도 계속 드나들었다. 그리고 얼마가 지나자 아예 이사를 들어와서 집세를 내기 시작했다.

수공학 엔지니어가 뭐야? 내가 물었다.

그녀는 어깨를 으쓱하더니 젖은 손가락으로 내 입술을 쓸어내렸다. 사려 깊기는, 그녀가 말했다. 그렇게 이사를 들어오다니 그자가 어떤 종류의 친구였던 거냐고 물을 수도 있는데 수공학 엔지니어가 뭐냐고 묻네. 아니면 레하나 할머니가 어떤 종류의 여자가 된 거냐고 물을 수도 있었고.

고급 창부, 내가 영어로 말했다. 쓸 기회가 자주 있는 단어는 아니다.

다들 그렇게 생각했지, 그녀가 말했다.

그럼 달리 뭐라고 생각할 수 있었겠어? 내가 물었다.

그녀는 남들이 어떻게 생각하든 개의치 않는다는 뜻으로 다시 한번 어깨를 으쓱했다. 그는 노인이었어, 그녀가 말했다. 그는 아파트로 이사 들어와서 그녀가 작은 봉제사업을 시작하게끔 도왔다. 그녀는 가게를 열고 재봉사를 고용해서 커튼과 이불 같은 것을 만들어 팔았다.

어떻게 그런 사업을 시작할 생각을 했을까? 당신이라면 그런 걸 생각해냈겠어?

장사꾼의 피가 흐르고 있어서였겠지, 그녀가 말했다. 그것은 레하나의 꿈이자 그녀가 자기 앞가림을 할 수 있다고 생각한 방법이었다. 사업이 궤도에 오르면 동생에게서 아스마를 데려와 직접 키울 작정이었다. 나는 이때부터 그녀가 술을 마시기 시작했다고 생각한다.

그때 나는 이것이 비극적인 이야기가 될 것임을 알았다. 남편한테 버림받고, 유럽 남자와의 사이에서 죄 많은 자식을 낳았는데 그 남자에게서도 버림받고, 또다른 늙은 유럽 남자와 살면서 술을 마셨던 여자가 어떻게 만족스러운 삶으로 되돌아올 수 있었겠는가? 그녀는 슬픈 미소를 띤 채 나의 침묵을 지켜봤고 나는 내 눈이 그녀를 향한 사랑으로 젖어드는 것을 느꼈다. 그때는 그 슬픔이 무엇을 의미하는지 몰랐지만 그것은 내 마음을 슬픔으로 채웠다.

그들이 어떻게 살았는지는 아무도 몰라, 그녀가 말했다. 레하나는 여전히 친척들을 방문했지만 수공학 엔지니어와의 삶에 대해서는 절대 얘기하지 않았다. 그녀가 어떤 친척들을 방문했었는지는 모른다. 친척은 어디에나 있다. 몸바사 출신은 절대 하인으로 쓰지 않았기 때문에 유도신문으로 알아낼 수 있는 것도 없었다. 하지만 빈병은 버려야 했다. 매일 쓰레기를 가져가는 사내가 빈병을 점주들에게 팔았다. 그는 병들이 어디서 났는지 말했고 자기가 여기저기서 일주일에 몇 개나 가져올 수 있는지 이야기했다. 그들의 집을 방문하는 사람은 아무도 없었고 레하나는 저녁에 거의 밖에 나오지 않았다. 그 모든 것을 근거로 사람들은 이제 레하나도 술꾼이라는 걸 알게 됐지만 집안에서 달리 무슨 일이 일어나는지, 그녀가 정말로 고급 창부인지 어떤지는 아무도 몰랐다. 말리카와 하사날리와 아스마가 몸바사를 방문했을 때 그들은 잠은 친척집에서 자고 낮에 레하나에게 인사하기 위해 들렀다. 수공학 엔지니어는 그들이 떠날 때까지 귀가하지 않았기 때문에 그들은 그를 한 번도 만나지 못했다.

그들은 오랫동안, 십사 년 동안, 1914년에 전쟁*이 시작될 때까지 이렇게 살았다. 전쟁 소식에 화를 냈다, 수공학 엔지니어는. 그러던 어느 날 저녁 레하나가 치맛단 감침질 같은 평범한 일을 하고 있을 때 앤드

* 1차세계대전.

루 밀스가 술에 취해 자기 방에 멍하니 있다가 쓰러졌다. 그녀가 쿵 소리를 듣고 그의 방에 가보니 그는 이미 죽어 있었다. 잠깐, 잠깐. 그가 그녀에게 유산을 남긴 덕에 그녀는 그 아파트에 쭉 살면서 사업을 계속할 수 있었다.

꼬마 이탈리아인이 오늘 떠났다. 그는 멍해 보였고 마지막에는 약간 눈물을 글썽였다. 그걸 보자 마와 누나가 울기 시작했고 바는 코를 훌쩍이지 않으려 애쓴 탓에 얼굴이 고통스럽게 일그러졌다. 나는 웃음이 나오려는 것을 참아야 했다. 누가 봤으면 그가 영영 떠나는 줄 알았을 것이다. 그게 걔가 하고 싶은 일이에요, 나는 그들에게 말하고 싶다. 그는 오랫동안 그것을 꿈꿔왔다. 가끔은 깊은 잠에서 깨서 영어로 말할 때도 있다. 그게 뭘 의미하겠는가? 영어로 꿈을 꾼다는 것이다. 그는 거기에 가서 잘할 것이다. 잘할 거라고 확신한다. 그는 준비가 되어 있다. 지나친 자신감과 흥분감으로 밀고 나갈 것이기 때문에 시험받을 때가 되면 어려움 없이 성공할 것이다.

그가 가는 것을 보니 마음이 편안하다. 그가 없으면 삶이 덜 피곤해질 것이고 방에 공간도 늘어날 것이다. 나는 공간이 더 필요하다. 야박하게 들리겠지만 그런 의도는 아니다. 나는 전보다 더 혼자 있을 필요를 느낀다. 우리 모두의 삶은 한산해질 것이다. 그가 없어서 한산해질 것이다. 하지만 그는 금방 돌아올 것이다. 지난 일주일 동안 그는 친구들 집을 찾아다니며 작별인사를 했다. 한 번에 한 명씩, 매번 드라마를 찍었다. 다들 막상막하의 말썽꾸러기들이라 내년 여름에 카이로나 부다페스트에서 만나기로 약속했다. 어젯밤에는 그가 정장을 입고 가야 하나, 좀더 편한 옷을 입고 가야 하나를 놓고 긴 토론이 벌어졌다. 바는 그가 깔끔한 셔츠와 바지를 입어야 한다고 생각했다. 옅은 색이 항상 우아해 보이니 되도록이면 옅은 색으로. 아버지가 하지 않은 말 혹은 은연중에 하고 있음을 깨닫지 못한 말은 그것이 아버지가 자신에게 제일 잘 어울린다고 생각하는 복장이라는 사실이었다. 마는 정장을 선호했다. 저쪽에서 누가 마중나올지 모르잖아. 아, 영국 여왕이 나오겠지 뭐, 바가 평소와 달리 빈정거리면서 말했지만 마는 그를 무시했다. 어쨌든 사람들이 네가 정장도 없다고 생각하면 안 되잖니, 그녀가 말했다. 영국인들은 여기 올 때는 펑퍼짐한 반바지를 입지만 거기서는 정장을 입어. 게다가 그건 좋은 정장이라고. 누나는 고개를 끄덕였지만 나는 어깨를 으쓱하고는 나이든 사람들끼리 싸워서 정하도록 내버려뒀다. 그는 정장을 입었다.

나라면 겁에 질렸을 것이다. 그도 겁에 질렸을 거라고 생각한다. 그도 나도 태어나서 단 한 번도 여행해본 적이 없기 때문이다. 내가 그를 질투하나? 그래, 일상에서 벗어난다면 마음이 편안할 것이다. 나는 그녀를 떠나고 싶지 않지만 내가 이런 기분인 것은 그녀 때문인지도 모른다. 내가 깊은 질투를 느낀다고 생각하지는 않는다. 아마 피크닉에 초대되지 않았을 때의 유감스러운 움찔함 정도일 것이다. 삶이 내게 도전과 흥분을 가져다줄 거라 생각하진 않지만 그렇다고 불만스럽지도 않다. 나는 낚시를 더 자주 가고 아우트리거를 좀더 능숙하게 다루는 법을 배우고 싶다. 풀과 나무에 대해, 그 이름과 절기에 대해, 그것들이 어디에 사용되는지도 알고 싶다. 여러 가지 나무 이름을 들으면, 사람들이 자신의 판단을 확인하기 위해 나무 냄새를 맡는 것을 보면 짜릿하다. 그들이 무슨 냄새를 맡는지 알고 싶다. 시골에서 교편을 잡고 시골생활을 더 많이 알고 싶다. 천천히 책을 읽고 싶다. 좋은 책을 읽으면 뭐든 보내달라고 그에게 부탁했다. 그가 보낼 수도 있고 혹시 보내지 않더라도 돌아올 때 몇 권 가져올 것이다.

나는 그가 원하는 것들이 두렵다. 거기에 가서 눈으로 보기만 하고 돌아오는 것은 불가능하다. 내가 보는 것은 나를 변화시킨다. 그가 돌아올 때 거기에 다녀온 다른 사람들 같은 확고함을 갖게 될까봐 두렵다. 누가 그에게 질문을 하면 그는 참을성 있는 미소를 띤 채 듣고 있을 것이다. 그러고 나서는 청자들이 자기가 말하는 단어 하나라도 놓칠까봐 천천히 말할 것이다. 그리고 자신의 교양 때문에 청자들이 혼란스럽지 않도록 최대한 쉽게 대답하면서도 그들이 존경심을 갖고 귀기울이길 기대할 것이다. 자기가 뭔가 중요한 일을 했다고 생각할 것이다.

시간이 되자 그는 비틀거리며 비행기 계단을 올라갔다. 우리는 그에게 손을 흔들었지만 그는 다른 데 정신이 팔려 있어서 뒤돌아볼 생각을 하지 못했다. 그는 문 앞에서 잠시 멈춰 섰다가 어둠 속으로 뛰어들었다. 잠시 후 그가 다시 문 앞에 나타나 눈으로 우리를 찾더니 손을 흔들었다. 비행기가 이륙하자 마는 저 멍청이가 어디서 길 잃어버릴 거라고 말하면서 정말로 울었다. 바가 말했다, 비행기 안에서 어떻게 길을 잃어. 재는 잃을 거야, 어머니가 말했다. 아니면 영국 돈을 도둑맞든가. 어머니는 나중에는 눈물은 흘리지 않았지만 집으로 돌아오는 내내 택시 안에서 그런 식으로 떠들었다. 집에 도착했을 때는 어머니도 아버지도 말이 없었다. 두 사람의 눈 속에는 미소 짓는 빛이 있었다. 나는 그들이 우리의 꼬마 이탈리아인을 자랑스러워했다고, 그리고 속으로는 이미 그의 환영회를 계획하고 있었을 거라고 생각한다.

나는 장관의 차에 탄 그녀를 봤을 때 수공학 엔지니어를 떠올렸다. 그는 예의 소문이 돌았던 정치인으로, 처자식이 있지만 자신의 불륜이 알려지는 것을 개의치 않는다. 그녀가 그의 고급 창부가 될까? 다들 이 생각을 한다. 삼 주 후에 우리 나라가 독립하면 장관은 소문 따위에 신경쓰지 않아도 되는 권력을 갖게 될 것이다. 권력을 가진 남자에게는 고급 창부가 필요한지도 모른다.

나는 지금껏 몇 달 동안 매일 그녀를 봤다. 매일 밤 그녀와 있는 나를 상상한다. 우리는 예전처럼 어렴풋한 빛 속에서 부드럽게 이야기하고 나서 사랑을 나눈다. 들키지 않으려면 어떻게 조심해야 할지 상의한다. 나는 다시는 그녀의 집에 가지도 않았고 그녀를 만나려 하지도 않았다. 그녀도 우리집에 오지 않았다. 누나가 나 대신 모든 얘기를 했다. 그녀는 누나를 통해, 우리 둘이 만나서 무슨 일이 있었는지 대화할 수 없냐고 물었다. 나는 그럴 수 없다고 대답했다. 나는 그들에게 다시는 그녀를 만나지 않겠다고 약속했다. 그 사실이 너무 수치스러워서 그녀를 마주할 수 없었다. 그녀가 나를 수치스러워할 것임을, 나도 그녀를 더러운 여자 취급한다고 생각할 것임을 안다. 그녀는 나에게 화가 나겠지만 나는 그보다 더 심한 취급을 당해야 한다.

나는 그녀를 얼핏 본 적이 두 번 있는데 두 번 다 뭔가가 내 안에서 덜컥 내려앉았지만 제대로 보기 전에 얼른 시선을 돌렸다. 나는 그녀를 매일 본다. 우리는 밤늦게 몰래 비밀리에 만난다. 내 이름은 음시리 아민, 비밀을 믿고 맡길 수 있는 자다.

오늘 장관의 차에 탄 그녀를 봤을 때는 시선을 돌리지 않았다. 자전거에서 내려서 쳐다봤다. 그가 아직 정식 장관이 아니어서 오늘은 차에 깃발이 달려 있지 않았지만 삼 주 후에는 달릴 것이다. 나는 자전거를 타고 법원 뒤 바다로 가서 몇 시간 동안 잔디밭에 앉아 이미 알고 있는 것들에 대해 생각했다. 정원사나 법원 경찰관은 보이지 않았다. 너무 고요하고 조용해서 내 숨소리까지 의식되었다. 바다마저도 부드럽게 밀려왔다. 지배자들은 이미 조용히 빠져나갔는데 우리가 복종하는 데 너무 익숙해져 있어서 감독하지 않아도 노예 같은 의무를 다하고 있다는 생각이 들었다.

오늘 그곳에 몇 시간 앉아 있는 동안 내가 끔찍한 실수를 저질렀음을 다시 한번 깨달았다. 그때 나에게는 선택지가 없었지만 그녀를 만나러 가서 지금 가장하고 있는 비밀스러운 삶을 살았어야 했다. 입소문은 우리를 은밀하고 우스꽝스러운 뭔가로 만들었을 것이고 우리는 참기 힘든 삶을 살게 됐겠지만 그래도 우리 자신이 그 소문만큼 더럽다고 느끼진 않아도 됐을지도 모른다. 나는 장관의 차에 탄 그녀의 모습을 보고 상처받았다.

집에 돌아온 나는 마가 창가에 앉아 있는 것을 봤다. 그곳에 앉아 있는 그녀의 모습은 비참해 보이지만 다른 곳으로 가게 할 수는 없다. 그녀는 빛이 필요하다고 말한다. 그녀는 꼬마 이탈리아인의 편지 하나를 다시 읽고 있었다. 그는 꾸준히 편지를 보내지만 그녀가 특별히 좋아하는 서너 통이 반짇고리에 보관되어 있다. 때는 저녁이었고 라디오에서는 신청곡을 틀어주는 프로그램이 방송중이었다. 누나는 밖에 나갔거나 자기 방에 있었다. 집에 들어서는 나를 어머니가 올려다봤을 때 나는 그녀가 얼마나 비참해 보이는지 생각했다. 그녀는 내 안색을 살폈지만 그 정도 조명 아래서는 잘 보이지 않음을 나는 알고 있었다. 어머니는 내가 그녀를 만나고 왔는지를 내 얼굴에서 읽어내려 애썼다. 그녀를 버린 지 몇 달이 지났는데도 내가 집에 들어올 때마다 그렇게 했다. 나는 마음을 가라앉히고 어머니가 나를 잘 보고 안심할 수 있도록 소파로 가서 그녀 옆에 앉았다. 천천히 시력을 잃어간다는 공포가 그녀의 삶에 그림자를 드리운다. 때로는 그녀가 가까이에 앉아서 소리 없이 울고 있었음을 문득 깨닫기도 한다.

오늘은 라시드에게 편지를 썼다. 내일이 특별한 날, 우리 나라 독립일이기 때문에 그에게 편지를 쓰고 싶었다. 편지를 써야만 한다고 생각했는데 왜 그랬는지는 모르겠다. 그래서 나는 그에게, 어른이 어른에게 보내는 진지한 편지를 썼다. 말인즉슨 아마 내가 근엄하고 현명했다는 뜻일 것이다. 그가 여기에 있진 않지만 그날을 그냥 흘려보내지 않길, 기억하는 버릇을 들이길 원했다. 그때 그가, 아마 나를 놀리려고, 심각한 사색으로 가득찬 거만한 편지를 보냈다. 그가 여기 있었다면 재밌었을 것이다. 그래서 내가 때때로 그를 그리워하는 것 같다. 절대 그에게 말하진 않을 거지만. 그의 친구들은 늘 그의 안부를 묻는다. 그는 이 모든 것을 그리워할 게 틀림없다. 그들은 늘 떼로 몰려다녔으니까.

그가 여기 있었다면 독립에 관한 시를 썼을 것이다. 각자 자기가 원하는 언어로 독립에 관한 시를 써서 겨루는 대회를 개최했을 것이다. 사람들이 한 편씩 제출하게 만들기 위해 친구들과 이웃들 사이에 붐을 일으켰을 것이다. 그리고 이 순간과 관련된 모든 물건과 기념품을 모았을 것이다. 새 국기가 그려진 배지, 새 국가가 담긴 레코드, 출입구 위에 거는 깃발 줄, 바가 허락했다면 봉에 거는 커다란 국기도 샀을 것이다. 새 국기는 예전 깃발과 그리 달라 보이지 않는다. 가운데의 녹색 동그라미 안에 있는 정향 송이를 제외하면 똑같은 알 부사이드 왕조의 깃발이다. 하지만 더 심했을 수도 있었다. 잔가지에 앉은 앵무새 또는 파도를 상징하는 검은 물결이 있는 파란 바탕 위의 꼬치고기가 될 수도 있었다. 국가의 상징이라기엔 너무 약해 보이는 것들이다. 오늘 저녁에는 라디오에서 새 국가가 흘러나왔다. 내일 국가가 연주되는 순간에 우리가 당황해서 서로를 쳐다보지 않도록 맛보기를 보여주기 위해서였다. 내 머릿속에는 하나도 남지 않았지만 우리는 새 국가에도, 국기에도 익숙해질 것이다.

모든 것이 한꺼번에 바뀌었다. 그 무엇에도 익숙해질 시간이 없었다. 우리는 지금 우리가 어떻게 살고 있는가에 대해 얘기할 수 있는 새로운 방법을 찾아야 한다. 그들은 사람들이 어떤 이야기를 하거나 어떤 노래를 부르는 것을 좋아하지 않는다. 우리는 술탄이나 구 정부 인사들의 이름을 언급해선 안 된다. 구 정부는 한 달밖에 못 갔고 그후에 모든 것이 한꺼번에 바뀌었다. 새 국기는 더이상 존재하지 않는다. 호기심에서 소유하는 것조차도 불법이다. 나는 이미 그것을 잊기 시작했다. 정향 송이의 색깔이, 그것이 갈색이었는지 금색이었는지 기억나지 않는다. 국가는 이미 잊혔다. 콧노래로 한 가락 부를 수 있었던 사람도 없을 거라 생각한다. 지금 불렀다간 확실히 얻어맞거나 그보다 더 심한 일을 당할 것이다. 사람들이 살해당했다. 나는 이런 얘기를 쓰면 안 된다. 그들이 그렇게 겁박하면서 우리에게 모른 척하라고 요구한 것을 끄적이다가 발각되는 것처럼 어리석은 일은 또 없을 것이다.

그녀는 피습을 당했다. 그 일은 폭동 날 밤에 일어났다. 장관을 찾던 자들이 자택에서 그를 찾지 못하자 그녀의 집에 들이닥쳤다. 그녀는 문을 열어줬다. 우리 모두 그랬다. 총구나 군화가 문을 쾅쾅 두드릴 때 어떻게 해야 할지 아는 사람은 아무도 없었다. 그후에 그들은 그녀를 습격했다. 며칠 뒤 거리의 대화에서 그 얘기를 들었을 때 나는 서두르지 않으려 애쓰면서 그녀의 집으로 갔다. 때는 아침이었지만 거리의 집회를 금지하기 위해 통금령이 내려져 있었다. 총 든 사람이 사방에 있었고 어떤 벽은 총구멍으로 도배되어 있었다. 몇몇 집은 불타 무너졌다. 그녀의 집에 도착해서 몇 분 동안 문을 두드렸지만 열리지 않았다. 내가 누구라고 말해도 대답이 없었다. 위에서 기척이 느껴지길래 올려다봤다. 내 위의 창문에 누가 있었는데 누구인지 보려고 내가 뒷걸음쳐서 도로로 나갔더니 더 안쪽으로 들어가버렸다. 그녀의 오빠 중 한 명일 거라고 생각했다. 나는 일이 분 동안 올려다보면서, 기다리면서 길에 서 있었지만 아무도 창가로 돌아오지 않았다. 차마 소리를 지를 순 없었고 폭도들이 집안까지 침입했는지 어떤지도 알 수 없었다. 집안이 다친 여자들로 가득할 수도 있었는데 만약 그랬다면 낯선 사람이 그런 수치스러운 상처에 대해 캐묻는 것을 원하지 않았을 것이다.

그들이 그녀를 습격한 이유는 장관 때문인지도 몰랐다. 혹은 그녀가 아름답기 때문에, 사람들 입에 지저분하게 오르내리기 때문인지도 몰랐다. 어느 날 그녀가 떠났다는 소식을 들었다. 가족 모두가 떠나서 그 크고 오래된 집은 텅 빈 채로 걸어 잠겼다. 수백 명이 떠나고 수천 명이 추방당하고 몇몇은 떠나는 것을 금지당한다. 그들은 우리가 여기에 있었던 모든 것을, 그들을 분노케 하고 잔인한 행동을 하게 만드는 것을 제외한 모든 것을 잊길 원한다. 나는 지금 이성을 잃었기 때문에, 발각되면 문제가 될 이런 얘기를 쓰고 있다. 그녀가 어떻게 떠났는지 어디로 갔는지는 모른다. 떠나는 사람들은 자기가 지금 무슨 짓을 하고 있는 건지 아는 걸까 때때로 궁금하다. 돌아올 방법이 없을지도 모르기 때문이다.

내가 왜 이걸 쓰기 시작했는지 모르겠다. 시간이 너무 남아돌았고 뭔가 중대한 일이 나에게 일어났다고 느꼈기 때문인 듯하다. 혼자 힘으로 고뇌를 재현하기 위해 쓰기 시작했다. 나는 어떤 면에서는 그녀에게 돌아갈 방법이 있다고 생각했다. 어떤 면에서는, 내가 충분히 비참해하면 누군가가 측은하게 여겨서 이렇게 말할 수밖에 없을 거라고 생각했다. 그녀에게 돌아가, 너는 그럴 자격이 있어, 충분히 괴로워했잖아. 몇 주 전 장관의 차에 탄 그녀를 본 이후로…… 불쌍한 장관, 그들은 다른 모든 장관들에게 그랬듯이 그를 붙잡아서 모욕했다. 장관들은 지금 모두 탕가니카의 대통령인 줄리어스 니에레레의 손님으로 본토 감옥에 있는데 그는 우리에게 닥친 일에 기뻐서 얼굴이 상기되어 있다. 몇 주 전 그녀를 본 이후로 이 글은 내게 부담이 되어버렸다. 살육과 축출이 일어난 후인 지금은 위험해지기까지 했다. 오늘 나는 이 잡설을 계속 쓸 이유를 발견했다고 생각하기 시작했다. 그녀도 떠났고, 라시드도 떠났고, 너무 많은 사람들이 떠났다. 남은 우리는 너무 무서워서 살 수가 없을 지경이다. 이 잡설 쓰기는 나 자신에게 내가 살아 있다고 말하기 위한 행위가 될 것이다. 잊지 않기 위한 방법이 될 것이다.

시간이 늦었다. 옆방에서 꼼지락거리고 있는 바가 곧 내 방문을 두드리면서 불을 끄라고 할 것이다. 그는 밤늦게까지 켜진 불이 하나라도 있나 걱정한다. 불빛이 총잡이들을 불러들일 거라고 생각한다. 그들은 우리를 음모자로 간주할 것이고, 우리를 위협할 기회를 놓치지 않을 것이다. 누나가 예전처럼 늦게까지 바느질하는 것도, 내가 새벽까지 책을 읽는 것도 허락되지 않는다. 바는 저녁 아홉시가 되면 창문을 닫고 대문에 빗장을 건다. 거리는 텅 비어 있다. 아무도 밤에 외출하지 않는다.

내가 살아 있음을 알기 위해 여기에 글을 쓰겠다고 약속한 것이 아홉 달 전이었다. 그후로 아무것도 쓰지 않았지만 나는 여전히 살아 있다. 얼마나 어리석은가. 지금은 교사자격증을 따서 시골 학교에 발령받았다. 바는 실직했다. 수십 명의 교사가 일자리를 잃고 나 같은 사람이나 중퇴생으로 대체되었다. 이것은 그냥 심술이다. 그는 상심했다. 우리가 더 젊고 라시드가 여기 있었을 때 나는 우리에게 나쁜 일이 일어날 리 없다고 생각했었다. 마와 바가 너무 성실하고 겸손하고 선량한 사람들이었으니까. 무슨 일이 일어날 수 있었겠는가? 그런데 나는 그녀를 잃었고, 라시드는 떠났고, 모든 것이 달라졌다. 이제 마와 바는 낙담하고 겁먹었다. 그녀는 내가 시골 학교의 자리를 받아들이지 않길 바란다. 나는 그녀에게 이제는 병사들이 일부러 위험하게 만들려고 하지 않는 한 시골도 안전하다고, 그리고 병사들은 어디서나 그렇게 할 수 있다고 말한다. 그녀는 나에게 소리를 지르면서 내가 순진한 바보라고 말한다. 나는 발령지를 바꿔보겠다고 약속하지만 그러지 않을 것이다. 나는 시골 학교에서 일하고 싶다. 그리고 원래 약속을 잘 어긴다. 나는 나무 이름을 알고 싶고 냄새로 나무를 구분하는 법을 배우고 싶다.

바는 별말을 하지 않는다. 그는 눈에 띄게 구부정해졌고 찌푸린 얼굴도 그대로 굳어졌다. 그리고 엉뚱한 대목에서 말을 더듬는다. 여전히 매일 카페에 가지만 함께 앉던 사람들 대부분이 떠났거나 감옥에 있다. 대부분의 시간은 집에 앉아서 책을 읽다가 모스크에 가는 데 쓴다. 누나가 몸바사에 있는 연인 아바스에 대해 얘기했을 때, 그곳에 가서 그와 함께 살고 싶다고 말했을 때 그는 울었다. 울부짖으며 흐느끼는 것이 아니라 눈물이 소리 없이 뺨을 흘러내렸다. 불쌍한 바, 그의 존재를 알아야 할 이유가 있는 사람은 아무도 없지만 어떤 면에서 그는 미덕이 존재한다는 걸, 그 가능성을 내가 믿게 만든다.

우리는 모두 모스크에 점점 더 중독되어간다. 정부는 사회주의적 거짓말을 늘어놓고 우리는 모두 모스크로 몰려간다. 모든 면에서 나날이 더 암울해지고 있다. 식료품이 희귀해지고 있다. 단전과 단수가 반복된다. 따라서 모스크에 사람이 점점 더 많아지고 기도가 점점 더 길어지는 것은 피할 수 없는 일이다. 나는 이 교감에서 예상치 못한 기쁨을 발견한다.

이주 빠르게 우리가 기대의 한계치를 배운 결과 공포가 약간 줄어들었다. 우리는 집이나 우리가 선택한 거리의 모퉁이에 앉아 최신 소문과 동란에 대해 이야기한다. 우리는, 우리 중 많은 이가 결벽증을 버렸다. 우리는 매일 상황이 나아지고 있다고 말한다. 지금 우리 나라를 다스리는 사악한 인간들하고는 상종도 하지 않을 거라 말하던 사람들도 그들과 상종하는 법을 배워야 했다. 하지만 아무도 그들을 조롱하지 않는다. 사람들은 일할 수 있으면 일을 한다. 결혼하고 아이를 낳는다. 오랜 적대감이 맹독을 수면 위로 드러낸다. 아이들은 자라서 떠날 수 있으면 떠난다.

거리는 텅 비었다. 너무 많은 사람들이 집을 잠가놓고 다르에스살람, 몸바사, 나이로비, 두바이, 인도로 떠났다. 그들은 아마 돌아올 때를 대비해서 안전한 곳에 열쇠를 숨겨놨을 것이다. 하지만 그들의 집은 오랫동안 비어 있지 않았다. 정부가 가로채서 자기들끼리 나눠 가졌지만 그 점유는 쓸쓸하고 어두웠고 사랑받지 못했다. 많은 집이 관리 부족 때문에 거리 위로 무너져내렸다. 지난 우기 중 어느 날에는 건너편 집이 마침내 무너졌다. 위층 벽이 먼저 부서진 덕에, 모든 것이 무너져서 모르타르와 돌과 부식된 들보와 흩어지는 닭들이 쌓인 더미가 되기 전에, 사람들이 전부 집 밖으로 대피할 시간이 있었다. 다친 사람도 없었던데다 그 낡아빠진 집이 드디어 없어져서 웃고 즐거워하는 이들도 있었다. 비록 그 집 식구들은 그리 즐거워 보이지 않았지만 말이다. 그렇게 큰 물체가 시야에서 사라지니 다른 뭔가가 달라진 것처럼 느껴지기도 했다. 창밖을 흘끗 보면 모든 것이 달라 보였다.

오늘 우리는 라시드의 소식을 들었다. 그는 그 오랜 세월 끝에 드디어 학업을 마쳤다. 믿어지지 않는다. 그가 우리와 관계 있는 사람이라는 사실도 믿어지지 않는다. 바는 내가 퇴근할 때까지 기다렸다가 셔츠 주머니에서 편지를 꺼냈다. 그는 요즘 시간이 너무 많기 때문에 매일 직접 우체국에 간다. 보통은 가져올 게 없다. 그래서 나는 집안에 들어서자마자 그가 편지를 꺼내기도 전에 그의 주머니에 있는 항공우편

봉투를 보았다. 그는 그것을 내게 주면서, 눈 때문에 더이상 글을 읽지 못하는 마에게 읽어주라고 했다. 편지가 뜯어져 있는 것으로 보아 바는 이미 읽었음에 틀림없었다. 그가 집안 어딘가에 있는 누나를 오라고 불렀다. 그리하여 나는 만원 객석을 향해 라시드의 편지를 읽었다. 내가 첫 몇 줄을 읽은 뒤부터, 본론에 도달한 뒤부터 그는 눈물을 흘리기 시작했다. 라시드가 금방 본론으로 들어가서 다행이었다. 편지에서 무슨 내용이 나오려나 기다릴 때 어머니가 불안해하는 것이 보였기 때문이다. 라시드가 공부를 끝냈다는 부분을 읽었을 때 그녀는 작은 소리로 하느님에게 감사했고 그의 소리 없는 울음은 흐느낌으로 바뀌었다. 그녀는 혼자 소파에 앉아 있는 바를 보려고 안간힘을 쓰면서 그의 이름을 불렀지만 그는 읽어, 라고 나에게 명령했다. 나는 계속 읽었다. 그들이 자신을 공부와 우수優秀에 신경쓰도록 키운 것에 얼마나 감사하는지, 이렇게 가족들과 멀리 떨어져 있어서 얼마나 슬픈지, 영국 대학교에서 일자리를 구한 것이 얼마나 큰 행운인지, 정원을 가꿀 조용한 거리에 있는 집이 어떻게 생겼는지. 편지를 다 읽었을 때 우리는 모두 울고 있었다. 정확한 이유는 모르겠다. 그가 실패하지 않았다는 안도, 그가 우리와 함께 있지 않다는 슬픔. 그리고 그와는 나눌 수 없는, 이곳에서 일어난 일들에 대한 우리의 슬픔 때문에 울었다.

그 순간에 나는 느꼈다…… 아니, 알았다. 우리가 그를 영영 잃었음을. 그때 처음 든 생각은 아니었지만 소도시 변두리의 조용한 거리에 대한 묘사를 읽었을 때 우리가 그를 다시는 못 보리라는 것을 확신했다. 그 묘사는 나까지도 그 거리를 갈망하게 만든다. 그는 어느 편지에 달력에서 오려낸, 작은 호수와 푸르고 언덕진 시골 풍경이 담긴 사진을 동봉해서 보낸 적이 있었다. 그때 휴일에 친구와 함께 그곳에 갔었는데 얼마나 아름다웠는지 모른다고 말했다. 그러니 무엇이 그를 여기로 돌아오게 만들겠는가? 또 돌아오면 여기서 뭘 하겠는가?

바는 편지를 내게서 가져가더니 이 소식을 만방에 알리기 위해 나갔다. 나는 마와 누나와 함께 앉아서 꼬마 이탈리아인을 추억하며 그리워했다. 그리고 답장을 쓰기 시작해서 오늘 아침에 마쳤다. 뭔가가 끝난 듯한 기분이다. 며칠 뒤에 누나가 아바스에게 가고 나면 나는 그들을 독차지하게 될 것이다.

어떤 날은 모든 것이 아주 가깝게, 몇 년 동안 있었던 일이 바로 어제 일처럼 느껴진다. 모든 것이 찌부러뜨려지고 욱여넣어져서 터질 것만 같다. 나는 매일 그녀 생각을 한다. 아무도 그녀의 이름을 언급하지 않고 나도 감히 그녀가 어떻게 되었냐고 묻지 않는다. 한번 누나에게 물어본 적이 있는데 고통스럽고 나에게 짜증난 것처럼 보였다. 그래서 원래는 그녀에게 편지를 쓰고 싶은데 혹시 주소 아냐고 물을 생각이었지만 결국 묻지 않았고 어쩌면 알았어도 편지 쓸 엄두를 못 냈을지도 모른다. 나는 다시는 묻지 않았고 누나도 그녀를 언급하지 않았다. 누나의 고통스러운 표정은 나에게 그녀를 잊으라고 말하기 위해서였던 것 같다. 하지만 나는 그녀를 잊을 수 없다. 나는 그녀와 함께 있는 나를 상상한다. 때로는 몇 시간 동안 연속해서. 나는 그녀와 함께했던 시간을 다시 살고, 그렇게 오랜 세월이 지났는데도 내가 아직도 그렇게 많이 기억한다는 사실에, 그것이 얼마나 생생하게 느껴지는가에 놀란다. 오늘 내가 곁에 누워 있는 동안 그녀는 이드알피트르의 저녁때 내가 처음으로 어둠 속에서 그녀를 끌어안고 사랑하는 사람이라고 불렀던 이야기를 했다. 그녀는 그 이야기를 하는 것을, 그녀를 향한 나의 열망을 놀리는 것을 좋아했다. 그녀가 말하는 동안 내 손은 그녀를, 탄탄한 허벅지와 엉덩이 골을 어루만졌다. 그때 위층에서 쿵 하고 문이 너무 힘차게 닫히는 소리가 나자 그녀는 말을 멈췄다. 그녀가 겁먹거나 놀랐는지 보려고 쳐다봤더니 그녀는 사라지고 나는 어둠 속에 홀로 누워 있었다. 마치 방금 일어난 일처럼 그 문 닫힘의 기억이 내 몸을 쿵 하고 울린다.

그녀를 처음 밖에서 만나고 나서 집까지 걸어갔던 것과 앞으로 일어날 일에 대해 느꼈던 공포를 기억한다. 그 공포는 지금도 사라지지 않았지만 그녀와 함께 있을 때 혹은 함께 있지 않을 때에도 느꼈던 흥분에 의해 작아졌다. 때로는 그녀와 함께 있다가 집으로 향할 때 내딛는 걸음마다 절로 웃음이 나오는 것을 멈출 수 없을 때도 있었다. 그때는 모든 달콤한 말과 우리가 한 약속을 다시 들어도 믿어지지 않았다. 지금도 내 귀에는 그 말과 약속이 들리지만 이제는 안 믿긴다는 마음은 들지 않는다. 때로는 그걸 들으면 수치심과 이상하고 거부할 수 없는 혐오감이 차오른다. 귀를 막고 몸을 움츠려도 그 소리를 막을 순 없다. 내가 한 짓을 들었을 때 그녀의 표정이 어땠을지, 어떤 기분이었을지, 나를 어떻게 생각했을지 상상이 가지 않는다. 그 남자들이 습격했을 때 그녀가 느꼈을 공포가 상상이 가지 않는다.

나는 그들을 버릴 수 없었다. 거역할 수 없었다. 여기 그들이 있다. 그녀는 이제 눈멀고 겁먹었다. 낮이나 밤이나 하루종일 집에 앉아 있다. 너무 조용해서 그녀와 같은 방 안에 있다는 걸 잊기도 한다. 그녀는 우리집에 하나밖에 없는 사진첩 보는 것을 좋아한다. 그녀가 사진을 손으로 훑으면서 묘사하면 내가 페이지를 넘겨준다. 저건 파리다가 몸바사에서 찍은 사진 중 하나야. 티위 근처 해변에서 사촌들과 함께 찍은 사진이지. 그날 우리는 리코니에서 페리호를 탔어. 이건 학교 연극에 출연한 라시드야. 커다란 가짜 수염을 달고 자파르 이븐 야히아*인 척하고 있지. 그녀는 항상 라시드가 어린애인 것처럼 말한다. 그가 그레이스와 결혼했다는 편지를 보냈을 때 그녀는 그레이스가 영국 여자냐고만 묻고는 또다시 긴 침묵에 빠졌다. 그러더니 며칠 뒤 내게 항공우편 편지지를 사다 달라고 말했다. 받아적어, 그녀가 말했다. 정확히 내가 말하는 대로. 그러고는 흉악한 말과 협박을 늘어놓기에 받아적는 척만 했다. 맹인이 한눈박이에게 말하는 셈이었으니까. 그 편지는 그녀에게는 부쳤다고 하고 실제로는 부치지 않았다. 그들은 절대 그레이스를 언급하지 않는다. 그들이 왜 그렇게 놀라고 언짢아하는지 이해가 안 된다. 그럼 그들은 그가 어떡할 거라고 생각한 건가? 평생 혼자 살 거라고? 어떻게 사람이 그렇게 선량한 동시에 몰인정할 수가 있나?

더이상 보이지 않는 사진들을 손가락으로 어루만질 때 그녀는 소리내어 웃고 활기를 띤다. 그 사진들을 볼 때는 비통해하지 않지만 나머지 시간에는 자주 비통해하고 남이 말을 걸 때까지 말없이 앉아 있는다. 그리고 나에게는 채점을 하든 책을 읽든 내 할일이나 하라고, 자기는 없다고 생각하라고 말한다. 나는 내가 지금 뭘 하고 있는지 그녀에게 말해야 한다는 것을, 평범한 대화를 하는 것처럼 말해야 한다는 것

* 하룬 알라시드의 재상.

을 스스로에게 상기시킨다. 때로는 이것 때문에 내 의도가 너무 투명히 보여서 그녀가 웃음을 터뜨리고 자기한테 그만 떠들어대라고 말한다. 시끄러워서 생각을 할 수가 없잖니. 하지만 침묵은 치명적일 수 있고 우리는 침묵에 마비된 채 거기에 앉아 있다.

바가 집에 있을 때는 자주 라디오를 켜는데 그러면 그녀는 아나운서들과 싸운다. 그들이 전하는 뉴스에 이의를 제기하고 거짓말을 들춰낸다. 눈먼 자들의 나라에서 누가 눈이 필요하겠어? 그녀는 아나운서들에게 말한다.

바는 아침마다 긴 산책을 나간다. 제방에 가서 고깃배 사이를 거닐다가 골목길을 따라 걸어서 시장에 다다른다. 그곳에서 과일과 채소를 좀 사고 우체국에 들렀다가 집으로 돌아온다. 집에 오면 채소를 익히고 과일을 썬다. 내가 시골 학교에서 퇴근해 집에 올 때를 위해 내 몫은 따로 챙겨놓는다. 할리마 이모는 우리 점심식사를 바구니에 담아 보낸다. 마가 숯 세레다니로 요리를 하려다가 너무 자주 데기 때문이다. 누나가 전기 레인지를 보내줬지만 정전이 잦은데다 전기 레인지가 있어도 마는 더이상 안전하지 않다. 그녀가 포기했다고 나는 생각한다. 그녀는 자신에게 일어난 일에, 그리고 외로움에 압도당했다.

그는 온몸을 덜덜 떤다. 그리고 점심때 이후에는 절대 외출하지 않는다. 가끔은 밖에 앉아서 책을 읽고 만약 죽은 이웃을 위한 쿠란 독경이 모스크에서 있으면 거기에 간다. 그 외에는 집에 앉아서 고성이 들리거나 라디오에서 장관들의 시끄럽고 혐오스러운 연설이 나오면 덜덜 떤다. 내가 밤에 외출한다고 하면 아마 못 나가게 할 것이다. 내가 아이처럼 걱정되거나 나쁜 일에 연루될 거라고 생각해서 그러는 게 아니다. 그건 아니라고 생각한다. 나한테 무슨 일이 일어나서 그들만 남게 될까봐 두려운 것이다. 그들이 곧 세상을 떠날 거라고 생각하면 행복하다. 내가 그들을 미워하거나 원망해서가 아니라 그래야 그들의 외로움과 공허함이 끝날 것이기 때문이다. 그들도 자기들이 곧 세상을 떠날 것임을 알기 때문에 행복할 거라고 생각한다. 나도 내가 죽을 거라고 생각하면 행복하다.

나는 요즘 죽음의 의식에서 고정 배역 같은 것을 맡게 되었다. 발단은 나의 잦은 출석이었다. 진심이 아닌 말을 할 때도 많았지만 모스크에서 느끼는 교감이 이상하게 편안하게 느껴졌기 때문이었다. 나는 다양한 기도와 의식에 익숙해졌다. 나도 모르게 익혔다. 시간이 흐르자 사람들은 마치 내가 학자인 양 질문을 하거나 내가 독실하다고 오해하고는 기도를 해달라고 부탁하기 시작했다. 그것이 내가 장례식과 쿠란 독경을 돕게 된 경위다. 이제 사람들은 나에게 기대한다. 동네에서 누가 죽으면 장례식 준비에 불려가는 사람 중 한 명이다. 너무 많은 사람이 떠나서 이제는 어린애와 노인밖에 안 남았는데 노인들은 이웃들의 목소리가 자신의 죽음을 애도해줄 거라고 생각하고 싶어한다. 죽은 사람을 다룬다는 생각은 별로 안 든다.

고인에 대해서는 거의 아무 말도 안 한다. 내게 요구되는 것을 하는 시늉만 한다. 이를테면 고인의 내생이 평안하기를 축원한다. 그것은 일종의 속임수다. 내세에는 아무것도 없지만 거기 목소리도 숨도 없이 누워 있는 이의 기분이 나아진다면 나는 하느님에게 그의 내생을 자비롭게 돌봐달라고 축원할 것이다. 산 사람들은 죽은 자들이 사는 곳을 상상하는 데서, 그들의 평안과 휴식을 위해 기도하는 데서 의미를 찾는다.

오늘은 비가 내렸다. 새벽부터 이른 오후까지 퍼부었다. 노인들은 벌떡 일어나서 껄껄 웃거나 소리쳤고 마는 바에게 기대어 옛날처럼 장난스럽게 그의 팔을 흔들었다. 아이들은 거리로 나와 뛰어다니면서 빗물받이에서 넘친 물과 빗물이 만든 홍수 속에서 첨벙대거나 성냥갑과 코코넛 껍질로 급하게 만든 뗏목으로 경주했다.

라시드에게서 편지가 왔다. 나는 그것을 서둘러 읽지 않았다. 그는 가끔 짧고 두서없는 편지를 보내는데 매번 그레이스가 마와 바에게 안부를 전한다고 쓴다. 나는 그 말을 그들에게 전하지만 아무 반응도 없다. 내가 답장을 쓸 때는 그들이 그레이스에게 안부를 전한다고 쓴다. 요즘은 그가 쓰는 편지에서 피로감이 느껴져서 나의 부자연스러운 답장에서도 똑같이 티가 날까 생각한다. 오늘밤에 읽은 그의 편지에는 그레이스가 떠났다고 적혀 있었다. 그 고통스러운 편지를 보니 나도 속상하고 마음이 아팠다. 내 상상 속의 그는 그저 말이 많고 얄팍한 허세가 있는 동생인데 그 낯선 곳에서 홀로 외로워할 그를 생각하자 괴로웠다. 나는 내일 끝낼 작정으로 답장을 쓰기 시작했다. 그가 어떤 심정일지 상상하려다보니 자밀라 생각을 하고 있었음을 깨닫고 편지에서 그 이야기를 했다. 그 오랜 세월 동안 그에게 보낸 편지에 그녀의 이름을 적거나 언급한 적은 단 한 번도 없었다. 그래서 환한 대낮에 편지를 다시 읽고 어떤 느낌인지 보기 위해 내일까지 기다리기로 한 것이다.

내가 그들에게, 특히 마에게 그레이스가 떠났다는 사실을 언급할 것 같진 않다. 그녀는 아프다. 숨쉬기가 힘들고 고통스럽다. 병원 간호사는 그녀의 폐에 문제가 있는데 해줄 수 있는 게 없다고 말했다. 지금은, 앞으로 며칠 동안은 그녀를 봐줄 의사가 없지만 그 이유는 알 수 없었다. 약사는 무슨 병인지 모르는 상태에서는 아무것도 팔 수 없다고 말했다. 그래서 지금 그녀는 가슴을 들썩이며 침대에서 잠 못 이루고 그는 그녀 옆에 누워서 전전긍긍하고 있다. 이 글을 쓰고 있는 지금도 그들이 내는 소리가 들린다.

라시드에게 자밀라를 언급한 것은 해방과도 같았다. 이런 잡설은 어디에 쓸모가 있을지 몰라도 그에게 그녀 이야기를 하면 사람이 얼마나 어리석을 수 있는지, 내가 얼마나 어리석은지를 그에게 보여줄 수 있을 것이다. 어쩌면 이 잡설도 그에게 보낼지도 모르겠다. 내가 앞으로 얼마나 글을 쓰거나 일을 할 수 있을지, 그후에는 무슨 일이 일어날지, 혹은 우리 모두가 어떻게 살게 될지는 알 수 없다. 한쪽 눈은 이제 거의 보이지 않는다.

나는 어둠과 정적이 일종의 지복이라고 생각하기 시작했다. 우리의 지배자들이 음악을 금지하고 라디오와 텔레비전을 없앤다 해도 슬플 것 같진 않다. 가장 극단적인 와하브파*처럼 음악을 금지하는 것은 삶과 흥을 금지하는 것같이 나쁜 이야기로 들리지만 그 대신 정적이 주어진다면 나는 그쪽을 택하겠다.

슬픔에도 좋은 점이 있다. 마가 나흘 전에 떠나면서 고통에 종지부를 찍었다. 바는 그녀가 떠나자 기운을 좀 차린 것처럼 보인다. 그는 유

* 18세기에 시작된 극단적인 이슬람교 복고주의로, 사우디아라비아의 국교다.

품을 정리하면서 그녀에 대해, 그들이 함께했던 삶에 대해 이야기하기 시작했다. 누나도 장례를 치르기 위해 여기에 오면서 자신의 책을 가져왔다. 그래서 마침내 나는 누나의 시를 읽게 되었다. 어젯밤에 누나가 그에게 한 편을 읽어줬더니 그는 가만히 듣고 있다가 칭찬했다. 나는 그가 울 거라고 생각했는데. 그것은 우리가 어렸을 때의 마에 관한 시였다. 그는 다 듣고 나서 미소 지으며 말했다. 그래, 네 엄마가 그랬지. 그는 누나가 마의 유품 정리를 도와주길 바라는데 사실은 그냥 누나가 곁에 있어주길 바라는 거라고 생각한다. 그가 얼마나 더 살지는 모르겠다. 요즘 이상하게 기운이 넘쳐 보인다. 그가 떠나기 전에 라시드를 보지 못할 거라는 사실이 나를 슬프게 한다. 내가 시력을 잃기 전에 꼬마 이탈리아인을 못 볼 수도 있다는, 그가 가까이에서 숨쉬거나 횡설수설 떠들어대는 것을 못 들을 수도 있다는 사실이 나를 슬프게 한다.

이제 라디오가 망가져서 우리는 뉴스를 듣지 못한다. 급수장의 뭔가가 고장나서 수돗물이 거의 하루종일 나오지 않는다. 우리는 뭔가가 정상적으로 돌아가게 하는 방법을 더이상 알지 못한다. 우리가 사용하는 혹은 원하는 뭔가를 스스로 만드는 법도 알지 못한다. 심지어 비누 한 개나 면도날 한 팩조차도. 어쩌다 우리가 이런 상태에 다다를 때까지 내버려두었을까?

계속

형의 공책을 읽기 직전에 나는 카디프에서 열린 콘퍼런스에 참석했다. 그 콘퍼런스의 조직 위원이 최근에 다시 연락이 닿은 대학원 시절 지인이었기 때문이다. 학생 때 우리는 동시에 논문을 썼고, 같은 연구 세미나에 참석했으며, 일주일에 두 번 스쿼시를 쳤다. 그런 의미의 친구였다. 그런데 취직과 함께 방향이 갈리면서 완전히 소식이 끊겼다. 누가 그의 이름을 언급하는 것을 들은 적도 없고 그가 쓴 글을 본 적도 없었다. 그도 나에 대해 같은 말을 할 거라고 확신한다. 가끔 그를 떠올리긴 했는데 아마 어떤 이름이 그의 이름을 또는 똑같이 우연한 뭔가를 생각나게 했기 때문이었을 것이다. 그러던 어느 날 그가 우리 학교 웹사이트에서 내 주소를 알아내서 이메일을 보냈다. 그 웹사이트에는 어이없는 허영심 때문에 우리의 이름과 주소가 모두 공개되어 있었다. 그는 오래전 우리가 『오셀로』 얘기를 했을 때 나눴던 대화가 기억나서 메일을 보냈다고 했다. 당시 내 주장에 너무 감명받아서 내가 그 희곡에 관한 글을 쓰도록 설득하려고 했단다. 이미 썼기를 바란다고 그는 이메일에서 말했다. 어쨌든 그는 지금 영문학에서 혼혈인의 섹슈얼리티가 어떻게 다뤄지고 있는가에 대한 콘퍼런스를 조직하고 있는데 내가 논문을 제출하는 데 관심이 있는지 궁금해했다. 다시 만나서 그동안 어떻게 지냈는지 얘기했으면 좋겠다, 라고 그가 말했다. 나도 그렇게 생각했으므로 가겠다고 했다.

『오셀로』에 관한 논문은 그의 온갖 사탕발림에도 불구하고 결국 쓰지 않았다. 그 대신 케냐 정착민 문학의 인종과 섹슈얼리티에 관한 논문을 썼다. 나는 소설 외에 몇몇 회고록에 대해서도 절제된 논평을 하면서 이런 작품에서는 성적 행위가 부재하는 대신 고통스러운 후원행위나 지나치게 비극적인 소문으로 승화된다는 점을 지적했다. 발표에 이은 토론시간에는 이런 작품에 등장하지 않는 유에 대한 예로 레하나의 이야기 또는 그중에서 내가 아는 부분을 들었다. 그 일이 일어난 소도시, 대강의 시기, 손녀 자밀라에게 초래한 예상 밖의 결과를 언급했다. 그 시점에는 피어스의 이름은 몰랐다. 뭐, 그리 도전적이거나 야심찬 게 아니라서 대단한 논문은 아니었고 이런 작품에서 내 흥미를 끈 주제들에 대한 짧은 수다에 가까웠다.

토론 참석자는 겨우 여섯 명이었다. 나머지 사람들은 대부분 같은 시간에 있었던 윌리엄 포크너에 대한 발표에 참석하는 쪽을 택했다. 내가 발표자만 아니었다면 나도 그랬을 것이다. 그런데 순서가 끝난 후 참석자 한 명이 내게 다가와서 말을 걸었다. 그녀는 내 논문이 대단히 흥미로웠다고 말했다(이럴 때는 그렇게 말하는 것이 예의다). 그리고 레하나와 그녀의 연애사건에 대해 하고 싶은 얘기가 있는데 시간 있냐고 물었다. 나는 그녀가 다가왔을 때 벌써 위축됐지만 이야기를 더 듣기 위해 기다렸다. 그녀는 나보다 몇 살 어린, 아마 삼십대 후반의 매력적인 여자였다. 내가 기다린 이유는 이다음에 어떻게 전개될지 알고 싶었기 때문이다. 나는 지쳐 있었고 새로운 만남을 경계했다. 그레이스와 헤어진 후로 다른 사람과 뭔가 시작하려는 노력을 전혀 하지 않은 결과 고통스럽고 외로웠지만 한편으로는 또 평온하고 견딜 만했다. 나는 원래 이쪽 방면에 허영심이 없기 때문에 모든 만남을 유혹의 시도로 간주하진 않는다. 반대로 생각할 때가 더 많다. 하지만 때로는 유혹, 오해, 상처, 당혹으로 결착되지 않는 복잡한 상황도 있다. 그래서 나는 기다렸다.

그녀는 자기 할아버지가 19세기에서 20세기로 넘어갈 무렵에 케냐 해안의 소도시, 내가 레하나 이야기의 배경이라고 말한 바로 그곳에서 잠시 군수로 일했다고 말했다. 그는 그리 길지 않았던 자신의 식민지 관리 시절에 관한 회고록을 썼는데 결국 미완성으로 남은 이 짧은 회고록에서, 구체적인 이름을 쓰진 않았지만, 원주민 여자와 영국인 여행자의 연애사건을 언급했다. 그녀는 이것이 내가 말한 것과 같은 이야기가 아닌지 궁금해했다. 왜냐하면 그녀의 할아버지가 언급한 사건의 시점이 영국인 여행자가 공개적으로 원주민 연인과 동거했던 시점과 일치하는데 그것은 대단히 드문 일이었기 때문이다. 그 시점은, 내가 논문에서 주장했듯이, 그런 연애가 좋게 끝날 수 없었던 시절이었다. 영국인 연인은 고국으로 돌아갔고 원주민 여자는 다른 남자를 만났다.

그것이 내가 바버라 터너를 만난 경위였다.

그날 저녁을 함께 보내는 동안 그녀는 내가 상상치도 못한 많은 이야기를 들려줬다. 그녀의 할아버지 프레더릭 터너는 1903년 휴가 때 고국으로 돌아와서 다시는 식민지 관리로 돌아가지 않았다. 그 일을 계속하기엔 대영제국을 혐오하는 아내가 너무 그리웠기 때문이다. 그래서 그는 노팅엄대학교의 영문학 강사가 되었다. 그곳에는 유명 시인인 아내 크리스터벨의 숭배자들이 있어서 그녀가 영향력을 행사할 수 있었다. 프레더릭 터너가 회고록을 쓰기 시작한 것이 바로 이때다. 그는 한 장章이 끝날 때마다 여백에 날짜를 적었는데 마지막 장에 1905년 6월이라고 적혀 있었다. 바버라의 아버지이자 그들의 첫아들인 존이 태어난 때가 1905년 6월이다. 이 완벽한 자손의 탄생이 프레더릭이 회고록을 포기한 이유였는지도 모른다. 그에게 회고록 집필이 얼마나 진지한 작업이었는지, 그냥 시간을 때우기 위한 소일거리였는지 아니면 자신의 또다른 삶에 대한 그리움의 폭발이었는데 아기 존이 태어나자마자 그 감정이 순식간에 날아가버린 건지 나는 모른다. 그가 마틴 피어스와 다시 연락이 닿은 것도 아마 이 무렵이었을 것이다. 마틴은 가까운 뉴어크에 살았는데 그 또한 집필을 포기한 이유일 수 있었다. 친구의 감정을 상하게 하긴 싫었을 것이기 때문이다. 사실 마틴과 프레더릭은 아주 끈끈한 친구관계가 되었다. 마틴이 영국박물관 학예사로 일하기 위해 런던으로 이사간 후에도 그들은 가족끼리 계속 만나며 교류를 이어갔다.

이 모든 것이 예상 가능한 일이었을 수도 있다. 나는 이제 레하나의 영국인 연인의 이름과 그를 돌봐준 식민지 관리의 이름을 알게 되었다.

마틴 피어스가 결국 동양학자가 된 것은 그리 놀랍지 않지만 프레더릭 터너가 영문학 강사가 된 것은 놀라웠다. 하지만 그 분야의 다른 많은 사람들보다 딱히 더 나쁘지 않았을지도 모른다. 마틴과 프레더릭이 둘 다 전쟁에서 살아남은 것은 천운이었다. 마틴은 골동품 전문가로 메소포타미아에 보내졌고 프레더릭은 안전하게 영국에 있었다. 예상 밖이었던 것은 피어스의 딸 엘리자베스가 바버라의 어머니였다는 사실이었다. 그녀는 처음 만났을 때 이 관계에 대한 이야기를 간단하게 들려줬고 나중에는 더 자세히 말해줬다. 여기서 이야기가 옆길로 새지 않기 위해서는 바버라의 어머니이자 마틴 피어스의 외동딸—비록 우리는 그렇지 않다는 것을 알고 있지만—인 엘리자베스가 프레더릭 터너의 장남인 존과 결혼했다고 말하는 것으로 충분하다. 원주민 여자와 공개 연애를 했던 영국인의 정체를 바버라에게 말해준 사람이 바로 엘리자베스였다. 프레더릭의 죽음(1940년) 이후에 회고록을 읽은 엘리자베스는 시어머니인 크리스티 터너에게 영국인 연인이 누구인지 혹시 아느냐고 물었다. 네 아버지야, 그녀가 말했다. 그때는 마틴 피어스도 이미 죽고 없어서(1939년) 비밀을 지키는 것이 무의미했다. 죽음이 그들을 둘러싸고 있었다.

나는 그 이야기에 흥미를 갖는 이유를 설명했다. 바버라에게 자밀라와 형에 대해 말했다. 처음에 그녀는 아이가 있었다는 것, 그녀의 할아버지와 원주민 연인 사이에 딸이 있었다는 것만 받아들일 수 있는 듯했다.

그녀의 이름은 레하나였어, 내가 바버라에게 말했다. 레하나 자카리야야, 원주민 연인이 아니라. 그녀는 자기 딸의 이름을 아스마, 죄 없는 자라고 지었다. 그리고 아스마는 자기 딸의 이름을 아름답다는 뜻의 자밀라라고 지었다.

자밀라가 내 사촌이네, 바버라가 말했다. 오빠도 둘 있었어, 내가 그녀에게 말했다. 나도 오빠가 둘 있어, 그녀가 말했다.

며칠 뒤 바버라의 어머니 엘리자베스가 내게 편지를 보내 점심에 초대했다. 내가 회고록을 보여달라고 부탁했더니 그 대신 자신을 만나달라고 한 것이다. 바버라는 초대되지 않았다. 엄마는 내가 할아버지를 나쁘게 생각하지 않길 바라, 그녀가 말했다. 엘리자베스는 칠십대 후반이었지만 여전히 건강하고 총명했다. 겉모습은 여리여리하거나 지쳐 보이기보다는 튼튼하고 깐깐해 보였다. 그녀는 옥수수 수프, 구운 연어와 시금치, 향신료를 넣은 사과 타르트로 가볍지만 정성 들인 점심을 준비했다. 내가 한 이야기는 바버라에게 전해들어서 이미 알고 있었다. 그녀는 자밀라와 자밀라의 어머니에 대해 알고 싶어했다. 나는 가능한 한 모든 것을 말해줬다. 그녀는 아이가 있었는 줄은 전혀 몰랐다고 했다. 프레더릭도 그건 몰랐겠지만 그녀의 아버지는 당연히 알았을 것이다. 적어도 레하나를 떠나 고국으로 돌아올 때 그녀가 임신중이었다는 것은 알았음에 틀림없었다. 그녀는 자기 아버지가 레하나와 아이에게 한 번이라도 편지를 보내거나 방문한 적이 있는지 아느냐고 물었다. 나는 모른다고 답했다. 나에게 언니가 있군요, 엘리자베스가 말했다. 남편 존이 알았다면 기뻐했을 것이다. 남편은 이 년 전에 세상을 떠났어요, 그녀가 말하더니 잠시 침묵 후에 덧붙였다. 남편이 없다는 게 아직도 믿어지지 않아요. 그녀는 자기 언니가 아직 살아 있는지, 내가 그녀의 이름을 아는지 물었다. 나는 그녀의 이름은 아스마이고 그녀가 살아 있는지는 모른다고 말했다. 그녀는 내게 언니의 이름을 적어달라고 부탁하면서 자밀라와, 언니가 살아 있다면 언니와 연락할 방법이 있는지 물었다. 나는 알아보겠다고 말했다.

얼마 후 형의 공책을 받아서 읽은 나는 지금껏 진심으로 바랐음에도 가족들의 고통을 상상하는 것이 불가능했었음을 알았다. 그리고 내가 뭘 해야 할지를 깨달았다. 말하자면 이제 고향에 돌아갈 때가, 집에 가서 내 불안을 가라앉히고 나의 무심함에 대한 용서를 빌 때가 된 것이었다. 그것은 그들에게도, 나에게도 기쁨을 주고 너무 오랫동안 방치돼 있었던 신경과 섬유*에도 생기를 불어넣을 것이었다. 바버라가 자기도 가도 되냐고 물었다. 뭐하러? 내가 놀라서 그녀에게 물었다. 당신은 거기서 지내기 쉽지 않을 거야. 관습도 다르고 불편할 거라고. 나는 이렇게 말했지만 그녀가 고집부리길 원했다. 내가 뭐라고 하든 갈 거라고, 다른 이유도 많지만 나와 함께 있고 싶어서라고 말하길 원했다. 내가 그렇게 오랫동안 떠나 있으면 그리울 거라고 그녀가 말하길 원했다. 내가 그녀를 그리워하리라는 걸 아는 것처럼. 아마 지금은 그녀도 내가 얼마나 소심한 인간인지, 그녀가 같이 가길 바라지만 말썽이 일어날까 봐 주저한다는 것을 알 만큼 나를 잘 알 것이었다.

"우리가 자밀라를 찾을 수 있을지도 모르잖아." 그녀가 말했다. 모르지 뭐, 내가 말했다. 모든 것이 세상의 가장 머나먼 구석까지 흩어졌어. 누군가를 찾을 수 있는 사람은 아무도 없어. 아는 사람이 있을 거야, 그녀가 말했다. 그녀는 내가 형과 자밀라에 대해 쓴 글을 읽었다. 그건 이

---

* 오스카 와일드의 『도리언 그레이의 초상』 중에서 "삶은 신경과 섬유와 천천히 불어난 세포—그 안에 생각이 스스로를 숨기고 열정이 꿈을 품는—의 문제다"의 인용.

제 됐어. 나는 그녀에게 더이상 쓰지 않을 거라고, 또하나의 미완성 회고록이라고 말했다. 한때 그것으로 인해 다시 시도하고 싶다는, 다시 시작하고 싶다는 기분을 느꼈었다. 환상에 불과할지언정 나에게 행복이라는 감각을 주니 그걸로 충분하다.

"당신이 가는 이유를 설명하는 편지를 보내야 할 거야. 바가 언짢아할 경우에 대비해서. 그리고 당신은 나랑 다른 방에서 자야 할 거고." 내가 말했다. 이 나이에 아버지 때문에 각방을 써야 하는 우스꽝스러운 상황에 우리 둘 다 미소 지었다.

해설

고향을 향한 구르나의 "한숨과 그리움"

자크 데리다는 고향을 "선조들이 묻혀 있는 땅" 혹은 "모든 여행과 모든 거리를 거기에서부터 가늠하는 부동의 장소"라고 정의한다. 그리고 유목민이나 실향민, 디아스포라에게 공통되는 감정을 고향에 대한 "한숨과 그리움"이라고 규정한다. 낯선 땅에 살던 사람들이 죽을 때 고향에 묻히기를 바라는 것은 그래서라는 것이다. 땅이 "움직이지 않는 고향"이라면 언어는 "움직이는 고향"이다. 고향에 가지 못하는 사람들이 모국어에 집착하며 그것을 그들의 "마지막 안식처"로 여기는 이유다. 2021년에 노벨문학상을 수상하게 되면서 한국 독자에게 막 친숙해지기 시작한 압둘라자크 구르나는 자신의 고향 잔지바르가 아닌 영국에서 살아가는 이산자로서 고향에 대한 복잡다단한 심경을 모국어인 스와힐리어가 아닌 제국의 언어인 영어로 형상화한 작가다. 그것도 아프리카 출신의 이슬람 작가라는 특이한 위치에서.

1948년에 잔지바르에서 태어나고 자란 구르나는 1964년 1월 12일에 일어난 잔지바르혁명의 여파로 영국으로 망명했다. 그래서 고향을 향한 "한숨과 그리움"은 그를 숙명처럼 따라붙었다. "나는 그곳에서 떠나왔지만, 마음속에서는 그곳에 산다"는 그의 말은 그의 뿌리가 잔지바르였다는 고백에 다름 아니다. 어느 시점부터 잔지바르에 살았던 기간보다 영국에 살았던 기간이 더 길어졌음에도 그의 고향은 변함없이 잔지바르였다. 잔지바르는 탕가니카와 합해져 탄자니아가 되었지만 그는 결코 탄자니아를 조국으로 여기지 않았다. 그는 역사의 상처, 그 트라우마의 자리에 머무르기를 택했다. 그리고 그것이 트라우마의 속성이다. 그것이 발생했던 장소로 끝없이 회귀하는 것.

그의 소설들에는 고향을 떠나 사는 사람들이 숱하게 등장하는데, 이것은 고향을 떠나 공부를 마친 후에도 모국으로 돌아가지 않고 이국에서의 삶을 택했던 작가 자신의 자의식이 고스란히 투영된 것이라고 보아도 무방하다. 특히 그의 일곱번째 소설 『배반』의 화자 라시드는 작가와 많은 부분을 공유하고 있다. 라시드는 잔지바르가 독립을 눈앞에 두고 있을 때 공부를 하러 런던으로 갔다. 그는 그 절묘한 시점에 영국에 감으로써 잔지바르가 독립 이후에 휘말린 폭력적인 정치적 소용돌이로부터 비껴나 있을 수 있었다. 그에 반해 구르나는 혁명이 일어날 당시 잔지바르에 있었다. 그는 어떤 일이 일어나는지 눈으로 확인하고 그러한 일들이 진행되는 과정에서 영국으로 갔다. 그래서 그의 영국행은 라시드의 경우와 달리 일종의 망명이었다. (전설적인 록그룹 '퀸'의 리더였던 프레디 머큐리도 구르나와 같은 경우로, 그는 인도계 아프리카인이었다.)

비록 잔지바르를 떠난 시점과 상황이 약간 다르긴 하지만 『배반』에 등장하는 라시드와 작가가 겹치는 것은 우연이 아닌 것으로 보인다. 이 소설은 구르나가 지금까지 발표한 소설 중 자전적인 요소가 가장 많은 소설이라고 해도 과언이 아니다. 1부와 2, 3부로 나뉜 스토리에서 2, 3부가 특히 그렇다. 1부가 2, 3부에 선행하는 1899년을 시간적 배경으로 한다면 2, 3부는 작가가 그곳에서 태어나 살면서 체험하고 겪은 1950년대와 1960년대, 즉 잔지바르가 역사적 대전환기를 거치던 시기를 배경으로 한다. 작가도 잔지바르를 떠났고 그가 창조한 라시드도 잔지바르를 떠났지만 그들은 심리적으로는 결코 잔지바르를 떠난 적이 없었다. 그들은 오랜 시간이 흐른 후에도 잔지바르에 심리적으로 묶여 있었다. 작가가 결국 자신에 대해 쓸 수밖에 없다면, 잔지바르를 떠났으면서 떠날 수 없었던 도덕적, 윤리적 딜레마가 그의 소설에 투영되는 것은 어쩌면 불가피한 일이었을 것이다. 그래서 J. M. 쿳시의 말처럼 "모든 글은 자서전이다". 이 소설에 대한 이해는 바로 여기에서부터 시작되어야 한다. 그의 정체성이 잔지바르에서 '이미' 형성되었기 때문에 그것은 불가피한 일이기도 하다. 그의 세계관은 이후의 삶을 살아가면서 더욱 세밀하고 복합적인 틀을 형성하게 되겠지만 국가적, 인종적, 종교적 정체성은 잔지바르를 떠나기 전에 이미 충분히 형성되어 있었다. 그는 이미 스무 살 청년이었고, 그래서 고향이 아니면 어디서든 이방인으로 살아야 했다. 그는 태생적으로 디아스포라 작가였던 것이다. 그는 역사의 격랑에 떠밀려 다른 나라에서 다른 언어로 다른 언어권 독자를 향해 글을 썼다. 그러면서 끝없이 자신이 떠나온 곳을 바라보았다. 그리고 그것이 그를 깊게 만들었다.

구르나는 1948년 아프리카 동해안에 있는 거대한 섬인 잔지바르에서 태어났다. 그가 잔지바르에 있을 때 그곳은 영국의 보호령 시기(1890~1963)를 거쳐 1963년 12월 10일 술탄을 지도자로 하는 군주국이 되었다. 그러나 애석하게도 독립은 한 달밖에 지속되지 않았다. 1964년 1월 12일에 쿠데타가 일어났다. 영국은 아무런 대비책도 마련하지 않고 그곳을 떠남으로써 잔지바르를 혼란 속에 빠뜨렸다. (이것은 미국이 아프가니스탄을 이십 년 동안 점령하다가 2021년 8월 철수하며 생긴 혼란과 엇비슷한 것이었다. 강대국이 자기들의 편의에 따라 무책임하게 움직이는 것은 예나 지금이나 마찬가지다.) 혁명주의자들이 술탄을 쉽게 몰아내고 정권을 탈취한 뒤 일어난 일들은 그야말로 끔찍했다. 혁명군은 아랍계 및 아시아계 아프리카인들을 무차별적으로 죽이고 밖으로 내몰았다. 구르나는 "수천 명이 학살당하고 모든 공동체가 축출되고 수백 명이 감옥에 갇혔다. 이어진 유혈극과 박해 속에서 징벌적인 테러가 삶을 지배했다"고 증언한다. 잔지바르는 그 혼란기를 거치고, 영국으로부터 독립한 탕가니카와 합해져 지금 우리가 알고 있는 탄자니아가 되었다.

구르나는 1968년에 잔지바르를 떠났기 때문에 이러한 폭력적 상황을 보고 듣고 느끼고 체험했다. 그가 영국으로 간 것은 정치적 망명행위였다. 망명이라는 것이 당시에는 생소한 개념이었지만 그의 영국행이 망명행위였음은 확실하다. 그의 가족을 포함한 많은 사람들이 어디에도 가지 못하고 잔지바르에 남아 이후의 불행한 역사를 온몸으로 견딜 때 그는 켄트대학에서 박사학위를 이수하고 그곳에 교수로 남았다. 그리고 그의 전공은 당연히 탈식민주의문학이었다. 그것의 출발은 당연히 잔지바르의 정치학이었고, 그것은 필연적으로 동아프리카의 정치학이었으며, 더 크게는 아프리카의 정치학이었다. 그의 소설세계가 잔지바르에서 시작하여 동아프리카 해안으로, 다시 아프리카로, 다시 디아스포라적인 삶을 사는 동아프리카인의 런던으로 무대를 옮기는 것은 당연한 귀결이다. 그것은 그가 젊은 시절에 받은 상처의 기록이고 짓눌리고 짓밟히고 억눌린 사람들과 함께하지 못한 미안함의 기록이다. 그렇게 작가는 상처를 쓴다. 구르나의 소설이 어두운 것은 그래서다. 상처가 밝음이나 기쁨과 동의어일 수는 없지 않은가.

그는 미안했다. 부모에게도 미안했고 형제에게도 미안했고 남아 있는 잔지바르 사람들 모두에게도 미안했다. 『배반』의 마지막에 나오는 한 장면은 그가 느끼는 마음의 짐이 어느 정도였을지를 유추할 수 있게 해준다. 소설의 화자이며 주인공인 라시드는 잔지바르에 있을 때 어머니와 아버지, 네 살 위인 누나, 두 살 위인 형과 다섯 식구로 살았다. 그런데 그만이 독립 직전에 영국으로 떠남으로써 잔지바르의 참혹한 근대사를 건너뛸 수 있었다. 그는 작가 구르나가 그랬던 것처럼 영국 대학을 졸업하고 영국 대학에서 교수가 되었다. 더이상 돌아가야 할 이유가 없었다. 그런데 문제는 영국에서의 편안한 삶이 죄의식을 끝없이 불러왔다는 사실이다. 어찌 그러지 않을 수가 있었겠는가. 그들의 가족은 갑자기 불어닥친 사회주의 물결에 변변한 수입이 없게 되었다. 그들은 행복하지 못했다. 그는 자신이 가족을 버렸다고 생각했다. 거기에는 일말의 진실이 있었다. 가족은 긍정적이든 부정적이든 이슬람문화 속에서 살아온 공동체가 아니던가. 그런데 그 혼자서만 영국에 살고 있지 않은가. 무슨 일을 하든 미안함과 죄의식이 따라왔다. 디아스포라 문학의 주제 중 하나가 그러한 죄의식인 것은 물론이다.

그래서 『배반』에서 라시드의 누나가 나중에 시인이 되어 펴낸 시집에서 서두에 써놓은 헌사는 각별한 주목을 요한다. 그 헌사는 이랬다. "나에게 배려를 가르쳐준 아버지와 어머니에게. 선량한 아민과 우리를 떠난 적 없는 라시드에게. 그리고 내 모든 사랑을 담아 아바스에게." 그녀는 타인에 대한 배려를 가르친 부모에게 감사하고, 인도인과 백인의 피가 섞인 혼혈 여자를 사랑하다가 교제를 반대하는 부모의 말에 다시는 그녀를 만나지 않았던 착한 아민, 오랜 시간 때를 기다리다 결국 자신과 결혼한 남편 아바스에게 감사하면서, "우리를 떠난 적 없는 라시드에게"라고 덧붙인다. 엄밀하게 말해서 라시드는 잔지바르를 떠난 사람이다. 유학을 갈 때 떠났고, 학업을 마치고 영국 대학에서 자리를 잡고 돌아오지 않기를 택했을 때 다시 한번 떠났다. 아무리 정치적, 사회적 혼란으로 인해 귀국을 단념했다지만 결국 선택에 의한 잔류였다. 그럼에도 그의 누나는 자신의 시집 헌사에서, 조국과 가족에 대한 일종의 배반행위를 한 라시드가 결코 떠난 적이 없다고 말한 것이다. 그리고 생각하기에 따라서 그것은 사실이기도 했다. 그는 영국에 살면서도 마음은 잔지바르에 가 있었다. 잔지바르는 그의 의식만이 아니라 무의식까지 지배했다. 그는 잔지바르의 폭력과 억압적인 통치를 벗어나 자유롭게 학문을 할 수 있었지만 자기만 잘살고 있다는 죄의식을 떨쳐내지 못했다. 이런 의미에서 그는 누나의 말처럼 그들을 떠난 적이 없었다.

그의 누나가 대변하는 그의 마음을 염두에 두고 앞서 인용한 구르나의 말—"나는 그곳에서 떠나왔지만, 마음속에서는 그곳에 산다"—을 생각하면 등장인물과 구르나의 관계가 얼마나 가까운지를, 거의 아슬아슬하다고 생각될 정도로 가깝다는 것을 알 수 있을 것이다. 1948년에 태어난 구르나는 쉰일곱 살인 2005년에 펴낸 『배반』에서 자신과 아주 흡사한 인물 내지 분신을 만들어낼 여유를 확보할 수 있었던 것으로 보인다. 이제는 나이를 먹을 만큼 먹어 자신에게도 너그러울 수 있는 때였다. 비록 라시드는 그런 표현—"우리를 떠난 적 없는 라시드"—을 시인인 누나가 생각해낸 "감상적인 거짓말"이라고 냉소하지만, "그 말 뒤에 숨은 친절에 감사"하는 것을 잊지 않는다. 어쩌면 그것은 구르나 자신이 누군가에게서 듣고 싶었던 말이었을지 모른다. 구르나도 떠나지 않았다. 그의 소설은 늘 잔지바르와 아프리카를 향해 있었다. 그런 의미에서 그는 잔지바르를 떠나지 않았다. 떠났다면 잔지바르를 머릿속에 넣고 다녔다. 그의 소설에 스와힐리어와 아랍어가 빈번히 등장하는 것도 그런 이유다.

소설의 한 부분을 여기에서 다소 길게 언급한 이유는 『배반』의 말미에 나오는 이 일화가 작가에 대해 시사하는 바가 크기 때문이다. 일차적으로 그는 제국의 중심에서 글을 쓰는 작가라는 비난을 받을 수밖에 없었다. 이것은 폴란드 출신의 영국 작가 조지프 콘래드가 동포 작가들에게서 비난을 받은 것과 마찬가지였다. 그들은 콘래드가 그렇지 않아도 재능 있는 작가들이 많은 영국에 봉사하고 있다며 금전적 이유로 조국을 배반했다고 비난했다. 그러한 비난은 사실이 아니었지만 그럼에도 그는 큰 상처를 받았다. 중국계 미국 작가 하진의 말처럼 모국어를 버리고 다른 언어로 글을 쓰는 작가들에게는 죄의식이 수반된다. 조국을 배반했다는 비난을 받으면서 동시에 스스로도 그렇게 느낀다. 구르나도 마찬가지였다. 잔지바르의 불안정하고 폭력적인 정치상황이 그의 귀국을 머뭇거리게 한 것은 사실이었지만 그렇다고 그것이 절대적인 이유는 아니었다. 더 자유롭고 여유로운 문학적 환경에서 대학교수로서 학생들을 가르치고 창작에 몰두하는 삶은 그가 잔지바르로 돌아가면 결코 가능하지 않았을지 모른다. 예술적 성취는 어쩌면 요원한 일이었을 것이다. 그래서 노벨문학상 수상도 어쩌면 불가능했을지 모른다. 그래서 그의 노벨문학상 수상은 배반에 대한 일종의 보상이었다. 예술은 이렇게 뭔가를 버리고 다른 것을 얻는, 때로는 지극히 모순적인 행위다. 예술은 때로 배반행위에서 태어나기도 한다.

그러한 자의식과 죄의식에도 불구하고 그가 영국에 남기로 한 결과는 대성공이었다. 그는 교수가 됨으로써 경제적으로 안정되었다. 그리고 탈식민주의문학을 가르침으로써 자신이 태어난 잔지바르 및 아프리카를 거시적으로 볼 수 있는 눈을 확보했다. 달리 말하면 아프리카를 떠남으로써 아프리카를 세계사의 적절한 자리에 위치시킬 수 있는 시각을 확보한 것이다. 그래서 나머지 아프리카 지역과는 이질적이라고까지 할 수 있는 아프리카 동부지역의 스와힐리 문화와 아랍 문화, 인도 문화가 갈등관계 속에서 어쩔 수 없이 섞이며 형성된 혼종적인 문화를 영국 독자, 나아가 세계 독자들에게 제시할 수 있었다. 그렇게 그의 소설들은 우리가 아프리카 대 서구, 서구 대 아프리카의 이분법적인 방식으로 아프리카를 바라보던 시각이 순진하고 안일했다는 사실을 일깨워주는 계기가 되어준다.

스토리의 구조에 대해서 한마디만 더.

스토리는 크게 1부와 2, 3부로 나눌 수 있다. 그런데 1부의 마지막에 앞의 네 장章과는 이질적인 'An Interruption(중지)'이라는 제목이 붙은 장이 나오면서 이야기를 일단락 짓는다. 그리고 3부의 마지막에는 'A Continuation(계속)'이라는 제목이 붙은 장이 나오며 두번째 이야기를 종결하고 소설이 끝난다. 'Interruption'은 중단을 의미하고, 바로 여기에서 처음으로 '나'가 등장한다. 앞에서는 3인칭 시점으로 서술하는 것처럼 보이던 소설이 갑자기 1인칭으로 전환되는 것이다. 그리고 1인칭의 이 화자가 이 소설의 진짜 화자다. 그가 말하는 첫 문장을 잘 보라. "나는 그 일이 어떻게 일어났을지 알지 못한다. 그 희박한 가능성 때문에 이해가 안 되는 것이다. 그러나 나는 그 일이 일어났음을, 마틴과 레하나가 연인이 되었음을 안다. 상상력은 나를 실망시키고 그 사실이 나를 슬픔으로 채운다. 나는 그들의 연애에 대해 자세히 모르더라도 그 일의 진상에 다가갈 수 있을 거라고 생각했었다. 왜냐하면 상상은 일종의 진실이기 때문이다." 문맥을 잘 살피면 앞의 이야기들은 그가 두 사람, 즉 영국인 백인남자 마틴과 인도계 스와힐리인 레하나가 사랑하게 된 경위를 상상으로 유추한 것임이 드러난다. 모두가 그의 상상에 기초해 재구성된 것이라는 의미다. 그리고 바로 그 화자가 2, 3부에 나오는 라시드다. 'An Interruption'이라는 표현은 음악적 의미에서 사용한 것으로도 보인다. 지금까지 계속되어오던 리듬과 템포 등을 잠시 멈췄다가 새로운 것을 시작하겠다는 의미다. 음악으로 치자면 이제부터 앞엣것과는 다른 새로운 것들을 도입하겠다는 의미다.

실제로 2, 3부는 새로운 가족 얘기다. 1부와 관련이 있다면 라시드의 형이 1부에 나오는 마틴과 레하나의 손녀인 자밀라와 사랑에 빠지게 된다는 것이다. 그것이 1부와 2, 3부를 이어주는 접점이다. 1부가 1899년을 시간적 배경으로 스토리를 펼친다면 2, 3부는 1950년대와 1960년대를 배경으로 한다. 또한 1부는 몸바사 인근의 바닷가 소도시를, 2, 3부는 구르나의 고향인 잔지바르를 공간으로 한다. 2, 3부에서도 때로는 화자가 누구인지 알 수 없지만 결국에는 라시드가 화자임이 드러난다. 겉으로는 그의 형이 서술을 하는 듯한 장조차도 그가 형의 일기장을 입수해 형의 입장에서 형의 눈으로 그것을 새로 쓴 것에 지나지 않는다. 이 모든 스토리들을 통괄하고 통합하는 것은 작가 구르나와 거의 같은 디아스포라의 삶을 살아온 라시드다. 이 소설이 구르나의 어떤 소설들보다도 자전적인 것은 그러한 요인 때문이다.

슬픈 소설이다. 내용으로 들어가는 길목에 해당하는 제목 'Desertion'부터가 그러하다. 누군가를 버린다desert는 것은 자신을 믿고 따르는 사람을 저버림desertion으로써 그를 혼돈과 상처의 사막desert 속으로 밀어넣는 것을 의미한다. 소말리아인들에게 돈과 물건을 빼앗기고 사막에 버려진 백인 마틴 피어스부터 시작해 그와 사랑에 빠졌다가 결국에는 버림받은 레하나, 아민과 헤어지게 되는 자밀라에 이르기까지 소설 속에서 버림의 주제는 반복된다. 인종이 다르다는 이유로 상대를 버리기도 하지만 가족이나 종교, 이데올로기에 의해 버리기도 한다. 그리고 그중에서도 가장 중요한 것은 아프리카를 떠나 영국에 가서 교육을 받고 오랜 세월 동안 고국으로 돌아가지 않은 라시드의 버림이다. 그는 가족을 버리고, 나라도 버리고, 언어도 버리고, 공동체도 버렸다. 그래서 배반이다. 소설의 마지막에서 그가 고국으로 돌아가기로 결심한 것은 그 감정을 조금이나마 상쇄하기 위한 것이다. "나는 지금껏 진심으로 바랐음에도 가족들의 고통을 상상하는 것이 불가능했었음을 알았다. 그리고 내가 뭘 해야 할지를 깨달았다. 말하자면 이제 고향에 돌아갈 때가, 집에 가서 내 불안을 가라앉히고 나의 무심함에 대한 용서를 빌 때가 된 것이었다." 그럼에도 그의 귀향은 최종적인 것이 아니고 삶의 터전은 여전히 영국일 것이다. 작가 구르나가 아버지의 임종 때에야 처음으로 잔지바르를 찾았다가 영국으로 돌아갔던 것처럼.

이 소설은 그러한 자의식과 죄의식과 상처의 흔적이다. 작가는 이렇게 상처를 쓴다. 그렇다고 그것을 전적으로 상처의 기록으로 보자는 것은 아니다. 예술은 자신에게서 출발하여 결국에는 자신을 뛰어넘는 행위다. 그래서 이 소설에 형상화된 고향을 향한 "한숨과 그리움"은 그만의 것이 아니라 디아스포라의 삶을 살고 있는 수많은 이들의 것이다. 작가는 하이데거가 말한 "고향 상실의 시대"를 스스로 살고 경험했고, 그것을 바탕으로 그러한 "고향 상실의 시대"를 살고 있는 동아프리카 이슬람 디아스포라들의 삶을 언어로 새겼다. 개인적인 삶이 디아스포라들의 삶에 대한 성찰과 사유로 이어졌다는 말이다. 『낙원』『그후의 삶』『바닷가에서』 등과 같은 소설들에서 같은 주제가 반복되고 변주되는 것은 우연이 아니다. 앞서 부분적으로 인용한 쿳시의 말—"모든 글은 자서전이다"—을 전체적으로 보면 이렇다. "모든 자서전은 스토리

텔링이고, 모든 글은 자서전이다." 이런 의미에서 보면 구르나의 소설들은 허구적이면서 자전적이고, 자전적이면서 허구적인 셈이다.

왕은철(전북대 석좌교수·영문학)

압둘라자크 구르나 연보

1948년 잔지바르 술탄국에서 케냐와 예멘 출신의 부모 사이에서 태어나다. 모국어는 스와힐리어.

1964년 잔지바르혁명이 일어나다. 아랍인 및 아시아인에 대한 박해가 시작되고, 잔지바르는 탕가니카와 합해져 탄자니아의 일부가 되다.

1968년 잔지바르를 떠나 학생비자로 영국에 도착해, 캔터베리 크라이스트처치 칼리지에 입학하다.

1969년 영어로 소설 습작을 시작하다.

1975년 교사 자격증을 이수하다.

1976년 런던대학교에서 교육학 학사학위를 받다(그가 다니던 캔터베리 크라이스트처치 칼리지는 당시 런던대학교에서 학위를 수여함).

1976~1979년 병원 잡역부로 임시 취업했다가 켄트에 위치한 학교에서 교사로 근무하다.

1980~1982년 켄트대학교에서 박사학위 논문을 쓰는 동안 나이지리아 바예로대학교에서 강의하다.

1982년 켄트대학교에서 「서아프리카 소설 비평의 척도*Criteria in the Criticism of West African Fiction*」로 박사학위를 받다.

1983년 켄트대학교 영문학 및 탈식민문학 교수로 부임하다.

1984년 아버지의 임종을 지키기 위해 17년여 만에 잔지바르를 다시 찾다.

1987년 장편소설 『떠남의 기억*Memory of Departure*』을 출간하다.

1988년 장편소설 『순례자의 길*Pilgrim's Way*』을 출간하다.

1989년 단편소설 「우리*Cages*」를 발표하다.

1990년 장편소설 『도티*Dottie*』를 출간하다.

1994년 장편소설 『낙원*Paradise*』을 출간하다. 이 작품으로 부커상 및 휫브레드상 후보에 선정되다. 단편소설 「두목*Bossy*」을 발표하다.

1995년 『아프리카 저술에 관한 에세이*Essays on African Writing*』를 편집하다.

1996년 장편소설 『침묵을 기리며*Admiring Silence*』를 출간하다.

1996년 단편소설 「호위*Escort*」를 발표하다.

2001년 장편소설 『바닷가에서*By the Sea*』를 출간하다. 부커상 및 로스앤젤레스 타임스 도서상 후보에 선정되다.

2005년 장편소설 『배반*Desertion*』을 출간하다. 이듬해 이 작품으로 커먼웰스상 최종후보에 선정되다.

2006년 단편소설 「내 어머니는 아프리카의 농장에서 살았다*My Mother Lived on a Farm in Africa*」를 발표하다. 왕립문학회 펠로에 추대되다.

2007년 『바닷가에서』로 프랑스 공영방송 RFI 테무앵 뒤 몽드 상을 수상하다. 『살만 루슈디 케임브리지 안내서*The Cambridge Companion to Salman Rushdie*』를 편집하다.

2011년 장편소설 『마지막 선물*The Last Gift*』을 출간하다.

2012년 단편소설 「왕자의 사진*The Photograph of the Prince*」을 발표하다.

2016년 부커상 심사위원에 위촉되다.

2017년 장편소설 『괴로운 마음*Gravel Heart*』을 출간하다. 켄트대학교 영문학 및 탈식민문학 교수직에서 퇴임하다.

2018년 켄트대학교 명예교수에 임명되다.

2020년 장편소설 『그후의 삶*Afterlives*』을 출간하다.

2021년 노벨문학상을 수상하다.

문학동네 세계문학전집 발간에 부쳐

세계문학은 국민문학 혹은 지역문학을 떠나 존재하는 문학이 아니지만 그것들의 총합도 아니다. 세계문학이라는 용어에는 그 나름의 언어와 전통을 갖고 있는 국민문학이나 지역문학의 존재를 인정하면서 그것을 넘어서는 문학의 보편적 질서에 대한 관념이 새겨져 있다. 그 용어를 처음 고안한 19세기 유럽인들은 유럽문학을 중심으로 그 질서를 구축했지만 풍부한 국민문학의 전통을 가지고 있는 현대의 문학 강국들은 나름의 방식으로 세계문학을 이해하면서 정전(正典)의 목록을 작성하고 또 수정한다.

한국에서도 세계문학 관념은 우리 사회와 문화의 변화 속에서 거듭 수정돼왔다. 어느 시기에는 제국 일본의 교양주의를 반영한 세계문학 관념이, 어느 시기에는 제3세계 민족주의에 동조한 세계문학 관념이 출현했고, 그러한 관념을 실천한 전집물이 출판됐다. 21세기 한국에 새로운 세계문학전집이 필요하다는 것은 명백하다. 우리의 지성과 감성의 기준에 부합하는 세계문학을 다시 구상할 때가 되었다.

문학동네 세계문학전집은 범세계적으로 통용되는 고전에 대한 상식을 존중하면서도 지난 반세기 동안 해외 주요 언어권에서 창작과 연구의 진전에 따라 일어난 정전의 변동을 고려하여 편성되었다. 그래서 불멸의 명작은 물론 동시대 세계의 중요한 정치·문화적 실천에 영감을 준 새로운 작품들을 두루 포함시켰다.

창립 이후 지금까지 한국문학 및 번역문학 출판에서 가장 전문적이고 생산적인 그룹을 대표해온 문학동네가 그간 축적한 문학 출판 경험을 바탕으로 새로운 세계문학전집을 펴낸다. 인류가 무지와 몽매의 어둠 속을 방황하면서도 끝내 길을 잃지 않은 것은 세계문학사의 하늘에 떠 있는 빛나는 별들이 길잡이가 되어주었기 때문이다. 우리가 자부심과 사명감 속에서 그리게 될 이 새로운 별자리가 독자들의 관심과 애정에 힘입어 우리 모두의 뿌듯한 자산이 되기를 소망한다.

문학동네 세계문학전집 편집위원

민은경, 박유하, 변현태, 송병선, 이재룡, 홍길표, 남진우, 황종연

세계문학전집 220
배반

1판 1쇄 2022년 10월 20일
1판 2쇄 2024년 11월 1일

지은이 압둘라자크 구르나 | 옮긴이 황가한

책임편집 박아름 | 편집 윤정민 박효정 오동규
디자인 신선아 최미영 | 저작권 박지영 형소진 최은진 오서영
마케팅 정민호 서지화 한민아 이민경 왕지경 정경주 김수인 김혜원 김하연 김예진
브랜딩 함유지 함근아 박민재 김희숙 이송이 박다솔 조다현 정승민 배진성
제작 강신은 김동욱 이순호 | 제작처 영신사

펴낸곳 (주)문학동네 | 펴낸이 김소영
출판등록 1993년 10월 22일 제2003-000045호
주소 10881 경기도 파주시 회동길 210
전자우편 editor@munhak.com | 대표전화 031)955-8888 | 팩스 031)955-8855
문의전화 031)955-1927(마케팅), 031)955-2646(편집)
문학동네카페 http://cafe.naver.com/mhdn
인스타그램 @munhakdongne | 트위터 @munhakdongne
북클럽문학동네 http://bookclubmunhak.com

ISBN 978-89-546-8876-5 04840
978-89-546-0901-2 (세트)

www.munhak.com

51, 52 염소의 축제 마리오 바르가스 요사 | 송병선 옮김
53 고야산 스님·초롱불 노래 이즈미 교카 | 임태균 옮김
54 다니엘서 E. L. 닥터로 | 정상준 옮김
55 이날을 위한 우산 빌헬름 게나치노 | 박교진 옮김
56 톰 소여의 모험 마크 트웨인 | 강미경 옮김
57 카사노바의 귀향·꿈의 노벨레 아르투어 슈니츨러 | 모명숙 옮김
58 바보들을 위한 학교 사샤 소콜로프 | 권정임 옮김
59 어느 어릿광대의 견해 하인리히 뵐 | 신동도 옮김
60 웃는 늑대 쓰시마 유코 | 김훈아 옮김
61 팔코너 존 치버 | 박영원 옮김
62 한눈팔기 나쓰메 소세키 | 조영석 옮김
63, 64 톰 아저씨의 오두막 해리엇 비처 스토 | 이종인 옮김
65 아버지와 아들 이반 투르게네프 | 이항재 옮김
66 베니스의 상인 윌리엄 셰익스피어 | 이경식 옮김
67 해부학자 페데리코 안다아시 | 조구호 옮김
68 긴 이별을 위한 짧은 편지 페터 한트케 | 안장혁 옮김
69 호텔 뒤락 애니타 브루크너 | 김정 옮김
70 잔해 쥘리앵 그린 | 김종우 옮김
71 절망 블라디미르 나보코프 | 최종술 옮김
72 더버빌가의 테스 토머스 하디 | 유명숙 옮김
73 감상소설 미하일 조셴코 | 백용식 옮김
74 빙하와 어둠의 공포 크리스토프 란스마이어 | 진일상 옮김
75 쓰가루·석별·옛날이야기 다자이 오사무 | 서재곤 옮김
76 이인 알베르 카뮈 | 이기언 옮김
77 달려라, 토끼 존 업다이크 | 정영목 옮김
78 몰락하는 자 토마스 베른하르트 | 박인원 옮김
79, 80 한밤의 아이들 살만 루슈디 | 김진준 옮김
81 죽은 군대의 장군 이스마일 카다레 | 이창실 옮김
82 페레이라가 주장하다 안토니오 타부키 | 이승수 옮김
83, 84 목로주점 에밀 졸라 | 박명숙 옮김
85 아베 일족 모리 오가이 | 권태민 옮김
86 폭풍의 언덕 에밀리 브론테 | 김정아 옮김
87, 88 늦여름 아달베르트 슈티프터 | 박종대 옮김
89 클레브 공작부인 라파예트 부인 | 류재화 옮김
90 P세대 빅토르 펠레빈 | 박혜경 옮김
91 노인과 바다 어니스트 헤밍웨이 | 이인규 옮김
92 물방울 메도루마 슌 | 유은경 옮김
93 도깨비불 피에르 드리외라로셸 | 이재룡 옮김
94 프랑켄슈타인 메리 셸리 | 김선형 옮김
95 래그타임 E. L. 닥터로 | 최용준 옮김
96 캔터빌의 유령 오스카 와일드 | 김미나 옮김
97 만(卍)·시게모토 소장의 어머니 다니자키 준이치로 | 김춘미, 이호철 옮김
98 맨해튼 트랜스퍼 존 더스패서스 | 박경희 옮김
99 단순한 열정 아니 에르노 | 최정수 옮김

100 열세 걸음 모옌 | 임홍빈 옮김
101 데미안 헤르만 헤세 | 안인희 옮김
102 수레바퀴 아래서 헤르만 헤세 | 한미희 옮김
103 소리와 분노 윌리엄 포크너 | 공진호 옮김
104 곰 윌리엄 포크너 | 민은영 옮김
105 롤리타 블라디미르 나보코프 | 김진준 옮김
106, 107 부활 레프 톨스토이 | 박형규 옮김
108, 109 모래그릇 마쓰모토 세이초 | 이병진 옮김
110 은둔자 막심 고리키 | 이강은 옮김
111 불타버린 지도 아베 고보 | 이영미 옮김
112 말라볼리아가의 사람들 조반니 베르가 | 김운찬 옮김
113 디어 라이프 앨리스 먼로 | 정연희 옮김
114 돈 카를로스 프리드리히 실러 | 안인희 옮김
115 인간 짐승 에밀 졸라 | 이철의 옮김
116 빌러비드 토니 모리슨 | 최인자 옮김
117, 118 미국의 목가 필립 로스 | 정영목 옮김
119 대성당 레이먼드 카버 | 김연수 옮김
120 나나 에밀 졸라 | 김치수 옮김
121, 122 제르미날 에밀 졸라 | 박명숙 옮김
123 현기증. 감정들 W. G. 제발트 | 배수아 옮김
124 강 동쪽의 기담 나가이 가후 | 정병호 옮김
125 붉은 밤의 도시들 윌리엄 버로스 | 박인찬 옮김
126 수고양이 무어의 인생관 E. T. A. 호프만 | 박은경 옮김
127 맘브루 R. H. 모레노 두란 | 송병선 옮김
128 익사 오에 겐자부로 | 박유하 옮김
129 땅의 혜택 크누트 함순 | 안미란 옮김
130 불안의 책 페르난두 페소아 | 오진영 옮김
131, 132 사랑과 어둠의 이야기 아모스 오즈 | 최창모 옮김
133 페스트 알베르 카뮈 | 유호식 옮김
134 다마세누 몬테이루의 잃어버린 머리 안토니오 타부키 | 이현경 옮김
135 작은 것들의 신 아룬다티 로이 | 박찬원 옮김
136 시스터 캐리 시어도어 드라이저 | 송은주 옮김
137 고독한 산책자의 몽상 장자크 루소 | 문경자 옮김
138 용의자의 야간열차 다와다 요코 | 이영미 옮김
139 세기아의 고백 알프레드 드 뮈세 | 김미성 옮김
140 햄릿 윌리엄 셰익스피어 | 이경식 옮김
141 카산드라 크리스타 볼프 | 한미희 옮김
142 이 글을 읽는 사람에게 영원한 저주를 마누엘 푸익 | 송병선 옮김
143 마음 나쓰메 소세키 | 유은경 옮김
144 바다 존 밴빌 | 정영목 옮김
145, 146, 147, 148 전쟁과 평화 레프 톨스토이 | 박형규 옮김
149 세 가지 이야기 귀스타브 플로베르 | 고봉만 옮김
150 제5도살장 커트 보니것 | 정영목 옮김
151 알렉시 · 은총의 일격 마르그리트 유르스나르 | 윤진 옮김

152 말라 온다 알베르토 푸겟 | 엄지영 옮김
153 아르세니예프의 인생 이반 부닌 | 이항재 옮김
154 오만과 편견 제인 오스틴 | 류경희 옮김
155 돈 에밀 졸라 | 유기환 옮김
156 젊은 예술가의 초상 제임스 조이스 | 진선주 옮김
157, 158, 159 카라마조프가의 형제들 표도르 도스토옙스키 | 김희숙 옮김
160 진 브로디 선생의 전성기 뮤리얼 스파크 | 서정은 옮김
161 13인당 이야기 오노레 드 발자크 | 송기정 옮김
162 하지 무라트 레프 톨스토이 | 박형규 옮김
163 희망 앙드레 말로 | 김웅권 옮김
164 임멘 호수 · 백마의 기사 · 프시케 테오도어 슈토름 | 배정희 옮김
165 밤은 부드러워라 F. 스콧 피츠제럴드 | 정영목 옮김
166 야간비행 앙투안 드 생텍쥐페리 | 용경식 옮김
167 나이트우드 주나 반스 | 이예원 옮김
168 소년들 앙리 드 몽테를랑 | 유정애 옮김
169, 170 독립기념일 리처드 포드 | 박영원 옮김
171, 172 닥터 지바고 보리스 파스테르나크 | 박형규 옮김
173 싯다르타 헤르만 헤세 | 권혁준 옮김
174 야만인을 기다리며 J. M. 쿳시 | 왕은철 옮김
175 철학편지 볼테르 | 이봉지 옮김
176 거지 소녀 앨리스 먼로 | 민은영 옮김
177 창백한 불꽃 블라디미르 나보코프 | 김윤하 옮김
178 슈틸러 막스 프리슈 | 김인순 옮김
179 시핑 뉴스 애니 프루 | 민승남 옮김
180 이 세상의 왕국 알레호 카르펜티에르 | 조구호 옮김
181 철의 시대 J. M. 쿳시 | 왕은철 옮김
182 카시지 조이스 캐럴 오츠 | 공경희 옮김
183, 184 모비 딕 허먼 멜빌 | 황유원 옮김
185 솔로몬의 노래 토니 모리슨 | 김선형 옮김
186 무기여 잘 있거라 어니스트 헤밍웨이 | 권진아 옮김
187 컬러 퍼플 앨리스 워커 | 고정아 옮김
188, 189 죄와 벌 표도르 도스토옙스키 | 이문영 옮김
190 사랑 광기 그리고 죽음의 이야기 오라시오 키로가 | 엄지영 옮김
191 빅 슬립 레이먼드 챈들러 | 김진준 옮김
192 시간은 밤 류드밀라 페트루셉스카야 | 김혜란 옮김
193 타타르인의 사막 디노 부차티 | 한리나 옮김
194 고양이와 쥐 귄터 그라스 | 박경희 옮김
195 펠리시아의 여정 윌리엄 트레버 | 박찬원 옮김
196 마이클 K의 삶과 시대 J. M. 쿳시 | 왕은철 옮김
197, 198 오스카와 루신다 피터 케리 | 김시현 옮김
199 패싱 넬라 라슨 | 박경희 옮김
200 마담 보바리 귀스타브 플로베르 | 김남주 옮김
201 패주 에밀 졸라 | 유기환 옮김
202 도시와 개들 마리오 바르가스 요사 | 송병선 옮김